MIRA®

Der Preis dieses Bandes versteht sich einschließlich der
gesetzlichen Mehrwertsteuer.

Umwelthinweis:
Dieses Buch wurde auf chlor- und säurefreiem Papier gedruckt.

Jillian Hunter

Skandal im Bett der Gouvernante

Roman

Aus dem Amerikanischen von
Traudi Perlinger

MIRA®

MIRA® TASCHENBUCH
Band 25700
1. Auflage: Oktober 2013

MIRA® TASCHENBÜCHER
erscheinen in der Harlequin Enterprises GmbH,
Valentinskamp 24, 20354 Hamburg
Geschäftsführer: Thomas Beckmann

Titel der nordamerikanischen Originalausgabe:
The Wicked Games Of A Gentleman

erschienen bei: Ballantine Books, New York
This translation was published by arrangement with Ballantine Books,
an imprint of Random House Publishing Group,
a division of Random House, Inc.

Konzeption / Reihengestaltung: fredebold&partner gmbh, Köln
Umschlaggestaltung: pecher und soiron, Köln
Redaktion: Bettina Lahrs
Titelabbildung: Harlequin Enterprises S.A., Schweiz
Autorenfoto: Harlequin Enterprises S.A., Schweiz
Satz: GGP Media GmbH, Pößneck
Druck und Bindearbeiten: CPI – Ebner & Spiegel, Ulm
Printed in Germany
Dieses Buch wurde auf FSC®-zertifiziertem Papier gedruckt.
ISBN 978-3-86278-827-9

www.mira-taschenbuch.de

1. KAPITEL

London 1815

Lord Drake Boscastle musste noch knappe zwei Stunden auf dieser tödlich langweiligen Abendgesellschaft ausharren. Erst dann konnte er sich zu seinem Rendezvous mit einer der begehrtesten Schönheiten Europas davonschleichen. Falls dieses Treffen für ihn günstig verlief, wäre die gefeierte englische Kurtisane Maribella St. Ives demnächst seine neue Mätresse. Er konnte nur hoffen, dass all sein Werben um die Gunst der wählerischen Dame sich lohnte, sonst stünde er da wie ein kompletter Narr. Sehr zu seinem Leidwesen hatte er einen ganzen Monat mit ihr korrespondieren und ein kleines Vermögen für Geschenke aufwenden müssen, um Miss St. Ives von der Ernsthaftigkeit seiner Absichten zu überzeugen. Maribellas Privatdetektive hatten überdies sorgfältig Erkundigungen über ihn eingezogen. Drake war sogar zu Ohren gekommen, dass sein Koch darüber ausgehorcht worden war, welche Speisen sein Herr zum Dinner bevorzugte.

Seine indigoblauen Augen blitzten spöttisch. Eine sorgsame Untersuchung seiner Vergangenheit hätte zahlreiche Skandale und Indiskretionen zutage gefördert. Allem Anschein nach ließ Miss St. Ives sich allerdings nicht von seinem schlechten Ruf als *enfant terrible* beirren, den er in den Kreisen der Gesellschaft genoss, und seine Qualifikationen entsprachen offenbar den Ansprüchen, die sie an ihren zukünftigen Gönner stellte. Jedenfalls hatte Drake von ihr eine Einladung erhalten, sich später am Abend in einem Privatkabinett von Audrey Watsons Herrenclub in der Bruton Street einzufinden. Der Name des Etablissements war eine beschönigende Bezeichnung für das exklusive Bordell, das die unumstrittene Königin der Londoner Halbwelt leitete.

In weiser Voraussicht hatte sein Kammerdiener ihm ein paar persönliche Dinge sowie Kleider zum Wechseln eingepackt, ohne zu fragen, ob Seine Lordschaft beabsichtigen würde, die

Nacht außer Haus zu verbringen. Drake erhoffte sich indes, die ganze Woche nicht nach Hause zu kommen. Seltsamerweise hatten die Zerstreuungen eines Lebemanns seit geraumer Zeit ein wenig an Reiz eingebüßt, auch Vergnügungen sinnlicher Natur waren schal geworden. Irgendwie hatte er keinen rechten Spaß mehr am Leben, ohne den genauen Grund dafür nennen zu können. Jedenfalls spielte er bereits mit dem Gedanken, zurück zur Armee zu gehen, falls auch die Affäre mit Maribella sich als unbefriedigend erweisen sollte.

„Zählst du bereits die Minuten?“, wurde Boscastle von seinem jüngeren Bruder Lord Devon aufgezogen.

Spöttisch ließ Drake den Blick durch den Saal schweifen. Er betrachtete eine Gruppe blutjunger Debütantinnen, die miteinander tuschelten und Devon heimlich mit schmachtenden Blicken bedachten, weil der mit seinem heiteren Charme weniger bedrohlich wirkte als sein verschlossener älterer Bruder. „Mittlerweile bin ich schon im Sekundentakt angelangt“, antwortete Drake trocken.

Devon dämpfte die Stimme. „Erkundige dich bitte, ob Miss St. Ives eine Schwester hat, die einen Beschützer sucht. Natürlich nur, wenn du in ihrer Gegenwart überhaupt fähig bist, zusammenhängende Sätze zu formulieren.“

Drake lächelte sarkastisch. „Es ist anzunehmen, dass ich die halbe Nacht mit Reden verbringe. Wusstest du nicht, dass die Dame für ihre Bildung und ihre geistreichen Gespräche berühmt ist?“

„Und deshalb interessierst du dich für sie? Um geistreiche Gespräche mit ihr zu führen?“

Drake versetzte seinem Bruder einen freundschaftlichen Klaps auf die Schulter. „Verschwinde und tanz endlich mit den Debütantinnen, Devon. Sie verzehren sich vor Sehnsucht nach dir.“

„Ich kann doch nicht mit allen gleichzeitig tanzen. Wieso hilfst du mir nicht dabei?“

Drake schüttelte amüsiert den Kopf. „Die Unschuldslämmer überlasse ich dir. Im Übrigen will ich meine Kräfte schonen.“

Ein gemeinsamer Freund schlenderte heran. „Bei der Pferdeauktion morgen werden wir dich vermutlich nicht zu Gesicht kriegen, Boscastle“, bemerkte er neidisch. „Du verdammter Glückspilz.“

Drakes Lachen ging in den munteren Klängen eines ländlichen Tanzes unter. Halbherzig sah er sich nach einer Tanzpartnerin um. Er hätte lieber mit der Schwester oder der Gemahlin eines Freundes getanzt, statt mit einer schüchternen Debütantin, die ihn in stummer Anbetung anschmachtete oder ihm mit ihrem hohlen Geplapper an den Nerven zerrte.

Plötzlich wurde seine Aufmerksamkeit von einer jungen, ansehnlichen Brünetten in einem schlichten fliederfarbenen Kleid gefesselt, die sich auf dem Tanzparkett unruhig umschaute. Irgendwie wirkte sie deplatziert und verloren … beinahe gehetzt. Sie hatte lebhafte braune Augen und üppige Formen. Drake beschloss, dass es genau das Richtige sei, sich die Zeit mit einer hübschen Frau zu vertreiben und ein paar Minuten mit ihr zu plaudern, mehr nicht.

Er trat von hinten an sie heran und räusperte sich, als sie sich nach einem flüchtigen Blick über die Schulter wieder abwandte. Aha! Sie schenkte ihm also keine Beachtung. Diese Brüskierung wollte er nicht auf sich sitzen lassen. „Haben Sie ein Schäfchen verloren?“, raunte er dicht an ihrem Ohr.

Sie straffte die runden weißen Schultern. Natürlich war sie sich seiner Gegenwart bewusst, auch wenn sie sich weigerte, ihn anzusehen. „In gewisser Weise, ja“, antwortete sie zerstreut.

Ein anderer Mann hätte diese angedeutete Ablehnung akzeptiert und sich zurückgezogen. Drake hingegen ließ sich nicht beirren, studierte ihr Profil, die gerade Nase, das kleine, entschlossen gereckte Kinn und ihre verlockend vollen Lippen. Er betrachtete bedächtig ihre Schultern und die elfenbeinweißen Rundungen ihres Dekolletés. „Wollen wir uns gemeinsam auf die Suche begeben?“, fragte er und verbarg seine begehrlichen Gedanken hinter einem höflichen Lächeln.

Endlich drehte sie sich ihm zu, um ihn anzusehen. Ihr ovales

Gesicht trug den Ausdruck geübter Geringschätzung, der sich verflüchtigte, sobald ihr Blick dem seinen begegnete. Sie blinzelte verdutzt. Er starrte sie unverwandt an und genoss die angenehme Überraschung. Sie war wirklich sehr hübsch, biss leicht verunsichert auf ihre Unterlippe, bevor sie einen Schritt von ihm abrückte.

„Nur Mut, kommen Sie!“, sagte er und nahm sie sanft beim Ellbogen. „Wir fangen Ihr verlorenes Schäfchen auf dem Tanzparkett ein. Ich bin nämlich ein geschickter Jäger.“

Irritiert senkte sie die Lider, bevor sie ihm wieder in die Augen schaute. Der Anflug eines Lächelns huschte über ihre vollen Lippen. „Das liegt in der Natur von Wölfen.“

Verblüfft angesichts ihrer Schlagfertigkeit, lachte er und führte sie auf das Parkett. Sie machte Anstalten, sich ihm zu entziehen, er hingegen ließ sich nicht entmutigen und festigte seinen Griff. Außerdem war ihr der Fluchtweg versperrt, da andere Gäste ihren Platz an der Tanzfläche im dicht gedrängten Ballsaal bereits eingenommen hatten. Die elegant gekleideten Damen und Herren bewegten sich auf Tuchfühlung und unterhielten sich angeregt und laut. Drake verglich das Getümmel mit gackernden Hühnern, schnatternden Gänsen und wiehernden Eseln auf einem Bauernhof, was seine Meinung über die gehobene Londoner Gesellschaft im Allgemeinen ziemlich deutlich zum Ausdruck brachte.

Bei all dem Lärm und der lauten Musik konnte er nur Bruchstücke von dem hören, was seine Begleiterin ihm versuchte zu erklären. „Erzählen Sie mir später von ihm“, antwortete er auf ihren bekümmerten Blick.

Er hatte weder Lust zu reden noch zu tanzen. Mit dieser hübschen Fremden wollte er sich lediglich angenehm die Zeit vertreiben vor der vielversprechenden Liebesnacht. Zwar war er der berühmten Kurtisane erst einmal begegnet und hatte nur ein paar zweideutige Sätze mit ihr gewechselt, doch die Gerüchte über die schöne Maribella St. Ives erfüllten ihn mit prickelnder Erwartung. Er hoffte sehr, nicht enttäuscht zu werden.

„Es handelt sich nicht um einen Mann", erklärte seine Tanzpartnerin betont laut, als er gekonnt begann, sie über das Parkett zu führen. Ihre weichen Rundungen lösten eine ungeahnte Hitze in ihm und ein verräterisches Ziehen in seinen Lenden aus. Sie fühlte sich erstaunlich gut an und war eine leichtfüßige Tänzerin, die mühelos mit ihm mithalten konnte. Bedauerlicherweise schien sie mehr daran interessiert zu sein, das zu finden, was sie verloren hatte, als ihrem Tanzpartner besondere Beachtung zu schenken.

Er musterte ihr Gesicht. Das kastanienbraune Haar, zu einem schweren Nackenknoten geschlungen, brachte ihren hellen Teint zur Geltung. Sie trug keinen Schmuck, nur schlichte Perlenstecker im Ohr. Ihr schmuckloses fliederfarbenes Kleid aus leichtem Musselin war nicht dazu angetan, bewundernde Blicke auf ihre Erscheinung zu ziehen. Sie sah aus wie eine Gouvernante oder die Gesellschafterin einer vornehmen älteren Witwe. Das wäre natürlich eine Erklärung für ihre Suche nach dem verlorenen Schaf. Ziemlich gewagt von ihr, mit ihm zu tanzen, das könnte sie ihre Stellung kosten.

Während einer Drehung stieß ein Herr in mittleren Jahren mit dem Rücken gegen sie. Drake zog sie schützend an sich und bedachte den Tollpatsch mit einem tadelnden Blick. Er spürte ihren vollen Busen an seiner Hemdbrust, was sein Blut erneut in Wallung brachte. Unwillkürlich ließ er seine Hand tiefer zu ihren wippenden Hüften gleiten. Oh ja, sie fühlte sich höchst verlockend an. Drake bevorzugte rundliche Frauen in seinem Bett.

„Bitte verzeihen Sie", sagte sie kühl, griff nach hinten und schob seine Hand weg. „Die Finger eines gewissen Herrn scheinen sich an eine Stelle verirrt zu haben, wo sie nicht hingehören." Der missbilligende Tadel, der ihr hübsches Gesicht überflog, ließ ihn schmunzeln. Ihre haselnussbraunen Augen hatten faszinierend grüne Einsprengsel, stellte er fest. Sie war intelligent und nicht völlig unschuldig.

„Kein Grund, mich um Verzeihung zu bitten", entgegnete er

belustigt. „Wieso entspannen Sie sich nicht und genießen den Tanz?“

Sie machte ein Gesicht, als habe sie einen Schluck Essig getrunken. „Mich entspannen?“

Er nahm sie beim Handgelenk. „Ist es Ihnen denn nicht gestattet, sich zu amüsieren?“

„Ich habe meinen Schützling verloren“, entgegnete sie aufgebracht, „und ich bin nicht zu meinem Vergnügen hier.“

„Wollen wir im Garten nach ihr suchen?“, fragte er mit ausgesuchter Höflichkeit. Es war ohnehin heiß und stickig im Ballsaal, und er hätte nichts dagegen einzuwenden, dieses spröde Wesen ein paar Minuten ins Dunkel der Nacht zu entführen.

„Im Garten“, murmelte sie, und ihre schön geschwungenen Brauen zogen sich in der Stirnmitte zusammen. „Ich erwürge sie, wenn sie es gewagt hat, den Ballsaal zu verlassen.“

Drake lachte. Offensichtlich machte er keinen nachhaltigen Eindruck auf sie. Vielleicht hätte er zu späterer Stunde mehr Glück bei ihr. „Bereitet es Ihnen immer so große Mühe, Ihre Schutzbefohlene vor Abwegen zu bewahren?“

„Ein ganzes Heer Leibwächter könnte diese Göre nicht im Zaum halten und davor bewahren, auf Abwege zu geraten“, entgegnete sie erbost. „Und es würde ihr auch noch großen Spaß machen, ihrem Bewacher auf der Nase herumzutanzen.“

„Ist das Ihre Aufgabe?“ Er folgte ihr zu den Flügeltüren, die in den Garten führten. „Widerspenstige junge Damen zur Raison zu bringen?“

„Das beschreibt ziemlich genau mein Aufgabengebiet.“ An der Tür blieb sie stehen.

Ein Gentleman wäre einen Schritt zurückgetreten, um höflich Abstand zu halten. Drake aber war in erster Linie kein Gentleman, sondern ein Herzensbrecher. „Vielleicht könnten Sie auch mich zur Raison bringen?“, raunte er einschmeichelnd dicht an ihrem Ohr. Die entzückende Person reizte ihn, sie zu necken. „Ich habe nämlich den Ruf, ein Querkopf zu sein.“

„Das kann ich mir denken. Allerdings …“

Er griff an ihr vorbei zum Türknauf. Eine Sekunde lang glaubte er, eine Reaktion von ihr wahrzunehmen.

„Allerdings sind Sie etwa zwanzig Jahre älter als meine aufsässige Schutzbefohlene“, beendete sie den Satz ziemlich herablassend. „Und damit alt genug, um selbst auf sich aufzupassen. In Ihrem Fall wäre Selbstdisziplin angesagt.“

„Zwanzig Jahre älter?“, entgegnete er in gespielter Entrüstung. „Ich komme mir vor wie Methusalem.“

Die Türen schwangen auf. Die feuchte Nachtluft kühlte die Hitze, die zwischen ihnen entstanden war. „Ehrlich gesagt“, murmelte sie und blickte suchend in den dunklen Garten, „wäre Mephistopheles die treffendere Bezeichnung für Sie.“

„Mephistopheles?“, fragte er unschuldig und begleitete sie ins Freie.

„Ja.“ Sie eilte auf die Terrasse, wo einige Pärchen heimliche Zärtlichkeiten tauschten. „Der Teufel.“

„Ich weiß, wen Sie meinen“, antwortete Drake und führte sie wie zufällig in eine entfernte, nur vom Mondlicht beschienene dunkle Ecke. „Finden Sie es nicht voreilig und ungerecht, mir diesen Stempel nach unserer kurzen Bekanntschaft aufzudrücken?“ Würde sie ihn besser kennen, hätte sie allerdings jedes Recht, ihn einen Teufel zu nennen, wenn nicht Schlimmeres.

„Meiner Erfahrung nach hat sich der erste Eindruck eines Menschen stets als richtig erwiesen.“ Sie spähte an ihm vorbei zur Glastür, durch die weitere Ballbesucher auf die Terrasse strömten, um frische Luft zu schnappen.

„Sie scheinen keine besonders gute Meinung von mir zu haben“, erwiderte er lächelnd.

Unversehens berührte er ihre erhitzte Wange mit den Knöcheln seiner behandschuhten Finger, um ihre Aufmerksamkeit auf sich zu lenken – was ihm unvermutet auch gelang. „Könnten Sie Ihre Pflichten ein paar Minuten vernachlässigen?“

Sie schaute ihm unverwandt ins Gesicht, und er las in ihren braunen Augen, dass er ihr keineswegs so gleichgültig war, wie sie ihn glauben machen wollte. „Haben Sie eine Ahnung, in welche Schwierigkeiten sich eine Frau bringen kann, wenn sie auch nur wenige Minuten ihre Pflichten vergisst?“ Sie schüttelte den Kopf, und in ihrer Stimme schwang ein Anflug von Heiterkeit. „Das war beileibe keine Einladung, ich denke dabei an meinen Schützling.“

Er neigte sich ihr zu. „Darf ich Sie wenigstens küssen, bevor Sie gehen?“, fragte er leise in der Hoffnung, wenigstens seine Neugier befriedigen zu können, ob dieser verführerisch volle Mund so köstlich schmeckte, wie er aussah.

Drake wartete nicht auf ihr Einverständnis, hob ihr Kinn mit zwei Fingern und senkte seinen Mund auf ihre sinnlichen Lippen. Sie atmete hörbar ein, blieb aber reglos und stumm. Sein Herzschlag beschleunigte sich, er zog sie an seinen sehnigen Körper und nahm ihr leises Seufzen wahr. Wie lange war es her, dass sein Blut so in Wallung geraten war?

Sie wandte das Gesicht zur Seite. „Das“, flüsterte sie zaghaft, „reicht jetzt. Vielen Dank.“

„Es war mir ein Vergnügen.“ Er berührte mit der Hand ihre weiche runde Schulter. „Aber das war längst nicht genug.“

„Doch, das war es.“

„Nein, war es nicht.“

„Es …“

„Es war nicht genug“, beharrte er schmeichelnd. „Ich beweise es Ihnen.“

Zögerlich drehte sie ihm ihr Gesicht nochmals zu. Als er sie diesmal küsste, drängte er seine Zunge zwischen ihre Lippen. Sie geriet ins Wanken, und er umfing sie enger, um ihr Halt zu geben. Nur leider durfte er nicht vergessen, wo sie sich befanden, und so löste er sich Sekunden später widerstrebend von ihr.

„Sehen Sie? Ich habe es Ihnen doch gesagt“, flüsterte er mit belegter Stimme.

Sie zitterte ein wenig, wirkte benommen und sehr begehrenswert. „Was sagten Sie?“

Er schloss die Augen, kämpfte um seine Beherrschung und zog die unbekannte Schönheit noch einmal an sich. Als er sie diesmal losließ, glänzten ihre Augen in verwirrtem Aufruhr, ihre Brüste hoben und senkten sich unter ihren Atemzügen.

„Wenn Sie mich entschuldigen", wisperte sie und legte eine Hand an ihre Kehle. „Ich muss mich jetzt verabschieden. Danke für den Tanz. Aber für den Rest des Abends muss ich meinen Verpflichtungen nachkommen."

„Genau wie ich." Er lächelte wehmütig, während er ihr vom Mond erhelltes Gesicht betrachtete. Ihre feuchten schwellenden Lippen luden ihn ein, sie erneut zu küssen. „Meiner Erfahrung nach sind unerwartete Freuden die schönsten Freuden", sagte er mit rauer Stimme und sehnte sich danach, sie noch einmal in seine Arme zu schließen.

Ihr Lachen überraschte ihn. „Und solche Freuden lassen Sie sich mit Sicherheit nicht entgehen." Sie raffte die Röcke und drängte sich an ihm vorbei.

„Das will ich nicht leugnen", antwortete er mit einem dünnen Lächeln.

„Ich bezweifle, dass Sie sich irgendein Vergnügen versagen", stellte sie schnippisch fest.

Er hielt sie sanft am Ärmel fest. „Und warum versagen Sie mir jetzt dieses Vergnügen?" Mit leiser Genugtuung bemerkte er ihr Zittern, als ihre Körper sich berührten.

Sie sah zu ihm auf, und ihm war, als dringe ihr Blick direkt in die Leere seines Herzens. „Verzicht ist gelegentlich heilsam für die Seele."

„Warten Sie! Verraten Sie mir wenigstens, wer Sie sind. Ich heiße Drake."

Sie zögerte. Er nahm die Hand von ihrem Ärmel und lehnte sich gegen die Balustrade. Es wäre zu bedauerlich, wenn sie so sang- und klanglos aus seinem Leben verschwinden würde. Er wollte wenigstens ihren Namen wissen. Ihre Eigenwilligkeit gefiel ihm, und ihre sinnliche Ausstrahlung betörte ihn. Sie verfügte über ein natürliches Selbstbewusstsein, ohne zu sehr von sich eingenommen zu sein wie andere Damen, die es wagten, mit ihm zu flirten. Und die Frage schoss ihm durch den Sinn, ob sie schon einmal mit einem Mann zusammen gewesen war. Und er hätte nichts dagegen gehabt, ihr erster Liebhaber zu werden.

„Mir fehlt die Zeit für flatterhafte Spielchen, die Herzensbrecher wie Sie gerne mit Frauen treiben", entgegnete sie mit einem kühlen Lächeln. „Solche Zerstreuungen kann ich mir nicht leisten."

Damit rauschte sie an ihm vorbei in den Ballsaal und tauchte im Gedränge unter. Einen Augenblick überlegte er, ob er ihr nacheilen sollte, wollte sie allerdings nicht in unnötige Konflikte bringen. Hätte er keine Pläne für den späteren Abend gehabt, wäre er ihr vermutlich gefolgt. Denn eigentlich war er des Umgangs mit käuflichen Damen oder mit albernen jungen Dingern, die bei jedem seiner Worte kichernd erröteten, überdrüssig.

Bei Gott, er hatte das seichte Lotterleben gründlich satt, das er führte.

2. KAPITEL

Eloise Goodwin blieb einen Moment stehen, um sich zu sammeln. Sie fühlte sich erhitzt und auf seltsam beschwingte Weise benommen. Die sich drehenden Tanzpaare im goldenen Schein der Kristalllüster steigerten ihr Schwindelgefühl. Allerdings hatte dieses erregende Zwischenspiel mit diesem gut aussehenden Fremden ihre Situation nur noch verschlimmert. Ihr Schützling hätte mit irgendwem irgendwohin verschwinden können in den kurzen verbotenen Augenblicken, in denen sich ihre überforderte Gouvernante von einem Frauenhelden zu einem koketten Zwiegespräch hatte hinreißen lassen.

Dieser atemberaubend charmante Schürzenjäger, dachte sie grollend, während ihr das Herz immer noch bis zum Hals schlug. Ein Blick in seine magischen dunkelblauen Augen, in sein markant geschnittenes Gesicht, hatte ihr genügt, um seine sündigen Absichten zu durchschauen. Hatte es ihn denn gar nicht gestört, mit einer einfachen Gouvernante zu tanzen? Mit einer verarmten, von den Eltern verstoßenen Frau, die nicht mehr ein noch aus wusste in ihrer Not, ihre Schutzbefohlene zu finden. Ihr stand weiß Gott nicht der Sinn nach Verführung. Aber vielleicht hatte er deshalb ein Auge auf sie geworfen, sah in ihr vermutlich eine leichte Beute für ein schnelles sündiges Abenteuer. Wahrscheinlich hatte er aus einer Laune heraus das hässliche Entlein erwählt in einem See voller anmutig schöner Schwäne.

Eloise seufzte. Nie zuvor in ihrer Laufbahn als Gouvernante war sie in Versuchung geraten, den Nachstellungen eines Mannes zu erliegen. Zugegeben, keiner der vornehmen Herren, die ihr bisher einen Klaps auf den Po gegeben hatten oder ihr in die Wäschekammer nachgestiegen waren, um ihr einen Kuss zu rauben, hatte auch nur einen Funken seiner magischen Ausstrahlung besessen. Sein Kuss hatte ihr förmlich den Boden unter den Füßen weggezogen.

Unwillkürlich blickte sie suchend zur Verandatür. Sie hatte

das unbestimmte Gefühl, einen Hang zur Schwermut in seinen schönen Gesichtszügen entdeckt zu haben. Eine Düsterkeit, ähnlich verlockend wie die Geheimnisse der Nacht, vor denen sie sich in Acht zu nehmen hatte. Für einen Satan durfte sie keine Zuneigung empfinden.

Niemand würde nämlich Sympathien für eine Gouvernante aufbringen, die munter auf dem Tanzparkett herumhüpfte, statt ihrer Pflicht nachzukommen. Nicht auszudenken, welch katastrophale Folgen es für ihre Zukunft haben könnte, wenn sie dabei beobachtet worden wäre. Eloise konnte nur hoffen, dass niemand sie in dem Gedränge bemerkt hatte.

Eine Frau in ihrer Situation tat gut daran, kein Aufsehen zu erregen. Sie hatte sich jahrelang erfolgreich im Hintergrund gehalten, und so sollte es auch bleiben. Allerdings hatte sie momentan den nahezu unbezähmbaren Wunsch, Miss Thalia Thornton mit bloßen Händen zu erwürgen, die sich heimlich aus dem Ballsaal gestohlen hatte. Eloise hatte sich lediglich nach dem Fächer gebückt, den die behäbige Baronin neben ihr unabsichtlich hatte fallen lassen. Als sie wieder aufblickte, war Thalia verschwunden.

Sie biss sich unschlüssig auf die Lippen. Wenn sie es sich recht überlegte, hätte sie bereits argwöhnisch werden müssen, als Thalia sich besonders zappelig und ungeduldig vor dem Besuch des Balls aufgeführt hatte; in solchen Situationen war meist ein junger Mann im Spiel, der sie zu Unbesonnenheiten verleitete. Und Thalia Thorntons Leben schien vorwiegend aus Unbesonnenheiten zu bestehen. Eloise hätte sich niemals freiwillig beworben, die junge Dame unter ihre Fittiche zu nehmen. Die Stellung war ihr mehr oder weniger als Vermächtnis zugefallen.

Zwei Jahre hatte sie eine beschauliche Stellung als Gesellschafterin bei Thalias Großtante Udella Thornton innegehabt. Als Udella während einer Weihnachtsfeier im letzten Jahr friedlich das Zeitliche gesegnet hatte, war Eloise davon ausgegangen, ihre Koffer packen und sich eine andere Stellung suchen zu müssen.

Aber Udellas Großneffe Lord Horace Thornton hatte Eloise

inständig gebeten, in seinem Haus als Gouvernante und Erzieherin seiner unverheirateten Schwester Thalia zu bleiben. Er hatte ihr die feste Zusage gegeben, dass ihre Dienste nur so lange benötigt würden, bis Thalia verheiratet war. Eloise hätte damals ihrer inneren Stimme folgen sollen, das Angebot dankend abzulehnen.

Thalia, deren Eltern früh verstorben waren, aufgewachsen mit einem leichtlebigen Bruder, der den Großteil seines Erbes bereits am Spieltisch verloren hatte, war ein gründlich verzogener Fratz. Es gab leider kein milderes Urteil für ihr ständig ungebührliches Verhalten.

„Hast du sie endlich gefunden?", fragte eine besorgte Frauenstimme hinter ihr.

Eloise riss den Blick schuldbewusst von der offenen Verandatür los. Es war höchste Zeit, den Herzensbrecher und seine schwindelerregenden Küsse zu vergessen. Die raue Wirklichkeit stand vor ihr in Gestalt der unscheinbaren Miss Mary Weston, Gesellschafterin der fülligen Baronin, die mit dem Fallenlassen ihres Fächers die Kette der Ereignisse dieses Abends in Gang gesetzt hatte. „Nein", gab Eloise kleinlaut zu, erneut von Sorge ergriffen. „War sie nicht im Erfrischungsraum?"

Mary schüttelte den Kopf und flüsterte bang: „Niemand hat sie gesehen. Solltest du vielleicht im Wintergarten nachschauen oder in einem Zimmer im ersten Stock?"

„Ich kann doch nicht einfach in fremde Schlafzimmer eindringen", entgegnete Eloise und erbleichte bei der Vorstellung. Nicht auszudenken, was sie tun würde, wenn sie Thalia mit einem fremden Mann auf frischer Tat ertappen würde.

„So töricht kann sie doch nicht sein, oder?" Mary wagte gar nicht, an so etwas Anstößiges zu denken.

„Doch, das traue ich ihr zu", antwortete Eloise mit bitterer Überzeugung.

„Aber sie ist doch verlobt …"

„Mit einem Mann, von dem sie behauptet, sie könne ihn nicht lieben." Und jener bedauernswerte, völlig vernarrte Baron hatte Eloise einen großzügigen Bonus versprochen für ihre Zusage, ein Auge auf seine „temperamentvolle Verlobte" zu haben, bis er von seiner Geschäftsreise aus Amsterdam zurückkehrte. Der eher reizlose Mann war sich zweifelsohne bewusst, dass er im Vergleich zu den flotten Jünglingen der feinen Gesellschaft, zu denen Thalia sich hingezogen fühlte, nicht unbedingt vorteilhaft abschnitt. Eloise wäre keineswegs erstaunt gewesen zu erfahren, dass Thalia ihre Verlobung mit voller Absicht hintertrieb.

„Wo steckt eigentlich ihr Bruder?" Mary blickte sich suchend um. „Lord Thornton hat euch beide doch zum Ball begleitet, nicht wahr?"

„Ich fürchte, Seine Lordschaft hat völlig vergessen, dass er eine Schwester hat, und im Übrigen würde es ihn nicht weiter stören, wenn sie spurlos verschwunden wäre."

In diesem Augenblick tauchte ein junges Paar in der Verandatür auf. Beide wirkten erhitzt und sichtlich derangiert von den heimlichen Zärtlichkeiten, die sie offenbar getauscht hatten. Leider handelte es sich bei der jungen Dame nicht um Thalia und bei dem hoch aufgeschossenen jungen Mann an ihrer Seite nicht um den blauäugigen Herzensbrecher, der Eloise von ihren Pflichten abgelenkt hatte. Aus einem unerklärlichen Grund besänftigte diese Erkenntnis ihren inneren Aufruhr ein wenig.

Mary stieß ihr sanft den Ellbogen in die Seite. „Du musst sie finden, bevor ein anderer sie bei einer Unbedachtheit erwischt."

Diese Aufforderung brachte wieder Leben in Eloise. Eine Gouvernante hatte kein Recht, sich in romantischen Fantasien über einen Lebemann zu ergehen. „Ja, ich finde sie, und dann kann sie was erleben."

Drake schlenderte in den Spielsalon im ersten Stock auf der Suche nach seinem jüngeren Bruder Devon. Möglicherweise aber hatte der Grünschnabel mit einer seiner Verehrerinnen mehr Glück gehabt als er mit der entzückenden, wenn auch unnahbaren Miss Pflichtbewusstsein. Er schmunzelte in Erinnerung an diese allzu kurze Begegnung. Mit etwas mehr Zeit wäre es ihm gewiss gelungen, ihr Herz für ihn zu erwärmen. Nun denn, für sie war es so ohnehin besser, da eine junge Frau, die sich in Drakes Begleitung in der Öffentlichkeit zeigte, ihren guten Ruf in der vornehmen Gesellschaft bereits beschädigt hatte.

„Schönen Abend, Boscastle", grüßte ein Herr träge aus den Tiefen eines Ledersessels. „Wie man hört, werden Sie demnächst für längere Zeit aus dem Verkehr gezogen."

„Ja, wenn ich Glück habe", entgegnete Drake im Vorübergehen. Maribella St. Ives war berüchtigt dafür, ihre Liebhaber völlig in Beschlag zu nehmen, und ihre Temperamentsausbrüche boten ergiebiges Futter für die Klatschkolumnisten, während Drake es lieber hatte, sein Privatleben in Schweigen zu hüllen.

Er ließ den Blick durch den Salon schweifen. An einem entfernten Tisch vor dem Fenster spielten zwei Herren eine Partie Écarté. Einer davon war Drakes Cousin Gabriel Boscastle, ein dunkelhaariger kampferprobter Offizier, der in Spanien verwundet worden war. Der zweite Spieler war Lord Horace Thornton, der leichtlebige jüngere Bruder eines früh verstorbenen Freundes von Drake.

Gabriel spielte mit unbewegter Miene, wie sie nur ein Boscastle zur Schau tragen konnte. Horace hingegen war kreidebleich, trank in hastigen Schlucken und hatte offenbar eine Pechsträhne, worauf sein unsteter Blick und seine fahrigen Bewegungen schließen ließen. Kaltblütig, wie Gabriel nun einmal war, würde er sich nicht scheuen, ihm den letzten Penny aus der Tasche zu ziehen. Drake wandte sich peinlich berührt ab, ihm war nicht danach zumute, Zeuge der Niederlage eines Mannes zu werden, den er ohnehin nicht sonderlich schätzte.

Im Grunde genommen war ihm nach keiner Zerstreuung zumute. In den letzten Monaten hatte er festgestellt, dass seine Unzufriedenheit sich verstärkte, ohne eigentlich zu wissen, warum. Wobei der nahende Todestag seines jüngsten Bruders Brandon, der so gewaltsam sterben musste, möglicherweise damit im Zusammenhang stand. Und vor einem Monat hatte Drake sich von seiner letzten Mätresse getrennt, die ihm beim Abschied vorgeworfen hatte, ein herzloser Schuft zu sein. Er hatte ihr nicht widersprochen.

Eine befremdliche Stille im Raum holte ihn unvermutet aus seinen düsteren Grübeleien. Noch bevor er sich umgedreht hatte, um der Ursache nachzugehen, erhoben sich wütende Männerstimmen aus der Richtung des Spieltisches vor dem Fenster.

Sein Cousin war rot vor Zorn im Gesicht aufgesprungen und hatte Horace an seiner seidenen Halsbinde gepackt. Horace schlotterte vor Angst und schien mit den Tränen zu kämpfen. Drake näherte sich den beiden verdrossen.

„Er betrügt“, erklärte Gabriel seinem Cousin. „Er spielt mit gezinkten Karten. Schau dir sein Blatt an! Ich fordere Satisfaktion.“

Horace befreite sich und verschüttete dabei sein Glas Portwein über den Tisch. „Ich bitte Sie, mein Sekundant zu sein, Drake. Sie werden doch nicht ablehnen? Mein Bruder hat Ihnen schließlich einmal das Leben auf dem Schlachtfeld gerettet.“

Drake war im ersten Moment zu verblüfft, um auf das dreiste Ansinnen zu reagieren. Wie konnte Horace sich bloß in diese peinliche Situation bringen? Wie dumm musste einer sein zu glauben, er könne einen Boscastle betrügen, ohne dabei erwischt zu werden? Und wieso in Gottes Namen sollte Drake sich in ein Duell gegen seinen eigenen Cousin hineinziehen lassen? Zugegeben, er konnte Gabriel nicht besonders gut leiden und hatte allen Grund anzunehmen, dass diese Antipathie auf Gegenseitigkeit beruhte.

Noch vor einem Jahr hätte er Horace auf der Stelle verprügelt, weil dieser ihn in dieser Weise in aller Öffentlichkeit brüskierte. Gabriel war immerhin ein Blutsverwandter, wenn auch kein besonders angenehmer Zeitgenosse. Betrug beim Kartenspiel aber war absolut ehrenrührig. Andererseits bot Horace einen so jämmerlichen Anblick, und sein Bruder war tatsächlich ein enger Freund von Drake gewesen, ein Soldat, auf den man sich immer hatte verlassen können, bis er in der Schlacht gefallen war.

Gabriel bedachte Drake mit einem finsteren Blick. „Schön,

dich wieder einmal zu sehen, Cousin. Tut mir leid, dass ich Heaths Hochzeit verpasst habe. Im Übrigen nehme ich es dir nicht übel, wenn du diesem Idioten sekundierst."

Drake musste lachen. „Und warum nicht?"

„Frühstücken wir gemeinsam, wenn wir beide überleben?", fragte Gabriel, ohne auf Drakes Einwurf einzugehen, und winkte einem Diener zu, ihm seinen Mantel zu bringen. „Schließlich bin ich nicht allzu oft in London."

Drake zögerte, da er andere Pläne für den nächsten Tag hatte. Er dachte mehr an ein Champagnerfrühstück nach einer heißen Liebesnacht mit Maribella, als seine Zeit mit Gabriel zu vergeuden. „Wir werden sehen."

Gabriel lächelte dünn. „Viel Vergnügen heute Nacht."

Drake nickte knapp. Offenbar gab es keinen unter seinen Freunden und Bekannten, der nicht wusste, dass die schöne Maribella sich den beneidenswerten Drake Boscastle zum Gönner erwählt hatte. Blieb nur zu hoffen, dass sie ihrer Reputation gerecht und er ihren Erwartungen entsprechen würde.

Gabriel wandte sich brüsk ab, als Horace den Rückzug antrat. Er wirkte so bedauernswert in seiner selbst verschuldeten Schmach, dass Drake beinahe Mitleid mit ihm hatte. „Gehen Sie nach Hause und schlafen Sie sich aus. Morgen brauchen Sie all Ihre Geistesgegenwart."

Horace schluckte schwer. „Mir wäre lieber, ich würde nicht mehr aufwachen."

Gabriel lachte verächtlich, und Drake schüttelte verständnislos den Kopf. „Ihr Bruder würde Sie für diese dumme Bemerkung vermutlich ohrfeigen. Und ich rede nur aus Respekt vor ihm mit Ihnen."

„Ich weiß", sagte Horace zerknirscht und voller Selbstmitleid. „Darf ich Sie trotzdem um einen Gefallen bitten?"

„Lass dich bloß nicht darauf ein", warnte Gabriel spöttisch.

„Ich leihe Ihnen kein Geld", erklärte Drake kalt. „Ihre Schulden sind jetzt schon eine Schande für Sie."

„Das meine ich nicht." Horace dämpfte die Stimme. „Ich bitte

Sie nur, meine Schwester nach Hause zu begleiten. Sie erinnern sich doch an Thalia, nicht wahr?“

Drake verzog schmerzlich das Gesicht. „Meinen Sie etwa den verwöhnten Fratz, der alle Gäste mit einem Stock gegen das Schienbein schlug, als ich sie zum letzten Mal sah?“

Horace brachte ein mattes Lächeln zustande. „Sie ist zwar immer noch ein verwöhnter Fratz, aber sie wird bald heiraten und hat in den letzten Jahren keinen Gast mehr mit einem Stock attackiert.“

„Bedaure Thornton, aber ich habe noch eine Verabredung“, sagte Drake ablehnend und war sich sehr wohl bewusst, dass Gabriel sich glänzend amüsierte.

„Ich bitte Sie doch nur, das Mädchen nach Hause zu begleiten“, seufzte Horace unglücklich. „Ich bringe es nicht übers Herz, ihr in die Augen zu schauen. Sie können sie doch auf dem Weg zu Ihrer Verabredung absetzen.“ Er drängte sich an Drake vorbei, der sich nicht von der Stelle rührte. Und dann fiel ihm noch etwas ein. „Ich rate Ihnen nur, seien Sie auf der Hut vor ihrer Gouvernante. Die Person gleicht einem feuerspeienden Drachen.“

Drake bemerkte das schadenfrohe Grinsen seines Cousins. „Ich habe keine Ahnung, was er damit meint. Wo ist Thalia eigentlich?“

Horace eilte mit gesenktem Blick und hochgezogenen Schultern zur Tür, verfolgt von den verächtlichen Blicken der anwesenden Herren. „Unten im Ballsaal“, murmelte er. „Wahrscheinlich lässt sie keinen Tanz aus.“

Gabriel schnalzte mit der Zunge, als Horace verschwunden war. „Ich fürchte, wir beide stehen morgen alleine auf dem Duellplatz, Drake.“

„Umso besser“, knurrte Drake mit einem grimmigem Lächeln. „Das gibt mir wenigstens Gelegenheit, dir deine ständigen Aufdringlichkeiten heimzuzahlen.“

3. KAPITEL

Drake hüstelte vernehmlich und trat in den Schatten einer Palme im Wintergarten, um Thalia und dem jungen Mann, der sie küsste, Gelegenheit zu geben, sich aus ihrer Umarmung zu lösen. Doch das verliebte Paar ließ sich keineswegs stören, wie Drake unmutig feststellte.

Schließlich klopfte er dem selbstvergessenen Romeo von hinten auf die Schulter. „Schluss jetzt! Es reicht."

„Noch nicht", murmelte der Jüngling mit einer wegwerfenden Handbewegung.

Drake zog ihn unsanft am Arm zu sich herum und war keineswegs überrascht, Percy Chapman vor sich zu haben, einen arroganten Prahlhans, der sich ständig an junge Mädchen heranmachte. Hinter seinem burschikosen Charme verbarg sich eine gefühlskalte Menschenverachtung.

Percys gereizter Unmut über die Störung wandelte sich augenblicklich in Respekt, als er den Störenfried erkannte. „Boscastle! Sie sind es. Sehen Sie denn nicht, dass ich beschäftigt bin?"

„Schluss damit", wiederholte Drake knapp.

„Nun kommen Sie schon. Sie ist schließlich nicht Ihre Schwester." Aber er löste sich von Thalia, nahm ihre Hand von seinem Arm und setzte sein gewinnendes Lächeln auf.

„Sie gehen jetzt", befahl Drake kühl. „Und zwar alleine. Die junge Dame betritt den Ballsaal nicht in Ihrer Begleitung."

„Wenn Sie meinen." Percy zuckte gleichmütig mit den Achseln.

Drake wandte sich unwirsch an Thalia, die mit störrisch gerecktem Kinn neben einem ausladenden Farngewächs stand, bückte sich nach ihrem Paisleyschal auf den Steinfliesen und hielt ihn ihr hin. „Legen Sie ihn um."

„Warum sollte ich?"

Er zog eine Braue hoch. „Soll ich bis drei zählen?"

„Können Sie bis drei zählen?"

Er lachte trocken. „Sie wollen partout Ärger haben, wie?"

Sie brach einen Farnwedel ab und fuchtelte ihm damit vor der Nase herum.

„Habe ich Sie um Ihre Einmischung gebeten?“

Eloise presste die Hand an die Rippen gegen das lästige Seitenstechen. Auf dem Weg in den Wintergarten, den letzten Ort, wo sie Thalia zu finden hoffte, kam ihr ein blonder junger Herr entgegen, der nervös an seiner Uhrkette nestelte. Percy Chapman, dachte sie verächtlich und gab vor, ihn nicht zu erkennen. Wenigstens war er nicht mit Thalia zusammen. Erst kürzlich hatte sie die beiden bei einer anderen Abendgesellschaft ertappt, als sie sich heimlich davonschleichen wollten.

Beim Betreten des Gewächshauses fiel ihr Blick auf den Schatten eines Mannes, der mit Thalia zwischen ausladenden Farnsträuchern stand. In ihren Schreck mischte sich Zorn, als sie sein markantes Profil und die breiten Schultern erkannte. Es war der gut aussehende Charmeur, der sie schamlos auf der Terrasse geküsst hatte. Der Schurke hat keine Zeit verloren, um sich an ein nächstes Opfer heranzumachen, dachte Eloise erbost. Nun legte er Thalia auch noch den Schal um die Schultern, den er ihr vermutlich vorher abgenommen hatte.

„Sie also!“, rief sie erzürnt, trat zwischen die beiden in den Farnwedeln und riss ihm den Schal aus den Händen. „Welche Überraschung! Das hätte ich mir denken können.“

Er empfing Eloise mit einem nachsichtigen Lächeln. „Und ich hätte mir denken können, dass diese junge Dame Ihr verlorenes Schaf ist.“ Und dann blitzte ein spöttisches Funkeln in seinen blauen Augen. „Sie sind also der feuerspeiende Drache.“

„Wie bitte?“ Thalia verengte die Augen. „Wen nennen Sie ein Schaf?“, fragte sie erzürnt.

„Sie natürlich“, antwortete Drake, ohne sie eines Blickes zu würdigen.

„Dafür verdienen Sie eine Ohrfeige.“ Thalia sah Eloise aufmunternd an. „Eloise, ich gestatte Ihnen, dem Herrn eine Ohrfeige zu geben.“

„Ach, tun Sie es doch selbst“, entgegnete Eloise gereizt, immer noch ein wenig atemlos. Das Seitenstechen war weniger lästig als die Enttäuschung, ihren dunklen Verführer bei seinem nächsten Annäherungsversuch ertappt zu haben, ausgerechnet mit Thalia. Hatte er etwa sie gemeint, als er vorhin seine Pläne für den späteren Abend erwähnte?

Der Schürzenjäger verschränkte die Arme vor der Brust und wandte sich herausfordernd an Thalia. „Wenn wir schon beim Thema körperlicher Züchtigung sind, so verdienen meiner Ansicht nach Sie eine Tracht Prügel. Walten Sie Ihres Amtes, gestrenge Drachengöttin.“

„Mir scheint, man hat es beizeiten versäumt, Ihnen eine Tracht Prügel zu verabreichen. Wie können Sie es wagen, einer unschuldigen jungen Dame Avancen zu machen?“, entrüstete Eloise sich.

„Wie bitte?! Ich habe die Kleine nicht einmal angefasst. Vielen Dank für Ihre schlechte Meinung über mich.“ Mit einem strengen Gesichtsausdruck sah er Thalia an. „Es wäre höchste Zeit, endlich mit der Wahrheit herauszurücken.“

Thalia weigerte sich verbissen, auch nur ein Wort von sich zu geben.

Eloise musterte ihn in unverhohlenem Argwohn. Er erwiderte ihren Blick unverwandt und aufsässig. Wem sollte sie nun glauben?

„Tatsache ist“, begann sie tadelnd, „dass ich Sie beide hier vorfinde, wobei Miss Thornton einen deutlich erhitzten und zerzausten Eindruck macht. Oder wollen Sie das etwa leugnen?“

Drake fühlte sich gekränkt, dem Verdacht ausgesetzt zu sein, einem kindischen Backfisch wie Thalia Thornton Avancen zu machen. Natürlich tat der hübsche Drache nur seine Pflicht, was gewiss kein Honiglecken war. Zweifellos wurde sie von ihrem Dienstherrn ausgenutzt und schlecht bezahlt. Sie könnte ihm leidtun, wenn er zu Gefühlen wie Mitleid fähig gewesen wäre. Allerdings weckte die entzückende Person ganz andere Gefühle in ihm.

„Fragen Sie doch Miss Thornton“, antwortete er verstimmt. „Und wenn Sie schon dabei sind, fragen Sie auch nach dem aufgeblasenen Grünschnabel, der ihr vorhin das ganze Gesicht abgeschleckt hat.“

Eloise presste die Lippen aufeinander. „Spricht der Herr etwa von Percy Chapman?“, fragte sie ihre Schutzbefohlene, die sich trotzig den Schal enger um die Schultern zog. „Ich bin tief enttäuscht, Thalia. Was haben wir besprochen, bevor wir das Haus verließen?“

„Sie baten mich, nicht mit Percy zu tanzen. Das habe ich auch nicht getan“, verteidigte sie sich aufbrausend und warf Drake einen flehenden Blick zu. „Habe ich etwa mit ihm getanzt?“

„Schwer zu beurteilen“, antwortete er gedehnt. „Ich habe nur gesehen, wie Sie eng umschlungen mit ihm in den Farnwedeln standen.“

Der Drache erbleichte und schloss die Augen. Drake hoffte nur, sie würde ihm nicht ohnmächtig in die Arme sinken. Er wollte sich nicht zu seinem Rendezvous verspäten, und es wäre ausgesprochen lästig, einen Lakai holen zu müssen, der sich um sie kümmerte. Es konnte nicht schaden, ihr ein wenig Halt zu geben. In der Sekunde, als er sie berührte, wünschte er freilich, diesem Bedürfnis nicht nachgegeben zu haben. Ihre Schultern fühlten sich weich und warm an und lösten ein wohliges Prickeln in ihm aus. Seit er sie im Garten geküsst hatte, wünschte er sich, sie wieder in den Armen zu halten. Allerdings nicht in dieser Situation und nicht auf diese Weise.

„Fühlen Sie sich nicht wohl?“, fragte er besorgt.

„Wie würden Sie sich an meiner Stelle fühlen?“, flüsterte sie, schlug die Augen auf und sah ihn an. „Die beiden waren doch hoffentlich vollständig bekleidet?“

„Als ich sie überraschte, ja“, erklärte er gelassen. „Allerdings habe ich keine Ahnung, in welchem Zustand sie sich vorher befanden.“

„Das ist nicht gerade ermutigend.“ Sie blickte auf seine Hände. „Wieso halten Sie mich fest?“

„Ich dachte, Sie fallen in Ohnmacht."
„Warum dachten Sie das?", bohrte sie weiter.
Er kam sich vor wie ein Dummkopf, sich Sorgen um ihr Wohlbefinden gemacht zu haben.
„Sie wurden blass und schlossen die Augen. Das tun Frauen meist, bevor sie in Ohnmacht sinken."
Sie dämpfte ihre Stimme noch mehr. „Sie wären vermutlich auch einer Ohnmacht nahe, wenn Sie die Aufgabe hätten, Miss Thornton vor einer Unbesonnenheit zu bewahren bis zu ihrer Hochzeit, die erst in drei Wochen stattfinden soll."
„Hat ihr Bruder Sie damit beauftragt?", fragte er ironisch und zog sie ein paar Schritte von Thalia fort.
„Nein, ihr Verlobter." Sie zögerte. „Darüber dürfte ich gar nicht reden, aber er fürchtet wohl, sie könne ihre Meinung im letzten Moment ändern und sich an einen leichtfertigen Schürzenjäger wegwerfen." Sie legte eine bedeutungsvolle Pause ein. „In dieser Saison scheint es in London von Schürzenjägern nur so zu wimmeln."
Drake musterte prüfend die junge Dame im gelben Seidenkleid, ein lebenshungriges lüsternes Nymphchen, wie ihm schien. Widerstrebend nahm er die Hände von ihrer Gouvernante. Er konnte sich nicht vorstellen, dass ein Mann den Wunsch hatte, ein verwöhntes dummes Gänschen wie Thalia zu heiraten, aber was wusste er schon von Heirat? Er fühlte sich lediglich aus irgendeinem Grund zu dem feuerspeienden Drachen hingezogen.
„Ich wünsche Ihnen viel Glück bei Ihrem schwierigen Unterfangen. Kommt mir vor, als müssten Sie einen Sack Flöhe hüten. Nun ja, es sind nur noch drei Wochen bis zur Hochzeit."
Das ironische Blitzen in ihren Augen ließ ihn stutzen. „Haben Sie eine Ahnung, in welche Schwierigkeiten ein Mann und eine Frau sich bringen können, die ihren Neigungen freien Lauf lassen? Haben Sie eine Ahnung, welche Sünden in einundzwanzig Tagen begangen werden können? Nicht, dass ich bereits die Tage zähle, Gott bewahre."

Drake verzichtete auf eine Antwort. Er hätte Bücher schreiben können über das Thema, seinen Neigungen und Gelüsten zu folgen. Im Augenblick wollte er sich damit begnügen, den Gentleman zu spielen.

Er wies mit einer leichten Verneigung zur Treppe. „Meine Damen, Lord Thornton bat mich, Sie nach Hause zu begleiten."

Thalia bedachte ihn mit einem verschmitzten Lächeln. „Ich weiß, was Sie heute Nacht noch vorhaben", raunte sie ihm zu. „Die Gäste tuschelten über Ihr Rendezvous."

Er warf dem Drachen einen Seitenblick zu. Sie hatte einen hübschen Namen. Eloise. Einer reizvollen Frau wie ihr und in ihrer Position boten sich gewiss reichlich Gelegenheiten, Sünden zu begehen. Nutzte sie solche Gelegenheiten? Das hatte ihn nicht zu interessieren, und außerdem wollte er sich nicht zu seiner Verabredung verspäten.

Er wandte sich wieder an Thalia. „Ihr Bruder wurde vorhin ertappt, beim Kartenspiel zu betrügen", sagte er in missbilligendem Tonfall. „Er wurde zum Duell gefordert und bat mich, ihm zu sekundieren."

Thalia warf ihrer Gouvernante einen ratlosen Blick zu, und Drake fühlte sich wie ein Verräter, ihr von der Schmach ihres Bruders erzählt zu haben.

„Er hat es schon wieder getan, Eloise."

„Wir sind lange genug geblieben", erwiderte diese gefasst und nahm ihren Schützling beim Arm. „Vergessen Sie nicht, dass Sie morgen zum Frühstück bei Ihrer zukünftigen Schwiegermutter eingeladen sind." Sie schwieg einen Moment, ehe sie murmelnd hinzufügte: „Vorausgesetzt, Ihr Bruder überlebt dieses Duell unversehrt, wenn er schon seine Würde verloren hat."

4. KAPITEL

Am Fenster von Thalias Schlafgemach stehend, legte Eloise den Umhang ab und blickte der schwarzen Karosse nach, die sich unten auf der nächtlichen Straße entfernte. In ihrer Erleichterung, das Mädchen unbeschadet nach Hause gebracht zu haben, hatte sie völlig vergessen, sich bei dem Gentleman für seine Begleitung zu bedanken. Er wird sich zu seinem Stelldichein verspäten, dachte sie. Auf der kurzen Fahrt zu Lord Thorntons gemietetem Stadthaus in der Hill Street hatte er jedenfalls den Eindruck erweckt, es kaum erwarten zu können, sich seiner Pflicht zu entledigen.

Was sie ihm nachfühlen konnte, da auch sie es kaum erwarten konnte, sich ihrer Pflichten zu entledigen. Nur noch drei Wochen dieses Martyriums, tröstete sie sich. Drei quälend lange Wochen, in denen es galt, Miss Thornton vor Schaden zu bewahren, bis sie mit ihrem arglosen Verlobten vor den Traualtar trat. Eloise betete inständig, dass sein „goldblonder Engel" unbefleckt in die Ehe mit dem liebestrunkenen, ein wenig linkischen, aber wohlhabenden Kaufmann Sir Thomas Heaton gehen würde. Denn dieser hatte offenbar keine Ahnung, welchem Früchtchen er verfallen war.

Während einer Abendgesellschaft hatte der Baron die hübsche Thalia entdeckt und noch am selben Abend bei ihrem Bruder um ihre Hand angehalten. Thalia hatte sich den ganzen Abend bei ihren Freundinnen lustig über ihren glühenden Verehrer gemacht, bis sie erfuhr, dass er mit dem Handel von Gewürzen ein stattliches Vermögen angehäuft hatte. Eloise war im Stillen der Ansicht, der bedauernswerte Mann, den Thalias Schönheit geblendet hatte, habe etwas Besseres verdient, behielt indes ihre Meinung wohlweislich für sich.

Im Übrigen musste sie sich über ihre eigene ungewisse Zukunft Gedanken machen. Sie hatte sich bereits für eine neue Stellung als Erzieherin beworben in der Privatschule, die von Emma Boscastle, Viscountess Lyons in London eröffnet worden war, nachdem sie ihr kleines, exklusives Mädchenpensionat in Schottland geschlossen hatte. Ein erstes Gespräch mit Lady Lyons vor wenigen Wochen war günstig verlaufen. Danach war Eloise zum Tee eingeladen worden, und Lady Lyons hatte ihr versichert, sie in die engere Wahl zu ziehen.

Vielleicht war es leichtsinnig, alle Hoffnungen auf die Stellung als Lehrerin im vornehmen Institut der Viscountess zu setzen, deren extrem hohe Ansprüche an untadeliges Benehmen und feiner Lebensart allgemein geschätzt wurden. Allerdings war auch Eloise untadeliges Benehmen sehr wichtig, wobei ihre Bemühungen nur allzu oft von ihrem leichtsinnigen, ungestümen Schützling durchkreuzt wurden.

Bislang war es ihr gelungen, Miss Thorntons Neigung, schädlichen Einflüssen zu erliegen, einen Riegel vorzuschieben. Aber sie lebte in ständiger Angst, Thalia könne sie beide mit ihrem flatterhaften Leichtsinn noch vor der Hochzeit ins Verderben stürzen.

Eloise wusste sehr wohl um die gefährlichen Fallen, in die ein junges Mädchen tappen konnte, da auch sie einst einem Betrüger auf den Leim gegangen war. Schon deshalb war sie wild entschlossen, Thalia, wenn nötig in Handschellen, vor den Traualtar zu zerren. Für ihre Bemühungen war Eloise vom Baron eine finanzielle Belohnung zugesagt worden, die sie sich redlich verdient hatte. Sir Thomas hatte freilich auch Andeutungen gemacht, er hege die Absicht, sie in seine Dienste zu nehmen, sobald Nachwuchs da wäre.

Eine grässliche Vorstellung. Eloise würde lieber in Lady Lyons Mädchenpensionat Fußböden schrubben, als eine Schar unerzogener Kinder in einem Haus auf dem Land zu bändigen und sich überdies der Zudringlichkeiten lüsterner Nachbarn erwehren zu müssen, die in einer Kinderfrau leichte Beute witterten.

Ein scharrendes Geräusch holte sie aus ihren düsteren Grübeleien. Gereizt drehte sie sich um. Thalia war im Begriff, einen kleinen Reisekoffer durchs Zimmer zu ihrem Schrank zu ziehen. Eloise sah ihr eine Weile dabei zu.

„Was in aller Welt tun Sie da?“

Thalia ließ sich nicht beirren und antwortete nicht einmal. Wäre Eloise nicht so müde gewesen, hätte sie Verdacht geschöpft. Aber es war spät nachts, Lord Thornton war immer noch nicht nach Hause gekommen, obgleich er im Morgengrauen zu einem Duell antreten musste. Und zu allem Überfluss stand ihr noch ein Frühstück bei der Mutter des Barons bevor. Sie brauchte ihren Schlaf und wollte endlich ins Bett.

„Was tun Sie da?“, wiederholte sie einen Ton schärfer.

„Ich suche ein passendes Kleid für das Frühstück.“ Thalia warf ein hauchdünnes Seidenkleid auf das Bett.

„Doch nicht das da ... diesen dünnen Fetzen. Das ist ja beinahe durchsichtig. Man kann Ihre Beine erkennen.“

„Selber schuld, wenn die Leute hinsehen“, entgegnete Thalia aufsässig und fügte herablassend hinzu: „Sie können sich zurückziehen, Eloise. Ich bin sehr wohl in der Lage, alleine zu entscheiden, was ich anziehe.“

Mit einem Blick zur Kaminuhr, deren Zeiger bereits nach Mitternacht gerückt waren, wandte Eloise sich zur Tür. Nur noch zwanzig Tage. In ihrer Erleichterung, dass ihre Leidenszeit sich um einen weiteren Tag verkürzt hatte, wurde Eloise nicht misstrauisch wegen Thalias seltsamer Aktivitäten.

Ihre Zerstreutheit hing in gewisser Weise auch damit zusammen, dass der Mann ihr nicht aus dem Sinn ging, der sie nach Hause begleitet hatte. Würde Sie ihn wiedersehen? Diesen schönen Fremden, der ihre Lippen mit seinen heißen Küssen gebrandmarkt hatte?

Als sie beinahe eine Stunde später im Bett lag, nachdem sie sich gewaschen, die Zähne mit Zahnpulver geputzt und ihr Nachtgebet gesprochen hatte, dachte sie immer noch an ihn.

Ein merkwürdiges Klappern im Garten schreckte sie aus ihren Träumereien. Sie sprang aus dem Bett und öffnete hastig das Fenster.

Benommen spähte sie in die Finsternis, entdeckte eine Leiter im Gras, und ihr Herzschlag drohte auszusetzen. Grundgütiger!

Das Mädchen hatte sich davongeschlichen, vor ihrer Nase. Während sie schwärmerisch von den Küssen eines Frauenhelden träumte, war ihre Schutzbefohlene entflohen.

Mit dem Verschwinden der undankbaren Göre hatte sich Eloises wohlverdiente Belohnung des Barons in Luft aufgelöst. Und ihr Ruf als verantwortungsvolle Gouvernante war gleichfalls dahin.

Sie stürmte aus dem Zimmer, den Flur entlang und riss ohne anzuklopfen die Tür zu Lord Thorntons Gemach auf. Nicht dass Seine Lordschaft es verdient hätte, höflich behandelt zu werden, es war auch unnötig, einen Gedanken daran zu verschwenden. Das Zimmer war leer.

Die Schreibtischfächer waren herausgezogen, die Tür seines Kleiderschranks stand sperrangelweit offen. Vermutlich hatte ihr Dienstherr sich heimlich ins Haus geschlichen, das Nötigste eingepackt und sich wieder davongemacht, um nicht zum Duell antreten zu müssen. Dieser Feigling. Sie nahm eine seiner Duellpistolen vom Schreibtisch.

„Ich bringe den Mistkerl um“, schrie sie entrüstet. „Ich bringe die ganze Brut um und lande entweder im Irrenhaus oder am Galgen.“

Fuchsteufelswild stürmte sie die Hintertreppe in die Küche hinunter, wo Freddie, der einzige Diener, den Lord Thornton sich außer seinem Butler leisten konnte, vor einem Krug Bier am blank gescheuerten Tisch hockte.

„Miss Goodwin“, rief er erschrocken. „Wo brennt's? Um Gottes willen, was wollen Sie denn mit der Pistole?“

„Sie ist fortgelaufen.“ Sie starrte ihn entsetzt an, bevor sie die Waffe auf den Tisch warf. „Sie sind beide verschwunden. Lord Thornton hat sich aus dem Staub gemacht, um sich morgen früh nicht duellieren zu müssen. Und seine Schwester hat ihre Drohung wahrgemacht und ist durchgebrannt.“

„Gütiger Himmel!“ Freddie stellte den Bierkrug krachend neben die Pistole. „Und wir können sehen, wo unser Lohn bleibt.“

Bluebell, die stets fidele Küchenmagd, steckte schlaftrunken ihren zerzausten Lockenkopf zur Tür herein. „Schreit nicht so laut, ihr zwei. Ihr weckt noch das ganze Haus auf."

„Das ganze verdammte Haus ist leer", entgegnete Eloise erbittert.

Das Mädchen warf dem Diener einen ratlosen Blick zu. Miss Goodwin fluchte nie. „Was ist denn passiert?", fragte sie ängstlich und huschte in die Küche. „Wo sind sie denn hin, Miss?"

„Woher soll ich das wissen?" Eloise sank mutlos auf den nächsten Stuhl. „Ich muss nachdenken. Weit kann die dumme Gans nicht gekommen sein."

„Die dumme Gans?", wiederholte Bluebell, deren Interesse geweckt war. Alle Dienstboten teilten diese Meinung, aber die gesetzte, stets höfliche Gouvernante hatte nie so offenherzig über ihren Schützling gesprochen. „Mit wem ist sie denn durchgebrannt, Miss?"

„Mit einem Taugenichts namens Percy Chapman. Ich habe weder eine Ahnung, wo er wohnt, noch, was ich jetzt machen soll." Sie schlug mit der Faust auf den Tisch. „Wie kann sie mir das nur antun?"

„Lord Thornton wird bald zurückkommen und alles wieder richten", sagte Bluebell hoffnungsvoll. „Er kann doch nicht seinen ganzen Besitz zurücklassen."

„Welchen Besitz?" Eloises Kopf begann zu schmerzen. „Er hat alles beim Kartenspiel verloren bis auf die Kleider, die er am Leib trägt, und zu allem Überfluss wurde er auch noch dabei ertappt, zu betrügen. Er hat das ganze Geld, das er sich vom Baron geliehen hat, durchgebracht."

„Er hat falsch gespielt und trotzdem verloren?", fragte Freddie fassungslos.

Eloise verengte die Augen. „Unglaublich, wie? Er ..."

Alle drei wandten gleichzeitig die Köpfe zur Haustür, als es eindringlich klopfte. Das Haus war bescheiden, die Dienstboten wurden schlecht bezahlt. Keiner hatte Aussicht auf eine bessere Stellung. Und alle hofften, dass Eloise, wenn sie in Lady Lyons

Mädchenpensionat als Erzieherin angestellt war, Verbindungen zu wohlhabenden Häusern knüpfen würde, wo sie Arbeit finden könnten.

Wenn Miss Thornton durchgebrannt und ihren Ruf ruiniert hatte, würden sie alle auf der Straße landen, und niemand würde Eloise in seine Dienste nehmen. Dieser Skandal würde auch die Dienstboten betreffen. Es war schlimm genug, einen Herrn zu haben, der beim Kartenspiel betrog.

„Wer kann das sein mitten in der Nacht?", fragte Bluebell im Flüsterton.

Freddie warf einen Hilfe suchenden Blick zu Eloise. „Vielleicht Gläubiger. Seine Lordschaft hält sie schon seit Wochen hin. Was sollen wir tun?"

Eloise erhob sich müde. „Vielleicht ist Lord Thornton oder seiner Schwester etwas zugestoßen. Wir dürfen nicht feige sein."

„Wieso eigentlich nicht?", fragte Freddie aufsässig. „Wir haben schließlich nichts verbrochen. Aus welchem Grund sollen wir unseren Hals riskieren? Das wüsste ich gerne."

Eloise setzte sich in Bewegung und kämpfte tapfer ihre Angst nieder. Am liebsten hätte sie Thalia den Hals umgedreht wie einem Suppenhuhn für ihr unerhörtes Benehmen. Wie sollte sie Sir Thomas Thalias nächtliche Flucht erklären, oder Lord Thornton? Wie sollten sie und die anderen überleben? Eloise hatte weder Freunde noch Verwandte in London, die ihr weiterhelfen könnten. Ihre Eltern hatten sie vor beinahe sechs Jahren enterbt und verstoßen, weil sie selbst einen Skandal heraufbeschworen hatte.

Ihr geheimer Skandal.

So nannte sie ihren Sündenfall, der ihr Leben so drastisch verändert hatte. Sie dachte nur selten an ihre gelöste Verlobung und die darauffolgende Zeit, in der sie vorübergehend dem Irrsinn verfallen war. Als arglose Siebzehnjährige, ohne Lebenserfahrung und Selbstvertrauen, war sie zutiefst verstört gewesen, weil sie erfahren hatte, dass ihr Liebster sie mit einer anderen Frau im Nachbardorf betrog und sogar mit ihr verlobt war. Eloises Eltern waren davon ausgegangen, dass sie den abscheulichen Verrat ihres Verlobten irgendwann überwinden, sich demütig in ihr Schicksal fügen und ihre Tage als sitzen gebliebenes Mauerblümchen und alte Jungfer verbringen würde. Alle Welt hatte von der sittsamen Tochter eines Dorfrichters erwartet, still vor sich hin zu leiden, nachdem sie herausgefunden hatte, dass sie von Ralph Hawkins gründlich zum Narren gehalten worden war. Die andere junge Frau, die den Betrug entdeckt und Eloise davon unterrichtet hatte, hieß Mildred Hammersmith, eine wahre Furie mit dem Temperament einer Tigerin, gegen die Eloise sich geradezu lammfromm ausnahm.

Gemeinsam hatten die beiden Vergeltung an dem Betrüger geübt wie zwei Racheengel, bevor sie das Dorf auf getrennten Wegen verlassen hatten. Ralph hatte noch Glück gehabt, mit seinem nichtswürdigen Leben davongekommen zu sein, nachdem Mildred und Eloise mit ihm fertig waren. Auf Mildreds Drängen hatten die beiden jungen Frauen den Übeltäter in der Kirche beim Sonntagsgottesdienst vor der sprachlosen Gemeinde zur Rede gestellt. Eloise wäre damals am liebsten vor Verlegenheit im Boden versunken, aber Mildred hatte sich nicht damit zufriedengegeben, ihn öffentlich zur Rechenschaft zu ziehen. Gemeinsam mit Mildreds Vetter hatten sie Ralph nackt ausgezogen, auf einen Karren gebunden, den sie auf einer Brücke abstellten, wo das ganze Dorf ihn sehen konnte. Nicht genug damit, anschließend hatte Mildred Eloise dazu überredet, auch noch Ralphs Bett in seinem Haus anzuzünden.

Am nächsten Tag verließen die beiden Rächerinnen das Dorf in getrennten Postkutschen und hatten seither nie wieder etwas voneinander gehört.

„Um Himmels willen, Eloise“, hatte Mildred beim Abschied gesagt. „Weine diesem elenden Schuft bloß keine Träne nach. Ralph ist keinen Pfifferling wert.“ Mildred hatte ihr ein zerknittertes Taschentuch aus ihrem Retikül gereicht. „Du hast dich ihm doch hoffentlich nicht hingegeben, oder?“

„Nein.“ Eloise putzte sich die Nase und blickte wehmütig zu

dem rauchgeschwärzten Kamin von Ralphs Cottage hinüber. „Und du, Mildred?“, fragte sie, ohne eigentlich die Antwort wissen zu wollen.

„Um mich brauchst du dir keine Sorgen zu machen.“ Mildred warf ihre rabenschwarze Lockenmähne nach hinten über die Schulter. Sie wirkte erwachsener und reifer und war sehr schön, und Eloise hatte sie immer heimlich bewundert. Es war nicht überraschend, dass Ralph sich in sie verliebt hatte. „Ich habe nie den Wunsch verspürt, mein Leben in diesem gottverlassenen Nest zu versauern. Ich bin zwar nur eine einfache Wirtstochter, aber ich dulde keinen Verrat, Eloise. Und du musst mir versprechen, dass du das auch nicht duldest. Such dir einen anständigen Mann, der dich wirklich liebt und dir treu ist.“

In den ersten Monaten, nachdem sie Titchbury verlassen hatte, schrieb Eloise gelegentlich Briefe an ihre Eltern, die nie beantwortet wurden. Und mit der Zeit schwanden ihr Heimweh und ihr Wunsch, in den Schoß der Familie zurückzukehren.

Schließlich fand sie sich damit ab und zog es vor, den Rest ihres Lebens für andere Leute zu arbeiten, als den Klatsch und die bösen Blicke ertragen zu müssen, wenn sie wieder zurückgekehrt wäre. Im Übrigen schien sie niemand zu vermissen; es war, als habe sie für ihre Familie aufgehört zu existieren.

Sie verdiente ihren Lebensunterhalt als Gouvernante und war eifrig darum bemüht, sich gute Referenzen zu verschaffen. Sie dachte nur selten an Ralph, fragte sich aber manchmal mit leiser Wehmut, was aus Mildred Hammersmith geworden sein mochte.

Ihr geheimer Skandal lag in der Vergangenheit vergraben. Wenn sie allerdings die gegenwärtige Krise nicht unbeschadet überstand, wäre sie genau wieder dort, wo sie vor sechs Jahren angefangen hatte.

Nun eilte sie durch den schmalen Korridor zur Haustür, der ergraute Butler Heston humpelte mit seinen gichtigen Knien vor ihr her. „Ich öffne, Miss“, sagte er mürrisch. „Vielleicht sind es schlechte Nachrichten.“

Schlechte Nachrichten. Eine Menge unangenehmer Möglichkeiten taten sich vor ihrem inneren Auge auf. Lord Thornton hatte sich das Leben genommen; Thalia hatte einen Unfall gehabt; Gläubiger forderten Einlass, um die restlichen Wertgegenstände fortzuschaffen, wobei die meisten bereits verkauft worden waren, um Schulden zu bezahlen.

Am Garderobenständer verharrte sie, wagte kaum zu atmen, als Heston vorsichtig die Tür öffnete. Im Mondschein waren die Umrisse einer hochgewachsenen sehnigen Männergestalt zu sehen. Eloises Herz machte einen erschrockenen Satz. Sie konnte das Gesicht nicht erkennen, aber irgendetwas an der Gestalt kam ihr vertraut vor.

Sie atmete erleichtert auf, eilte dem Butler hinterher, der die Tür nicht weiter als einen Spalt aufgemacht hatte. „Nun stehen Sie doch nicht einfach nur da. Wo sind Ihre Manieren? Bitten Sie den Herrn herein."

„Aber es ist nach Mitternacht und er ist ein Fremder ..."

Eloise musste an sich halten, um die Tür nicht selbst aufzureißen. Er ist es, schoss es ihr in bebender Erleichterung durch den Sinn. Der selbstbewusste, gut aussehende Bekannte von Lord Thornton, der sie geküsst und nach Hause gebracht hatte. Sie erkannte das dunkel gelockte Haar, die imposante athletische Figur in einem elegant geschnittenen Mantel. Es war wohl kühl geworden, denn auf der Fahrt hatte er nur einen Gehrock getragen. Sie hatte Mühe, klar zu denken, und blickte den verdatterten Butler stirnrunzelnd an.

„Unsinn", sagte sie halblaut. „Der Herr würde nicht zu dieser späten Stunde vorsprechen, wenn es nicht dringend wäre. Bitten Sie Ihn augenblicklich herein."

5. KAPITEL

Drake ließ sich von einem lächelnden jungen Mädchen Hut und Handschuhe abnehmen, während er ein paar Bekannte im Empfangssalon von Audrey Watsons exklusivem Club begrüßte. Er war ein häufiger Besucher in diesem Haus, ein Privileg, das nur eine ausgesuchte Klientel der besten Londoner Gesellschaft genoss. Audrey legte noch strengere Maßstäbe für die Aufnahme in ihren Club an als bei Almack üblich. Allerdings waren die Zerstreuungen, die den Kunden in ihrem Haus geboten wurden, von durchaus exquisiter Qualität, die natürlich ihren Preis hatte.

Seit Jahren hegte Audrey eine besondere Zuneigung zu den Herren der Familie Boscastle, wie für alle Herren des *ton*, die sich entweder durch Reichtum, Geist oder gutes Aussehen auszeichneten. Drake Boscastle vereinte alle drei Attribute in seiner Person. Es war Audrey nicht verborgen geblieben, dass er in letzter Zeit missmutig, ja beinahe schwermütig wirkte. Er trug sich sogar mit dem Gedanken, seine Militärlaufbahn wieder aufzunehmen und sich gegebenenfalls nach Indien versetzen zu lassen. Sie und seine glühenden Verehrerinnen hatten eingehend und besorgt erörtert, welchen Verlust es für Audreys Club bedeuten würde, ihn als Gast zu verlieren.

Drake nahm das Glas Burgunder entgegen, das ein Lakai ihm auf einem Silbertablett reichte. Audrey verwöhnte ihre Gäste mit erlesenen Weinen, köstlichen Delikatessen, anregenden Gesprächen und nicht zuletzt mit erotischen Vergnügungen mit den schönsten Frauen Londons. Seltsamerweise stand ihm plötzlich nicht mehr der Sinn nach all diesen Sinnesfreuden, er verspürte nur eine nagende Leere in seinem Innern, die er in der Vergangenheit stets zu verdrängen gewusst hatte. Und plötzlich war er nicht einmal mehr sicher, ob die Gesellschaft der Lebedame, nach der er sich so sehr gesehnt hatte, seine Stimmung aufhellen würde.

Audrey, die ihr kastanienbraunes Haar zu einem üppigen Nackenknoten trug, näherte sich ihm mit unverhohlener Freude und nahm ihm das Kristallglas aus der Hand. „Drake", grüßte sie in einer Mischung aus Erleichterung und Besorgnis. „Ich hatte schon befürchtet, du hättest deine Meinung geändert. Du verspätest dich."

„Ich wurde aufgehalten." Er ließ den Blick durch den Salon schweifen. „Habe ich die Gefühle der Dame verletzt?"

„Sie ist empört. Eine gefeierte Schönheit wie sie lässt man nicht warten. Das ist kein vielversprechender Anfang."

Ein ironisches Lächeln umspielte seinen schön geschwungenen Mund. „Dann muss ich mir wohl besondere Mühe geben, mein Vergehen wiedergutzumachen, wie?"

„Beneidenswerte Maribella", murmelte sie und legte ihre Finger leicht an seinen Ärmel. „Hast du dir das auch sorgfältig überlegt? Sie ist ziemlich anspruchsvoll."

Seine blauen Augen blitzten belustigt. „Genau wie ich."

„Und sie hat einen ausgesuchten Geschmack."

„Wie gut, dass ich sie mir leisten kann." Er straffte die Schultern. „Wo finde ich sie?"

„Im Kabinett neben dem venezianischen Salon, den du angefordert hast. Sie wollte sich den anderen Gästen nicht zeigen."

Drake war keineswegs überrascht. „Eine wählerische Dame. Ich werde mein Bestes geben."

Audrey musterte ihn belustigt. „Das dürfte dir nicht schwerfallen. Ich jedenfalls kenne einige Damen, die sich das Privileg deiner Gunst einiges kosten lassen würden."

Er neigte den Kopf und hauchte ihr einen freundschaftlichen Kuss auf die Wange. Er zählte Audrey zu seinen engsten Vertrauten. „Du übertreibst wieder einmal. In letzter Zeit kann ich mich selbst nicht ausstehen. Hoffentlich gelingt es mir, die Dame in eine versöhnlichere Stimmung zu versetzen."

Audrey gab ihm einen freundschaftlichen Schubs in den angrenzenden Flur. „Wenn du sie noch länger warten lässt, wird sie dich gar nicht empfangen. Geh endlich, Darling. Es wurden bereits Wetten abgeschlossen, wie diese Affäre sich entwickeln wird."

Drake lachte tief und melodisch. „Auch ich bin gespannt, wie die Dinge sich entwickeln."

Auf dem Weg zur Tür, hinter der ihn zwar nicht eine Wende seines Schicksals, immerhin aber ein reizvolles erotisches Abenteuer erwartete, befiel ihn eine befremdliche Befangenheit. Er fand keine Erklärung dafür, wieso seine freudige Erwartung sich in den letzten Stunden merklich abgekühlt hatte. Sonst war er doch auch keinem Techtelmechtel abgeneigt.

Er öffnete die Tür.

Die schöne Maribella lag wie hingegossen auf einem roten Damastüberwurf auf dem breiten Bett und hatte der Tür den Rücken zugedreht. Ihr kupferrotes Haar wallte in schimmernden Locken über ihre nackten Schultern. Sie war erstaunlich schlank und zierlicher, als er sie sich vorgestellt hatte. Als sie sich ihm träge zuwandte, las er eine glühende Sinnlichkeit in ihren rauchgrauen Augen. Ein Lächeln umspielte ihre vollen, rot geschminkten Lippen. „Ich dachte beinahe, Sie hätten es mit der Angst zu tun bekommen."

Das verführerische Timbre ihrer Stimme hätte die meisten Männer augenblicklich in die Knie gezwungen. Drake leugnete ihre verlockenden Reize keineswegs, empfand aber auch eine leichte Enttäuschung. Zugegeben, sie war sehr schön mit ihrem flammenden Haar, dem porzellanhellen Teint und einem verlockend prallen Busen. Aber sie wirkte auch kühl und unnahbar. Seine letzte Mätresse hätte ihn für seine Verspätung mit Kissen, wenn nicht gar mit Messern attackiert.

Auch Drake war kühl. Manche Leute hielten ihn sogar für gefühlskalt. „Ich entschuldige mich für die Verspätung, Madame. Ich wollte Sie damit nicht kränken."

Sie richtete sich bedächtig auf. Ihr elfenbeinfarbenes, tief dekolletiertes Seidenkleid schmiegte sich an ihre Rundungen. „Nun, solange keine Frau im Spiel war."

Ehrlich gestanden waren zwei Frauen im Spiel gewesen, wobei Drake sich hütete, sie das wissen zu lassen, nachdem er sich so großer Mühen unterzogen hatte, um diese Begegnung zu arrangieren. Er würde sich zum Gespött seiner Freunde machen, wenn er dieses Rendezvous verpfuschte, weil er einer einfachen Gouvernante aus einer Notsituation geholfen hatte. Miss Eloise Goodwin schoss es ihm durch den Sinn, und mit ihrem Namen erschien ihr Bild deutlich vor seinen Augen.

Er sah ihr unglückliches Gesicht vor sich, als sie glaubte, sie habe ihn mit ihrer Schutzbefohlenen ertappt, und ihre tiefe Verlegenheit, als sie ihren Irrtum begriff. Der Drache würde ihn mit Blicken wie glühende Pfeile durchbohren, wenn sie ihn jetzt beobachten könnte. Vermutlich hatte sie keine Ahnung, dass Etablissements wie dieses überhaupt existierten. Andererseits unterschätzte er sie möglicherweise. Sie hatte einen wachen Verstand und war ausgesprochen schlagfertig. Vielleicht war sie gar nicht so unschuldig, wie sie tat.

Und sie hatte so frisch nach Seife geduftet. Nicht nach sündhaft teurem, schwülem französischem Parfum, sondern nach altmodischer Olivenseife, mit der man die Sünden der Welt wegwusch. Sie hatte allerdings nicht wie eine Sünderin gewirkt.

Aber er war ein Sünder. Keine Seife würde ihn von seinen Sünden reinwaschen. Er hatte gehurt und in einem mörderischen Krieg getötet, hatte sich öfter, als er sich entsinnen konnte, bis zur Bewusstlosigkeit betrunken. Er hatte seinen Schmerz in Alkohol ertränkt, als er beide Eltern verlor und kurz danach seinen jüngsten Bruder, der von der ganzen Familie vergöttert worden war. Er hatte vor Wut und Trauer getrunken, als zwei seiner Brüder ihren lockeren Lebenswandel aufgegeben und die Ehe eingegangen waren.

Die sinnliche Berührung zarter Finger an seiner Hemdbrust holte ihn aus seinen Grübeleien. Er atmete tief durch und umfing Maribellas Handgelenk. „Suchen Sie etwas?"

Sie lächelte zu ihm auf, aber er las eine Teilnahmslosigkeit in ihren Augen, die anderen Männern vermutlich nicht aufgefallen wäre. „Ich finde, Sie sollten es sich etwas bequemer machen", gurrte sie.

„Wir könnten damit beginnen, über Sie zu reden."

Er bemerkte ein unstetes Flackern in ihrem Blick. „In meiner Karriere hatte ich drei langfristige Liebhaber. Alles andere, was Sie über mich gehört haben mögen, entspricht entweder nicht der Wahrheit oder ist übertrieben. Was wollen Sie sonst noch wissen?"

Sie sank in die Samtpolster mit den goldenen Quasten zurück. Ihr Busenansatz quoll aus dem engen Mieder, und Drake bemerkte, dass ihre Brustspitzen mit Rouge geschminkt waren. Zu jeder anderen Zeit hätte der Anblick dieser verführerischen Bajadere seine Sinne zu überwältigender Wollust aufgestachelt. Ohne sich den Grund dafür erklären zu können, erschienen ihm jetzt ihre Versuche, ihn zu erregen, irgendwie plump und billig. Falls sie seine Mätresse werden wollte, müsste sie lernen, dass er etwas mehr Finesse bevorzugte.

Er hatte gelesen, dass sie in ihrer Villa in Neapel ausschweifende Feste zu veranstalten pflegte und zum Ergötzen der Gäste Hühner und Schweine im Ballsaal herumlaufen ließ. Drake verzichtete aber darauf, eine diesbezügliche Bemerkung zu machen, weil er das Thema in dieser Situation unpassend fand. „Wie ich hörte", sagte er stattdessen, „sind Sie erst kürzlich vom Kontinent zurückgekehrt, stimmt das?"

Der leicht verkniffene Zug um ihre Mundwinkel ließ ihn wissen, dass ihr Lebenswandel nicht so untadelig war, wie sie ihm glauben machen wollte. „Wie ich hörte, sind Sie ein gefährlicher Mann, Drake Boscastle, stimmt das?"

Er lächelte. „Das zu beurteilen, bleibt Ihnen überlassen."

Eloise verbarg ihre Enttäuschung hinter einem argwöhnischen Blick, als der nächtliche Besucher die Diele betrat. Eine entfernte Ähnlichkeit mit dem anderen Herrn war nicht zu leugnen; auch der späte Gast war ein gut aussehender Mann, mit kurz geschnittenem schwarzen Haar und markanten Gesichtszügen. Aber sie hatte ihn nie zuvor gesehen. Unbewusst trat sie ein paar Schritte zurück.

Gütiger Himmel, sie hatte mitten in der Nacht einen völlig

Fremden ins Haus gelassen. Der alte Heston hatte wohl wieder einmal recht. Dieser Mann konnte nur schlechte Nachrichten bringen. Sie bereitete sich innerlich auf eine Schreckensmeldung vor.

„Ich bin Miss Goodwin und arbeite als Gouvernante in diesem Haus“, erklärte sie in angemessener Höflichkeit. „Ist etwas passiert? Wurde Miss Thornton gefunden?“

Der Fremde zog die schwarzen Brauen hoch. Ihre Frage traf ihn offensichtlich unerwartet. „Wird sie vermisst?“

Eloise hätte sich auf die Zunge beißen können. „Ich meine, wurde ihr Fächer gefunden? Sie hat ihn auf dem Ball verlegt.“

„Verstehe“, sagte er gedehnt nach einer kurzen Pause.

Er weiß, dass ich gelogen habe, dachte Eloise verwirrt, schien aber höflich genug zu sein, nicht darauf einzugehen. „Sind Sie gekommen, um Lord Thornton zu sprechen?“

Der Fremde schaute sich neugierig in der Diele um. Eloise und Freddie tauschten bange Blicke. Er wirkte nicht wie ein Schuldeneintreiber, aber noch hatte der Mann sein Anliegen nicht geäußert. „Ich weiß nicht, ob Lord Thornton meinen Namen erwähnt hat. Ich bin Sir Gabriel“, erklärte er endlich. Und auf ihren verständnislosen Blick fügte er hinzu: „Ich habe Ihren Dienstherrn zum Duell gefordert.“

Eloise hob das Kinn. Das war also der andere Spieler …

„Er ist nicht im Haus“, erwiderte sie abweisend. „Und ich habe keine Ahnung, wann er zurückkehrt.“

„Aha.“ Er musterte sie mit verhaltener Neugier. „Wie schade. Ich wollte ihm die Chance einer offiziellen Entschuldigung wegen seines Falschspiels anbieten. Vielleicht sollte ich warten?“

Eloise lehnte sich zurück und streifte mit der Schulter die Tapete, die bereits seit Wochen abgerissen in Streifen von der Wand hing und längst hätte erneuert werden müssen, wie ihr merkwürdigerweise durch den Kopf schoss. „Er ist nicht im Haus“, wiederholte sie. „Ich weiß nicht, wann er wiederkommt oder wo Sie ihn finden könnten.“

„Ein verzweifelter Mann ist unberechenbar und zu mancher Dummheit fähig“, bemerkte er sinnierend.

Richtig, stellte Eloise bitter für sich fest. Unberechenbar und verantwortungslos, das traf den Nagel auf den Kopf. Welcher Dienstherr würde sie in Stellung nehmen, wenn er erfuhr, dass sie für einen notorischen Schuldenmacher und Falschspieler gearbeitet hatte, der bei Nacht und Nebel untergetaucht war. Und was würde ein künftiger Dienstherr von einer Gouvernante halten, die zugelassen hatte, dass ihr Schützling sich nachts heimlich aus dem Staub machte? Das alles warf kein gutes Licht auf sie. Niemand würde bedenken, dass Thalia sich selbst leichtfertig in Gefahr gebracht und ihren Ruf gedankenlos aufs Spiel gesetzt hatte. Niemand. Man würde Eloise die Schuld daran geben.

Sie richtete den verzagten Blick an Sir Gabriel vorbei und starrte für einen Moment in den milchigen Schein der Gaslaterne auf der Straße, in dem Nebelschwaden gespenstisch waberten. Nur noch zwanzig Tage. „Ich bin verloren, wenn sie nicht bald nach Hause kommt", überlegte sie laut. „Ihr Verlobter wird außer sich sein, wenn er davon erfährt, und seine Mutter – barmherziger Gott, was soll ich ihr nur morgen sagen?"

Sir Gabriel stutzte. „Sprechen Sie von Miss Thornton?"

Eloise sah düster zu ihm auf. Welchen Sinn hatte es schon, weiterhin eine höfliche Fassade zu wahren? „Ja", antwortete sie voller Groll. „Sie ist weggelaufen, genau wie ihr Bruder. In ein paar Wochen soll die Hochzeit stattfinden. Aber heute beim Ball traf sie sich mit einem Mann …"

„Etwa mit Percy Chapman?"

Eloise nickte resigniert. Selbstvorwürfe brachten Sie jetzt auch nicht weiter. Wenn man sie ins Gefängnis steckte, hätte sie alle Zeit der Welt, in Selbstmitleid zu versinken. „Ja. Ich glaube, so heißt er."

Gabriel verkniff sich ein Schmunzeln. Er ist ein ziemlich attraktiver Mann, überlegte sie, scheint allerdings gleichfalls ein Bruder Leichtfuß zu sein. Schon weil er Percy kannte, seine Zeit am Spieltisch verbrachte und sich auf Duelle einließ. Und aus der Art, wie er sie musterte, zog sie den Schluss, dass auch er ein Schürzenjäger war.

„Ich weiß mir nicht mehr zu helfen“, murmelte sie und schüttelte mutlos den Kopf. „Vielleicht hat der Gentleman, der Miss Thornton und mich nach Hause brachte, eine Idee, wo Sie Lord Thornton finden. Ich glaube, sein Name war Drake …“

Sir Gabriel stutzte. „Drake?“ Wieder zog er die Brauen hoch. „Sie sprechen von meinem Cousin. Natürlich. Horace wandte sich an Drake um Beistand. Ich war dabei.“

„Hat Ihr Cousin auch einen Nachnamen?“

Sein dunkles Lachen jagte ihr einen Schauer über den Rücken. „Das will ich meinen. Er ist ein Boscastle wie ich. Lord Drake Boscastle. Und er war mit Thorntons Bruder eng befreundet, der im Krieg gefallen ist.“

Das war wohl der Gipfel ihrer Pechsträhne. Lord Drake Boscastle, einer der berüchtigten Brüder von Lady Lyons. Der Bruder der Dame, bei der sie den bestmöglichen Eindruck machen wollte, hatte Eloise schamlos geküsst.

Nicht auszudenken, was Lady Lyons denken würde, wenn Lord Drake bei einem Abendessen im Familienkreis über die Begegnung mit einer Gouvernante sprechen würde. Sie konnte nur hoffen, dass notorische Herzensbrecher nicht die Angewohnheit hatten, ihre Abenteuer ihrer Schwester anzuvertrauen. Wieso hatte er sich ausgerechnet sie für seine Spielchen ausgesucht? Und warum hatte sie seine Zudringlichkeiten zugelassen?

„Ich kenne Ihre Familie vom Hörensagen“, murmelte Eloise befangen.

„Kein Wunder“, stellte Gabriel trocken fest.

Die Gedanken wirbelten ihr wild durch den Kopf. War Drake jener Boscastle, der immer wieder in Skandale und Frauengeschichten verwickelt war? Oder waren allesamt nichtsnutzige Söhne reicher Aristokraten? Drake Boscastle. Der älteste Bruder, dessen Name ihr entfallen war, hatte vor etwa einem Jahr geheiratet. Es gab wohl drei Brüder, oder waren es vier? Einer war in jungen Jahren gestorben. Sie durchforstete die Winkel ihres Gedächtnisses nach Gerüchten, die sie über die Brüder in den Klatschkolumnen der Zeitungen gelesen hatte.

Sämtliche männlichen Boscastles bewegten sich in Kreisen des *ton* und in denen der Halbwelt. Einer von den Brüdern hatte erst vor wenigen Monaten Schlagzeilen gemacht.

In einem Boulevardblatt war eine Karikatur von ihm veröffentlicht worden, eine Aktzeichnung, die gewisse Teile seiner Anatomie in anstößiger Deutlichkeit zeigte. Eloise hatte Thalia und ihre Freundinnen dabei ertappt, wie sie kichernd und prustend über das unanständige Blatt getuschelt hatten. Sie hatte den Mädchen befohlen, den Schund augenblicklich ins Feuer zu werfen. Nun wünschte sie, einen näheren Blick darauf geworfen zu haben, wobei sie selbstredend nicht imstande gewesen wäre, Ähnlichkeiten zwischen dem Dargestellten und dem Mann, der sie geküsst hatte, festzustellen.

„Drake könnte tatsächlich wissen, wo Lord Thornton sich aufhält", sagte Sir Gabriel nachdenklich.

„Hätten Sie denn eine Idee, wo wir Ihren Cousin finden?", fragte Eloise und biss auf ihre Unterlippe.

Gabriel starrte ihren Mund an. Wäre Eloise nicht so dringend auf seine Hilfe angewiesen gewesen, hätte sie vermutlich auf die winzige innere Stimme gehört, die sie warnte, ihm kein Vertrauen zu schenken.

„Er ist zu einer Abendgesellschaft im kleinen Kreis in der Bruton Street eingeladen", antwortete er gedehnt. „Möglicherweise könnte ich ihn dazu überreden, sich Ihrer Nöte anzunehmen. Da die Zeit drängt, wäre es ratsam, wenn Sie mich dorthin begleiten."

„Das wäre verdammt nett von Ihnen, Sir", mischte Freddie sich mit einem ängstlichen Seitenblick zu Eloise ein. „Nicht wahr, Miss Goodwin?"

„Achte bitte auf deine Ausdrucksweise, Freddie", wies sie ihn tadelnd zurecht. Es war höchst unschicklich, ja sogar gefährlich, sich so spät nachts aus dem Haus zu wagen, noch dazu in Begleitung eines Fremden. Aber wenn es ihr nicht gelang, Thalia oder wenigstens ihren Bruder ausfindig zu machen und nach Hause zu bringen, war ihr guter Ruf keinen Pfifferling mehr wert. Ihre größte Sorge galt dem Mädchen. Wenn Thalia etwas zustieß, würde Eloise sich ihr ganzes Leben Vorwürfe machen.

Sie zog Mantel und Handschuhe an, die Heston ihr brachte. Mittlerweile waren die Haushälterin Mrs Barnes und zwei weitere Dienstboten durch den Lärm geweckt in der Diele erschienen und blickten mit sorgenvollen Mienen drein. Eloise nickte ihnen aufmunternd zu wie ein Soldat, der in die Schlacht musste.

„Passen Sie bitte auf sich auf, Miss", murmelte Mrs Barnes in mütterlicher Besorgnis. „Wie kann das leichtfertige Ding uns das nur antun?"

Eloise wandte sich zum Gehen. In ihrer Aufregung hatte sie vergessen, sich das Haar hochzustecken, das ihr höchst unschicklich über die Schultern wallte. Egal. Kein Mensch würde sie in der Dunkelheit sehen, und sie hatte eine Mission zu erfüllen – es galt, ein verwirrtes junges Mädchen vor den Verführungskünsten eines Schürzenjägers zu bewahren. Entschlossen presste Eloise die Lippen aufeinander. Niemand in diesem Haus konnte ahnen, dass auch sie leidvolle Erfahrungen mit einem Schürzenjäger hatte machen müssen, einem Betrüger, der ihr einst das Herz gebrochen hatte. Aber der Schmerz dieser leidvollen Prüfung hatte sie darin bestärkt, ihr Leben selbst in die Hand zu nehmen.

6. KAPITEL

In der Regel waren Colonel Sir Gabriel Boscastle Gewissensbisse fremd. Wenn er sündigte, tat er es normalerweise mit einer willigen Frau, und wenn er sich an den Kartentisch setzte, hatte er es mit einem ebenbürtigen Gegner zu tun. Im Übrigen floss auch in ihm das feurige Blut der Boscastles, und er hatte seinen Beitrag zum berüchtigt schlechten Ruf des alten Adelsgeschlechts geleistet.

Wie der Zufall es wollte, hatten er und Drake sich wiederholte Male als Rivalen um die Gunst einer schönen Frau beworben, wobei sein Cousin letztlich meist den Sieg davontrug.

Es war nicht leicht, mit einem Meister zu konkurrieren, wobei auch Gabriel alle Register der Verführungskünste zu ziehen wusste. Die Ironie des Schicksals wollte es nun, dass die beiden einander am frühen Morgen auf dem Duellplatz gegenüberstehen würden. Eine Farce, da keiner den anderen verwunden wollte. Allerdings hätte er nichts dagegen, diesem Horace Thornton einen gehörigen Denkzettel zu verpassen, und Drake teilte gewiss seine Gefühle.

Es bestand freilich auch die Möglichkeit, dass Drake das Duell völlig vergessen würde im Rausch der Liebesnacht mit seiner neuen Mätresse. Gabriel hatte nur einmal einen Blick auf Maribella St. Ives in ihrer eleganten Karosse erhascht und war augenblicklich von ihrer Schönheit hingerissen gewesen. Es war ihm allerdings nicht gelungen, sich an ihren Leibwächtern vorbeizudrängen und sich ihr vorzustellen.

„Ich kann Ihnen gar nicht sagen, wie dankbar ich für Ihre Unterstützung bin“, murmelte Miss Goodwin und nahm auf der Sitzbank ihm gegenüber Platz. „Und ich danke Ihnen auch für Ihre Diskretion“, fügte sie eindringlich hinzu.

„Von mir erfährt niemand ein Sterbenswörtchen“, versicherte Gabriel. Je länger er sie im Mondschein betrachtete, desto deutlicher fiel ihm auf, wie hübsch sie war mit ihrer brünetten Lockenfülle, die ihr über die Schultern fiel. Unter ihrem Mantel waren ihre üppigen Formen nur zu erahnen. Seinem Cousin waren ihre Reize bestimmt auch nicht entgangen. Und Gabriel hatte sehr wohl den rosigen Hauch bemerkt, der ihre Wangen überflog, als sie von Drake sprach. Er hätte nichts dagegen gehabt, die kleine Gouvernante näher kennenzulernen oder eine Mätresse zu haben wie Maribella St. Ives.

„Bruton Street", sagte Miss Goodwin und spähte aus dem Wagenfenster. „Ich bin froh, dass die Adresse in einer vornehmen Gegend liegt."

Vornehme Gegend war nicht zu leugnen. Aber die Adresse? Er hatte am früheren Abend zwar Einlass in Audrey Watsons Empfangssalon erhalten, aber ohne spezielle Einladung wurde keinem Gast der Zutritt in ihre heiligen Privatgemächer im oberen Stockwerk gewährt. In diesem Etablissement wurden Vergnügungen geboten, von denen Miss Goodwin vermutlich keinen blassen Schimmer hatte. Und der schlaksige junge Diener auf dem hinteren Trittbrett der Kutsche, der zu ihrem Schutz mitgekommen war, würde zweifellos denken, er sei unversehens ins Paradies geraten, wenn er einen Blick auf das sündige Treiben werfen dürfte.

Am Ende der Straße hielt die Kutsche hinter einer eleganten Karosse. Miss Goodwin seufzte erleichtert auf. „Ist das die Villa?", fragte sie beim Anblick der vornehmen Fassade.

Gabriel beugte sich vor. „Ja."

„Ein schönes Haus. Sehr respektabel."

Gabriel verkniff sich ein Schmunzeln. „Nicht wahr?"

„Ich bin wirklich sehr erleichtert", wiederholte sie und verschränkte die Hände im Schoß, „da mir ein paar höchst unerfreuliche Möglichkeiten durch den Sinn gingen."

Er sah sie unschuldig an. Sein Cousin würde ihn für seine Heuchelei umbringen. „Tatsächlich?"

„London hat auch seine dekadente Seite", fuhr sie fort und blickte ihm unverwandt ins Gesicht. Einen peinlichen Moment lang war ihm, als ahne sie, dass ihm diese dekadente Seite keineswegs fremd war.

„Mag sein.“ Er verdrängte den Anflug von Schuldbewusstsein, der ihm die Freude daran zu verderben drohte, Drake einen bösen Streich zu spielen. „Ich mache mich auf die Suche nach meinem Cousin und schicke ihn umgehend zu Ihnen heraus.“

Auf Eloises glatter Stirn bildete sich eine steile Falte. „Ich hoffe nur, er fühlt sich durch mein Anliegen nicht belästigt.“

Gabriel unterdrückte ein schadenfrohes Grinsen. Drake würde vor Wut schäumen über die Störung. Dennoch wollte Gabriel sich die Chance nicht entgehen lassen, Maribella näher in Augenschein zu nehmen und sich ihr persönlich vorzustellen. Rache und erotisches Prickeln – gab es etwas Süßeres im Leben? „Seien Sie unbesorgt. Ich spreche mit Mrs Watson.“

„Mrs Watson?“ Eloises Stirnfalte vertiefte sich. „Wo habe ich nur den Namen schon einmal gehört?“

Gabriel öffnete den Wagenschlag. Sein Diener und Freddie standen bereits auf dem Gehsteig und bewunderten die erleuchtete Fassade. „Vielleicht aus der Zeitung“, antwortete er ausweichend.

„Aus der Zeitung?“, wiederholte sie nachdenklich. „Ist sie eine Dame der Gesellschaft?“

Gabriel sprang auf den Gehsteig und rückte seinen Hut zurecht. Es lag ihm fern, die Kleine davon in Kenntnis zu setzen, dass ihr Held Lord Drake sich in diesem Moment wahrscheinlich mit seiner neuen Mätresse in den seidenen Kissen des exklusivsten Bordells der Stadt vergnügte.

Er wollte es Drake überlassen, sie darüber aufzuklären. Und er würde sich die Situation auf bestmögliche Weise zunutze machen. Schließlich war Gabriel ein Boscastle, und es war höchste Zeit, einen Punkt im Rivalenspiel zu seinen Gunsten einzuheimsen.

Drake erhob sich vom Bett, trat an das Lackkabinett unter den schweren Samtdraperien, um Maribella und sich ein Glas Wein einzuschenken. Die schöne Kurtisane saß anmutig auf einem vergoldeten Hocker und spielte Harfe. Mit ihrem langen flammendroten Haar sah sie aus wie eine keltische Zauberfee. Sie hatte ihm hingebungsvoll Schultern und Rücken massiert, um ihn zu entspannen, und verfügte über ein großes Geschick, die Sinne eines Mannes zu entfachen, und dennoch fehlte irgendetwas an ihren geschulten Zärtlichkeiten.

Lag es an ihm? Oder an ihr? War sie einfach zu professionell geschickt, oder waren seine Sinne rettungslos abgestumpft? Er hatte nicht den Wunsch, erlöst zu werden, und fühlte sich wohl in seinem sündigen Leben, auch wenn er nicht mehr den gleichen Genuss daran verspürte wie früher. Und er war gewiss nicht froh darüber, drei Brüder an ein Schicksal verloren zu haben, das ihm schlimmer erschien als der Tod: an die Liebe. Liebe bedeutete den völligen Kontrollverlust über das eigene Leben.

Maribella griff einen falschen Akkord in den Saiten der Harfe, fluchte gereizt über den Missklang, stellte das Instrument beiseite und erhob sich. Um nicht lachen zu müssen, schob Drake den Samtvorhang ein wenig zur Seite und schaute auf die Straße hinunter. Maribella schmiegte sich an seinen Rücken und schob ihre schlanken Finger in seinen Hosenbund. „Warum hast du dich verspätet?“, fragte sie mit ihrer rauchigen Stimme. „Ich hasse es, wenn ein Liebhaber mich warten lässt.“

„Es war nicht persönlich gemeint, Darling“, murmelte er ungerührt. „Ich habe einem Freund einen Gefallen getan.“

Seltsamerweise dachte er dabei nicht an Horace Thornton oder dessen aufsässige Schwester. Vielmehr musste er an die geplagte Gouvernante denken, deren haselnussbraune Augen er nicht vergessen konnte, ebenso wenig wie sein auflodерndes Verlangen, als er sie geküsst hatte. Ihr Bild hatte sich so deutlich in ihm eingeprägt, dass er beinahe glaubte, sie tatsächlich zu sehen.

Er blinzelte und schüttelte den Kopf. In der Kutsche unter dem Fenster erschien das Gesicht einer Frau, die den Blick auf das Haus richtete. Ein Trugbild. Oder hatte ihm jemand etwas in den Wein geträufelt? Aber … er verengte die Augen.

Er hätte schwören können, dass Miss Eloise Goodwin dort unten in der Kutsche saß. Ein völlig abwegiger Gedanke, da eine sittsame junge Frau sich niemals auch nur in die Nähe eines solchen Etablissements wagen würde, schon gar nicht mitten in der Nacht. Es sei denn, gütiger Himmel, welch abseitige Vorstellung, die Dame führte ein geheimes Doppelleben. War es möglich, dass sie ihren mageren Lohn als eines von Audreys Mädchen aufbesserte? So etwas geschah natürlich, aber es wäre ein höchst seltsamer Zufall gewesen, dass er sie vor ein paar Stunden als bescheidene Gouvernante kennengelernt hatte, nur um festzustellen, dass sie nebenbei Geld als Liebesdienerin verdiente.

Maribella liebkoste mit ihren Fingern seinen Brustkorb und seine Arme. „Wieso habe ich das Gefühl, dass du nicht wirklich bei der Sache bist?", flüsterte sie.

Wieder schüttelte er den Kopf. „Weil ich …" Gedämpfte Stimmen im Flur, gefolgt von einem leisen, aber eindringlichen Klopfen an der Tür, unterbrachen ihn. „Weil ich draußen etwas höre", sagte er und schob sanft ihre Hände von sich. „Ich habe strikte Anweisungen gegeben, nicht gestört zu werden, es sei denn im Notfall." Oder ein Krieg war ausgebrochen.

Die einzigen Menschen, die es wagten, ihn zu stören, waren seine Brüder. Und wenn es sich nicht wirklich um einen Notfall handelte, würden Köpfe rollen. Er warf noch einen Blick aus dem Fenster, doch die Frau hatte sich ins Wageninnere zurückgezogen oder war ins Haus geeilt.

Mit einem entschuldigenden Lächeln begab er sich zur Tür. Maribella räkelte sich bereits wieder auf dem Baldachinbett, halb verborgen hinter den Vorhängen, das Traumbild einer sündigen Verführerin.

Drake öffnete die Tür einen Spalt. „Wer wagt es, mich zu stören? Was ist los? Du?"

Sein Vetter Gabriel stand im Flur mit einem unverfrorenen Grinsen im markanten sonnengebräunten Gesicht. Hinter ihm befanden sich händeringend Audrey Watson und zwei von Maribellas grimmigen Leibwächtern mit geballten Fäusten, sprungbereit, den Störenfried auf ein Fingerschnipsen ihrer Herrin gewaltsam zu entfernen.

„Was zum Teufel hast du hier verloren, Gabriel?", fragte Drake finster.

Audrey drängte sich an den Leibwächtern vorbei. „Was sollte ich tun? Er behauptete, es handle sich um einen Notfall. Und er gehört zur Familie."

„Das ist keine Entschuldigung", knurrte Drake und bemerkte, wie Gabriel sich den Hals verrenkte, um einen Blick ins Zimmer zu werfen. Er straffte die breiten Schultern und verstellte ihm die Sicht. „Hoffentlich hast du eine plausible Erklärung, Gabriel."

„Komme ich ungelegen?", fragte er unschuldig. „Lässt du mich eintreten, damit ich mit dir unter vier Augen sprechen kann? Es muss ja nicht jeder wissen, was ich dir zu sagen habe."

Drakes Gesicht verdunkelte sich bedrohlich. „Soll ich dir meine Faust ins Gesicht schlagen? Es wäre nicht das erste Mal, wenn ich mich recht entsinne."

„Mittlerweile bin ich erwachsen", entgegnete Gabriel liebenswürdig. „Ich finde wirklich, du solltest mich ..."

Audrey fiel ihm ins Wort. „Ich dulde keinen Streit in meinem Haus, das gilt für den Prinzregenten ebenso wie für die Boscastles. Als Nächstes duelliert ihr euch noch, was dem Ruf meines Hauses sehr schaden würde."

„Wir tragen bereits ein Duell aus", erklärte Drake grollend. „Und nach diesem Auftritt jage ich ihm vermutlich eine Kugel durch den Kopf."

Audrey flüsterte bang: „Doch nicht wegen Maribella?"

„Nein", antwortete Drake, „wegen eines Mannes."

„Ein ..."

Gabriel hob die Hände, wie um sich zu ergeben. „Deshalb bin ich hier", murmelte er so leise, dass nur Drake ihn hören konnte. „Ich suchte Thornton in seinem Haus auf, um ihn zu einer offiziellen Entschuldigung zu bewegen, damit ich nicht gezwungen bin, ihn morgen zu erschießen. Aber er ist verschwunden und seine Schwester gleichfalls."

„Was zum Teufel geht mich das an?", wollte Drake empört wissen.

„Eigentlich nichts. Aber Thalias Gouvernante sitzt in der Klemme und bat mich inständig, dich zu suchen."

„Wie du siehst, bin ich beschäftigt", erklärte Drake abweisend, im Wissen, dass Maribella sich erhoben hatte und ihn mit finsteren Blicken durchbohrte. Und Gabriel gaffte sie mit großen Augen und offenem Mund an. „Richte ihr aus, ich besuche sie morgen."

Drake starrte seinen Cousin für einen Moment geistesabwesend an. Es war also doch kein Trugbild gewesen. Er hatte ihr entzückendes Gesicht in der Kutsche gesehen.

„Du wagst es, eine unbescholtene junge Gouvernante nachts in ein Bordell zu bringen?", fragte er seinen Vetter mit schneidender Stimme.

„Ich habe sie nur vors Haus gefahren."

„Du bist ein elender Gauner, Gabriel."

„Ich bin ein Boscastle." Gabriel wich ein paar Schritte zurück, da Drake sich ihm drohend näherte. „Moment mal. Was hätte ich denn tun sollen? Sie tat mir leid. Sie ist ein hübsches Ding, und einer Dame in Not konnte ich noch nie eine Bitte abschlagen."

Drake versetzte ihm einen derben Stoß. „Dein Mitgefühl bricht mir das Herz."

„Da du ihr schon einmal geholfen hast und sie hofft, du würdest es noch einmal tun, wollte ich deinen Ruf als Retter in der Not nicht schmälern."

„Glaub bloß nicht, dass du mir ungeschoren davonkommst, du Halunke."

Drake ballte wütend die Fäuste. Audrey und die Leibwächter hatten sich ans Ende des Flurs zurückgezogen. Maribella hielt ihre schlanken Arme vor der Brust verschränkt und maß ihn mit eisiger Verachtung. „*Ma chère*", bat Drake sie um Verzeihung und hob hilflos die Schultern. „Es ist nicht meine Schuld. Ich bin bald wieder da und erkläre dir alles."

„Bemühen Sie sich nicht", entgegnete sie kühl und schlug ihm die Tür mit einem lauten Knall vor der Nase zu, dass die Wände erzitterten und Gabriel einen erschrockenen Satz nach hinten machte.

7. KAPITEL

Es dauerte eine geraume Weile, ehe Eloise Verdacht schöpfte, was sich hinter der vornehmen Fassade verbarg. Sie hatte beobachtet, wie Sir Gabriel nach längerer Befragung durch zwei livrierte Diener ins Haus gebeten wurde. Durch das offene Portal hatte sie einen Blick in eine mit Spiegeln verkleidete, schummrig beleuchtete Eingangshalle erhascht. Und plötzlich entsann sie sich, woher sie die Namen „Mrs Watson“ und „Bruton Street“ kannte. Sie hatte von diesem Etablissement in der Zeitung gelesen, allerdings nicht im Zusammenhang mit Dichterlesungen oder Liederabenden.

Davon war zwar auch die Rede gewesen, aber stets in Verbindung mit anderen, keineswegs geistigen Zerstreuungen. In diesem Haus konnte eine auserwählte Klientel Zerstreuungen spezieller Natur auf höchstem Niveau in Anspruch nehmen.

Eloise schreckte Freddie aus seiner entrückten Trance, als sie ausstieg und sich neben ihn auf den Gehsteig stellte. „Es ist ein … ein …“

„Ein Bordell.“ Er legte eine träumerische Betonung auf das anrüchige Wort. „Das vornehmste Bordell in London.“

„Was die Moral solch sündigen Treibens nicht hebt.“

„Ich würde alles dafür geben, wenn ich hier arbeiten dürfte.“

„Aber Freddie, wie kannst du nur so reden?“, wies sie ihn indigniert zurecht.

„Ja, ehrlich.“

Er fuhr sich aufgeregt mit der Hand durch die widerspenstige rote Haarmähne, die ihm nach Eloises Meinung eine verblüffende Ähnlichkeit mit einem Staubwedel verlieh. „Sir Gabriel hält sich ziemlich lange da drin auf. Soll ich mal nachsehen, ob er Sie vergessen hat?“

Sie hielt ihn am Ärmel fest. „Wage es nicht, dieses Haus zu betreten“, tadelte sie in ihrem strengsten Gouvernantenton. „Wir sind nur hier, weil wir Hilfe brauchen, um Lord Thornton und seine Schwester zu finden, die ich beide am liebsten windelweich prügeln würde."

Freddie beäugte sie besorgt. „So erzürnt habe ich Sie noch nie erlebt, Miss. Dieser Abend hat Sie wohl völlig durcheinandergebracht."

Ihre Stimme wurde lauter. „Nicht genug damit, dass ich darum gebeten habe, an … an einem Freudenhaus vorzufahren und …" Die nächsten Worte blieben ihr im Hals stecken, sie ließ Freddies Ärmel los und zog sich hastig wieder ins Wageninnere zurück.

Sie hatte ihn augenblicklich erkannt, als er in der Haustür erschien und sich mit ausholenden Schritten der Kutsche näherte. Eloise war so gebannt von seinem Anblick, dass ihr zunächst nicht auffiel, dass er weder Gehrock noch Halsbinde trug.

Er stürmte heran wie ein Rachegott. Und je näher er kam, desto deutlicher sah sie den Zorn in seiner Miene. Und dann stellte Eloise zu ihrem Entsetzen fest, dass seine Brokatweste aufgeknöpft war und das Hemd darunter gleichfalls.

„Der Mann ist halb nackt", stellte sie missbilligend fest, ohne den Blick von ihm wenden zu können. „Was in aller Welt hat er da drin nur getan?"

Freddie räusperte sich. „Vielleicht ein Boxkampf. Das ist ein beliebter Sport unter den feinen Herrschaften."

„Ein Boxkampf, Freddie. In einem Bordell mitten in der Nacht. Hältst du mich für eine komplette Närrin?"

Eloise hörte Freddies Antwort nicht, wusste nicht einmal, ob er etwas gesagt hatte. Ihre ganze Aufmerksamkeit galt dem Mann, der mit versteinerter Miene den Wagenschlag aufriss. Sie war unfähig, einen klaren Gedanken zu fassen. Er war wütend und verständlicherweise ungehalten. Als er aber ihrem Blick begegnete, schien sein Unmut sich zu legen, der harte Zug um seinen Mund wich, übrig blieb eine unwirsche Gereiztheit.

„Ich … ich muss mich entschuldigen", stammelte sie verlegen. „Wäre die Situation nicht so verzweifelt, wäre ich nicht gekommen." Oder wenn Sir Gabriel sie darüber aufgeklärt hätte, wohin er sie brachte, dieser niederträchtige Schurke.

Sie beobachtete bang, wie Lord Boscastle tief Atem holte, um die Beherrschung nicht zu verlieren. „Miss Goodwin."

Einen flüchtigen Moment gestattete sie sich das verbotene Vergnügen, ihren Namen von seiner tiefen, weichen, wenn auch mühsam verhaltenen Stimme ausgesprochen zu hören. Dabei war Goodwin gar nicht ihr richtiger Name, sondern Jenkins, aber Eloise hatte in London ein völlig neues Leben beginnen wollen. Goodwin war der Name einer verstorbenen Tante mütterlicherseits. Diese leichte Verdrehung der Tatsachen war eine ihrer Meinung nach verzeihliche Notlüge, um ihre vergangenen Verfehlungen zu begraben und zu vergessen.

Sie schüttelte schuldbewusst den Kopf. „Ich hätte Sie nicht belästigt, wenn ich gewusst hätte …"

Wenn Sie was gewusst hätten? In Anbetracht seiner unordentlichen Erscheinung war es besser, nicht zu wissen, wobei sie ihn gestört hatte. Dummerweise hatte sie allerdings mehr als nur eine Ahnung. Sie war nämlich nicht so weltfremd, wie die meisten Leute vermuteten. Naivität erwies sich erfahrungsgemäß für eine Gouvernante nicht als Vorzug, sondern als Nachteil. Eine Frau in ihrem Beruf war ständig unmoralischen Anträgen ausgesetzt, denen sie sich allerdings bislang recht erfolgreich erwehren konnte.

Aus ihren eigenen schmerzlichen Erfahrungen hatte sie bittere Lehren ziehen müssen, wobei sie nicht wirklich begriff, welche Schlüsse sie aus diesen Lehren für ihre Zukunft zu ziehen hatte. Musste eine Frau ständig auf der Hut sein, um sich vor Betrug und Verrat zu schützen? Waren alle Männer, die einer Frau ewige Liebe schworen, Verräter und Betrüger?

„Was ist eigentlich los?", fragte Lord Drake, der sie streng musterte.

Sie schlug die Augen nieder, als er einstieg und ihr gegenüber Platz nahm. Wer hätte je gedacht, dass sie einen Mann um Hilfe bitten würde, der gerade ein Bordell verlassen hatte, ohne sich die Mühe zu machen, sich ordentlich anzuziehen? Sie starrte gebannt auf seinen entblößten Hals.

Wie konnte ein Gentleman sich mit offenem Hemd und ohne Halsbinde in der Öffentlichkeit zeigen? Allerdings kam er aus einem Haus, wo alle Hemmungen zusammen mit den Kleidern an der Tür abgelegt wurden. Sie konnte von Glück sagen, dass er sich wenigstens die Hose zugeknöpft hatte.

Er beugte sich unvermutet vor, seine Knie berührten die ihren. Eloises Herz machte einen Satz. Und dann wiederholte er seine Frage in diesem dunklen weichen Tonfall. „Was ist eigentlich los?"

Sie hob den Blick. Die Nähe seines Gesichts, seine verwirrend blauen Augen machten sie benommen. „Sie sind nicht ordentlich zugeknöpft", stellte sie fest, als sei er sich dessen nicht bewusst.

Er zog seine buschigen Brauen ein wenig hoch. „Sind Sie mitten in der Nacht hierhergekommen, um mich darauf aufmerksam zu machen?"

Sie sank in die Polster zurück. „Natürlich nicht. Wie hätte ich denn ahnen können, in welchem Zustand Sie mir begegnen?"

„Ist Ihnen eigentlich klar, um welche Art Etablissement es sich hierbei handelt, Miss Goodwin?", fragte er, und sie war froh, keinen spöttischen Unterton wahrzunehmen.

Sie schluckte verlegen. „Ja."

Wieder sah er sie prüfend an. „Und dennoch haben Sie sich auf den Weg hierher gemacht?" Seine einschmeichelnde Stimme jagte ihr einen prickelnden Schauer über den Rücken.

Bevor sie antworten konnte, wechselte er den Platz und setzte sich neben sie. „Suchen Sie vielleicht eine lukrativere Position als die einer Gouvernante von einer verwöhnten jungen Dame?"

„Gewiss keine Position, auf die Sie anspielen."

„Woher wollen Sie das wissen, bevor Sie sich darum bewerben?"

„Ich bewerbe mich nicht um eine andere Position."

„Aber Sie wagen sich nachts in die Nähe eines Bordells."

Die tanzenden Funken in den Tiefen seiner blauen Augen

lösten Hitzewallungen in ihr aus. Und irgendwie schien er das zu spüren. Ohne weitere Umstände zog er sie an sich und küsste sie.

Sie versteifte sich ein paar Sekunden in seinen Armen, und dann gab sie bebend nach. Er drückte sie an seine kraftvolle Brust. Sie schloss die Augen, und ihre Hand legte sich wie von selbst auf seine Schulter. Mit seinem Mund strich er sanft über ihre Lippen, bis sie diese auf sein Drängen hin vorsichtig öffnete.

Er murmelte beifällig, sein Kuss wurde intensiver und ließ Eloise verheißungsvolle Freuden ahnen. Hinter ihren geschlossenen Lidern tanzten flackernde Lichter. Er schob seine Hand unter ihren Umhang und streifte mit den Daumen liebkosend die Unterseite ihrer Brust.

„Eines Tages", raunte er, ohne sich von ihren geöffneten Lippen zu lösen, „begegnen wir uns vielleicht zu einer passenderen Gelegenheit, und dann werde ich Sie in Versuchung führen."

„Sie haben mich bereits in Versuchung geführt. Hören Sie damit auf!", flüsterte sie und schob ihn von sich.

Lachend ließ er von ihr ab und setzte sich wieder auf seinen ursprünglichen Platz. „Warum zum Teufel sind Sie eigentlich hier, wenn Sie mir die Frage gestatten? Und was wollen Sie von mir?"

Sie war drauf und dran, den Wagenschlag aufzureißen und ihm zu sagen, er solle sich zum Teufel scheren, sie komme auch ohne ihn zurecht. Aber die schiere Verzweiflung zwang sie zur Vernunft. „Lord Thornton ist bei Nacht und Nebel von zu Hause fortgegangen", brachte sie mühsam gepresst hervor.

„Das wundert mich nicht."

„Und seine Schwester auch." Aus Sorge, er könne ihr seine Unterstützung verweigern, sprudelte sie heraus: „Ich fürchte, sie ist mit diesem Taugenichts durchgebrannt. Ich muss sie finden, bevor sie sich ihre Zukunft ruiniert. Ihr Verlobter wird ihr diesen Fehltritt nie verzeihen. Die dumme Gans weiß doch nicht, was sie tut, verstehen Sie?"

Er musterte sie schweigend. Vielleicht war er entsetzt über ihre Offenherzigkeit, ihr abfälliges Urteil über ihre Schutzbefohlene. Aber das Funkeln in seinen Augen gab ihr den Mut, es noch einmal zu versuchen. „Es tut mir leid“, sagte sie, um das betretene Schweigen zu unterbrechen. „Sie haben mir schon einmal geholfen, und ich kenne niemanden, den ich sonst bitten könnte. Ich möchte verhindern, dass die beiden in ihr Unglück rennen durch ihre Unbesonnenheit. Ich hätte Sie nie um Unterstützung ersucht, wenn …“ Wenn Sie auf dem Ball nicht mit mir getanzt hätten, ging es ihr unangebracht durch den Sinn. „Nun ja, wenn Sie nicht mit Lord Thornton befreundet wären.“

Beschämt wandte sie sich ab, ihre Wangen glühten vor Aufregung. Ihr Blick erfasste das so vornehm wirkende Freudenhaus. Nicht auszudenken, was mir blüht, wenn ich zufällig von einem Passanten erkannt werde, schoss es ihr durch ihren wirren Kopf. Sie wäre für immer verloren.

„Miss Goodwin.“ Zögernd sah sie ihn an. Sein verwegenes Lächeln verursachte ein befremdliches Flattern in ihrer Magengegend. Wie oft hatte sie Thalia davor gewarnt, sich davor zu hüten, dem Charme eines gut aussehenden Mannes zu erliegen?

„Ich dachte, Sie hätten vielleicht eine Idee, wo ich Lord Thornton finden könnte“, fügte sie mutlos hinzu. Was kümmerte es diesen Mann, dass sie auf ihren Hungerlohn angewiesen war, von dem sie sich nicht einmal ein hübsches neues Kleid kaufen konnte. Was kümmerte es ihn, dass Thalia vielleicht genau in diesem Moment ihre Unschuld an einen verwegenen Schürzenjäger verlor. Und das während ihre verzweifelte Gouvernante einen anderen Frauenverführer um Hilfe anflehte, der nichts anderes im Sinn hatte, als so schnell wie möglich zurück in das Bordell zu kehren, um seiner Hure die Kleider vom Leib zu reißen. Wenn er es nicht bereits getan hatte.

„Ich hätte nicht kommen dürfen.“

Ein Lächeln umspielte seine Mundwinkel. „Nein, das hätten Sie nicht tun dürfen. Aber da Sie nun einmal hier sind, bin ich wohl verpflichtet, Ihnen zu helfen.“

Sie konnte ihre Erleichterung nicht verbergen. „Wirklich? Oh, vielen Dank … Lord Drake. Ich wusste bis vor Kurzem nicht, wie ich Sie ansprechen soll." Ihr war ja auch nicht klar gewesen, dass er ein Boscastle war.

Was sie daran erinnerte, dass er seiner Respekt einflössenden, würdevollen Schwester etwa so ähnelte wie der Satan einer Heiligen. Lady Lyons wäre zutiefst schockiert, wenn sie wüsste, dass Eloise ihren Bruder aus einem Bordell geholt hatte, um ihr bei der Suche nach ihrem abgängigen Schützling beizustehen.

Seine amüsierte Stimme holte sie aus ihren besorgten Grübeleien. „Gibt es noch etwas, das Sie über mich wissen möchten? Damit könnten Sie sich peinliche Situationen in der Zukunft ersparen."

Sie bemerkte seinen belustigten Gesichtsausdruck. Eine größere Peinlichkeit als diese Situation konnte sie sich kaum vorstellen. „Ich denke, ich weiß alles Nötige über Sie", erwiderte sie mit einem heimlichen Seufzen. „Ihr Aufenthalt in einem Bordell bedarf kaum näherer Erläuterungen."

Drake begriff nicht, wieso er nicht wütender war, weil sie ihm den Abend verdorben hatte. Die berühmte Miss St. Ives wartete auf ihn, eine Frau, die einen Mann mit einem einzigen Blick in die Knie zwingen konnte, und außerdem hatte ihn das Arrangement bereits eine hübsche Summe gekostet. Er konnte es Maribella kaum verdenken, dass sie ihm die Tür vor der Nase zugeworfen hatte. Auch er wäre tief gekränkt gewesen, hätte sie ihn mitten in einer Verführungsszene stehen gelassen für … wofür eigentlich? Was war eigentlich in ihn gefahren?

Er beobachtete Eloise, deren offenes Haar in schimmernden Locken über ihre Schultern wallte. Gabriel hätte eine Ohrfeige verdient, sie hierher gebracht zu haben.

Drake wusste nicht genau, was er von ihr halten sollte. Vielleicht verbarg sich hinter ihrer kühlen, sittsamen Fassade mehr, als er ahnte. Er hätte nichts dagegen gehabt, mehr Zeit mit ihr zu verbringen, um seine Neugier zu stillen. Er rieb sich das Kinn. Grundgütiger, wie übersättigt musste er sein, eine einfache Gouvernante anregend zu finden, während er eine gefeierte

Kurtisane haben könnte. Er würde sich anstrengen müssen, um Maribellas Gunst wiederzugewinnen, falls sie je wieder ein Wort mit ihm sprach.

Er legte die Hand an den Türgriff. Soeben war sein Cousin Gabriel aus Audreys Haus getreten, und das bedeutete, dass es dem frechen Kerl nicht gelungen war, von Maribella empfangen zu werden, was er sich so sehnlich gewünscht hatte. Das geschah dem Mistkerl gerade recht. „Entschuldigen Sie, Miss Goodwin", sagte er. „Ich muss noch etwas klären."

Sie seufzte ungeduldig.

Gabriel war an der Kutsche angekommen, als Drake ausstieg. „Mach dir keine Mühe, Drake", erklärte er kopfschüttelnd. „Die Dame deines Herzens hat mit ihren Leibwächtern das Haus durch die Hintertür verlassen."

Drake fluchte in sich hinein, und Gabriel grinste schadenfroh. „Ach ja", fuhr er fort. „Ich soll dir ausrichten, niemand lässt sie wegen einer anderen Frau im Stich. Niemand."

Eloise steckte den Kopf aus dem Wagenfenster und musterte Drake kritisch. „Noch eine Frau? Zwei in einer Nacht?"

Gabriel räusperte sich. „Die zweite Frau sind Sie, Miss Goodwin."

Sie öffnete den Mund, ohne einen Laut hervorzubringen, bis sie nach einigen Sekunden die Sprache wiederfand. „Ihr Privatleben geht mich nichts an, Lord Drake", sagte sie mit belegter Stimme. „Ich möchte ja nicht aufdringlich erscheinen, aber es liegt mir sehr daran, Miss Thornton zu finden und nach Hause zu bringen."

„Sie haben meine Zusage, oder etwa nicht?" Er bedachte sie mit einem frostigen Blick. „Ich möchte zwar nicht unhöflich erscheinen, aber ich muss wohl nicht ganz bei Sinnen sein, mich darauf einzulassen."

Ihre Antwort klang erstaunlich souverän. „Die Güte in Person."

„Wenn Sie sich da nur nicht irren. Ehrlich gesprochen habe ich nicht viel Übung darin, den Helfer in der Not zu spielen.

Haben Sie eigentlich in Erwägung gezogen, ob Thalia überhaupt den Wunsch hat, gerettet zu werden, wenn Sie mir die Frage gestatten?"

Eloise schlug stumm die Augen nieder, erschrocken über seinen Sarkasmus. Sie war offenbar der irrigen Meinung, in ihm so etwas wie einen Gentleman zu sehen. Es war besser für sie, gleich die Wahrheit über ihn zu erfahren.

„Nun gut, ich bemühe mich, die beiden ausfindig zu machen. Aber ich bestehe darauf, dass Sie sich nach Hause begeben und dort warten."

Langsam hob sie den Kopf. Eine störende Unruhe befiel ihn, als er ihrem festen Blick begegnete. „Vielen Dank", sagte sie sichtlich erleichtert.

Sein Cousin entfernte sich von der Kutsche. „Wo fährst du hin? Soll ich dich begleiten?"

Drake machte ein finsteres Gesicht. Er wusste genau, warum Gabriel sie hierher gebracht hatte. Seine Hilfsbereitschaft hatte ihm nur als Ausrede gedient, Maribella kennenzulernen.

Widerstrebend wandte sich Drake von Eloise ab. „Percy verkehrt häufig im Haus eines gemeinsamen Freundes", sagte er. „Vielleicht finde ich ihn dort mit Thalia. Und nein, ich wünsche keine Begleitung. Schon gar nicht deine."

„Es wäre ratsam, wenn Sie Ihren Gehrock anlegen würden", murmelte Miss Goodwin aus den Tiefen der Kutsche.

Drake sah den rothaarigen Diener, der in der Nähe herumlungerte und neugierig jedes Wort belauschte, an. „Bringen Sie Miss Goodwin nach Hause. Das ist kein Ort für eine sittsame junge Dame."

Er hatte sich bereits einige Schritte von der Kutsche entfernt, als sie ihm maßregelnd hinterherrief: „Es ist auch kein Ort für einen Gentleman."

Drake verzichtete auf eine Entgegnung, beschleunigte lediglich seine Schritte. Er hatte vermutlich mehr Nächte in Audreys Haus verbracht als in seinen eigenen vier Wänden, war aber niemandem Rechenschaft darüber schuldig. Doch dann drängte eine leise Stimme in ihm: „Frag sie doch, wo du ihrer Meinung nach hingehörst. Frag sie, ob sie dir Platz in ihrem Bett macht, um dein müdes Haupt an ihre üppigen Brüste zu betten. Frag sie."

Es hatte zu regnen begonnen, und er hob sein dunkles markantes Gesicht in den Nachthimmel. Er hatte keine Lust, ins Haus zurückzukehren, um seinen Gehrock anzuziehen. Die Kälte würde ihn nicht stören. Vermutlich würde er sie gar nicht spüren. Vielleicht würde er nie wieder etwas spüren.

„Tu Buße, Sünder", rief ein alter Mann in einem abgerissenen grauen Umhang ihm an der Straßenecke zu. „Tu Buße oder fahre zur Hölle."

Drake bedachte ihn mit einem bitteren Lächeln. „Um Buße zu tun, ist es ein wenig zu spät, mein Freund."

8. KAPITEL

Eloise verbrachte den Rest der Nacht in einem unruhigen Schlaf, aus dem sie immer wieder erwachte, um nachzusehen, ob Thalia oder ihr Bruder endlich zurückgekehrt waren.

Kurz vor Morgengrauen stand sie schließlich auf, wusch sich mit kaltem Wasser und kleidete sich im Dunkeln an. Sie hatte keine Ahnung, wie sie Sir Thomas' Mutter Thalias Verschwinden erklären sollte. In der Küche brühte sie sich starken Tee auf und trug die Tasse in Thalias Zimmer, das leer und verlassen wirkte. Bei allem Verdruss, den das Mädchen ihr bereitete, hatte sie Thalia doch irgendwie ins Herz geschlossen.

Wenn das Mädchen von ihrem nächtlichen Abenteuer zurückkam, wäre sie nicht mehr die Gleiche. Sie hätte ihre Unschuld verloren. Eloise und auch Lord Thornton hatten ihre Pflicht vernachlässigt, sie zu beschützen. Obwohl Thalia ihren Ruin selbst verschuldete, so hatte Eloise die Verantwortung für sie übernommen und hatte versagt.

Sie stellte die Tasse auf den Frisiertisch und trat an die Nussbaumkommode, in der Thalia Briefe und Zeitungsausschnitte aus Skandalblättern aufbewahrte. Es dauerte nicht lange, bis sie einen Stapel eingesammelt hatte, den sie nach unten ins Wohnzimmer trug. Sie musste nicht lange suchen, bis sie auf jene Artikel stieß, in denen die Rede von der Familie Boscastle war.

Lord Drake wurde häufig im Zusammenhang mit Gesellschaftsskandalen erwähnt. Eine vernünftige Frau hätte die Schandblätter allesamt ins Feuer geworfen.

Eine Stunde später war Eloise immer noch in die spannende Lektüre vertieft, als sie von einem lauten Pochen an der Haustür aufgeschreckt wurde.

War das Duell vorüber?

War Thalia heimgekehrt? Oder hatte man sie geschändet in einer finsteren Gasse aufgefunden?

Sie erhob sich steifgliedrig, hielt immer noch ein paar Zeitungsausschnitte in der Hand. An der Tür zauderte sie.

Wer forderte so früh am Morgen Einlass, noch bevor die Küchenmagd auf war, um die Öfen zu heizen?

Sie öffnete die Tür einen Spalt. Die gebeugte Männergestalt in einem schäbigen braunen Mantel war weder Lord Drake noch dessen Cousin. Das Gesicht des Besuchers war der nebelgrauen Straße zugewandt, aber sie ahnte, dass er schlechte Nachricht brachte.

Das Duell im Park. Sie hoffte inständig, dass es nicht dazu gekommen war. Sie straffte die Schultern, die Kehle wurde ihr trocken, als der Mann den Kopf drehte und lächelte.

Ein eisiges Frösteln rieselte ihr über den Rücken, als sie ihn erkannte. Ralph Hawkins. Sie wollte die Tür zuschlagen, doch der Mann ahnte ihre Reaktion und stellte blitzschnell einen Fuß in den Spalt.

„Guten Morgen, Ellie“, grüßte er mit einem verschlagenen Lächeln und spähte neugierig in die Diele. „Freut mich, dich wiederzusehen. Hast du mich vermisst?“

Eloise wich kreidebleich zum Garderobenständer zurück. „Verschwinde augenblicklich, oder ich lasse dich von Seiner Lordschaft hinauswerfen, und ich rufe die Polizei …“

„Still, du dummes Ding. Ich weiß genau, dass dein Dienstherr nicht im Haus ist.“ Er trat ein und schlug die Tür hinter sich zu. „Du hast eine ziemlich aufregende Nacht hinter dir. Du liebe Güte, Ellie. Ein vornehmer Ball, dann Herrenbesuch und eine Fahrt in ein Bordell. Kaum vorstellbar, dass ich dich einmal für schüchtern und blauäugig gehalten habe.“

Hinter ihnen im dunklen Korridor wurden Schritte laut. Eloise schaute sich um und sah in Freddies verschlafenes sommersprossiges Gesicht. Beim Anblick des heruntergekommenen Fremden blieb er argwöhnisch stehen. „Was gibt’s Miss Goodwin? Was ist passiert?“

Eloise holte tief Atem. Freddie war ein anständiger, herzensguter junger Mann, auch wenn er nur ein Diener und der Sohn eines Trunkenbolds war. Er hatte sich aus eigener Kraft aus dem Elend der Gosse hochgearbeitet, in der er aufgewachsen war, und sie wollte ihn nicht mit ihren Nöten behelligen. „Schon gut, Freddie", sagte sie beschwichtigend und hoffte, er würde das Beben in ihrer Stimme nicht hören. „Geh du nur an deine Arbeit."

Der Mann, der vor ihr stand, lachte derb. „Lass uns zufrieden, Bursche. Eloise und ich sind alte Freunde. Ich will nur mit ihr reden."

Eloise straffte die Schultern. Wenn sie die Überlegene spielte, würde Ralph hoffentlich bald wieder gehen. „Es ist alles in Ordnung, Freddie."

Wie Drake es geahnt hatte, erschien Horace nicht zum Duell im Hyde Parke. Drake schaffte es gerade noch rechtzeitig, da er die halbe Nacht die Stadt durchstreift hatte. Allem Anschein nach waren Percy und Thalia noch immer in der Stadt, da sie gemeinsam als späte Gäste bei einer Abendgesellschaft aufgetaucht waren. Horace war in einer der Spielhöllen gesehen worden, die er häufig frequentierte. Seine Bekannten waren der einhelligen Ansicht, er sei anschließend zu einem längeren Aufenthalt auf dem Land aufgebrochen. Für Drake bedeutete das, dass der elende Feigling sein Hauspersonal, das auf ihn angewiesen war, schmählich im Stich gelassen hatte.

Er nahm sich vor, Miss Goodwin die schlechte Nachricht nach dem Frühstück mitzuteilen. Sein Entschuldigungsschreiben an Maribella, das er ihr noch in der Nacht hatte überbringen lassen, war ungeöffnet an ihn zurückgeschickt worden. Er hatte gute Lust, seinen Cousin auf dem Duellplatz zu töten und damit der Menschheit einen Gefallen zu tun.

Gabriel harrte seiner bereits unter einem Baum. In den ersten Strahlen der aufgehenden Sonne hatte sich bereits eine kleine Schar Zuschauer auf dem mit Tau benetzten Rasen eingefunden in Erwartung eines Blutbades. Das Publikum bestand aus angetrunkenen Nachtschwärmern auf dem Heimweg, einem Lumpensammler und einem Ehepaar mit einem schlafenden Kind in einer Postkutsche. Zwei Ärzte mit bauchigen Ledertaschen hatten sich gleichfalls eingefunden.

Drake und Gabriel nahmen ihre Positionen ein, schritten die Distanz ab und warteten auf das Signal zu feuern.

„Hast du Maribella nochmal gesehen?", fragte Gabriel ungerührt.

Drake legte die Stirn in Falten. „Nein. Du etwa, du hinterhältiger Schuft?"

„Nur in meinen Träumen", antwortete Gabriel lachend.

„Ist dir eigentlich klar", sagte Drake mit einem kalten Lächeln, „dass ich auf dich schießen könnte, um mir zukünftigen Ärger mit dir zu ersparen?"

„Nur zu, Cousin. Solange du nicht einen Körperteil triffst, den ich regelmäßig zum Einsatz bringe. Den brauche ich nämlich noch bei meinem Widersehen mit Miss St. Ives."

Auf das Signal drehten beide sich gelassen um und feuerten in die Luft. Die Zuschauer, die murrend ihrer Enttäuschung Ausdruck verliehen, dass keiner der Duellanten blutüberströmt ins Gras sank, zerstreuten sich in verschiedene Richtungen.

„Zu dumm", meinte Drake, während sein Diener ihm eilfertig Hut und Handschuhe brachte. „Daneben. Du trägst deinen Kopf also immer noch zwischen den Schultern."

Gabriel grinste unverfroren. „Und du hast immer noch deine weiblichen Bewunderer." Er wies zu einer eleganten vierspännigen Kutsche hinüber, die unter den Bäumen angehalten hatte. „Wenigstens eine will dir zu deinem Überleben gratulieren."

Drake knöpfte ohne Eile seinen Gehrock zu. „Ich enttäusche nur ungern eine Dame. Leider muss ich unser Frühstück verschieben. Ein anderes Mal, vielleicht."

„Ich nehme dir Maribella gerne ab, wenn du das Interesse an ihr verloren hast", rief Gabriel ihm nach, als Drake sich der Kutsche näherte. „Oder die Gouvernante. Vielleicht wartet sie in dem Wagen auf dich. Oder hast du sie letzte Nacht endgültig verscheucht?"

Drake war natürlich klar, dass Eloise nicht in den Park gekommen war, vermutlich hatte sie sich noch nicht von den Ereignissen der vergangenen Nacht erholt. Schade eigentlich, dass er keine Gelegenheit gehabt hatte, sich eine Belohnung für seine Mühen bei ihr abzuholen. Wieso finde ich sie eigentlich so entzückend? fragte er sich verwundert. Sie verstand sich nicht aufs Kokettieren, zeigte auch kein Verständnis für seine scherzhaften Anspielungen, mit denen er das weibliche Geschlecht so gerne neckte.

Es bewies nur einmal wieder, welche unvorhersehbare Macht sinnliches Begehren darstellte. Offenbar wusste er nicht annähernd so viel über Erotik, wie er geglaubt hatte.

Zwei Lakaien in gepuderten Lockenperücken und roten Livrées öffneten ihm den Wagenschlag. Er stieg ein, und sein Blick begegnete der schönen Miss St. Ives. In einiger Entfernung am Wegrand nahm er ihre Leibwächter wahr, die vorgaben, in die andere Richtung zu schauen.

Die schöne Maribella trug ein schimmerndes Kleid aus aquamarinblauer Seide, der süße Duft nach Rosenessenz umwehte sie, als sie ihn mit einer trägen Geste einlud, neben ihr Platz zu nehmen. „Haben Sie das Duell gewonnen?“, fragte sie kühl, während sie ihn eingehend auf der Suche nach Blessuren musterte.

Er setzte sich ihr gegenüber. „Es war nur eine Farce“, sagte er, um nach kurzer Pause hinzuzufügen: „Ich dachte, Sie wollten mich nie wiedersehen.“

„Dessen bin ich mir noch nicht sicher.“

Ein charmantes Lächeln umspielte ihre Lippen. Sie war eine verführerische Frau, daran gab es keinen Zweifel. Selbst bei Tageslicht sah sie aus wie eine strahlende Göttin mit ihrem makellos geschnittenen Gesicht und ihrer frostigen Anmut. Aber irgendetwas fehlte. Ihm war noch immer nicht klar, ob es an ihm lag oder an ihr.

Er erwiderte ihr Lächeln. „Und welchem Umstand verdanke ich die Ehre dieses überraschenden Besuches?“

„Darüber bin ich mir auch noch nicht schlüssig. Vielleicht könnte ich mich herablassen, Ihnen zu verzeihen."

Er lachte. „Wie großzügig, Maribella."

„Keineswegs. Ich bin habgierig und selbstsüchtig."

„Niemand ist perfekt, meine Liebe."

Ihr Lächeln schwand. Sie warf ihm einen prüfenden Blick zu, in dem er weniger sinnliches Begehren als kühle Berechnung entdeckte. Miss St. Ives Charakter wies tiefgründigere Facetten auf, als es der einer ungewöhnlich schönen Frau vermuten ließ, die sich für die Karriere einer Kurtisane entschieden hatte.

Drake lehnte den Kopf gegen die Samtpolster und schloss die Augen. Seit wann interessiere ich mich für den Charakter einer Frau? fragte er sich gereizt. Und aus welchem Grund waren seine Gedanken bei einer anderen, statt sich zu überlegen, wie er Maribellas Gunst wiedergewinnen konnte?

Es war doch verrückt, dass er sich zu einer Frau hingezogen fühlte, die ihm lieber Strafpredigten hielt, als mit ihm das Bett zu teilen. Möglicherweise war er tatsächlich im Begriff, den Verstand zu verlieren.

Als er den leichten Druck von Maribellas Hand auf seinem Knie spürte, öffnete er die Augen. „Wozu haben Sie sich entschieden", fragte sie leicht schmollend, „um Ihre Verfehlung wiedergutzumachen?"

Er schaute innerlich schmunzelnd auf ihre Hand. Einen flüchtigen Moment hatte er geglaubt, den Hauch eines Dialekts in ihrer Stimme zu hören. Hatte er nicht irgendwo gelesen, sie sei in einem kleinen Ort in den italienischen Alpen aufgewachsen? Es wäre empfehlenswert, etwas mehr über ihren Hintergrund zu erfahren, bevor er sie zur Mätresse nahm.

Mit hoher Wahrscheinlichkeit war allerdings auszuschließen, dass Maribella als Spionin für eine feindliche Macht arbeitete, zumal Drake längst kein politischer Geheimnisträger mehr war. In Kriegszeiten war es ihm ein Bedürfnis gewesen, seinem Land und der Krone als Geheimagent zu dienen. Aber diese Zeiten lagen längst hinter ihm. Allerdings würde er sich hüten, einer

Frau Vertrauen zu schenken, die ihm ein falsches Bild von sich vorgaukelte. Eine Mätresse sollte nicht nur Geliebte eines Mannes sein, sondern auch seine Vertraute.

„An welche Art der Wiedergutmachung haben Sie denn gedacht, Maribella? Vielleicht finanzieller Natur?"

Sie zog ihre Hand zurück, was ihn keineswegs störte. Zugegeben, er war übernächtigt und …

„Meine Garderobe bedarf der Erneuerung", antwortete sie und maß ihn herausfordernd.

Er lachte. Für die Wünsche einer frivolen und anspruchsvollen Frau hatte er jedes Verständnis. „Nun, warum eigentlich nicht?"

Sie wirkte ein wenig versöhnt. „Heute?"

Er zögerte. Wieso war er eigentlich so zögerlich, die Gunst der Stunde zu nutzen? Zauderte er, um die Spannung vor Beginn einer Liebesaffäre zu steigern? Er wusste es nicht, hatte allerdings den Verdacht, diese Frau verberge eine dunkle Seite ihrer Seele, ähnlich wie er es tat. Und er war sich keineswegs sicher, ob dies der Anfang einer harmonischen Affäre wäre.

„Heute leider nicht", murmelte er. „Ich habe dummerweise versprochen, einem Freund zu helfen."

„Ist dieser Freund eine Frau?", fragte sie unverblümt.

Er lachte wieder und glaubte einen Anflug ihres launischen Temperaments in ihren Augen zu erkennen. „Wieso dieser Argwohn? Ich versuche, den Mann ausfindig zu machen, der den Anlass für diese Farce vorhin gegeben hat." Und falls sie spürte, dass hinter seiner Geschichte mehr steckte als diese knappe Erklärung, so war sie klug genug, keine weiteren Fragen zu stellen.

9. KAPITEL

Eloise zwang sich, dem Mann, den sie beinahe geheiratet hätte, unverwandt ins Gesicht zu schauen. Er würde ihre Schwäche ausnützen, wenn sie ihm ihre Angst zeigte. Am liebsten hätte sie ihn am Kragen seines schäbigen Mantels gepackt und geschüttelt wie eine Ratte, die er war. Wie hatte er sie nur gefunden? Sie hatte einen anderen Namen angenommen und war fest davon überzeugt gewesen, unerkannt in London untertauchen zu können. Und erst seit kurzer Zeit hatte sie zu hoffen gewagt, endlich ihre unrühmliche Vergangenheit hinter sich gelassen zu haben.

„Mein Gott, Ellie", sagte Ralph und legte die Arme über die Rückenlehne von Lord Thorntons Sofa, „es tut wirklich gut, dich nach all den Jahren wiederzusehen."

Sie blickte finster auf die schmutzigen Spuren, die seine mit Lehm bespritzten Stiefel auf dem Teppich verursacht hatten. „Ich kann nicht sagen, dass ich dieses Gefühl erwidere."

Er schnaubte verächtlich. „Du drückst dich also immer noch so geschwollen aus wie früher. Nun ja, es scheint sich ja gelohnt zu haben. Für ein einfaches Mädchen vom Land hast du es ziemlich weit gebracht."

Das Morgengrauen sickerte durch die Samtvorhänge in den Salon. In diesem Moment wurde ein Duell ausgetragen zwischen Lord Boscastle und seinem Cousin, zwei der attraktivsten jungen Männer, die ihr je begegnet waren. Und sie saß hier und musste ertragen, dass dieser heruntergekommene Taugenichts sich dreist auf dem Sofa ihres Dienstherrn breit machte.

„Ellie, Ellie", wiederholte er mit einem unangenehmen Lächeln und musterte sie von Kopf bis Fuß. „Wie ich sehe, bist du schlanker geworden."

Sie richtete den Blick an ihm vorbei aus dem Fenster. Draußen auf der Straße rumpelten Ochsenfuhrwerke und Handkarren vorbei auf dem Weg zum Wochenmarkt. Es war ein Tag wie jeder andere in London, aber Eloise wusste, dass sie nach Ralphs unvermutetem Auftauchen ihres Lebens nicht mehr froh werden würde. Erst gestern hatte sie eine Glitzerwelt betreten, die sie bislang nur aus der Zeitung kannte, hatte sich hinreißen lassen, mit einem Mann zu tanzen, den sie nicht vergessen konnte. Nein, das schüchterne unbedarfte Mädchen vom Lande war sie seit sechs Jahren nicht mehr.

„Was willst du, Ralph?“, fragte sie mit fester Stimme.

Sie bemerkte ein unruhiges Flackern in seinen Augen, als sie ihn unverwandt ansah. Wer hätte geahnt, dass ihr die Position einer Gouvernante und Gesellschafterin solches Selbstvertrauen geben würde? Hatte er die Absicht, sie zu demütigen? Eloise hatte schwere Jahre durchlitten und Kraft aus diesen leidvollen Prüfungen geschöpft.

„Was willst du?“, wiederholte sie.

„Nur gelegentlich eine bescheidene Summe. Es sind harte Zeiten, ich habe Frau und Kind, und es ist wieder etwas Kleines unterwegs.“

„Von welcher Summe sprichst du?“

„Fünf Pfund würden mir genügen“, antwortete er und lächelte wieder. „Schade eigentlich, wenn ich mir überlege, dass wir beide Kinder großziehen könnten. Denkst du manchmal daran?“ Als sie schwieg, kam er unbeholfen auf die Beine. Irgendwie wurde ihm wohl klar, dass sie nicht alleine im Haus waren. „Hast du mal wieder etwas von Mildred gehört?“

„Nein, habe ich nicht.“

Eloise stellte plötzlich fest, dass sie immer noch die Zeitungsausschnitte aus Thalias Kommode umklammerte. „Und ich wünschte, ich hätte auch nichts von dir gehört.“

Ralph betrachtete eingehend das Ölgemälde über dem Kamin. „Ich beobachte dich schon seit einer Woche. Das war ein vornehmer Herr, mit dem du gestern ausgegangen bist. Aber ein Bordell. Gütiger Himmel, wenn das dein Vater wüsste! Keine Sorge, davon erfährt natürlich niemand in unserem Dorf. Das soll unser kleines Geheimnis bleiben, wie?“

Welche Ironie, dass sie die Skandalzeichnung, die Lord Drake

Boscastles Bruder darstellte, wie ein Schutzschild vor sich hielt. Ein absurder Gedanke, eine obszöne Karikatur als Talisman zu verwenden, um sich vor einem Mann wie Ralph Hawkins zu schützen. Aber irgendwie gab ihr der Gedanke an Lord Drake Kraft. Seine Küsse hatten wie ein Zauber auf sie gewirkt. Magie und Kraft. „Geh jetzt", befahl sie streng.

Er klopfte sich mit seinem zerbeulten Schlapphut gegen den Schenkel. „Gut. Ich komme ein anderes Mal wieder."

Ihre Lippen wurden schmal. „Nein, das tust du nicht."

Sein Lächeln entblößte hervorstehende gelbe Zähne wie die eines Nagers. Wie konnte sie diesen ekelhaften Kerl je anziehend gefunden haben? „Doch, ich komme wieder, Schätzchen. Und du wirst bezahlen, Ellie, sonst ..."

Eloise schaute sich suchend nach einem Gegenstand im Zimmer um, den sie ihm über den Schädel schlagen könnte. „Sonst was?"

„Na ja, sonst plaudere ich aus dem Nähkästchen. Ich erzähle deiner vornehmen Herrschaft, was du mir Böses angetan hast. Ich glaube kaum, dass man eine Verrückte im Haus duldet. Man wird dich ins Irrenhaus stecken, Ellie."

Erstaunlicherweise schlief Eloise wieder ein, nachdem der schmierige Kerl gegangen war. Die Aufregungen der letzten Nacht, Thalias Verschwinden, das Entsetzen, als Ralph Hawkins nach all den Jahren vor ihrer Tür gestanden hatte, all das hatte sie völlig erschöpft. Sie war an einem Punkt angelangt, wo ihr alles gleichgültig war.

Thalia hätte mit dem Schornsteinfeger durchbrennen, Lord Thornton seinem nichtsnutzigen Leben mit einem Sprung in die Themse ein Ende setzen können, es kümmerte sie nicht. Möglicherweise würde sie demnächst Fleischpasteten an einer Straßenecke verkaufen, auch das war ihr einerlei. Was nützte es, wenn sie ihr Unglück beweinte? Sie hatte ja nicht einmal mehr die Kraft zu weinen. Zu Tode erschöpft, den Kopf auf die angewinkelten Arme gebettet, schlief sie traumlos am Wohnzimmertisch. Sie schlief wie eine zum Tode Verurteilte, die alle Hoffnung aufgegeben hatte. Ihre letzte Empfindung vor dem Einschlafen war ein Gefühl der Erleichterung, nicht mehr um ihr Leben kämpfen zu müssen. Und dann …

… kniete der schönste Mann in ganz England neben ihr, rüttelte sie an den Schultern und redete im Befehlston auf sie ein. „Miss Goodwin, um Himmels willen, wachen Sie auf! Sagen Sie etwas. Können Sie mich hören?"

„Hmmm … was … was …?"

„Haben Sie eine Überdosis Laudanum geschluckt? Sagen Sie doch etwas!"

„Was habe ich?", fragte sie schlaftrunken und starrte ihn benommen an.

Und dann wich der Nebelschleier vor ihren Augen. Eloise fuhr erschrocken hoch, plötzlich hellwach und atemlos. Die Zeitungsausschnitte auf ihrem Schoß flatterten zu Boden. Sie versuchte aufzustehen, spürte seine starken Hände um ihre Taille, die ihr Halt gaben, den sie auch dringend brauchte, da sein Anblick sie schwindlig machte. Lord Drake Boscastle, auf den Knien vor ihr. Gütiger Himmel, hatte sie geschnarcht?

„Ich … oh Gott", stammelte sie verwirrt. „Wie spät ist es? Haben Sie sich duelliert? Sind Sie verletzt?"

Nein, verletzt war er beileibe nicht. Er sah absolut hinreißend aus, glatt rasiert in einem grauen Gehrock und schwarzen engen Hosen. Auch nach einer schlaflosen Nacht bot er das Bild vollendeter Eleganz, trotz der müden Schatten unter seinen Augen, die seiner männlichen Attraktivität nur noch zusätzliches Flair verliehen.

Allmählich wich ihre Benommenheit, und ihr Verstand begann sich zu klären.

„Verzeihen Sie", sagte sie verlegen. „Ich hatte keine Ahnung, dass Sie hier sind. Darf ich Ihnen eine Tasse Tee anbieten? Oder vielleicht … Gütiger Himmel, habe ich schon gefragt … ist das Duell vorüber?"

„Ja, und es wurde kein Tropfen Blut vergossen", antwortete

er, sichtlich erleichtert. Wie lange hatte er wohl versucht, sie zu wecken?

„War Lord Thornton anwesend?“, fragte sie zögernd.

Er schüttelte den Kopf. „Ich fürchte, nein.“

„Also waren Sie gezwungen, sich an seiner Stelle mit Ihrem Cousin zu duellieren?“

„Von einem Duell konnte kaum die Rede sein. Beim Sackhüpfen hätte ich ihn wohl eher besiegt.“

„Wobei?“ Sie glaubte, ihn nicht richtig verstanden zu haben, fürchtete immer noch, er habe sie beim Schnarchen ertappt.

Er schmunzelte. „Sackhüpfen. Das ist ein beliebter Sport, wenn die ganze Boscastle Familie sich im Sommer auf unserem Landgut trifft, um einander auf die Nerven zu gehen. Gabriel versucht immer, mich beim Sackhüpfen zu übertrumpfen, bisher allerdings vergeblich.“

Eloise lächelte wehmütig. In ihrer Familie hatte es nie Zeit für unterhaltsame Spiele gegeben. Ihr Vater hatte immer zu tun, saß oft bis tief in die Nacht hinein über seinen Schriftsätzen im Kontor, und ihre Mutter verbrachte ihre Abende mit Näharbeiten im schwachen Schein einer Talgkerze, um das Familieneinkommen aufzubessern. Noch heute verspürte Eloise Gewissensbisse, wenn sie sich gelegentlich ein Stündchen freinahm, um ein Buch zu lesen. In Lord Drakes Stimme hatte, als er von seiner Familie sprach, ein liebevoller Unterton mitgeschwungen, der ihn noch attraktiver machte, anziehender als der Schürzenjäger, der einer unbescholtenen Gouvernante heimlich Küsse geraubt hatte. Wenn ihm seine Familie so viel bedeutete, konnte er doch kein eiskalter Teufel sein, oder?

Sie stand stumm vor ihm und wusste in ihrer Verlegenheit nicht, was sie sagen sollte. Er löste das Problem für sie, wenn auch in einer unerwartet peinlichen Art und Weise.

„Sieh mal einer an“, murmelte er gedehnt, „was haben wir denn da?“

Eloise blinzelte. Erst als er sich nach den auf dem Boden verstreuten Zeitungsausschnitten bückte, begriff sie. Das Skandalblatt. Die Karikatur des obszön übertrieben proportionierten Lord Heath Boscastle als Apollo. Sie hatte völlig vergessen, dass sie mit der Aktzeichnung seines Bruder auf dem Schoß eingeschlafen war.

Sie konnte nur hoffen, dass er das Blatt nicht erkannte.

Sie irrte sich. Er zog staunend eine Braue hoch, schürzte die Lippen und betrachtete die Zeichnung eingehend. Eloise konnte nicht entscheiden, was unangenehmer war: dass er sie mit der Karikatur eines nackten Mannes auf dem Schoß erwischt hatte oder dass es sich bei dem nackten Mann um seinen Bruder handelte.

„Du lieber Himmel!", rief sie aus. „Wie oft habe ich Miss Thornton verboten, diesen Schund zu lesen und auch noch herumliegen zu lassen."

„Ich glaube, das Zeug lag auf Ihrem Schoß", wandte er ein, und ein feines Lächeln umspielte seine Mundwinkel. „Ach, Miss Goodwin, wovon haben Sie wohl geträumt, als ich sie weckte?"

Sie räusperte sich. Das hatte ihr gerade noch gefehlt. Er hielt sie wohl für eine jener Frauen, die sich nach außen sittsam gaben und sich heimlich an verruchten Bildern ergötzten.

„Ich war nur neugierig", entgegnete sie spitz und riss ihm die Zeichnung aus der Hand.

Er musterte sie mit seinen dunklen Augen. „Neugierig auf meinen Bruder?"

„Ich habe Miss Thorntons persönliche Dinge durchsucht", antwortete sie schnippisch. „Aber nur in der Hoffnung, eine Nachricht von Percy zu finden mit einem Hinweis, wo die beiden sich treffen wollten." Nun, das war nicht die reine Wahrheit, nicht einmal annähernd die Wahrheit. Aber sie konnte doch nicht zugeben, dass sie daran interessiert gewesen war, ein paar Klatschgeschichten über Lord Drake zu lesen.

Nach kurzem Schweigen ergriff er wieder das Wort. „Ich persönlich erachte es keineswegs als verwerflich, wenn eine Frau gern sinnliche Bilder ansieht."

„Ich habe mir das Bild nicht angesehen!", entrüstete sie sich.

„Kein Anlass, in Verlegenheit zu geraten und sich zu echauffieren. Außer vielleicht, weil er mein Bruder ist. Sie kennen ihn nicht, oder?“, fragte er höflich.

„Nein, natürlich nicht.“ Sie zuckte zusammen, als er das Bild umdrehte und ihr die Vorderseite hinhielt. „Aber ich habe …“

„Ziemlich viel von ihm gesehen“, beendete er den Satz für sie, und seine blauen Augen blitzten belustigt. „Seien Sie unbesorgt, ganz England kennt dieses Bild.“

Eloise biss sich auf die Zunge. „Ich wollte sagen, dass ich seinen Namen häufig in den Zeitungen gelesen habe. Offenbar war er nicht allzu oft in Skandale verwickelt.“ Im Gegensatz zu Ihnen, hätte sie am liebsten hinzugefügt.

Er schmunzelte. „Das war skandalös genug.“

„Das kann ich mir denken. Höchst peinlich für einen Gentleman.“

„Peinlich ist nicht annähernd die treffende Bezeichnung für den Aufruhr, den diese Zeichnung auslöste.“ Er schüttelte in Gedanken daran den Kopf. „Das Ding sollte nie veröffentlicht werden, soweit ich weiß. Bis heute kann sich niemand erklären, wie die Zeichnung an die Presse gelangen konnte. Ich kann mir nicht vorstellen, dass seine Ehefrau diese künstlerische Indiskretion je überwinden wird.“

„Seine Ehefrau?“, fragte Eloise verblüfft. „Seine eigene Frau hat dieses Machwerk angefertigt?“

Drake musterte sie eine Weile, bevor er antwortete. Wie sollte er die frivolen und unberechenbaren Launen seiner Verwandten erklären? Verhaltensweisen, die er oftmals selbst nicht nachvollziehen konnte. Aber schließlich war er nur ein Rädchen im Getriebe und gezwungen, sich mit dem kuriosen Gebaren seiner Familie abzufinden.

„Ich fürchte, ja. Die männlichen Boscastles fühlen sich seit jeher zu ungewöhnlichen Frauen hingezogen. Ja, richtig, auch die Frauen in unserer Familie haben Flausen im Kopf und setzen sich gern über gesellschaftliche Gepflogenheiten hinweg.“

„Und so etwas … wird geduldet?“, fragte sie verwundert.

Drake hatte Mühe, ihr aufmerksam zuzuhören. Sie sah noch hübscher aus als gestern Nacht. Ihre Wangen waren vom Schlaf rosig, was ihn natürlich auf den Gedanken brachte, wie angenehm es wäre, neben ihr aufzuwachen. Sogar ihr hoch geschlossenes grünes Baumwollkleid verleitete ihn zu dem Wunsch, sie auszuziehen. Er verdrängte sein ungehöriges Verlangen. „Ja", sagte er, „Toleranz ist bei uns groß geschrieben. Was bleibt einem schon anderes übrig in einer Familie, in der Verstöße gegen Sitte und Anstand an der Tagesordnung sind." Mehr wollte er ihr über die Schandtaten seiner Familie allerdings nicht anvertrauen. Er räusperte sich. „Und Ihre Familie?", wollte er im plumpen Versuch, sie vom Thema abzulenken, wissen.

„Meine Familie ist nicht sehr tolerant", erklärte sie und wandte den Blick ab. „Ich scheue mich beinahe, Sie zu fragen. Konnten Sie herausfinden, wo Miss Thornton sich aufhält?"

Er hatte nicht die Absicht, ihr zu gestehen, dass Thalias Aufenthaltsort ihn nicht im Geringsten interessierte. Ihn interessierte vielmehr, woher Eloise kam, wo sie gelebt hatte, bevor sie als Gouvernante in diesem Haus arbeitete. Vielleicht hatte sie keine Familie mehr. War sie ein Waisenkind?

„Leider weiß ich nicht, wo Thalia ist", antwortete er aufrichtig. „Aber vermutlich hat sie London nicht verlassen. Im Übrigen trifft Sie doch keine Schuld am leichtsinnigen Verhalten Ihrer Schutzbefohlenen."

Eloise sah ihn an. „Ich kann doch nicht ständig Ausreden für ihr Verschwinden erfinden. Die Mutter ihres Verlobten wird Verdacht schöpfen, bei der Thalia und ihr Bruder heute zum Frühstück eingeladen sind."

„Ich bin davon überzeugt, dass Thalia bald wieder auftaucht und die Sache in Vergessenheit gerät."

Eloise schüttelte heftig den Kopf. „Die Gesellschaft im Allgemeinen geht keineswegs nachsichtig über den Fehltritt einer jungen Frau hinweg, wie es in Ihrer Familie üblich zu sein scheint."

Er streifte die Handschuhe ab und legte sie auf den Stuhl.

„Sprechen Sie aus eigener Erfahrung?“, erkundigte er sich beiläufig.

Sie zögerte. „Nicht, dass ich wüsste.“

Er spürte, dass sie einer Antwort auswich. „Sie erwähnten, dass sie bald heiraten wird. Haben Sie die Absicht, ihr auch weiterhin zu Diensten sein?“

„Ich habe noch keine konkreten Pläne.“

Er nickte, ohne zu wissen, wieso er ihr diese Frage gestellt hatte. „Ich könnte mir weniger ermüdende Beschäftigungen vorstellen, um sich Ihren Lebensunterhalt zu sichern.“

„Das hängt vermutlich davon ab, was man unter einer ermüdenden Beschäftigung versteht.“ Sie machte eine Pause. „Sind Sie schon lange mit Lord Thornton befreundet?“

„Horace war nie ein Freund von mir. Ich war mit seinem Bruder eng befreundet.“

„Warum helfen Sie ihm dann?“

Unvermutet strich er ihr mit dem Daumen über die Wange. „Warum denken Sie wohl?“, entgegnete er.

Sie erschrak über die Glut in seinen Augen und platzte mit dem ersten Gedanken heraus, der ihr durch den Sinn schoss. „Ich habe zuerst gefragt.“

Einen unerträglich langen Augenblick fürchtete sie, er würde sie auslachen. Doch dann neigte er den Kopf und gab ihr einen Kuss, der sie schwindelig machte. Reglos stand sie vor ihm, schloss die Augen, ohne den geringsten Widerstand zu leisten, versuchte nicht einmal zum Schein zu protestieren. Stattdessen öffnete sie die Lippen und gestattete ihm, sie so heiß zu küssen, dass ihr ganzer Körper entflammte.

„Mein Gott, Eloise.“ Er bedeckte ihr Gesicht mit hungrigen Küssen. Dann begann er mit seiner Zungenspitze ihren Nacken zu liebkosen, ließ sie immer tiefer wandern, bis zu ihren vollen Brüsten, die sich gegen den dünnen Stoff ihres Kleides abzeichneten. „Ich habe mir die ganze Zeit eingeredet, ich hätte mir nur eingebildet, wie sehr ich dich letzte Nacht begehrte“, raunte er.

Wonneschauer durchrieselten sie. Ähnlich schmeichelhafte

Geständnisse hatte sie in ihrer Laufbahn als Gouvernante des Öfteren gehört, ohne sich davon beeindrucken zu lassen. Aber seine Worte lösten eine Flut begehrlicher Empfindungen in ihr aus. Das Ungeheuerliche an dieser Situation bestand nicht etwa darin, dass dieser Mann sich nahm, was er wollte, sondern in ihrem Wunsch, sich ihm hinzugeben.

„Das ist …" Sie hob bebend die Hand. Wollte sie ihn an sich ziehen oder sich gegen ihn wehren? War es möglich, beides zur gleichen Zeit zu tun? War es möglich, vorzugeben, ahnungslos zu sein, in dem, was sie tat?

„Was?" Er berührte sie mit seiner Hand an der Schulter und hinterließ eine prickelnde Hitze auf ihrer Haut.

„Was ist es? Verrat es mir."

„Ich kann es nicht sagen."

„Ich weiß es auch nicht", flüsterte er. „Aber es gefällt mir ausnehmend gut."

Sie spürte seine Hände an ihren Seiten, bevor er ihre Brüste umfasste und durch den Stoff die sehnsüchtig aufgerichteten Knospen streichelte. Niemals hätte sie einem anderen Mann diese Freiheiten erlaubt, lieber wäre sie gestorben. Aber diesem Schwerenöter reckte sie sich entgegen, schloss die Augen und bat im Stillen um mehr.

Er barg seine Wange an ihren Brüsten. „Bist du überall so weich und warm?", fragte er mit belegter Stimme.

Eloise schmiegte sich seufzend an ihn, seine dunkle Stimme berauschte ihre Sinne. Wie mühelos er ihr Verlangen zu wecken vermochte! Sie hatte vom ersten Augenblick an gespürt, dass er ihr gefährlich werden könnte. Hatte sie nicht gewusst, dass er mehr fordern würde? Aber er hatte seine Absichten keineswegs verschleiert. Vielmehr überraschte es sie, wie sehr sie sich selbst nach ihm sehnte.

Mit seinen Lippen umfing er eine ihrer Brustknospen und umspielte sie liebkosend. Eine Welle sündiger Gefühle überflutete Eloise. Gott allein wusste, was sie noch zugelassen hätte, wäre der holpernde Lärm einer vorbeifahrenden Kutsche nicht in ihr

Bewusstsein gedrungen. Schlagartig holte das Geräusch sie beide aus ihrer Benommenheit in die Wirklichkeit zurück. Widerstrebend löste Drake sich von ihr. Die dunkle Glut in seinen Augen ließ sie erschauern.

„Ich werde dir helfen", sagte er gedehnt. „Und wir beide kennen den Grund."

Eloise war nicht fähig, sich dem Bann seines magnetischen Blickes zu entziehen. Zugegeben, vielleicht war das, was er für sie empfand, schiere Wollust. Aber war es wirklich nur Lust, die sich hinter den Zärtlichkeiten dieses begehrenswerten Mannes verbarg, der ihr seine Hilfe anbot, nachdem sie bereits alle Hoffnungen verloren hatte? Was denn sonst? meldete sich eine lästige Stimme in ihrem Kopf. Sündige Anfechtungen präsentierten sich stets in einer verlockenden Verpackung.

„Was verlangen Sie als Gegenleistung?", fragte sie mit belegter Stimme.

„Habe ich von Gegenleistung gesprochen?" Er blickte ihr unverwandt in die Augen. Ihr war, als schaute sie in einen Spiegel. Und ein Spiegelbild konnte nicht trügen. War sie es, die sich selbst betrog?

„Ich bin nicht naiv", antwortete sie schwach.

Er lächelte. „Das habe ich nie vermutet."

10. KAPITEL

Sie ging natürlich recht in der Annahme, dass er eine Gegenleistung erwartete für seine Bemühungen. Das ist der Lauf der Dinge, dachte Drake nicht ohne Zynismus, als er das bescheidene Haus verließ und sich auf den Heimweg begab. Das Bedenkliche an dieser Situation war, dass Eloise meinte, sie sei ihm etwas schuldig. Und dessen war er sich gar nicht so sicher. In letzter Zeit war er sich ohnehin über nicht mehr viel in seinem Leben sicher, außer, dass sein Interesse an ihr ganz und gar nichts mit Horace Thornton zu tun hatte. Vielleicht war er einfach nur gelangweilt und seines bisherigen Lebens überdrüssig. Ein Mann konnte letztlich nicht damit zufrieden sein, sein ganzes Leben mit Trinken, Huren, Glücksspielen und Duellen zu verbringen. Oder doch? Es gab schlimmere Arten zu sterben. Schließlich hatte er genügend sinnloses Sterben auf dem Schlachtfeld mit angesehen. Und soweit er das beurteilen konnte, war die Welt durch Kriege und all die Opfer, die sie forderten, um keinen Deut besser geworden.

Dennoch begann er bereits, sein Angebot zu bereuen, Thalia Thornton ausfindig zu machen. Was kümmerte es ihn, wenn die dumme Gans sich ihre Zukunft zerstörte? Der verzogene Fratz hatte ihn schon als Kind mit einer silbernen Haarbürste attackiert und erst gestern mit einem Farnwedel nach ihm gehauen.

„Wieso lässt man eigentlich Leute wie dich immer noch frei herumlaufen“, hörte er eine tiefe Stimme hinter sich.

Drake drehte sich um in der Hoffnung, dem Fremden, der ihn so frech beleidigte, die Faust ins Gesicht schlagen zu können. Vielleicht würde er sich nach einer Prügelei besser fühlen. Aber es war nur sein jüngerer Bruder, der aus einer Kutsche, in der ein paar seiner Freunde saßen, gesprungen war. Er schüttelte den Kopf, als Devon gerade noch rechtzeitig einem Stand auswich, an dem ein armer Schlucker geröstete Kastanien verkaufte. Der Mann fing an, ihn zu beschimpfen, verbeugte sich aber ehrerbietig, als Devon ihm ein entschuldigendes Lächeln zuwarf.

Typisch für Devon. Mit seinem Charme könnte er sogar einem Stein ein Lächeln abringen. Nur er konnte sich so böse Streiche ausdenken wie damals, als er in der Verkleidung eines Straßenräubers harmlosen Reisenden Angst und Schrecken eingejagt hatte. Das Ergebnis davon war, dass junge Aristokraten im ganzen Land diesen üblen Scherz nachahmten, und junge Damen davon träumten, Devon möge sie überfallen und ihnen nächtliche Küsse rauben. Nachdem die Sache aufgeflogen war, musste Devon sich zwar für eine Weile aufs Land zurückziehen, bis die Wogen sich geglättet hatten, doch letztlich hatte die vornehme Gesellschaft ihm all seine Possen nachsichtig schmunzelnd verziehen.

Devon hielt Drake eine Zeitung unter die Nase. „Schau dir das an!"

Mit einer unwirschen Geste schob er das Blatt von sich, auf dem eine Zeichnung eines populären Karikaturisten abgebildet war. „Nicht schon wieder eine Aktzeichnung von Heath. Danke, kein Interesse."

Devon grinste frech. „Diesmal geht es nicht um Heath, sondern um dich."

Er riss seinem Bruder das Blatt aus der Hand. „Das kann ich nur hoffen. Von mir existieren wenigstens keine obszönen Bilder."

„Jedenfalls habe ich keines entdeckt. Und ich würde auf die morgige Ausgabe warten, bevor du ausrastest."

„Hast du mich schon einmal ausrasten gesehen?"

Devon schien einen Moment zu überlegen. „Nicht, dass ich wüsste."

„Warum redest du dann solchen Unsinn?"

„Vielleicht will ich verhindern, dass du deinen ersten Verlust der Selbstbeherrschung auf der Straße erleidest."

„Meinen ersten Verlust der Selbstbeherrschung? Bin ich ein Moralapostel, Devon?"

„Eigentlich nicht. Schon gar nicht, wenn man diesen Artikel liest.“

Drake überflog die Kolumne mit finsterer Miene; wie gewöhnlich zotiger Klatsch mit einem Körnchen Wahrheit zwischen den Zeilen. Es war eigentlich nicht zu fassen, dass Leute Geld dafür ausgaben, um diesen Schmutz zu lesen. Der Schilderung seiner heißen Liebesnacht mit einer gefeierten Kurtisane folgte die knappe Erwähnung eines Duells im Morgengrauen zwischen zwei Boscastle-Cousins, die um die Gunst der oben erwähnten Halbweltdame buhlten.

„Zum Teufel“, knurrte Drake kopfschüttelnd. „Wenn Grayson das liest, kriegt er einen Anfall. Seit unser lieber Bruder verheiratet ist, hat er sich zu einem Sittenwächter schlimmster Sorte entwickelt. Vielleicht schenke ich ihm zum Geburtstag eine Kanzel, von der er seine Moralpredigten halten kann.“

„Aber es stimmt doch, was da steht, nicht wahr?“, fragte Devon und versetzte Drake einen Rippenstoß. „Du hattest ein Rendezvous mit Maribella und hast dich im Morgengrauen duelliert? Ich wollte übrigens dabei sein, hatte aber persönliche Angelegenheiten zu erledigen. Freut mich, dass du noch lebst.“

„Gabriel und ich haben uns nicht wegen Maribella duelliert, Herrgott noch mal. Erinnerst du dich nicht, was gestern Abend los war? Thornton wurde von Gabriel beim Falschspielen erwischt und hat sich hinterher aus dem Staub gemacht. Du warst doch dabei, aber vielleicht warst du betrunkener, als ich dachte.“

„Ich war völlig nüchtern. Und ich bin auch kein Vollidiot. Ich ging lediglich davon aus, dass du dich hinterher mit Maribella getroffen hast und ihr beide einander ein wenig näher gekommen seid.“

Drake warf die Zeitung in den Rinnstein. „Wer hat dir denn das verraten?“

Devon seufzte tief. „Tja, du weißt doch, wie klatschsüchtig Weiber sind.“

„Du bist klatschsüchtig“, entgegnete Drake abfällig. „Und das ist unmännlich.“

Damit konnte er Devon keineswegs treffen, denn niemand hätte an Devon Boscastles Männlichkeit gezweifelt. „Ist dir vielleicht Thornton auf deinen nächtlichen Streifzügen durch einschlägige Etablissements begegnet?“

„Nein, das kann ich nicht behaupten.“

Drake betrachtete ihn mit nachsichtiger Strenge. Sein jüngerer Bruder war einen halben Kopf größer als er, sehnig und athletisch gebaut. Der schlaksige Jüngling, der nur aus Haut und Knochen und endlos langen Gliedmaßen zu bestehen schien, war zu einem ansehnlichen jungen Mann herangewachsen, der mit seinem heiteren Wesen und seinem entwaffnenden Lächeln alle Welt für sich einzunehmen wusste. Hinter seinem jungenhaften Charme verbarg sich allerdings ein vielschichtiger Charakter, der zu tiefen Emotionen fähig war. Und selbstverständlich war er der Schwarm aller Frauen.

„Was hast du eigentlich vor?“, erkundigte sich Devon, während er anerkennend den prallen Hintern einer jungen Nussverkäuferin betrachtete, die beinahe ihren Korb fallen ließ, als sie sich verstohlen nach ihm umdrehte.

„Ich warte auf meine Kutsche, um nach Miss Thornton und ihrem Verführer Percy Chapman zu suchen. Damit habe ich bereits die halbe Nacht verbracht.“

„Meinst du Thalia?“, fragte Devon, der kaum die Augen von der hübschen Nussverkäuferin abwenden konnte.

Drake verschränkte die Arme vor der Brust. Mit Devon zu reden und seine ungeteilte Aufmerksamkeit zu erhalten, war ziemlich enervierend. „Weißt du etwa, wo sie ist?“

„Sie stieg in einem Hotel in der St. Albans Street ab.“ Devon warf einen letzten wehmütigen Blick auf das Mädchen. „Ich glaube, sie war in Percys Begleitung, da du es erwähnst.“

Drake warf verzweifelt die Hände hoch. „Wieso hast du mir das nicht gleich gesagt?“

Devon lächelte unschuldig. Es war völlig sinnlos, böse mit

ihm zu sein. Er nahm nie etwas übel, und er konnte sich nicht verstellen. „Ich dachte, du willst mit mir über Maribella sprechen. Woher soll ich wissen, dass du dich für Thalia Thornton interessierst?"

„Du meine Güte, Devon. Wieso sollte ich mich für das dumme Gänschen interessieren?"

„Na ja", erwiderte Devon nachdenklich. „Du hast die halbe Nacht nach ihr gesucht, und du hattest Streit mit Maribella vor Zeugen in Audreys Haus. Was soll ein Mann davon halten?"

Das Beunruhigende an der Sache war, dass Devons Darstellung der Ereignisse plausibel klang. Wie sollte Drake ihm den wirklichen Zusammenhang erklären? Er sträubte sich dagegen, seine Beweggründe zu hinterfragen, aus Furcht, es könne ihm nicht behagen, was da zum Vorschein kam. Gelegentlich war es ratsamer für einen Mann, sich mit Unwissenheit zu schützen. „Ich suche Thalia doch nicht meinetwegen", erklärte er bedächtig. „Ich will lediglich einem Freund einen Gefallen tun."

Devon hüllte sich in ein längeres Schweigen, dem Drake aus Erfahrung misstraute. Devon musste ahnen, dass Drake seine kostbare Zeit, die er mit einer schönen Frau verbringen könnte, nicht vergeudete, nur um einem Freund zu helfen.

„Oh mein Gott." Devon taumelte in gespieltem Entsetzen ein paar Schritte rückwärts und presste die Hand aufs Herz. „Es geht um eine andere Frau. Du tust das für eine Frau. Was für eine Überraschung."

„Mach dich nicht lächerlich", stieß Drake zähneknirschend hervor.

Devon musterte ihn mit einem Gesichtsausdruck, der zwischen Bewunderung und Mitleid schwankte. „Ich muss sie kennenlernen. Wer ist sie? Wie sieht sie aus? Sie muss atemberaubend sein, wenn sie es sogar schafft, Maribella aus dem Rennen zu werfen."

„Es gibt keine andere Frau, verdammt noch mal. Würde ich dir das etwa verschweigen?"

„Ich weiß nicht“, antwortete Devon gedehnt. „Würdest du es mir verschweigen?“

„Was glaubst du?“

Sie standen nebeneinander, den Blick auf die Straße gerichtet. Keiner sagte ein Wort. Und beide wussten, dass Drake zum ersten Mal in seinem Leben gelogen hatte. Er hatte nicht nur seinen Bruder belogen, sondern auch sich selbst.

11. KAPITEL

Es war ein unliebsamer Schock für Eloise gewesen, im Morgengrauen Ralph an ihrer Türschwelle vorzufinden, und mit Ausnahme des überraschenden Besuchs von Lord Drake Boscastle, der sie auf völlig andere Weise verwirrt hatte, brachte dieser Tag weitere Unannehmlichkeiten. Hintereinander sprachen drei Gläubiger vor und forderten die Bezahlung von Lord Thorntons offenen Rechnungen. Der Gehilfe seines Schneiders drohte damit, keines der Kleidungsstücke, die Horace für die kommende Saison bestellt hatte, auszuliefern. Gemeinsam mit den anderen Hausangestellten hatte Eloise es zur wahren Meisterschaft gebracht, Ausflüchte für das Verhalten ihres verantwortungslosen Herrn zu erfinden.

Sich eine glaubwürdige Ausrede auszudenken, um Thalias Verschwinden ihrer künftigen Schwiegermutter zu erklären, war weitaus schwieriger. Eloise, die Lady Heaton schätzte, quälte sich mit Gewissensbissen, sie belügen zu müssen, warum Thalia die Verabredung zum Tee mit ihr und drei älteren Tanten in Piccadilly nicht wahrnehmen könne.

„Sie fühlt sich doch hoffentlich nicht unpässlich?“, fragte die gütige silbergraue Dame tief besorgt.

Eloise unterdrückte ein Seufzen. Sie konnte Lady Heaton nicht gestehen, dass sie keine Ahnung hatte, wo Thalia sich herumtrieb oder ob sie sich unpässlich fühlte. „Ich fürchte, sie wurde zu einem Notfall gerufen. Eine Herzattacke.“

„Ein Familienmitglied?“

„Ehm … ein Freund der Familie.“ Ein niederträchtiger Schurke, dachte sie bei sich. Eloise missbilligte zwar lautes Fluchen, kannte allerdings eine paar deftige Schimpfwörter, derer sie sich in Krisensituationen bediente, um wenigstens innerlich Dampf abzulassen.

„Wie fürsorglich von ihr“, murmelte Lady Heaton mitfühlend. „Ich hoffe, es ist nichts Ernstes.“

Für Thalia würde es allerdings sehr ernst werden, sobald

Eloise ihrer habhaft wurde. Und ihre Eskapade würde gewiss unschöne Folgen für Thalias Ruf haben, sollte der Skandal an die Öffentlichkeit gelangen.

Eloise verbrachte den Tag wie auf glühenden Kohlen. Sie wartete, dass ihr Dienstherr nach Hause kam. Sie wartete auf den Gerichtsvollzieher, der Möbel beschlagnahmen und aus dem Haus schaffen lassen würde. Sie wartete darauf, dass ihr ehemaliger Verlobter erneut auftauchte, um Geld für sein Schweigen von ihr zu verlangen.

Und während all dieser höchst unangenehmen Sorgen und Nöte wartete sie auf die Rückkehr ihres dunklen, gefährlich gut aussehenden Lord Drake Boscastle, in der Hoffnung, er möge sie aus all ihren Qualen erlösen und in die Märchenwelt der Sünde und Verlockung entführen …

„Eloise“, würde er sagen, „mein Herz gehörte dir von der ersten Sekunde, als wir auf dem Ball getanzt haben.“

Und sie würden miteinander lachen, weil sie ihn irrtümlich für einen Wüstling und unverbesserlichen Frauenhelden gehalten hatte. Er würde ihr versichern, dass er in jener Nacht zum ersten Mal ein Bordell betreten hatte, und so erstaunlich es auch klingen mochte, hatte der treue junge Diener recht gehabt. Drake hatte sich keineswegs mit einem Freudenmädchen vergnügt, er war tatsächlich mit offenem Hemd und ohne Halsbinde aus Mrs Watsons Haus gestürmt, da er einen Boxkampf mit einem Freund ausgetragen hatte. Ehrlich!

Eloise lachte laut und bitter über ihre albernen Wunschträume und versuchte sich abzulenken, indem sie die Post sortierte. Anschließend beschäftigte sie sich mit einer Handarbeit, während sie bangen Herzens auf ein Klopfen an der Haustür lauschte, bis es Zeit war, zu Bett zu gehen. Doch nichts geschah.

Nachts klopfte auch niemand an der Tür. Auch am nächsten Tag sprachen keine Besucher vor, und Eloise wartete unruhig bis zum späten Nachmittag.

Und als ihr endlich klar wurde, dass sie weder gerettet noch des Hauses verwiesen wurde, wenigstens nicht in naher Zukunft, beschloss sie, ein Bad zu nehmen, um ihre Nerven zu beruhigen. Niemand war im Haus. Die Dienstboten hatten sich mit ihrer Erlaubnis den Abend für einen gemeinsamen Theaterbesuch freigenommen. Ein heißes Bad half ihr stets, ihre Gedanken zu sammeln, obgleich sie wusste, dass ihr aus dieser vertrackten Situation alles Nachdenken nicht helfen würde.

Sie sank ins wohlig heiße Wasser in der Kupferwanne, wusch sich das Haar und seifte sich hingebungsvoll ein. Währenddessen fragte sie sich, wie es passieren konnte, dass sie in diese ausweglose Situation geraten war.

War es ihre Schuld, dass sie beinahe einen Betrüger und Taugenichts geheiratet hätte? War es ihre Schuld, dass Ihr Dienstherr kaum einen Deut besser zu sein schien? War es verwerflich, dass sie so lange im Badewasser lag, bis die Haut an ihren Fingerkuppen schrumpelig wurde und aussah wie Rosinen?

Schließlich erhob sie sich widerstrebend aus dem lauwarm gewordenen Wasser und griff hinter sich nach dem Badetuch, das sie auf einem Stuhl bereitgelegt hatte. Sie fröstelte, wollte ihr Nachthemd überstreifen, unter die Decke kriechen und schlafen, in der Hoffnung, dass ihre Situation sich am nächsten Morgen auf wunderbare Weise zum Guten gewendet hätte.

„Wo ist denn der Stuhl?“, murmelte sie, während sie ihr volles langes Haar zu einem Zopf drehte, um das Wasser auszuwringen. „Reicht es denn nicht, dass ich das Mädchen verloren habe und vermutlich auch meine Stellung? Und nun ist auch der Stuhl nicht mehr da. Bald verliere ich auch noch meinen Verstand. Eloise, du bist ein hoffnungsloser Fall.“

Sie warf das Haar über die Schulter und ging mit bloßen Füßen zum Fenster. Als sie in die Badewanne gestiegen war, war noch heller Tag gewesen. Nun zeigte sich der Himmel in der Abenddämmerung in einem dunstigen Lavendelblau, die letzten Strahlen der untergehenden Sonne vergoldeten die Dächer der Stadt.

„Ich liebe London“, flüsterte sie verträumt. „Bitte, lieber Gott, lass nicht zu, dass ich aus dieser Stadt fort muss.“

Sie lächelte ein wenig schuldbewusst. Normalerweise sprach sie ihr Abendgebet nicht nackt am Fenster stehend. Aber ihr Nachthemd befand sich nicht dort, wo sie es hingetan hatte. Sie schaute sich suchend um, entdeckte weder die frische Unterwäsche, die sie auf einem anderen Stuhl bereitgelegt hatte, noch das Möbelstück. Auch dieser Stuhl war verschwunden. Völlig unverständlich, denn Eloise war eine ordnungsliebende Frau.

Ein kalter Schauder rieselte ihr über den Rücken, als sie sich umdrehte und eine dunkle Gestalt in der dunklen Zimmerecke wahrnahm. „Grundgütiger", entfuhr es ihr, die Kehle war ihr wie ausgetrocknet. Nun sah sie auch noch Gespenster.

Sie kniff die Augen zu, um die Fassung zurückzugewinnen. Als sie die Augen wieder öffnete, war Drake Boscastle immer noch da. Und sie war immer noch nackt. Splitternackt. Und es wäre keineswegs unangebracht gewesen, laut um Hilfe zu schreien.

Dieser Skandal. Splitterfasernackt vor einem Mann herumzuspazieren. Sie fragte sich, ob er vor Schreck und Verlegenheit verstummt war. Allerdings las sie in seinem angespannten Gesichtsausdruck keineswegs Verlegenheit, sondern Verlangen.

Sündiges, verbotenes, unverhohlenes Verlangen.

Aber er befand sich in ihrem Zimmer, er war in ihre Privatsphäre eingedrungen, nicht umgekehrt. Auch ein Lord war verpflichtet, sich an gewisse Anstandsregeln zu halten.

„Ich bin sprachlos", brachte sie mit erstickter Stimme hervor. „Ich bin fassungslos. Das ist völlig inakzeptabel, Mylord. Skrupellos, skandalös, empörend. Ich finde keine Worte, meine Entrüstung auszudrücken, den schamlosen Blicken eines Voyeurs ausgesetzt zu sein. Als sei ich Lady … Lady …"

„Lady Godiva?", ergänzte er fragend, während er sie weiterhin völlig ungerührt mit begehrlichen Blicken verschlang.

„Ja … Nein." Eloise furchte die Stirn. „Sie saß auf einem Pferd und war von ihren Haaren verhüllt. Und sie tat es freiwillig, und es ging um …"

„Steuern?", fragte er mit funkelnden Augen.

„Ja, es ging um Steuern, die den Bewohnern erlassen werden sollten … Nein, ich bin entsetzt. Ich weiß nicht, was ich sagen soll.“

„Dafür reden Sie aber reichlich viel. Nicht auszudenken, was geschieht, wenn Sie in Plauderstimmung sind.“ Seine tiefe melodische Stimme jagte einen Hitzeschwall in ihre Leibesmitte. „Während ich Worte unzulänglich finde, um meine Empfindungen in diesem Moment zu schildern.“

Sie schritt rückwärts zum Waschtisch. „Und ich weiß nicht …“

„Wo ein Handtuch ist?“ Er lächelte. „Und Ihre Unterwäsche?“ Er trat auf sie zu. Erst in diesem Augenblick erkannte sie, dass er ihre Kleider über dem Arm trug.

Sie verengte die Augen. Sie konnte weder den Schrank noch ihr Bett erreichen, um ihre Blößen zu bedecken, ohne ihm den nackten Rücken zuzuwenden. Auch hinter dem Wandschirm konnte sie nicht Schutz suchen, da er direkt daneben stand und sie dicht an ihm vorbei müsste. Allerdings konnte sie nicht ewig so verharren und ihre Blöße mit den Händen verbergen.

„Werfen Sie mir das Handtuch zu!“, rief sie.

„Wie bitte?“, er blieb unschlüssig stehen. „Was sagten Sie?“

„Das Handtuch!“

„Kein Grund, so zu schreien.“ Er hob es in die Höhe. „Hier ist es. Aber es ist doch nicht nötig, dass ich Sie damit bewerfe. Meine Güte, das wäre wirklich höchst unhöflich.“

„Ist es nicht unhöflich, sich in mein Zimmer zu schleichen, während ich ein Bad nehme?“

„Ich habe geklopft“, verteidigte er sich seelenruhig. „Aber niemand öffnete. Ich fürchtete beinahe, man hätte Sie des Hauses verwiesen. Thornton ist tief verschuldet. Ich war in Sorge um Sie, das können Sie mir doch nicht übel nehmen.“

Sein Geschick, sich aus der Schlinge zu ziehen, war bewundernswert. Das Haus war leer. Möglicherweise hatte er tatsächlich geklopft und sich Sorgen gemacht, als niemand zur Tür kam. Es war ja beinahe heldenhaft, dass er sich ins Haus wagte und …

sie heimlich beim Baden beobachtet hatte? Wie konnte sie dieses schamlose Benehmen auch noch entschuldigen?

Sie trat hastig hinter den Waschtisch. Er beobachtete sie dabei, das Handtuch immer noch über dem Arm. „Würden Sie jetzt bitte gehen?"

Er machte ein verblüfftes Gesicht. „Ich dachte, ich soll Ihnen Ihre Kleider und das Handtuch bringen."

„Ich will mich endlich ankleiden", entgegnete sie zähneknirschend.

„Aber Sie sind doch tropfnass", stellte er fest. „Sie brauchen ein Handtuch."

„Ich will allein sein, um mich abzutrocknen!"

„Ich wollte Ihnen nur helfen, Eloise."

„Ich kann mich ..."

Der Mund blieb ihr offen stehen, als er näher trat und ihr das Handtuch wie eine Schärpe um die Hüften drapierte. Ihr einziger Trost war, dass die hereinbrechende Dunkelheit einen grauen Schleier über das Zimmer legte.

„Ich kann mich alleine anziehen", flüsterte sie bang.

„Natürlich können Sie das", erklärte er mit einem nachsichtigen Lächeln. „Aber ist es nicht einfacher, eine helfende Hand in Anspruch zu nehmen?"

„Das hängt ganz davon hab, ob die helfende Hand sich nicht verirrt", entgegnete sie eisig.

„Mein Diener hilft mir jeden Tag beim Ankleiden."

„Was Sie nicht sagen." Ihre Stimme klang verstimmt.

Er nickte. „Ich stelle mich hoffnungslos tollpatschig an, wenn ich mir das Halstuch binden soll."

„Ich könnte Ihnen das Halstuch binden", erwiderte sie schnippisch, „und Ihnen damit die Kehle zuschnüren."

„Aber, aber", tadelte er und drückte ihren nassen Körper an sich. „Sie zittern ja. Das kann ich nicht zulassen. Drehen Sie sich um, bevor Sie sich den Tod holen."

„Wenn ich sterbe, dann vor Scham und nicht vor Kälte." Sie stand dicht vor ihm, umfangen von seinen Armen und mit der Hüfte gegen seine stahlharten Schenkel gepresst. Plötzlich spürte sie ein seltsames Pochen in den Schläfen und merkte, wie ihr ganz heiß wurde.

„Sie fallen doch nicht wieder in Ohnmacht, wie?“, fragte er alarmiert.

„Ich bin noch nie in Ohnmacht gefallen“, flüsterte sie und kämpfte gegen das Schwindelgefühl, das sich ihrer zu bemächtigen drohte.

Er zog sie mit dem Handtuch näher an sich und blickte aufrichtig besorgt auf sie herab. „Vielleicht sollte ich Sie ins Bett tragen.“

Ihre Lider flatterten. „Nein, das ist wirklich nicht nötig.“

„Sie haben gewiss kalte Füße.“ Mit seinen starken Händen strich er immer wieder über ihren Po. Ein Körperteil, der nichts mit meinen Füßen zu tun hat, dachte sie geschwächt. „Wenn ich schon einmal hier bin, kann ich mich doch nützlich machen, Eloise.“

„Warum sind Sie eigentlich hier?“, murmelte sie.

„Wir wollen Sie erst wärmen, bevor wir darüber sprechen.“

Er rieb ihr mit dem Handtuch Schultern und Rücken trocken, dann die Brüste und umkreiste dabei langsam deren rosige Knospen, bis Eloise innerlich bebend zu keiner Bewegung mehr fähig war. „Sie bekommen eine Lungenentzündung“, meinte er streng. „Wir müssen schnell etwas dagegen tun.“

Ein heiserer Laut entrang sich ihrer Kehle. Sie wusste nicht, wie ihr geschah, wusste nur, dass die nackte Frau, die sie im Spiegel sah, eine andere sein musste. Das Handtuch glitt zu Boden. Während sie sich seitlich danach bückte, umfing er ihre festen Hinterbacken. „Haben Sie etwas gesagt?“

„Ich weiß nicht“, flüsterte sie. „Habe ich?“ Sie war wie gelähmt.

Mit seinen Fingern fuhr er zart über jeden einzelnen ihrer Rückenwirbel. „Ich war mir sicher, dass deine Haut sich so geschmeidig weich anfühlt“, murmelte er versunken. „Ist dir noch kalt? Leg dich mit mir aufs Bett.“

Sie wollte Ja antworten, sehnte sich danach, seine Hände überall an ihrem Körper spüren. Zwischen ihren Schenkeln pulsierte es erregend. Sie erbebte wieder, aber nicht vor Kälte, und erschauerte, als er sich gegen ihren Leib presste und sie seine Erregung spürte. Wieder durchlief sie ein wohliger Schauer, als er sie noch näher zog und sein Knie zwischen ihre Schenkel schob.

„Ich will dich nur berühren", raunte er, und seine tiefe Stimme machte die letzten Reste ihres Widerstands zunichte. „Ich will dich an einer Stelle berühren, wo du dich noch weicher und feuchter anfühlst."

Das unverhüllte Verlangen in seinen Augen betäubte ihren Verstand, erhitzte ihre Sinne. Sie öffnete die Lippen, um zu protestieren, brachte aber nur einen kleinen Schrei hervor, als er sie in seine Arme hob und zum Bett trug.

„Was haben Sie mit mir vor?", stammelte sie verwirrt.

Er ließ sie sanft auf die Matratze nieder und legte sich halb über sie. „Ich will dich wärmen, zum Glühen bringen."

Sie stöhnte und bedeckte mit dem Arm die Augen.

„Wie bitte?"

Sie schluckte. „Ich habe nichts gesagt."

„Du hast nicht Nein gesagt."

„Ich habe nicht Ja gesagt!"

Er schmunzelte. „Ist es nun Ja oder Nein?" Seine blauen Augen funkelten belustigt. „Oder vielleicht?"

„Ich spreche mit Ihnen nicht über so etwas", hauchte sie.

„Schön. Worte sind ohnehin überflüssig in einer Situation, in der es nur um Körpersprache geht."

Sie ließ den Arm ein wenig sinken. „Das habe ich nicht gemeint."

„Ich weiß." Er lächelte aufmunternd. „Uns beiden ist klar, dass wir keine Worte brauchen, um auszudrücken, was wir empfinden."

Ihre hilflose Entrüstung erheiterte ihn. Sie hätte ihm niemals geglaubt, wenn er ihr gestanden hätte, dass er längst nicht so selbstbewusst war, wie er vorgab zu sein. Sie hätte ihm auch nicht geglaubt, dass er nicht gekommen war, um sie zu verführen. Nun ja, jedenfalls nicht in der festen Absicht. Er konnte indes nicht leugnen, dass er mit diesem Gedanken gespielt hatte.

Er würde noch vergehen vor Verlangen nach ihr. Ihr Körper war eine einzige weiche, sinnliche Verlockung. Mit einer raschen Bewegung streifte er den Gehrock ab und warf ihn zu Boden. Genüsslich betrachtete er ihre üppigen Brüste und ihren flachen Bauch, bis er schließlich den Blick auf dem lockigen Haar in ihrem Schoß ruhen ließ. Er sehnte sich danach, sein Gesicht darin zu bergen, ihren Duft einzuatmen und ihre Hitze die ganze Nacht an seiner Haut zu spüren.

„Was erlaubst du mir?", flüsterte er mit rauer Stimme und hielt erwartungsvoll den Atem an.

Sie schloss die Augen. Er beugte sich über sie, verwöhnte mit seiner Zunge ihre Brustspitzen. Ein Wonneschauer durchrieselte Eloise, unwillkürlich stöhnte sie leise auf.

Drake musste lächeln. Er war ein Mann, der sich seinen sinnlichen Trieben gern hingab und das Spiel der Verführung in vollen Zügen genoss. Aber diesmal reichten seine Empfindungen tiefer als sonst. Die Frau ist eine Gefahr für mich, schoss es ihm durch den Sinn, und sein Herz begann schneller zu klopfen.

„Sag mir, wann ich aufhören soll", murmelte er, während er mit seinen Küssen eine Spur von ihrer Kehle bis zum Nabel zeichnete. „Jetzt?"

Sie schüttelte den Kopf. Er seufzte beglückt.

Langsam drängte er einen Finger zwischen ihre Schenkel, um die Blütenblätter ihrer geheimsten Stelle zu öffnen. Überrascht sog sie die Luft ein. Er ließ seinen Finger tiefer gleiten. „Soll ich aufhören?"

„Nein", wisperte sie, während sie ihre Hüften anhob.

„Bist du ganz sicher?" Er barg seine Wange an die seidige Innenseite ihres Schenkels. Ihre Säfte benetzten seine Finger. Mit geschlossenen Augen atmete er ihren Duft ein. „Ich bin nicht sicher, ob ich dich gehört habe, Eloise." Er tauchte mit einem zweiten Finger in sie und liebkoste sanft ihren engen Schoß.

Sie stöhnte wieder, diesmal lauter.

Er streichelte mit dem Daumen über die schwellende Perle in ihrem seidigen Haar, während seine Finger tiefer eindrangen. „Was war das?"

„Nicht … aufhören", flüsterte sie. „Oh Gott … was tun Sie mit mir?"

Mit angespannten Gesichtszügen erhöhte er den Druck seines Daumens und bewegte die Finger ein wenig schneller.

Verzückt rieb sie sich an seiner Hand, während sie das Gefühl hatte, ohnmächtig werden zu müssen.

Er beobachtete sie wie gebannt. Ihre prallen Brüste waren rosig, die Knospen reckten sich ihm entgegen. Ihre Schenkel waren weit gespreizt. Sein Schaft war bis zur Schmerzgrenze geschwollen, und es drängte ihn nach Erlösung.

Er atmete tief ein und aus, um sein rasendes Herz zu beruhigen und die Beherrschung nicht zu verlieren. Das war nicht der Grund, weswegen er gekommen war. Er hatte ja nicht ahnen können, in welch verführerischer Situation er sie vorfinden würde. Eigentlich war er nur hier, um ihr zu mitzuteilen, dass er wusste, wo Thalia sich aufhielt. Nein, das war nicht die ganze Wahrheit. Er hatte sich danach gesehnt, sie wiederzusehen. Aber nun, da sie ihm gestattet hatte, ihr Vergnügen zu bereiten, war er so erregt, dass er sich kaum noch an seinen eigenen Namen erinnerte. Ein solch glühendes Verlangen nach einer Frau hatte er nie zuvor verspürt. Das war ungewohnt und bedrohlich für ihn.

Er sollte dieses Haus verlassen und nie zurückkehren. In diesem Moment drang ihre zaghafte Stimme in seine wirren Gedanken.

„Bitte", flüsterte sie und versuchte sich mit dem Laken zu bedecken. „Bitte drehen Sie sich um, damit ich aufstehen und mich ankleiden kann."

Mit dem Gesicht zur Wand setzte er sich an den Bettrand. Im Spiegel erhaschte er einen Blick auf den anmutigen Schwung ihres Rückens und die weißen Rundungen ihres Pos, als sie durch das Zimmer hinter den Wandschirm huschte. Er lächelte. Eine

Frau mit einem prallen Hintern war ein Hochgenuss für ihn. Formen, an denen man sich in entfesselter Leidenschaft festklammern konnte. Und ihre Figur bestand aus wunderbaren Rundungen mit einem entzückenden Nest dunkler Löckchen zwischen den wohlgeformten Schenkeln.

„Du hast deine Unterwäsche vergessen", sagte er über die Schulter.

„Als würde mir die jetzt noch etwas nützen", entgegnete sie heiser.

„Soll ich dir beim Anziehen helfen?"

Eloise würdigte ihn keiner Antwort und erschien kurz darauf in einem rostroten Wollkleid. „Nicht schlecht", lobte er, „obwohl ich gestehen muss, vorher hast du mir besser gefallen."

Sie straffte die Schultern. Noch nie hatte sie ein Kleid ohne Unterwäsche getragen, aber dies war eine Ausnahmesituation. Nachdem sie die Beine schamlos für ihn gespreizt und seine Zärtlichkeiten lüstern genossen hatte, würde auch eine doppelte Schicht Unterwäsche ihre Sittsamkeit nicht mehr retten. Sie war so durcheinander, dass es an ein Wunder grenzte, dass sie überhaupt reden konnte.

„Warum sind Sie eigentlich hier?", fragte sie zum wiederholten Mal und nestelte an den winzigen Knöpfen ihres Kleides im Rücken.

„Ich habe Thalia gefunden."

„In welchem Zustand? Geht es ihr gut?"

Er trat hinter sie und knöpfte ihr das Kleid zu. Eloise versteifte sich ein wenig, ließ ihn aber gewähren. „Sie hat mit Percy und seinen Freunden die letzten zwei Nächte in Chelsea verbracht", erklärte er sachlich.

„Zwei Nächte. Gemeinsam. Denken Sie, sie haben …"

„Schwarzer Peter gespielt?"

Sie fuhr herum und funkelte ihn erbost an. Das Blau seiner Augen löste erneut Verwirrung in ihr aus. „Natürlich nicht." Sie seufzte entmutigt. „Und ich habe meine Pflicht sträflich vernachlässigt. So sehr ihr Verlobter sie auch vergöttert, dafür wird er kaum Verständnis aufbringen. Ich begreife das Mädchen nicht."

„Vielleicht ist noch nicht alles verloren", versuchte Drake sie zu trösten. „Wenn ein Mann in eine Frau verliebt ist, dann ..."

Eloise blickte in einer Mischung aus Hoffnung und Skepsis zu ihm auf. „Was dann?"

Drake schüttelte ratlos den Kopf. „Ich weiß es selbst nicht. Ich müsste etwas Tiefgründiges und Erhabenes von mir geben, aber ich bin der Falsche, um über die Liebe zu reden."

„Wieso?", fragte sie.

Er schüttelte wieder den Kopf. „Ich habe jedenfalls kein Verständnis für ihr Verhalten, und als ihr Verlobter hätte ich gewiss auch kein Verständnis dafür." Er machte eine Pause. „Ehrlich gestanden begreife ich nicht, wieso ein Mann sie überhaupt heiraten möchte."

Eloise verzichtete auf eine scharfe Entgegnung, da ihr dieser Gedanke mehr als nur einmal durch den Sinn gegangen war. „Er liebt sie wirklich."

„Dann können wir nur hoffen", erwiderte Drake achselzuckend, „dass er von ihrem Abenteuer erst nach der Hochzeit erfährt."

„Und was dann?", fragte Eloise unschlüssig.

Er grinste. „Das geht uns nichts mehr an."

Es war sehr verlockend, sich von seiner Unbekümmertheit mitreißen zu lassen, und es bereitete ihr einige Mühe, eine missbilligende Miene aufzusetzen. „Ist sie unten im Salon, oder hat sie sich direkt in ihr Zimmer begeben?"

Nach einem längeren Schweigen erklärte er: „Sie ist gar nicht hier."

Eloise blinzelte verständnislos.

„Ich wollte sie nicht zwingen, mich zu begleiten. Vermutlich hätte sie Widerstand geleistet", gestand er. „Im Übrigen hat sie mich gar nicht gesehen. Um diese Situation sollte ihr Bruder sich kümmern."

Eloise presste die Lippen aufeinander. „Dummerweise ist er

nicht da, um sich um irgendetwas zu kümmern. Na schön, mir bleibt also keine andere Wahl. Ich muss sie selbst nach Hause holen, da sich niemand sonst bereit erklärt, die Verantwortung zu übernehmen."

Drake straffte die Schultern. „Nein, das tun Sie nicht. Das war keineswegs eine harmlose Familienfeier, zu der Percy und Thalia eingeladen waren."

„Das habe ich auch keine Sekunde angenommen", entgegnete sie. „Aber jemand muss sie nach Hause bringen. Ich nehme Freddie zu meinem Schutz mit."

Drake schnaubte verächtlich. „Und wer zum Teufel soll Freddie beschützen? Das spindeldürre Bürschchen wird ja schon von einem Windstoß umgeworfen. Im Übrigen dürfen Sie dieses Haus nicht betreten. Die jungen Stutzer dort werfen nur einen Blick auf Sie und ..."

Er führte den Satz nicht zu Ende. Sie würden vermutlich genau das tun, was er selber gern tun würde, und das durfte nicht geschehen. Nein, er musste dafür sorgen, dass sie sich nicht in eine gefährliche Situation begab.

Sie blickte ihm unverwandt ins Gesicht. „Handelte es sich um eine Orgie?"

Er zögerte. „Orgie ist vielleicht eine leicht übertriebene Beschreibung für ein Zechgelage im Haus eines Junggesellen. Aber eine nette Familienzusammenkunft war es auch nicht unbedingt." Eloise wäre zutiefst entrüstet, wüsste sie um die dekadenten Ausschweifungen dieser Feste. Früher hatten ihn solche Vergnügungen amüsiert, mittlerweile fand er sie abstoßend. Drake war klar, warum Percy Thalia dazu eingeladen hatte, schließlich hatte er früher selbst an solchen Saufgelagen teilgenommen. Allerdings hatten sich die Frauen, die gleichfalls mit von der Partie gewesen waren, nie über den Verlust ihrer Unschuld beklagt.

„Sie setzen jedenfalls keinen Fuß in dieses Haus", erklärte er mit Bestimmtheit. „Ich bringe Thalia zurück."

„Haben Sie nicht gerade gesagt, das liegt nicht in Ihrer Verantwortung?"

Wieder spürte er, dass diese Frau etwas in ihm auslöste, das süß und bedrohlich zugleich war. „Das heißt ja nicht, dass ich Ihnen nicht helfen will."

Sie sah ihn lange sinnierend an, bevor sie lächelte. „Ich werde nicht schlau aus Ihnen."

Er bückte sich nach seinem Gehrock. „Das ist auch besser für Sie und für mich. Diese Anwandlung von Hilfsbereitschaft ist eigentlich völlig gegen meine Natur. Fragen Sie jeden, der mich kennt. Fragen Sie meine Familie. Jeder wird Ihnen bestätigten: Ich bin rettungslos verloren."

Er glaubte, ein spöttisches Funkeln in ihren Augen zu bemerken, als er sich wieder aufrichtete. „Wenn Sie meinen", erwiderte sie kühl.

„Das sagen alle."

„Tatsächlich?", fragte sie leise.

Sie glaubte ihm nicht. Er könnte ihr Geschichten über sich erzählen, die sie eines Besseren belehren würden. „Ja, seit dem Tag meiner Geburt."

12. KAPITEL

Auf halbem Wege zur Haustür hörte Drake zögernde Schritte hinter sich und drehte sich zu dem mageren jungen Burschen mit dem rothaarigen Wuschelkopf um, der an der hinteren Stiege zum Küchentrakt stand.

„Ach, du bist es, Freddie“, sagte er und streifte die Handschuhe über, die er an der Garderobe abgelegt hatte. „Ich dachte, ihr seid alle im Theater.“

Der junge Diener trat ein paar Schritte in die Diele und warf einen Blick die Treppe hinauf, bevor er sprach. „Ich bin nach dem ersten Akt gegangen. Irgendwie hatte ich kein gutes Gefühl, Miss Goodwin allein zu lassen. Nicht nach allem, was sie durchgemacht hat.“

Drake lächelte. Die Treue des Burschen war irgendwie rührend, obwohl er nicht aussah, als sei er fähig, einen ungebetenen Besucher vor die Tür zu setzen. „Das war sehr vernünftig.“

„Danke, Mylord.“ Freddie erwiderte Drakes Lächeln nicht, sondern behielt seine ernste Miene bei. „Werden Sie ihr helfen?“

„Wie es scheint, bin ich schon dabei“, entgegnete Drake leicht amüsiert über die unnötige Frage.

„Werden Sie Miss Goodwin vor diesem Mann beschützen?“

Welcher Mann? Drake stutzte. Offenbar meinte Freddie Thalias Begleiter. Nun ja, es war kaum verwunderlich, dass die Dienerschaft über das Techtelmechtel der Tochter des Hauses mit Percy Chapman Bescheid wusste.

„Das will ich hoffen, Freddie. Miss Thornton hat ihrer Gouvernante große Sorgen bereitet.“

„Miss Thornton … ja, aber ich meinte …“

Drake musterte ihn scharf. „Was meinst du?“

Freddie zog verlegen die Schultern hoch und schaute auf seine Fußspitzen. „Ich habe mir nichts dabei gedacht, Mylord“, stammelte er. „Mir ist klar, ich sollte mich nicht einmischen, ich meinte es ja auch nicht böse.“

Drake zog eine Braue hoch, als der Bursche beinahe über die

eigenen Füße stolperte in seiner Hast, ihm die Tür zu öffnen. Die Nacht war bereits hereingebrochen. Die Lampen einer vorbeifahrenden Kutsche schaukelten im Nebel wie Irrlichter. Als Drake vorhin am Haus angekommen war, hatte ein Mann sich an der Straßenecke herumgedrückt. Nun war er verschwunden. Vermutlich ein Geldeintreiber. Er hatte vorgehabt, Eloise darauf aufmerksam zu machen. Aber ihr Anblick, als sie wie eine üppige Meeresgöttin dem Bad entstiegen war, hatte seine geistigen Fähigkeiten auf ein Minimum reduziert.

Was seiner zukünftigen Mätresse Maribella St. Ives nicht gelungen war. Warum nur? Du liebe Güte, hatte er nicht versprochen, sie heute Nachmittag zu einem Einkaufsbummel zu begleiten? Oder war das gestern gewesen? schoss es ihm unvermutet durch den Sinn.

„Die Aasgeier umkreisen bereits den Kadaver, Freddie", murmelte er und setzte den schwarzen seidig glänzenden Zylinder auf. „Ich spreche natürlich von Thorntons Gläubigern, die schon heftig streiten, wer welchen Anteil an der Beute ergattert, wobei ich annehme, dass in diesem Haus nicht mehr viel zu holen ist."

„Der Kadaver ist bereits bis auf die Knochen abgenagt", bestätigte Freddie mit unheilvoller Stimme.

„Verriegle die Tür und lasse heute Abend niemanden mehr ins Haus", riet Drake ihm.

„Sehr wohl, Mylord."

Drake trat auf die Straße mit dem unbestimmten Gefühl, der Junge hatte noch etwas auf dem Herzen, war aber zu schüchtern, um damit herauszurücken. Er warf noch einen Blick zu dem schwach erhellten Fenster im zweiten Stock hinauf und lächelte, als ein Schatten sich hinter den Vorhängen bewegte. Wer hätte je vermutet, dass diese Frau sein Blut so sehr in Wallung zu bringen vermochte, ohne dass sie auch nur den Versuch machte, mit ihm zu kokettieren? Oder dass er sich auf eine lächerliche Mission begab, die Unschuld eines jungen Mädchens zu retten, dem vermutlich nicht das Geringste an seiner Rettung lag? Ausgerechnet er, der tapfere Offizier, der an der Spitze seiner Kavallerie todesmutig in die Schlacht geritten war. Die Herausforderungen seines Soldatenlebens erschienen ihm weitaus weniger kompliziert. Im Krieg zählten nur zwei Dinge: Sieg oder Niederlage. Leben oder Tod. Damals blieb ihm keine Zeit zum Nachdenken, keine Zeit, um in Trübsinn zu verfallen. Sein Lächeln schwand.

Er hätte es vorgezogen, dem Tod ins Auge zu schauen, statt gegen sein eigenes finsteres Naturell zu kämpfen.

Dunkelheit lag über dem Fluss. Drake ging unruhig vor dem roten Backsteinhaus am Ufer der Themse hin und her. Durch die halb geschlossenen Fensterläden drang schwacher Lichtschein, und aus den Gemächern im ersten Stock war gelegentlich gedämpftes Lachen zu hören. Hinter einem offenen Fenster huschte eine Gestalt in einer Mönchskutte vorbei.

Devon stampfte ungeduldig mit dem Fuß auf. „Hoffentlich kannst du mir einen guten Grund nennen, wieso wir uns hier langweilen."

„Wir sind Helden, das ist der Grund. Zwei unerschrockene Ritter, die sich aufgemacht haben, einer Dame in Not beizustehen. Auch wenn sie sich mutwillig in ihr eigenes Unglück gestürzt hat", entgegnete Drake mit einem süffisanten Lächeln.

Devon warf ihm einen feindseligen Blick zu. „Ich spreche von einem guten Grund, nicht von einer rührseligen Bettgeschichte. Ich nehme an, es handelt sich um eine Herzensangelegenheit, wie?"

„Wohl kaum." Drake verzog das Gesicht zu einer Grimasse. „Es handelt sich um Thalia Thornton."

„Ach, du meine Güte", entfuhr es Devon. „Ich friere mir hier den Hintern ab für diese alberne Göre?"

„Es geht nicht nur um sie. Ich löse ein Versprechen ein."

Ein feuchtkalter Windstoß wehte vom Fluss herauf. Falls Devon die knappe Erklärung seines Bruders bemängelte, war er klug genug, ihn nicht weiter zu bedrängen. „Willst du eine Maske?"

Drake bemerkte mit leiser Heiterkeit die schwarzen Dominokostüme, die Devon über dem Arm trug. „Erinnerungen an deine Streiche als Straßenräuber?"

„Mach dich nur lustig über mich", erwiderte Devon grinsend. „Man kann nie wissen, wann eine Kostümierung hilfreich ist. Manche Damen genießen die Vorstellung, in dunkler Nacht von einem fremden Banditen überfallen und verführt zu werden."

Drake nahm einen Kapuzenumhang entgegen, den Devon ihm reichte. „Ich hatte ja keine Ahnung, dass du dich zu einem Verführer gemausert hast, kleiner Bruder."

„Ist das ein Wunder bei diesen verruchten Geschwistern als leuchtende Beispiele?"

„Wenn du meinem Beispiel folgst, kannst du sehr bald auf Abwege geraten." Drake warf sich lachend den Umhang über die Schultern, dessen schwere Falten ihn umwallten wie schwarze Rabenschwingen, als die beiden sich dem Haus näherten. Auf einem grob gezimmerten Holzschild an der Haustür war zu lesen:

PENSIONAT FÜR HÖHERE TÖCHTER
FRANZÖSISCHUNTERRICHT GRATIS
WEITERE INFORMATIONEN AN DER REZEPTION

„Französischunterricht?" Devon pfiff leise durch die Zähne. „Das gefällt mir. Vielleicht ist diese Nacht doch nicht völlig sinnlos vergeudet."

Drake schüttelte belustigt den Kopf. „Ich nehme mir die oberen Räume vor. Du schaust unten nach."

Niemand erschien, als er die Haustür öffnete. Niemand stellte sich ihm auf der Treppe in den Weg, und niemand hinderte ihn daran, einen Blick in die Zimmer im ersten Stock zu werfen. Im letzten Zimmer entdeckte er Thalia, in einem zerknitterten Seidenkleid zusammengerollt in einem Polstersessel, während Percy in einer Ecke auf dem Teppich lag und mit offenem Mund schnarchte.

Das Mädchen hob schlaftrunken den Kopf, nahm Drakes

maskierte Gestalt in allmählich dämmerndem Bewusstsein wahr, und drückte sich angstvoll tiefer in den Sessel. „Gehen Sie weg! Gehen Sie, sonst schreie ich das ganze Haus zusammen."

Drake stieß Percy verächtlich mit der Stiefelspitze an, der etwas Unverständliches lallte und die Augen nach hinten verdrehte. Drake ließ ihn zufrieden. Hatte er in seinen wilden Jugendtagen auch so jämmerlich ausgesehen? Er fürchtete, die Antwort zu kennen.

„Ziehen Sie Ihre Schuhe an, Thalia", befahl er mit leiser Stimme. „Ich bringe Sie nach Hause. Und es wäre vernünftiger gewesen, wenn Sie vor ein paar Tagen um Hilfe geschrien hätten."

Sie setzte sich mühsam hin, und in ihren Augen leuchtete ein Hoffnungsschimmer. „Lord Drake?", flüsterte sie angstvoll. „Sie sind es doch, nicht wahr?"

„Ja." Er hob einen Seidenschuh vom Teppich auf, während sie den zweiten unter den Polstern hervorholte. Drake musterte Percys bleiches, aufgedunsenes Gesicht voller Abscheu. „Mein Gott, was für eine Schande. Er lebt noch."

Thalia versuchte, ihr derangiertes Kleid zu ordnen. „Um den wäre es gewiss nicht schade", stieß sie verächtlich hervor.

„Soll ich ihn aus dem Fenster werfen, um der Menschheit einen Gefallen zu tun?"

Sie strich sich fahrig das wirre Haar aus dem Gesicht und blickte ihn hilflos an. „Ich will nicht, dass Sie meinetwegen Unannehmlichkeiten haben. Ich … ich will nur nach Hause, bitte."

Drake musterte ihre zitternde Gestalt, das zerknitterte Kleid, das unordentliche Haar, die verquollenen Augen, die Tränenspuren auf ihren Wangen. Dann bückte er sich nach ihrem Seidenschal und reichte ihn ihr. „So, wie Sie aussehen, haben Sie sich bereits in erhebliche Schwierigkeiten gebracht."

„Halten Sie mir eine Strafpredigt", flüsterte sie schuldbewusst. „Ich habe sie verdient."

Drake seufzte. „Das steht mir nicht zu. Kommen Sie. Ich muss meinen Bruder finden, bevor er sich in Schwierigkeiten bringt."

Was bei Devon unvermeidlich schien. Drake entdeckte ihn schließlich in der Bibliothek auf dem Sofa mit einer grell geschminkten Rothaarigen auf dem Schoß. Drake räusperte sich laut. „Wieder einmal in klassische Literatur vertieft?", fragte er von der Tür her.

Devon richtete sich mit einem schuldbewussten Lächeln auf und stellte seine neueste Eroberung sanft auf die Füße. „Wir sprechen gerade über unsere verloren gegangene Freundin. Alice meint, sie sei vor einer Weile mit Percy nach oben verschwunden."

„Sie steht direkt hinter mir", erklärte Drake trocken.

Devon ordnete sein Dominokostüm. „Ich wollte nur behilflich sein."

„Das sehe ich." Drake wandte sich mit einem kalten Lächeln ab.

Devon kam auf die Füße und drückte seiner rothaarigen Freundin einen Abschiedskuss auf die Stirn. „Es war reizend, dich kennenzulernen, und ich hoffe, unsere Bekanntschaft bald vertiefen zu können."

Bei Tagesanbruch war Eloise bereits wach und angezogen. Es war ja auch nicht zu erwarten, dass sie nach allem, was zwischen ihr und Lord Drake vorgefallen war, gut geschlafen hätte. Sie konnte nicht aufhören, an ihn zu denken. Und jeder Gedanke an ihn löste ein verräterisches süßes Sehnen in ihr aus. Dabei predigte sie seit Jahren den jungen Mädchen in ihrer Obhut, sich vor solchen Situationen zu hüten. Wie konnte ihr dieser Leichtsinn in ihrem Alter noch passieren?

Sie hatte sich gerade eine Tasse duftenden Pfefferminztee aufgebrüht und sich damit ins Wohnzimmer begeben, als Freddie hereinstürmte und ihr berichtete, dass ihr verlorenes Schäfchen wieder da sei.

Eloise sprang auf, war sich keineswegs sicher, ob sie fähig war, ihren Zorn zu beherrschen, wobei sie eigentlich kein Recht hatte, Thalia zurechtzuweisen. Wer im Glashaus sitzt, soll nicht mit

Steinen werfen, ermahnte sie sich. Aber wie konnte sich das Mädchen so unbedacht an einen berüchtigten Schürzenjäger wegwerfen und sich damit die Liebe und Zuneigung eines aufrechten Mannes verscherzen, der sie vergötterte? Bei aller Empörung über Thalias bodenlosen Leichtsinn vermochte Eloise sich irgendwie in sie hineinzuversetzen. Und beim Anblick von Drake Boscastle auf der Schwelle wurde sie daran erinnert, wie mühelos es einem Mann gelang, eine Frau ins Verderben zu führen.

Ihr Herz klopfte schneller, prickelnde Schauer durchrieselten sie beim Anblick seines kühn geschwungenen Profils, seiner hohen Gestalt in einem weiten schwarzen Umhang. Fantasiebilder ihrer Märchenhelden aus Kindertagen stiegen in ihr auf, kühne Ritter in glänzenden Rüstungen, die edle Burgfräulein aus finsteren Verliesen befreiten. Als er sich ihr allerdings zuwandte und sie ansah, wusste sie, dass von diesem Ritter kein strahlendes Licht ausging, sondern dunkle geheimnisvolle Sündhaftigkeit.

Hatte sie Angst vor der Dunkelheit? Oder fühlte sie sich von Dunkelheit magisch angezogen? Sie wusste nur eins: Es wäre leichter, die Themse mit einem Teelöffel auszuschöpfen, als einen Mann mit seiner Reputation auf den Weg der Rechtschaffenheit zu bringen.

Auf der ersten Stufe der Treppe flüsterte Thalia ihr zu: „Ich weiß, dass das, was ich getan habe, unverzeihlich ist, und Sie werden es nie verstehen. Aber bitte hassen Sie mich nicht dafür."

Eloise stand starr und schweigend da, während das Mädchen die Treppe zu ihrem Zimmer hinaufeilte. Erst dann nahm sie Notiz von dem jungen Mann, der sich hinter Drake befand. „Darf ich Ihnen eine Erfrischung anbieten?", fragte sie verwirrt und kam sich linkisch und unbeholfen vor. Wie konnte sie sich je dafür erkenntlich zeigen, was Drake für sie getan hatte?

Der junge Mann hinter ihm unterdrückte ein Gähnen. „Für Kaffee ist es zu früh oder zu spät. Ein Schluck Brandy wäre vielleicht angebracht. Übrigens, ich bin Drakes Bruder, Devon Boscastle. Und …"

„Eloise“, ließ Thalias verdrießliche Stimme sich vom Treppenabsatz vernehmen. „Ich dachte, sie begleiten mich nach oben. Ich muss dringend mit Ihnen sprechen.“

Eloise hob entschuldigend die Schultern. „Freddie, gib den Herren bitte ein Glas Brandy.“ Und im Gehen sagte sie über die Schulter an Devon gerichtet: „Es hat mich gefreut, Ihre Bekanntschaft zu machen, Mylord. Obwohl ich wünschte, es wäre unter angenehmeren Umständen gewesen.“

Devon schenkte ihr ein Lächeln, das den sprichwörtlichen Charme der Boscastles nur bestätigte. „Ich freue mich darauf“, entgegnete er, ohne auf Drakes finsteren Blick zu achten, „Sie, unter welchen Umständen auch immer, wiederzusehen.“

13. KAPITEL

Nur wenige Stunden später hatte das Leben für Eloise wieder den Anschein von Normalität angenommen. Lord Thornton war zwar immer noch nicht wieder auf der Bildfläche erschienen, aber wenigstens war ein Brief von ihm eingetroffen. Darin machte er vage Andeutungen, er habe die feste Absicht, seine Finanzen zu regeln, und werde, sobald er einen neuen Wohnsitz genommen hatte, seine Dienstboten nachkommen lassen. Der Brief wurde nicht von einem Postboten gebracht, sondern von einem Gassenjungen abgeliefert, der umgehend wieder das Weite suchte, bevor man ihn fragen konnte, ob er von Seiner Lordschaft persönlich geschickt worden war.

Immerhin war Eloise erleichtert, dass Lord Thornton seinem Leben wegen seiner Schuldenberge kein Ende gesetzt hatte. Aber seiner Zusage, seine Finanzen zu regeln, begegnete sie mit Argwohn in dem begründeten Verdacht, er würde sich bei nächster Gelegenheit wieder an den Spieltisch setzen. Sie befürchtete, ihn eines Tages im Armenhaus oder im Schuldturm wiederzusehen, falls es je wieder zu einer Begegnung kommen sollte. Ihre vordergründige Besorgnis aber galt seiner Schwester, die sie vor den Traualtar bringen musste. In stummer Übereinkunft sprachen Thalia und sie nie über ihre Eskapade mit Percy Chapman. Es war ein Segen, dass Sir Thomas sich auf dem Lande niederzulassen gedachte, was Eloises Hoffnungen bestärkte, dass er nie erfahren würde, in welch leichtsinniges Abenteuer seine Braut sich kurz vor der Hochzeit gestürzt hatte.

Später am Nachmittag trank Eloise ihren Tee im Garten und fütterte die Sperlinge mit den letzten Krümeln ihres Toastes. Sie genoss den Frieden, bevor Thalia erwachen und sie wieder mit ihren Ansprüchen belästigen würde. Es gab noch tausend Dinge vor der Hochzeit zu erledigen. Lady Heaton hatte sich in Anbetracht von Lord Thorntons Abwesenheit erboten, ihren Sohn um Unterstützung bei der Auflösung des Haushalts zu ersuchen, sobald er von seiner Reise nach Amsterdam zurückkehrte.

Im Moment genoss Eloise es, mit geschlossenen Augen auf der Steinbank in der milden Nachmittagssonne zu sitzen und ihren Träumen nachzuhängen. Wenn alles gut ging, würde sie im nächsten Monat bereits in Lady Lyons Dienste treten. Vielleicht könnte sie Lord Drake sogar dazu bewegen, ein gutes Wort für sie einzulegen. Aber sie fragte sich auch, ob sie ruhig und gelassen bleiben könnte, wenn sie sich gemeinsam mit ihm und seiner Schwester in einem Raum aufhielt. Selbstverständlich würde sie sich bemühen, die Form zu wahren. Sie würde mit aller Kraft jeden Gedanken daran verdrängen, dass er sie nackt gesehen und geküsst hatte, bis ihr die Sinne schwanden, dass sie mit ihm himmlische Verzückungen erlebt hatte, die immer noch ihr Blut erhitzten. Solche intimen Episoden waren für ihn gewiss nichts Ungewöhnliches. Am besten wäre es wohl, wenn beide vorgaben, sich gar nicht zu kennen.

„Da sind Sie ja, Miss Eloise", meldete sich eine mürrische Männerstimme vom Gartentor her.

Widerwillig schlug sie die Augen auf. Ein stämmiger älterer Mann in Uniformjacke näherte sich auf dem Kiesweg. Die Sperlinge auf der Sonnenuhr stoben erschrocken auf. Der Störenfried war Lord Thorntons Nachbar, Major John Dugdale, ein Offizier im Ruhestand. Er kam häufig, wenn auch ungebeten, zu Gast.

Wenigstens nicht Ralph Hawkins oder der aufdringliche Schneidergehilfe, der die Zahlung offener Rechungen verlangte. Major Dugdale war zwar ein ständig nörgelnder, aufgeblasener Wichtigtuer, aber kein Erpresser und Heiratsschwindler.

Leider auch nicht Drake Boscastle, flüsterte eine enttäuschte Stimme in Eloises Kopf.

Sie begrüßte ihn mit gezwungener Höflichkeit, verärgert darüber, dass er sie aus ihren heimlichen Träumen von Drake Boscastle störte. „Wie ist Ihr Befinden, Major?"

Der alte Herr furchte die Stirn. „Ich mache mir Sorgen um Sie, Eloise. Ich weiß, dass Lord Thornton verschwunden ist und Sie und Miss Thalia ohne Schutz zurückgelassen hat."

Sie schwieg. Es wäre unschicklich gewesen, schlecht über ihren Dienstherrn zu reden, so unverantwortlich und rücksichtslos der Dummkopf auch sein mochte. „Wir kommen zurecht, Sir."

„Wirklich?" Sie zuckte zusammen, als er mit seinem Stock gegen die Bank schlug. „Ich habe bemerkt, dass ein Mann zu unpassenden Zeiten im Haus ein und aus geht."

Sie wich seinem prüfenden Blick aus. Meinte er Ralph? Sie schluckte den bitteren Geschmack im Mund hinunter. Schlich er sich etwa immer noch in der Gegend herum, seit sie ihn aus dem Haus geworfen hatte?

„Es handelt sich um einen Boscastle", fuhr er im strengen Ton eines Priesters bei einer Teufelsaustreibung fort.

Eloise reagierte verdutzt. „Haben die Boscastles etwas getan, was Sie beleidigt?"

„Ist die Sonne heute Morgen aufgegangen?"

„Verzeihung, ich verstehe nicht, was Sie damit andeuten wollen."

„Eloise, meine Liebe", erklärte er in väterlicher Herablassung. „Angesichts Ihrer schutzlosen Lage fühle ich mich verpflichtet, Sie vor der Familie Boscastle zu warnen."

„Was ist denn mit der Familie?", fragte sie beiläufig in der Hoffnung, nicht allzu interessiert zu klingen.

„Diese Familie neigt zu Ausschweifungen und ist ständig in Skandale verwickelt. Duelle und sündige Affären sind bei den Boscastles an der Tagesordnung."

Eloise starrte an ihm vorbei zur Gartenmauer und hatte Mühe, ein Schmunzeln zu unterdrücken. „Aber Major, man sollte nicht allzu viel auf Gerüchte geben."

„Und das hier? Das ist gewiss kein Gerücht", rief er und zog aus seiner Westentasche jene Karikatur von Heath Boscastle, die einen Sturm der Entrüstung in London entfacht hatte.

„Ist dieser … dieser schamlos nackte Apollo nicht der junge Mann, der in letzter Zeit in Lord Thorntons Haus ein und aus geht?"

Sie schaute ihn vorwurfsvoll an. „Schämen Sie sich, Major! Haben Sie mir etwa wieder hinterherspioniert?"

„Nur in Ihrem Interesse, meine Liebe. Ist das der Mann oder nicht?“

„Ich habe Lord Boscastle noch nie unbekleidet gesehen“, antwortete sie gedehnt. Aber er hatte sie splitternackt gesehen.

„Das will ich doch hoffen“, erwiderte er entrüstet.

Sie nahm ihm das Blatt aus der Hand und hielt es ans Sonnenlicht. „Es besteht eine gewisse Ähnlichkeit, muss ich zugeben“, murmelte sie.

„Eine gewisse Ähnlichkeit?“

„Zwischen den Brüdern, obwohl ich bezweifle, dass Lord Drake einen so riesigen ...“

„Einen riesigen was ...?“

Eloise fürchtete, in ungehöriges Lachen auszubrechen. Gütiger Himmel, wie sollte sie klar denken, während sie einen unaussprechlichen, übertrieben dargestellten Körperteil eines Mannes vor Augen hatte. Sie wusste nicht, was sie sagen sollte.

„Eloise!“ Major Dugdale schlug erneut mit seinem Stock gegen die Steinbank. „Was wollten Sie sagen? Einen riesigen ...“

„Ein so schweres Geschütz auffährt.“ Sie begann vor Verlegenheit zu stottern. „Ich meine ... ich kann mir nicht vorstellen, dass Seine Lordschaft ein solcher Schwerenöter ist, um zuzulassen, dass dieser Schmutz in der Öffentlichkeit verbreitet wird.“

Offensichtlich war schlechtes Benehmen in der Familie gang und gäbe. Aber sie konnte immer noch nicht glauben, dass Drakes Schwägerin diese obszöne Karikatur gezeichnet hatte.

Der Major musterte sie mit einem kritischen Blick. „Ich fürchte, Eloise, Sie haben sich zu Ihrem Nachteil verändert. Jedenfalls habe ich diese Reaktion nicht von einer tugendhaften jungen Frau wie Ihnen erwartet.“

„Mir ist schleierhaft, wovon Sie sprechen“, wehrte sie sich mit Unschuldsmiene, wobei ihr klar war, dass er in gewisser Weise recht hatte.

„Boscastle hat Sie doch hoffentlich nicht in Versuchung geführt, oder?“

„In welche Versuchung?“

„Das kann ich nicht sagen."

„Wie soll ich mich verteidigen, wenn ich keine Ahnung habe, wovon Sie sprechen?" Sie erhob sich würdevoll und reichte ihm das Schandblatt zurück. „Ich weiß Ihre Besorgnis zu schätzen, aber ich denke ..." Sie stockte, gab einen erschrockenen Laut von sich, als er seinen Stock fallen ließ und seine Hände auf ihre Schultern legte. „Was um Himmels willen ist über Sie gekommen, Major?"

„Als Freund und Nachbar fühle ich mich verpflichtet, Sie zu beschützen vor ..."

Im Hintergrund war das Knirschen von Schritten auf dem Kiesweg zu hören. Major Dugdale nahm hastig die Hände von ihr und drehte sich schuldbewusst herum. Eloise neigte sich seitlich, um zu sehen, wer sie aus dieser peinlichen Situation erlöste.

„Wovor wollen Sie Miss Goodwin beschützen?", fragte Drake im Näherkommen mit einem kühlen Lächeln.

Drake verengte die Augen, als Eloise und ihr silbergrauer Begleiter auseinanderfuhren. Es hatte zwar nicht eindeutig nach einer Umarmung ausgesehen, aber immerhin hatten die Hände des Mannes auf ihren Schultern gelegen, und Eloise machte ein betretenes Gesicht.

Er musterte den älteren Mann verächtlich. Von wegen, sie beschützen! Der lüsterne Graukopf hatte vermutlich nur auf eine passende Gelegenheit gelauert, um sie unsittlich zu belästigen.

Drake folgte Eloises hastigem Blick zu einer Zeichnung in der Hand des verdutzten Mannes, erkannte die Karikatur augenblicklich und schmunzelte. „Erstaunlich, was manche Leute heutzutage lesen, finden Sie nicht auch?"

Der Mann furchte missbilligend die Stirn. „Ja, wir leben in einer schlechten Welt. Ich bin Major John Dugdale und Sie ..."

„Ich bin nicht der Mann auf der Zeichnung." Drake bemerkte das flüchtige Lächeln, das über Eloises Gesicht huschte. „Obgleich immer wieder behauptet wird, dass ich ihm erstaunlich ähnlich sehe. Es handelt sich um eine Karikatur meines Bruders."

„Aha. Verstehe“, murmelte der Major peinlich berührt.

„Nun, da wir uns vorgestellt haben“, sprach Drake mit Bestimmtheit weiter, „muss ich Sie bitten, mich mit Miss Goodwin allein zu lassen.“

Bevor der Major den Mund zu einer Entgegnung aufmachen konnte, schlug Drake ihm kumpelhaft auf den Rücken, bückte sich nach dem Stock und führte den älteren Mann zum Gartentor. „Es hat mich gefreut, Sie kennenzulernen“, sagte er und fügte so leise hinzu, dass Eloise ihn nicht hören konnte: „Und es freut mich noch mehr, wenn Sie jetzt gehen. Halten Sie sich von ihr fern, verstanden?“

Der Major wurde krebsrot im Gesicht. „Ich soll mich …“

„Keine Sorge. Ich finde einen geeigneten Beschützer für Miss Goodwin, ganz im Sinne von Lord Thornton.“

„Ich … ich weiß nicht, was ich davon halten soll“, stotterte der Major.

Drake ließ die Gartentür hinter ihm ins Schloss fallen und wandte sich zu Eloise um, die sich nicht von der Stelle gerührt hatte. Sie sah entzückend aus in ihrem blasslila Kleid und dem scheuen Lächeln im rosigen Gesicht. Kein Wunder, dass der alte Lüstling ihr Avancen machte; ihr Anblick weckte in jedem Mann sinnliche Triebe.

Drake wurde aber auch klar, dass sein Verlangen nach ihr mehr war als nur eine momentane Laune – eine Erkenntnis, die ihn dazu zwingen sollte, die Flucht zu ergreifen. Andererseits erhöhte die Gefahr auch das Vergnügen.

Eloise befeuchtete ihre Lippen. „Ist etwas nicht in Ordnung?“

„Ja“, antwortete er dunkel. „Oder nein. Das hängt ganz von Ihnen ab.“

„Was hängt von mir ab?“

Und in diesem Moment wurde ihm endgültig bewusst, dass seine Gefühle für sie mit nichts zu vergleichen waren, was er je empfunden hatte; Gefühle, die tiefer gingen, als ihm angenehm sein konnte. Eine nie gekannte Zärtlichkeit stieg in ihm auf für diese von den Lastern des Lebens unberührt gebliebene Frau.

Er wies mit dem Arm zur Bank. „Wollen wir uns einen Moment setzen?"

Er nahm sie bei den Händen und zog sie neben sich auf die Bank. Ihre Haut schimmerte hell wie Perlmutt im Sonnenlicht, am Ausschnitt noch heller, wo ihr Busenansatz sich wölbte. Er betrachtete sie bewundernd. Welche Schande, dass dieses begehrenswerte Geschöpf ein Leben als Dienerin verbringen sollte.

Sie räusperte sich. Ihre warmen braunen Augen blitzten belustigt auf. „Wollten Sie mir vielleicht etwas sagen?"

„Ja."

Sie wartete. „Nun?"

Das Problem lag darin, dass er nicht wusste, was er ihr sagen wollte. Er hatte nicht einmal geplant, sie heute zu treffen. Doch plötzlich hatte er an ihrer Gartentür gestanden und sich gefragt, was zum Teufel er hier zu suchen hatte, anstatt mit Devon, wie verabredet, zu einem Gartenfest zu gehen.

Und dann hatte er ihr Bild vor sich gesehen, als sie aus dem Bad gestiegen war wie eine Nymphe. Er hatte nur eine kleine Kostprobe von ihr erhascht und wollte mehr. Er wollte an ihren rosigen Brustknospen saugen, ihre weichen Schenkel spreizen und sein Gesicht an ihrem Schoß bergen. Er sehnte sich nach dem Glücksgefühl, das ihn in ihrer Nähe erfüllte.

Deshalb saß er nun mit ihr auf der Gartenbank. Ein derartiges Geständnis sollte ein Mann allerdings nicht machen, wenn er hoffte, einen guten Eindruck bei seiner Angebeteten zu hinterlassen.

Er folgte ihrem Blick zur Sonnenuhr, unter der die Schandzeichnung lag. Es störte ihn erheblich, dass die völlig übertriebene Darstellung gewisser Teile der Anatomie seines Bruders ihm einen bedeutsamen Moment zu verderben drohte.

„Haben Sie sich schon Gedanken über Ihre Zukunft gemacht?", fragte er unvermittelt und wandte sich ihr zu.

„Ja. Ich erhoffe mir eine Stellung als Erzieherin in Lady Lyons Privatschule hier in London."

Drake lachte auf. „Emma? Sie bewerben sich um einen Posten bei der Alleinherrscherin über Sitte und Moral? Bei meiner eigenen Schwester, deren Herz aus Stein ist?"

„Sie behandelte mich bei unserem ersten Treffen sehr zuvorkommend."

„Mag sein, solange Sie ihr nicht ausgeliefert sind. Die Frau pflegt stundenlange Vorträge zu halten wie ein römischer Senator." Er schwieg. Auch das war neu. Zuerst wurden seine Versuche der Verführung von einer lächerlich obszönen Nacktzeichnung seines Bruders Heath durchkreuzt und dann von einem Stellenangebot von Emma. Seine Familie ruinierte seine Erfolgschancen durch ihre bloße Existenz.

„Wollen Sie denn tatsächlich Ihr ganzes Leben für andere arbeiten, Eloise?"

Sie lächelte dünn. „Selbstverständlich. Ich genieße es, von anderen herumkommandiert und gedemütigt zu werden."

Drake lachte wieder. „Aber Sie haben es doch nicht nötig zu arbeiten. In diesem Punkt hatte der alte Gauner völlig recht. Eine Frau in Ihrer Situation braucht einen Beschützer, der Ihnen ein sorgenfreies Leben bieten kann."

„Mir was bieten kann?"

„Ein sorgenfreies Leben."

In der eintretenden Stille war nur das Zwitschern der Vögel in den Bäumen und das entfernte Hufeklappern der Pferdekutschen auf der Straße zu hören. Er fragte sich, ob sie begriffen hatte, was sein Vorschlag bedeutete. Seit er zum ersten Mal mit ihr getanzt hatte, verwirrte diese Frau ihm die Sinne. Seine Freunde würden ihn für verrückt erklären, sich von Maribella abzuwenden. Aber seine Freunde waren Eloise nicht begegnet, und er war nicht sonderlich darauf erpicht, sie ihnen vorzustellen. Dieses Juwel wollte er für sich behalten.

Eloise seufzte tief, und es klang nicht wie das Seufzen einer Frau, die Ja sagen wollte. „Schlagen Sie mir etwa das vor, was ich denke?"

„Ich glaube ja." Er lächelte strahlend. „Ich möchte, dass Sie meine Mätresse werden."

In ihrer Verblüffung schürzte sie die Lippen und sah unendlich begehrenswert aus. „Ja, das dachte ich mir."

Wieder zog sich ihr Schweigen in die Länge. Allerdings wirkte Eloise weniger überrascht, als er erwartet hatte. Andererseits bedeutete ihr Mangel an Erfahrung in diesen Dingen nicht, dass sie weltfremd war. Er zweifelte sogar daran, dass er der Erste war, der ihr angeboten hatte, ihr Gönner zu sein. Fand sie sein Angebot verlockend? Jedenfalls sprang sie nicht in heller Begeisterung auf und fiel ihm auch nicht mit einem Jubelschrei in die Arme.

Ihm entging freilich auch nicht das flatternde Pochen der Ader an ihrem Hals. Er spürte, dass sie sich zu ihm hingezogen fühlte, ahnte indes auch, dass seine üblichen Überredungskünste bei ihr keinen Erfolg hätten.

„Eloise?" Er neigte sich ihr zu. Sie senkte den Blick und fuhr mit der Zungenspitze über ihre Unterlippe. „Was meinen Sie?", fragte er vorsichtig. „Darf ich raten? Ist dies das erste Mal, dass Ihnen ein Mann einen solchen Antrag macht?"

Sie schaute ihm direkt und offen ins Gesicht, ohne etwas zu sagen. Das war nicht nötig. Er las die Antwort in ihren Augen.

„Das hatte ich auch nicht angenommen", sprach er mit einem trockenen Lachen weiter. „Da Sie ähnliche Angebote bereits abgelehnt haben, muss Ihnen mein Antrag vorkommen wie ein Pakt mit dem Teufel."

Nun lachte auch sie. „Würde Sie das etwa abschrecken?"

„Keineswegs."

„Auch das hatte ich erwartet."

Er spürte die Wärme, die von ihr ausging, und musste an sich halten, sie nicht in seine Arme zu ziehen. Sie war zart und stark zur gleichen Zeit, ein reizvoller Widerspruch. „In diesem Fall werden Sie auch nicht erstaunt sein zu hören, dass ich es als persönliche Herausforderung betrachte, Sie umzustimmen."

„Habe ich eine Chance, das zu verhindern?"

„Nein", murmelte er. Er streichelte ihre Schultern und nahm sie schließlich in die Arme.

Sie legte den Kopf in den Nacken. Drake beugte sich über sie und begann, sie leidenschaftlich zu küssen. Er zog sie näher. Zum Teufel mit seiner Beherrschung. Er lechzte danach, ihr ganz nahe zu sein, und außerdem wusste er, dass seine Küsse große Überzeugungskraft besaßen.

„Glauben Sie, ich mache Ihnen diesen Antrag leichtfertig?", raunte er, während sie sich bebend an ihn schmiegte.

„Ist es wichtig, was ich glaube?", flüsterte sie.

„Sagen Sie mir nur, dass Sie zustimmen." Er bedeckte ihren Hals und die weichen Rundungen ihres Dekolletés mit zärtlichen Küssen. Was immer sie ihm auch mitteilen würde oder versuchte sich einzureden, ihre Reaktion auf seine Zärtlichkeiten verriet sie. Er wusste natürlich, dass jede Frau, die Wert auf ihre Tugend legte, es vorziehen würde, ihre Seele dem Teufel zu verschreiben, als sich mit ihm einzulassen.

„Bitte, Eloise", flehte er mit heiserer Stimme. Mit den Daumen umkreiste er liebkosend ihre Brustspitzen, die sich deutlich unter ihrem Mieder abzeichneten. „Überlegen Sie gut, bevor Sie meinen Antrag ablehnen."

Sie hörte seine Stimme wie ein melodisches Echo aus weiter Ferne. Die Lider waren ihr schwer geworden, eine wohlige Trägheit hatte sich in ihr ausgebreitet. Sie wollte die Augen nicht öffnen, um diesen Traum nicht zu beenden. Aber sie musste ihn beenden. Er konnte seinen Antrag nicht ernst meinen. Und sie konnte ihn nicht ernsthaft in Erwägung ziehen.

Hatte sie schon einen ähnlichen Antrag erhalten? Ja, zwei Mal. War sie je in Versuchung geraten, ihn anzunehmen? Nein, bisher nicht. Nun aber war die Vorstellung, die Mätresse dieses Mannes zu werden, so überwältigend verheißungsvoll; ihr Körper schien plötzlich eine eigene Sprache zu sprechen.

Drake Boscastle war gewiss daran gewöhnt, dass Damen derlei Angebote von ihm bedenkenlos und begeistert annahmen und stolz darauf waren. In lähmender Stummheit schlug sie die Augen auf und sah ihn an. Sein Gesicht wirkte angespannt, in seinen Augen glühte unverhohlenes Verlangen.

Sie fühlte sich wie eine Meerjungfrau, von der Brandung an eine fremde Küste gespült, aus ihrem Lebenselement gerissen, unfähig zu atmen und sich zu bewegen, um in die Geborgenheit ihrer gewohnten Welt zurückzukehren.

Ein entwaffnendes Lächeln umspielte seine Lippen. „Ich werde jede Sekunde meiner Bemühungen genießen, Sie zu überzeugen."

Eloise versuchte, ihre Gedanken zu ordnen. „Es wäre ratsam", erklärte sie mit belegter Stimme, „Ihre Versuche an einem weniger öffentlichen Ort …"

„Keine Bewegung", unterbrach er sie in einem warnenden Flüsterton, der ihr ein Frösteln über den Rücken jagte. Er spähte wachsam über ihre Schulter. „Wir werden beobachtet."

„Von wem?", hauchte sie bang.

Sein Gesicht war wie versteinert. Es war kaum denkbar, dass dies derselbe Mann war, der sie soeben geküsst hatte. „Das werde ich herausfinden."

14. KAPITEL

Drake schnellte hoch und stürmte los. Eloise schaute ihm verdutzt nach, konnte sich nicht vorstellen, wer sich in dem verwilderten Garten verstecken mochte. Bisher waren ihr zwischen Disteln und Brennnesseln nur Mäuse und aufdringliche Geldeintreiber begegnet.

Ralph, schoss es ihr durch den Sinn. Lungerte Ralph etwa wieder herum, um Geld von ihr zu fordern? Erschrocken sprang sie auf. Sie musste unbedingt verhindern, dass die beiden einander begegneten. Es wäre schrecklich peinlich, Drake erklären zu müssen, wie sie sich an Ralph Hawkins für seinen Betrug gerächt hatte.

Hinter den wuchernden Efeuranken richtete sich ein schwarz gekleideter Mann aus seiner geduckten Lauerstellung auf und suchte das Weite. Drake hätte ihn mühelos eingeholt, hätte der Eindringling ihm nicht im letzten Moment eine Schubkarre in den Weg geschoben.

Und gleichzeitig schrie Eloise in höchster Not: „Warten Sie! Lassen Sie ihn laufen. Vielleicht ist er …"

Drake drehte sich um und stutzte. Auch der Eindringling warf einen flüchtigen Blick über die Schulter. Ein Fremder, nicht Ralph. Das war ihr erster Gedanke in namenloser Erleichterung. Sie hatte den Mann noch nie gesehen, groß und hager mit unerwartet angenehmen Gesichtszügen und breiten Schultern. Eloise blieb der Mund offen stehen, da Drake offenbar auf eine Erklärung von ihr wartete.

„Er könnte … Ihnen etwas antun."

Er schaute sie vernichtend an.

Der Eindringling verzog das Gesicht zu einem Grinsen, bevor er rasch über die Gartentür kletterte und verschwand.

„Zum Teufel!", knurrte Drake und nahm die Verfolgung wieder auf.

Eloise eilte ihm nach, drehte sich nur kurz um, als die Tür zur Küche aufflog und Lord Thorntons Dienstboten ins Freie stürmten, angeführt von Thalia im Morgenrock.

Freddie war als Erster bei Eloise und schwang drohend einen Besen wie ein Schwert über seinem Kopf. „Schon wieder Geldeintreiber, Miss Goodwin? Will man uns aus dem Haus werfen?"

Auch das stand demnächst zu befürchten, da der Mietvertrag bald auslaufen würde, sie wusste nur nicht das genaue Datum.

Eloise entwand ihm den Besenstiel. „Ich weiß nicht, wer der Kerl war, Freddie", erklärte sie atemlos. „Lord Drake verfolgt ihn."

Sie ging auf die Straße. Freddie kam hinter ihr her. „Die beiden haben sich anscheinend in Luft aufgelöst."

Ein umgeworfener Karren und ein wutschnaubender Händler, der schimpfend seine Zwiebeln einsammelte, waren die einzigen Spuren der Verfolgungsjagd. Vorne an der Straßenecke rannte ein anderer Gemüsehändler einem Kohlkopf hinterher.

„Soll ich den beiden nachlaufen?", fragte Freddie, der bereits seine schmutzigen Hemdsärmel hochkrempelte.

„Ja, tu das." Eloise drückte ihm den Besen wieder in die Hand. „Wenn du ihn nicht als Waffe einsetzen kannst, kannst du wenigstens die Straße hinter Lord Drake fegen."

„Gut, dass er bei Ihnen war, Miss", meinte Freddie. „Einen Mann wie ihn brauchen Sie dringend zu Ihrem Schutz."

„Wovor soll er mich denn beschützen?", murmelte sie.

Hinter ihr wurde Mrs Barnes vom Butler gestützt, die einen ihrer Schwächeanfälle erlitt und sich auf dem Gehsteig niedergelassen hatte. Die heruntergerutschten Strümpfe hingen um ihre geschwollenen Knöchel. Als Drake Boscastles Mätresse, dachte Eloise für einen Moment, könnte sie die Dienstboten bei sich aufnehmen, niemand würde auf der Straße stehen, und Mrs Barnes könnte endlich ihre schmerzenden Beine hochlegen.

Drake würde ihr eine Kutsche zur Verfügung stellen. Sie müsste sich nie wieder Sorgen darum machen, dass die Geldeintreiber ihr den Stuhl unter dem Hintern wegzogen, weil ihr Dienstherr seine Schulden nicht beglichen hatte. Statt sich hinter dem Vorhang zu verstecken, wenn es an der Tür klopfte, würde sie Hof halten und vornehme Abendgesellschaften geben, wie es von der Mätresse eines Aristokraten erwartet wurde.

Oh Herr, führe mich nicht in Versuchung.

Damit würde sie allerdings auch jede Chance vertun, sich eine eigene gesicherte Existenz zu schaffen. Zugegeben, sie würde hart arbeiten müssen als Erzieherin, um verwöhnten jungen Damen gute Manieren und feine Lebensart beizubringen und sie vor den Gefahren des Lebens zu warnen.

Andererseits wäre sie Herrin über ihr eigenes Schicksal, könnte ihre Würde bewahren, für die sie so viele Opfer gebracht hatte. So könnte sie sich beweisen, dass sie nicht das schwarze Schaf war, das ihre Familie mit Schimpf und Schande aus dem Haus gejagt hatte. Sie wünschte, es wäre ihr gleichgültig, was ihre Eltern von ihr hielten. Sie wünschte, die Kränkung über die Zurückweisung ihrer Eltern würde endlich schwinden.

„El-ooo-iiise!“, ertönte Thalias weinerliche Stimme aus dem Garten. „Was haben Sie da draußen auf der Straße zu tun? Ich brauche Sie. Haben Sie mich völlig vergessen?“

Seufzend schüttelte Eloise den Kopf und warf einen letzten Blick die Straße entlang auf der Suche nach dem Mann, der ihr ein höchst anstößiges Angebot gemacht hatte.

Noch dazu ein höchst verlockendes Angebot.

Erst nach langer Verfolgungsjagd musste Drake einsehen, dass er den Kerl aus den Augen verloren hatte. Der Eindringling war im Labyrinth der Gassen und engen Durchgänge untergetaucht, die dem Gesindel der Londoner Unterwelt zahllose Schlupflöcher boten. Auf seiner Verfolgungsjagd hatte er mehrere Gemüsekarren umgeworfen sowie den Stand einer Spitzenklöpplerin, die ihn keifend mit wüsten Beschimpfungen bedachte. Irgendwann hatten sich zwei Konstabler, die Drake erkannten, an der Jagd beteiligt, die allerdings große Mühe hatten, Schritt mit ihm zu halten, und schließlich vor einer Schankstube durch eine Prügelei zweier Trunkenbolde aufgehalten wurden.

Hätte er in dem Mann nur einen Geldeintreiber vermutet, hätte er die Verfolgung längst aufgegeben. Aber welcher Gläubiger würde sich hinter einem Efeugestrüpp verstecken, um ein privates Zwiegespräch zu belauschen?

Im Übrigen war ihm etwas an dem Kerl vertraut vorgekommen. Er war ihm bereits begegnet, wusste nur nicht, wo.

Schließlich verlangsamte er seine Schritte und blieb stehen, um zu Atem zu kommen. Er war so verbissen hinter dem Mann her gewesen, dass er nicht bemerkt hatte, wohin ihn der Weg führte. Verblüfft stellte er fest, dass er in der Bruton Street vor Audrey Watsons Haus stand. Wieso ausgerechnet hier?

„Zum Teufel!“, knurrte er. Wie dem auch sei, er hatte seine Beute verloren. Aber er würde sein Gesicht wiedererkennen und ihn beim nächsten Mal nicht entwischen lassen. Dennoch wurmte es ihn gewaltig, unverrichteter Dinge zu Eloise zurückzukehren, um ihr zu gestehen, dass er versagt hatte. Es war ihm doch so sehr daran gelegen, einen guten Eindruck als ihr zukünftiger Beschützer zu machen.

Dieser Gedanke brachte ihn auf das Thema Maribella St. Ives. Wie sollte er ihr erklären, dass er nicht daran interessiert war, die Beziehung mit ihr weiterzuführen, in der Hoffnung, sie würde verstehen und ihm verzeihen.

Er verzog schmerzlich das Gesicht. Diese Hoffnung konnte er getrost begraben. Sie würde ihn mit wüsten Beschimpfungen bombardieren und ihm möglicherweise die Augen auskratzen, was er ihr nicht verdenken konnte. Andererseits würde die schöne Kurtisane nicht lange Trübsal blasen. Er wollte ihr reinen Wein einschenken und die Konsequenzen tragen, da er kein Freund beschönigender Ausflüchte war. Seine schonungslose Ehrlichkeit hatte immer wieder Eindruck bei seinen Freunden gemacht. Im Übrigen auch bei seiner Familie.

Ach du liebe Güte. Die Familie. Es hörte nie auf. Schon wieder näherte sich ein Mitglied der Familie.

Sein Bruder Devon kam aus der anderen Richtung, rückwärts gehend auf ihn zu und flirtete so heftig mit einer jungen Dame in einer offenen Kutsche, dass er Drake nicht bemerkte, bis er gegen ihn stieß.

„Oh, Pardon …" Er drehte sich lächelnd um. „Drake! Welche Überraschung, dich vor einem Bordell anzutreffen. Was hast du vor?"

Drake richtete den Blick über seine Schulter. „Ich suche einen Mann."

„Bei Audrey?" Devon überlegte eine Weile. „Aus welchem Grund? Oder ist das ein Geheimnis, das ich gar nicht wissen will?"

„Ein Mann, der mich und Miss Goodwin belauscht hat", entgegnete Drake schroff.

„Er hat euch beide bespitzelt?" Devon machte ein entrüstetes Gesicht. „Wie unverschämt. Ich frage nicht, wobei er euch bespitzelt hat."

„Gut. Ich werde es dir auch nicht auf die Nase binden." Er versetzte Devon einen Rippenstoß und näherte sich dem Portal der vornehmen Villa. Alle Vorhänge waren zugezogen, um das sündige Treiben hinter den Fenstern zu verbergen. Vielleicht hatte sich der Kerl irgendwie Zutritt verschafft, überlegte Drake. Das schien zwar unwahrscheinlich, war aber immerhin einen Versuch wert.

Devon war neben Drake getreten, als er den schweren Messingklopfer betätigte. „Und was tun wir, wenn wir ihn finden?"

„Wir laden ihn zum Tee ein." Drake seufzte enerviert. „Was denkst du denn, Devon?"

„Ich denke, dass du ein launischer Flegel bist."

„Ich habe nie behauptet, ein Sonnenschein zu sein."

Die Tür wurde geöffnet. Audreys Furcht einflößender Butler, der noch vor Kurzem in Diensten des Prinzregenten in Brighton gestanden hatte, ehe sie ihn abwarb, empfing die Brüder mit blasierter Miene. Drake wusste, dass der Vornehmtuer unter den Schößen seines schwarzen Gehrocks zwei Pistolen trug.

„Guten Tag, die Herren", grüßte er mit nasaler Stimme und einer angedeuteten Verneigung. „Bitte kommen Sie herein. Madame ist ausgegangen. Darf ich mich persönlich Ihrer Wünsche annehmen?"

„Ich bin auf der Suche nach einem Mann", platzte Drake ohne Umschweife heraus.

Der Butler zog die Brauen bis zum Haaransatz hoch. „Einen Mann, Mylord?"

„Das sagte ich bereits."

„In diesem Fall empfehle ich Ihnen, Mrs Rutherfords Herrenclub in Piccadilly aufsuchen. Dort werden auch Sonderwünsche erfüllt."

„Ich will den Kerl nicht zum Vergnügen", entgegnete Drake gereizt. „Ich will ihn töten. Er hat mich beleidigt."

„Und Sie vermuten, er könnte sich in unserem Haus aufhalten?" Die Nasenflügel des Butlers bebten vor Entrüstung. „Beschreiben Sie mir den Übeltäter, Mylord."

„Ich habe ihn nur flüchtig gesehen", erklärte Drake. „Groß, kräftig gebaut. Mit einem frechen Affengesicht."

„Ein Affengesicht", wiederholte der Butler sinnierend. „Diese Beschreibung trifft auf einige Gäste unseres Hauses zu."

„Aber hat einer, auf den die Beschreibung passt, in der letzten Stunde hier Einlass begehrt?", fragte Devon.

„Ich erkundige mich bei Mrs Watsons Privatsekretär. Bitte machen Sie es sich unterdessen bequem, meine Herren."

„Er hat sich vielleicht durch die Hintertür ins Haus geschlichen", rief Devon ihm nach.

„Und hat sich vielleicht auf dem gleichen Weg wieder davongemacht, während wir hier herumstehen und schnattern wie die Schulmädchen", knurrte Drake und durchquerte mit energischen Schritten die Empfangshalle. „Komm, du Plaudertasche. In den ersten Stock."

In einem Salon im oberen Stockwerk befanden sich nur zwei Gäste. Eine berühmte Schauspielerin vom Drury Lane Theater in einem smaragdgrünen Seidenkleid, die mit einem angesehenen Mitglied des Parlaments Champagner trank.

„Auf in die Schlafgemächer", befahl Drake. Mittlerweile war

so viel Zeit verstrichen, dass der Spitzel längst über alle Berge sein konnte. Wieso hatte Eloise eigentlich versucht, ihn zurückzuhalten? Diese kurze Ablenkung hatte ihn um den Erfolg gebracht.

Devon stemmte die Hände in die Hüften. „Hör mal, wir wissen doch nicht einmal sicher, dass er hier Zuflucht gesucht hat."

Drake würdigte ihn keines Blickes. „Vielleicht hat er sich in einem der Zimmer versteckt."

Devon straffte die Schultern, als Drake seitlich in den Privatkorridor einbog. „Du kannst doch nicht einfach an Türen klopfen, hinter denen fremde Leute es sich gerade gemütlich miteinander machen."

„Damit hast du völlig recht", murmelte Drake. „Wir klopfen nicht an."

„Vielleicht ist er in einem anderen Haus verschwunden."

„Mag sein. Aber ich habe so ein Gefühl in meinem Bauch, dass er hier ist."

Resigniert folgte Devon ihm. „Hat dich dein Bauchgefühl je betrogen?"

Drake gab ihm keine Antwort. „Ich nehme mir die rechte Seite vor."

Devon seufzte. „Vergiss nicht, rechtzeitig den Kopf einzuziehen, wenn du mit Gegenständen beworfen wirst."

Drake grinste unverfroren. „Mit etwas Glück werden wir nur mit weichen Kissen beworfen."

„Niemand hält Maribella St. Ives zum Narren." Eine Ladung befranster Samtkissen flog durchs Zimmer. „Willst du etwa sagen, er verschmäht mich wegen einer einfachen Gouvernante?"

Albert vergrub die Hände in den Hosentaschen und starrte trübsinnig aus dem Hotelfenster auf die Straße. Er war ziemlich sicher, dass er Boscastle abgehängt hatte, aber in seinem ganzen Leben war er nicht so weit und so schnell gerannt. „Er sah aus, als wolle er mich umbringen."

„Pah! Ich bringe den Kerl um", zischte sie, und ihre grauen

Augen blitzten bedrohlich auf. „Was bildet der Kerl sich eigentlich ein, solche Spielchen mit mir zu treiben?"

„Bitte halten Sie still, Madame", flehte das junge Mädchen, das vor ihr kauerte. „Das Rosenwasser schwappt auf den Teppich. Wenn Sie schön sein wollen, dürfen Sie nicht mit den Füßen aufstampfen wie ein ungeduldiges Rennpferd."

Maribella hob fluchend einen zierlichen Fuß aus der Porzellanschüssel. „Wie heißt diese Gouvernante eigentlich?"

„Keine Ahnung", antwortete Albert achselzuckend. „Das Haus, das er mit seiner jüngeren Schwester bewohnt, ist von Lord Horace Thornton gemietet. Aber ich vermute, der feine Herr hat sich aus dem Staub gemacht, um seinen Gläubigern zu entgehen."

„Der Name sagt mir nichts." Maribella bedachte ihre verschüchterte Zofe mit einem finsteren Blick. „Bist du sicher, dass Lord Drake nicht vorgesprochen hat, während ich schlief?"

„Ganz sicher, Miss St. Ives", antwortete das Mädchen wohl zum zehnten Mal. „Er ließ durch einen Boten ausrichten, dass er wieder verhindert sei."

„Verhindert. Ständig ist er verhindert. Eine unerhörte Kränkung. Schäkert mit einer ... Dienstmagd herum, während ich hier allein herumsitze."

Albert sah sie stirnrunzelnd an. „In der Lobby warten ein Earl und zwei andere vornehme Herren auf dich."

„Der Earl of Chesleigh?" Ihr Gesicht hellte sich auf. „Hat er ein Geschenk mitgebracht?"

„Das musst du ihn schon selber fragen. Ich spiele hier nur den Leibwächter." Er furchte die Stirn. „Boscastle bringt mich um, wenn er mich noch einmal zu Gesicht bekommt."

„Ich sagte dir doch, du sollst dich verstecken", entgegnete sie ungerührt und griff nach einem Pariser Modejournal.

„Ich hatte mich gut versteckt. Aber der Kerl hat Instinkte wie ein Wolf."

„Offenbar", stellte sie säuerlich fest. Und dann umspielte ein dünnes Lächeln ihre rot geschminkten Lippen. „Eine Gouvernante, nicht zu fassen … ich wüsste gerne, ob es dieselbe Frau ist, die er in der Kutsche warten ließ an dem Abend, als wir uns kennenlernten. Dieser Teufel! Aber ich wusste vom ersten Moment, dass wir nicht zusammenpassen."

„Er ist schlimmer als ein Teufel", rief Albert aufgebracht. „Auf der Flucht habe ich zwei alte Weiber über den Haufen gerannt und hätte mich beim Überwinden eines Gartentors beinahe entmannt."

Maribella schaute ihn gleichmütig über die Zeitschrift hinweg an. „Erinnerst du dich daran, wo diese Frau wohnt?"

Albert schnaubte verächtlich. „Natürlich. Aber ich lasse mich dort nie wieder blicken."

„Nein." Sie tauchte ihre zierlichen Füße wieder in die Schüssel mit Rosenwasser. „Aber ich vielleicht."

Zwei Stunden später saß Eloise mit Heston und Mrs Barnes bei Tee und Mandelgebäck, als ein Billet von Lord Drake abgegeben wurde. Er teilte ihr in dem Schreiben mit, dass es ihm bedauerlicherweise nicht gelungen war, den heimlichen Spion im Garten zu fassen. Und er warnte die Bewohner des Hauses, auf der Hut zu sein, falls der Spitzel wieder auftauchen sollte. Eloise war erleichtert, dass Drake bei der wilden Verfolgungsjagd nichts zugestoßen war. Aber wer war der heimliche Beobachter? Ralph Hawkins war es jedenfalls nicht. Durfte sie hoffen, dass er endgültig verschwunden war?

„Dem Himmel sei Dank", rief Mrs Barnes beglückt aus. „Wir haben einen Helfer in Lord Drake. Einen Beschützer."

Sie warf Eloise bedeutungsvolle Blicke zu, die sich einen zweiten Mandelkeks angelte mit einer Unschuldsmiene, als habe sie keine Ahnung, wovon Mrs Barnes sprach. Die allerdings wusste genau, warum Lord Drake der Miss so viel Aufmerksamkeit schenkte. Unklar war allerdings, wie Eloise mit der Situation umzugehen gedachte. Ihr Herz sehnte sich danach, seinen Antrag anzunehmen. Ihr Verstand aber warnte sie vor den Konsequenzen, falls sie ihre Prinzipien aufgab. Das würde nur Unglück bringen. Sie hatte immer noch die Hoffnung, eines Tages zu heiraten. Aber hatte sie die innere Kraft, diesen Mann abzulehnen?

Drei Stunden später grübelte sie immer noch über diese Frage, als ein Diener vorsprach und ihr im Beisein von Mrs Barnes, Thalia und Freddie einen Brief auf noblem Büttenpapier überreichte, zusammen mit einem üppigen Bouquet langstieliger weißer Lilien. Eloise war entzückt über die schönen Blumen und fassungslos, als sie die schimmernde Perlenkette entdeckte, die mit einem weißen Seidenband in den Strauß geflochten war.

Das Billet war in knappen Worten abgefasst:

Habe heute die Hälfte aller Blumenstände in London umgeworfen.
Ich gebe Ihnen Zeit zum Nachdenken.
Lassen Sie mich wissen, wann Sie Ihre Entscheidung getroffen haben.
Aber entscheiden Sie sich bald. Drake

„Was schreibt er?“, fragte Freddie und spähte ihr über die Schulter.

Eloise drückte den Brief an ihr Herz. „Ehm … nichts. Nicht viel. Seine Lordschaft warf auf seiner Verfolgungsjagd ein paar Blumenstände um.“

Mrs Barnes räusperte sich. „Hat er auch zufällig einen Juwelierladen umgeworfen?“

„Perlen von Drake Boscastle“, hauchte Thalia verträumt. „Wie unendlich verrucht. Wissen Sie eigentlich, wie viele Frauen Sie darum beneiden würden? Er muss in Sie vernarrt sein. Oh Eloise, was werden Sie nur tun?“

Eloise schüttelte den Kopf. „Was sollte ich denn tun?“

„Legen Sie die Perlen um.“ Ausnahmsweise nicht nur mit sich selbst beschäftigt, hielt Thalia die Kette an Eloises Hals. „Es ist doch nicht verboten, sie mal anzuprobieren, wie?“

Eloise verkniff sich ein Schmunzeln. Seit ihrem nächtlichen Abenteuer schien eine merkliche Veränderung in Thalia vorgegangen zu sein. Eloise konnte nur hoffen, das Mädchen habe aus dieser unschönen Erfahrung eine Lehre gezogen. Und wie stand es um sie? Nach all ihren Bestrebungen, ein untadeliges Leben zu führen, wusste sie mittlerweile nicht mehr, ob sie überhaupt die richtigen Lehren aus ihren leidvollen Erfahrungen gezogen hatte.

„Dieser edle Glanz!“, rief Thalia begeistert aus. „Die Perlen sehen wunderschön an Ihrer hellen Haut aus.“

„Wie unpraktisch“, murmelte Eloise, „vor dem Zubettgehen Perlen anzulegen.“

Aber nachdem alle Bewohner in ihre Zimmer verschwunden waren, schlich sie sich noch mal in die Diele, um die Kette anzuprobieren. Sie betrachtete sich im halb blinden Garderobenspiegel und fand Gefallen an ihrem Anblick. Wenn sie das Haar hochsteckte und ihr praktisches Baumwollkleid gegen ein modisches Seidenkleid tauschte, sähe sie beinahe vornehm aus. Eine elegante Sünderin. So würde man sie nennen. Und sie fragte sich, ob sie die gesellschaftliche Ächtung verkraften würde.

„Mätresse oder Schulmeisterin?“, fragte sie halblaut an ihr Spiegelbild gerichtet. „Sittsam oder verrucht? Wie wird Eloise sich entscheiden?“

„Sie wären eine Närrin, sich einen Gentleman wie Lord Drake durch die Lappen gehen zu lassen“, schalt Mrs Barnes von der Tür zum Wohnzimmer her.

Eloise fuhr erschrocken errötend herum. Sie hatte seit Längerem schon den Verdacht, dass Mrs Barnes sich vor dem Schlafengehen heimlich ein Gläschen von Lord Thorntons Brandy genehmigte. Allerdings hatte sie vollstes Verständnis dafür, da auch sie sich nach einem anstrengenden Tag gelegentlich einen Schluck gönnte.

„Die Perlen kann ich natürlich nicht annehmen“, sagte sie und nestelte am Verschluss der Kette, der einen eigenen Willen zu haben schien. Er ließ sich nicht öffnen. „Stehen Sie nicht herum und erteilen mir schlechte Ratschläge, Mrs Barnes. Helfen Sie mir lieber, dieses Symbol der Sünde und Verführung loszuwerden.“

„Sünde und Verführung“, schnaubte Mrs Barnes verächtlich

und stieß eine Wolke brandygeschwängerten Atem aus wie ein angetrunkener Drache. „Ich nenne das ein Symbol von Sicherheit und Schutz."

Eloise hob das Kinn. „Wollen Sie mich etwa ermutigen, ein unsittliches Angebot anzunehmen?"

Mrs Barnes, die normalerweise die Fingerfertigkeit einer Zauberkünstlerin aufwies, machte sich vergeblich an dem Verschluss zu schaffen. „Ja, das tue ich. Besser die verwöhnte Mätresse eines reichen Mannes als die geschundene Ehefrau eines armen Schluckers ... oder eine Schulmeisterin, wenn ich mich nicht gerade verhört habe."

Noch nie hatte die Gute so offen mit Eloise gesprochen. Sie war nur froh, dass Thalia nicht hier war. „Aber denken Sie doch nur an die Schmach", wandte Eloise ein.

Mrs Barnes gab ihre Versuche auf, die Perlenkette blieb an Eloises Hals. „Ganz recht", sagte sie vorwurfsvoll. „Denken Sie an die Schmach, wenn wir alle als Bettler in der Gosse landen, nur weil Sie sich entschieden haben, Lehrerin zu werden. Das wäre unverantwortlich selbstsüchtig, wie ich hinzufügen darf, denn andernfalls würden Sie uns allen ein Leben in einem Palast ermöglichen."

„Lord Drake wohnt in keinem Palast."

„Aber beinahe. Jedenfalls besser als im Schuldturm. Sie waren noch nie in einem Armenhaus, meine Liebe, aber ich. Und das war kein angenehmer Aufenthalt."

„Armut ist kein leichtes Los, davon kann auch ich ein Lied singen." Eloise begann nun selbst wieder an dem Verschluss zu fingern. „Sie haben etwas an dem Verschluss verbogen, nicht wahr?"

„Hab ich nicht."

„Er klemmt."

„Das ist Schicksal. Begreifen Sie doch, Eloise Goodwin. Das Schicksal bietet Ihnen die einmalige Chance, ein Leben in Wohlstand und ohne Sorgen zu führen."

Ganz zu schweigen von Liebe, Lust und schließlich einem gebrochenen Herzen, dachte Eloise wehmütig und kapitulierte vor der Kette. „Gleich morgen früh suche ich einen Juwelier auf, der den Verschluss repariert und mich von der Kette befreit", murmelte sie.

„Das wäre ein unverzeihlicher Fehler", meinte Mrs Barnes unheilvoll und zog eine buschige graue Braue hoch. „Man muss auf die Zeichen des Schicksals achten."

„Man muss sich auch um seinen eigenen Kram kümmern!", entgegnete Eloise tadelnd.

„Es ist ein Zeichen des Schicksals, denken Sie an meine Worte", beharrte Mrs Barnes mit erhobener Stimme.

Und dann kam Freddie die schmale Stiege vom Küchentrakt herauf und rieb sich schlaftrunken die Augen. „Was für ein Zeichen? Vom Ende der Welt? Mein Gott, ihr zwei macht einen Lärm, der Tote wecken könnte. Was ist denn jetzt schon wieder los?"

„Ich krieg die Kette nicht auf", erklärte Eloise. „Der Verschluss klemmt."

„Ich hole eine Flasche Brandy", sagte Mrs Barnes und steuerte entschlossen das Wohnzimmer an.

Freddie setzte sich auf die oberste Stufe der Stiege. „Kann man mit Brandy einen klemmenden Verschluss lösen?", fragte er gähnend.

„Nein", erwiderte Eloise schnippisch. „Er löst nur Zungen."

Nachdem die drei den Rest der Flasche zusammen mit einer Schale Kekse geleert hatten, nahm Eloise gnädig Mrs Barnes Entschuldigung an, wenn auch nicht ihren gut gemeinten Rat. Schließlich war der Hausfrieden wiederhergestellt, die drei wünschten einander eine gute Nacht und angenehme Träume. Eloise zog sich ins Wohnzimmer zurück, um vor dem Zubettgehen noch ein wenig zu lesen.

Und niemand hatte das Klopfen an der Haustür gehört oder den Mann bemerkt, der im Schatten vor dem Haus stand und ihr Gelächter belauschte, bevor er wieder in der Nacht verschwunden war.

15. KAPITEL

Drake hatte vorgehabt, den Abend allein zu verbringen. Er hätte Eloise zwar gerne besucht, aber es war schon spät und er hatte versprochen, ihre Entscheidung abzuwarten. Ein Abendspaziergang würde ihm guttun, seine Unruhe mildern und ihm die nötige Bettschwere geben. Er scheute sich nicht, nachts die Straßen zu durchstreifen, da nur einmal ein Versuch gemacht worden war, ihn zu überfallen. Man hatte ihn mit seinem Bruder Heath verwechselt. Doch auch damals war es Drake gelungen, seinen Angreifer mühelos abzuwehren und außer Gefecht zu setzen.

Der Vorfall erinnerte ihn erneut an die schändliche Aktzeichnung von Heath, die ihm wieder begegnet war, als er Eloise im Garten geküsst hatte. Der Gedanke an sie löste plötzlich ein mächtiges Sehnen in ihm aus, und er war sich plötzlich nicht mehr sicher, wie lange er auf ihre Entscheidung warten konnte. Aber er musste sich in Geduld üben, um sie nicht zu verscheuchen. Obgleich er sie kaum kannte, wusste er genau, was er wollte. Und wie er sein Ziel erreichen würde. Die Möglichkeit, dass sie ihn abweisen könnte, kam ihm gar nicht erst in den Sinn.

Wo hatte er den Mann im Garten nur schon einmal gesehen? Wo nur? Im Club? Der Diener eines Freundes? Hatte er ihn bespitzelt oder Eloise?

Er verlangsamte seine Schritte. Er war nur wenige Minuten vom Haus seines Bruders Grayson in der Park Lane entfernt. Früher ein berüchtigter Lebemann, hatte Gray durch seine warmherzige Gemahlin Jane und ihren kleinen Sohn einen Wandel vollzogen und sich vom Saulus zum Paulus geläutert. Grayson wurde allseits dafür geschätzt, in jeder Lebenslage einen kühlen Kopf zu bewahren.

Als Drake bei ihm vorsprach, war sein Bruder allerdings keineswegs kühl und gelassen. Ganz im Gegenteil: Das ganze Haus war in hellem Aufruhr. Dienstboten eilten mit besorgten Mienen treppauf und treppab, trugen Krüge mit heißem Wasser nach oben, Kompressen und Spielsachen sowie eine Flasche Sherry.

Der langjährige Butler Weed legte Drake die Hände auf die Schultern, als sie sich auf dem Treppenabsatz begegneten. Nichts und niemand konnte den alten Weed je aus der Fassung bringen, und er musste sich am Rande eines Nervenzusammenbruchs befinden, um ein Mitglied der Familie so vertraulich zu begrüßen.

„Gottlob, dass Sie hier sind", stieß er in höchster Not hervor. „Der Marquess ist in einem schrecklichen Zustand."

„Ist er krank?", fragte Drake.

„Nein, Lord Drake. Es geht um seinen Sohn, der junge Lord fiebert, und wir sind tief besorgt."

„Haben Sie einen Arzt holen lassen?"

Weed rang die Hände. „Drei Lakaien sind unterwegs, um einen Arzt zu holen."

Kurz darauf fand Drake seinen ältesten Bruder im Kinderzimmer, in dem genug Kerzen brannten, um das ganze West End zu erleuchten. Grayson, eine hochgewachsene, hoheitsvolle Erscheinung, wanderte auf bloßen Füßen in einem schwarzseidenen Morgenmantel und wirrem Haar besorgt im Zimmer auf und ab. Der Säugling lag dick vermummt in Decken gewickelt in seiner Wiege und schrie mit rotem Gesicht zum Steinerweichen.

Gray fuhr herum wie ein aufgebrachter Feldherr. „Ach, du bist es nur", murmelte er enttäuscht, als Drake die Tür hinter sich zumachte. „Wo bleibt denn nur dieser gottverdammte Arzt? Ich reiße ihm die Perücke vom Kopf, mich so lange warten zu lassen. Ist dir die Kräuterheilerin begegnet oder der Apotheker?"

Drake blickte seinen Bruder verblüfft an. Noch nie hatte er ihn in einem ähnlich verstörten und hilflosen Zustand erlebt. Er wusste nicht, was er sagen oder tun sollte, hatte ebenso wenig Ahnung wie Gray, wie man mit einem Säugling umgehen sollte. „Wo ist denn Jane?", fragte er schließlich.

Grayson stand mit verzweifelter Miene über die Wiege gebeugt. „Sie ist bei ihren Eltern. Ich habe bereits einen Boten nach ihr geschickt. Mein Gott, wenn er stirbt, bevor sie wiederkommt? Steh nicht herum und starre mich an, sag mir lieber, was ich tun soll."

Drake hatte Angst, sich der Wiege zu nähern. „Ich habe keinen blassen Schimmer, was du tun sollst. Die einzige Erfahrung, die ich mit Krankheiten habe, habe ich auf dem Schlachtfeld gesammelt. Wenn Soldaten vom Wundfieber nach einem Bajonettstich befallen waren."

„Sehr hilfreich!", schnappte Grayson. „Denkst du, ich lasse meinen Sohn mit einem Bajonett spielen? Was willst du eigentlich? Außer Trinken und Huren und Kriegspielen interessiert dich nichts. Daraus besteht doch dein Leben."

Drake blieb ruhig, da Grayson in seiner Verzweiflung offenbar nicht wusste, was er von sich gab. Dennoch versetzte ihm sein unerwarteter Vorwurf einen Stich. „Wo ist denn das Kindermädchen?"

„Ich habe die dumme Person rausgeworfen!"

Drake fühlte sich von der Sorge und Verzweiflung seines Bruders angesteckt, überwand seine Beklommenheit und machte einen vorsichtigen Schritt auf das sich windende und schreiende Bündel in der Wiege zu. „Warum hast du ihr gekündigt?"

„Sie ist schuld daran, dass mein Kind Fieber bekommen hat, das ist der Grund. Die Frau ist unfähig und plappert den ganzen Tag nur wie ein Wasserfall. Hätte sie besser auf meinen Sohn aufgepasst, wäre er nicht krank geworden."

„Vielleicht sollte ich mich darum kümmern, dass der Arzt endlich erscheint", schlug Drake in seiner Ratlosigkeit vor. „Aber erinnerst du dich, dass Devon als Kind ständig Fieber hatte? Und er hat es überlebt, um uns allen auf die Nerven zu gehen."

Grayson hob den Kopf mit der Miene eines Ertrinkenden, dem eine Rettungsleine zugeworfen wurde. „Das habe ich völlig vergessen. Devon und seine ewigen Fieberanfälle. Und Mama fürchtete jedes Mal, dass er stirbt."

Drake nahm all seinen Mut zusammen und trat an die Wiege. Der pausbäckige, rotgesichtige Familienerbe bäumte sich schreiend auf, fühlte sich sichtlich unwohl in seiner Verpackung. „Der arme Wurm kriegt ja kaum Luft und kann sich gar nicht bewegen, so sehr hast du ihn eingewickelt!“, rief er tadelnd.

„Er schrie wie am Spieß, als ich hereinkam“, verteidigte Grayson sich. „Ich fürchtete, er könnte sich verletzen.“

„In der Wiege?“, fragte Drake verständnislos. „Wie denn?“

„Er hätte herausfallen können.“

„Er kann noch nicht mal sitzen.“

Grayson legte dem Kleinen vorsichtig die Hand an die Stirn, worauf er sich umso wütender gebärdete. Drake war sich nicht sicher, aber er glaubte einen abgehenden Wind zu hören. „Devon kletterte fast jede Nacht aus seinem Kinderbett.“

„Bevor er krabbeln konnte?“ Die Vorstellung erschien Drake nicht ganz glaubwürdig.

„Ich weiß es nicht“, erwiderte Grayson tonlos und ließ sich schwer in einen Stuhl fallen. Er war völlig erschöpft.

Drake beugte sich über die Wiege und lockerte eine Decke, in der der kleine Rowan gefangen war, dann eine zweite und eine dritte. Endlich befreit, schlug das Baby wild um sich, ließ weitere Winde fahren und hörte plötzlich auf zu schreien. Seine Gesichtsröte verflog, und er schaute mit großen blauen Augen zu Drake auf. Vorsichtig berührte er die Wange des Kindes. „Er fühlt sich nicht heiß an. Ich glaube, er hat Blähungen.“

„Blähungen?“, wiederholte Grayson skeptisch und sprang auf. „Bist du sicher?“

„Ich bin mir nicht sicher, aber es hat so geklungen. Aber mir wäre auch unerträglich heiß, wenn man mich in drei Decken einwickeln würde.“

Grayson hob seinen Sohn in die Arme, lehnte ihn an seine Schulter, als die Tür aufgestoßen wurde und seine Gemahlin Jane, die Marchioness of Sedgecroft, ins Zimmer rauschte. Sie trug ein elegantes Abendkleid aus gelbem Moiré, und ein Diamantcollier zierte ihren schlanken Hals.

Hinter ihr erschienen ihre Eltern Lord und Lady Belshire, dicht gefolgt vom schottischen Arzt, einer Kräuterfrau, dem Apotheker und der indignierten irischen Kinderfrau. Und alle redeten wild durcheinander.

Drake war sich noch nie so überflüssig und nutzlos vorgekommen. Ein Säugling hatte Chaos, Verwirrung und Besorgnis ausgelöst. Ein winziges Geschöpf, das vor einem Jahr noch nicht einmal geplant gewesen war, ein Kind leidenschaftlicher Liebe. Die geballte Gefühlsaufwallung um den kleinen Erdenbürger drohte Drake zu ersticken.

Jane entwand das Kind den Armen seines Vaters. „Was hast du meinem Sohn angetan?"

„Ich habe ihm das Leben gerettet, Jane", sagte Grayson, der sich offenbar wie ein Held fühlte, weil er diese lebensbedrohliche Krise gemeistert hatte.

Die liebende Mutter drückte eine Flut von Küssen auf das kahle Köpfchen des Babys, seine Stirn und die runden Wangen. „Was war denn los mit ihm?"

Grayson stieß einen tiefen Seufzer aus. „Er hatte eine Magenverstimmung und hohes Fieber."

Jane bemerkte erst jetzt Drake, der in der Ecke stand. „Hat Gray etwa nach dir geschickt, weil Rowan krank ist? Was hat er von dir erwartet?"

„Ich glaube eigentlich nicht, dass Rowan ernsthaft …" Athena, Janes Mutter, schob ihn unsanft zur Seite, um ihren auf wundersame Weise genesenen Enkel zu herzen und zu kosen. Janes Vater Howard hatte die Flasche Sherry auf der Wickelkommode entdeckt und schaute sich suchend nach einem Glas um.

Jane entfuhr ein Schreckenslaut. „Hast du ihm etwa Sherry eingeflößt, Grayson?"

„Nein, der Sherry war für mich", verteidigte Grayson sich. „Den brauchte ich dringend zur Stärkung meiner zerrütteten Nerven."

„Und warum hast du Mrs O'Brien aus dem Haus gejagt?"

„Weil ihre grässlichen Wiegenlieder dem Jungen Angst machen."

„Unsinn, die Lieder besänftigen das Baby." Jane schüttelte ihren wohlfrisierten Kopf in mütterlicher Missbilligung und reichte den Säugling an ihre Mutter weiter.

Janes Schwestern Miranda und Caroline stürmten mit ängstlichen Augen ins Zimmer. Man hatte sie offenbar von den tragischen Ereignissen unterrichtet. Fehlte grade noch, dass Drakes Schwestern Chloe und Emma in heller Aufregung hereinplatzten.

„Unten auf der Straße hat sich eine kleine Menschenmenge versammelt", sagte Caroline vom Fenster her. „Sie schauen mit ernsten Gesichtern zu uns herauf. Man könnte meinen, das Leben des Kronprinzen sei in Gefahr."

„Winke den Leuten zu", bat Jane milder gestimmt und warf ihrem Gemahl einen aufmunternden Blick zu. „Lass sie wissen, dass alles wieder gut ist."

Grayson trat ans Fenster und winkte dem Volk mit einer Windel seines Sohnes zu. Die Zuschauer klatschten jubelnd in die Hände und winkten erleichtert zurück. Plötzlich schien Grayson wieder zu Verstand zu kommen, wandte sich zu Drake, dem stummen Zeugen der in letzter Sekunde abgewendeten Familientragödie.

„Du bist doch nicht ohne Grund gekommen. Willst du mit mir reden? Ist etwas nicht in Ordnung?"

„Nein, Grayson, das kann warten." Auch Drake fühlte sich mitgenommen von dem Drama.

Grayson dämpfte die Stimme, legte ihm einen Arm um die Schultern und führte ihn zur Tür. „Du behältst auch in der Krise einen kühlen Kopf. Genau diese Stärke gab mir Kraft, um das durchzustehen. Danke, Drake. Ich will mich erkenntlich zeigen. Was hast du auf dem Herzen?"

„Nichts." Drake betrat den Flur. „Es ist alles in Ordnung, und ich kann dich verstehen."

„Wirklich?" Grayson folgte ihm und wirkte ziemlich hilflos.

„Ich bin in Panik geraten. Das passiert mir nie, aber als ich fürchtete, mein Sohn stirbt … kannst du das nachvollziehen? Letzte Woche war Brandons Geburtstag. Die Erinnerung an ihn und der Schmerz, einen Menschen zu verlieren, den man liebt, haben mich sehr bedrückt."

Drake spürte, wie sich eine unangenehme Schwere über ihn legte. Brandons gewaltsamer Tod hatte die Familie tief getroffen. In guten, aber vor allem in schlechten Zeiten bildeten die Boscastles eine eingeschworene Gemeinschaft, die unverbrüchlich zusammenhielt, worüber sich viele Bekannte wunderten.

„Das habe ich nicht vergessen", sagte Drake leise und fragte sich nicht zum ersten Mal, ob sein eigener schwelender Zorn über Brandons Ermordung nicht einen Beitrag leistete zu seiner inneren Unrast, die sich in letzter Zeit zunehmend steigerte.

„Ich würde lieber tausend Tode durch Folter sterben, als meinen Sohn oder Jane zu verlieren. Liebe ist etwas Grässliches, Drake. Hüte dich davor. Wie konnte ich das nur zulassen?"

Graysons kraftvolle Gestalt in der Tür des vom Kerzenschein beleuchteten Kinderzimmers warf einen riesigen Schatten.

„Ich weiß auch nicht, wie dir das passieren konnte." Drake entfernte sich im halbdunklen Flur. Dies war nicht der weise Rat, den er gesucht hatte. „Beruhige dich, du hast deine Lieben nicht verloren."

„Gottlob." Grayson schloss die Augen, holte tief Atem und seufzte. „Ich rede Unsinn. Hör nicht auf mich. Liebe ist etwas Wunderbares. Ich hoffe, dass auch du eines Tages …"

Er öffnete die Augen. Drake war verschwunden. Jane stand neben ihm, mit dem zufrieden gurgelnden Baby im Arm. Ihr langes honigblondes Haar hatte sich gelöst und wallte ihr seidig schimmernd über die Schultern.

„Was wollte dein Bruder zu so später Stunde von dir, Grayson?", wollte sie leise wissen. „Ist sonst noch etwas geschehen, abgesehen davon, dass du die Nerven verloren hast, sobald ich das Haus verließ?"

Er sah sie streng an. „Ich verliere nie die Nerven, und ich habe keine Ahnung, was Drake wollte."

„Vielleicht wäre es besser gewesen, ihn danach zu fragen, als das ganze Haus unnötig in Aufregung zu versetzen", sagte sie beiläufig.

„Irgendwie wirkte er besorgt", meinte Grayson.

Jane lächelte aufmunternd. „Am besten, du sprichst noch mal mit ihm."

„Ja, vielleicht." Und mit einem unendlich zärtlichen Blick auf sein Söhnchen fügte er hinzu: „Der kleine Satansbraten hat mich zu Tode erschreckt."

„Ich liebe dich Grayson", flüsterte sie. „Aber ich lasse dich nie wieder allein, um auf unseren Sohn aufzupassen."

Drake eilte die breite Treppe in Graysons Haus hinunter und stieß beinahe mit seinem jüngeren Bruder zusammen, der die Treppe hinaufeilte. „Komme ich zu spät?", fragte Devon atemlos, dessen Umhang vom Nebel feucht glänzte. „Ich habe mich beeilt, so schnell ich konnte."

Drake schüttelte den Kopf. Er wollte diesem Haus entfliehen, in Wahrheit aber wollte er seinen eigenen Empfindungen entfliehen. Er brauchte eine Flasche Brandy und einen ausgiebigen Spaziergang an der frischen Luft. „Es ist vorbei. Alles in bester Ordnung."

„Was war denn los?" Devon reichte dem Stubenmädchen, das ihm gefolgt war, Hut und Handschuhe.

„Nichts. Grayson fürchtete, das Baby habe eine Darmgrippe und liege im Sterben. Es waren aber nur Blähungen." Er wollte die Treppe hinunter.

„Heißt das, nur ein quer liegender Wind hat die ganze Aufregung ausgelöst?"

„Ja."

„Tja. Hast du Lust, mich in den Club zu begleiten?"

„Nein."

„Du bist schlecht gelaunt, wie?"

„Und wenn schon?"

„Nichts", entgegnete Devon achselzuckend. „Ich stelle nur fest, dass du schlecht gelaunt bist. Hat Eloise Goodwin etwas damit zu tun?"

„Hör auf damit!", befahl Drake gereizt.

„Womit denn?"

„Du gehst mir auf die Nerven."

„Ich will doch nur wissen, ob deine schlechte Laune etwas mit dieser Frau zu tun hat."

Drake wandte den Blick ab. „Es ist mir eben lästig, weiter nichts."

Devon war verwirrt. „Ich stelle dir ständig Fragen, und die waren dir bisher nie lästig. Nun ja, jedenfalls nicht besonders lästig. Du hast immer so getan, als sei dir das gleichgültig. Es sei denn …" In seinen Augen glühte ein ahnungsvolles Funkeln. „Es sei denn …"

„Es sei denn, was?" Drake lehnte sich gegen das Treppengeländer.

Devon zog die Schultern hoch. „Ach nichts."

Drakes Gesicht verdunkelte sich. „Es sei denn, was, Herrgott noch mal?"

„Na ja." Devon begutachtete seine Schuhspitzen. „Es sei denn, es liegt dir daran."

Drakes Stimme nahm einen bedrohlichen Klang an. „Woran soll mir etwas liegen?"

„An wem", murmelte Devon.

„Willst du damit etwa andeuten …" Drake starrte ihn mit einem feindseligen Blick an, der seine Wirkung verfehlte, da Devon sich weigerte, ihn zu erwidern. „Ich hoffe bei Gott, dass du nicht unterstellst, was ich befürchte."

Devon sah auf. „Ich unterstelle gar nichts, ehrlich. Und es liegt mir fern zu unterstellen, dass du überempfindlich auf dieses Thema reagierst."

„Und von welchem Thema sprichst du?"

„Ich glaube", antwortete Devon, der dem glühenden Blick

des älteren Bruders nun mutig begegnete, „es handelt sich bei dem Thema um die entzückende Dame, mit der du mich heute bekannt gemacht hast."

„Das stimmt nicht", beeilte Drake sich zu widersprechen.

„Was denn? Dass sie das Thema ist oder dass du überempfindlich reagierst, wenn von ihr die Rede ist?"

Drake kniff die Augen zusammen. „Ich zähle jetzt bis fünf, und wenn du dann immer noch hier herumstehst, werfe ich dich kopfüber die Treppe hinunter."

Er zählte bis fünf, und als er die Augen wieder öffnete, war Devon verschwunden. Und wäre Drake nicht schon in düsterer Stimmung gewesen, wäre es gewiss in diesem Moment so weit gewesen.

Er begab sich nach unten in Graysons Arbeitszimmer und machte sich über die Flasche französischen Cognac auf der Anrichte her. Als kleiner Junge hatte er sich oft in diesem Raum aufgehalten in der Hoffnung auf ein freundliches Wort von seinem Vater. Das war nie gekommen. Kein Wort, kein Lächeln, kein Schulterklopfen.

Seit er denken konnte, hatte er um die Zuneigung seines Vaters gebuhlt, war aber immer in Streit mit ihm geraten, hatte den väterlichen Zorn durch ständiges Aufbegehren und Ungehorsam heraufbeschworen. Drake entsann sich bis zum heutigen Tag an eine Situation, als seine Mutter ihm nach einer besonders beschämenden Zurechtweisung seines Vaters zugeflüstert hatte: „Er bestraft dich nur so streng, weil du ihm zu ähnlich bist. Er kämpft sein ganzes Leben gegen die Dämonen in seiner Seele an. Ich glaube, er hat das Gefühl, er müsse diese Dämonen auch dir austreiben."

„Es ist ihm nicht gelungen", sagte Drake halblaut und öffnete die Augen. „Die Dämonen sind immer noch da."

Sein Vater Royden Boscastle hatte ein leidenschaftliches und launisches Naturell, war Beschützer und Tyrann zugleich. Drake hatte bis heute das Gefühl, seinen Vater nie wirklich verstanden zu haben, ebenso wenig wie er sich selbst verstand. Aber sie waren einander sehr ähnlich, das war auch die einhellige Meinung der Familie. Und das war kein ermunternder Gedanke.

Drake verließ das Haus.

Er hatte vorgehabt, Maribella St. Ives einen Besuch abzustatten, um ihr persönlich mitzuteilen, dass er die Beziehung nicht fortsetzen wollte. Noch vor Kurzem war er versessen darauf gewesen, ihr den Hof zu machen, und sei es nur, um seine Schwermut mit erotischen Ablenkungen zu zerstreuen. Der Gedanke, sie zu sehen, verschlimmerte seinen Zustand nur noch mehr.

Wenn er allerdings Maribella besuchte, wäre Eloise vielleicht gerettet. Graysons Worte hallten in ihm nach.

Was willst du eigentlich? Außer Trinken und Huren und Kriegspielen interessiert dich nichts. Daraus besteht doch dein Leben.

Mit weit ausholenden Schritten lief er durch die Nacht. Das Kopfsteinpflaster glänzte regennass. Eine einsame Mietdroschke rumpelte vorbei. Er hatte nicht vorgehabt, das Haus in der Hill Street aufzusuchen. Und hätte er im Salon nicht noch Licht gesehen, wäre er vorbeigegangen.

Er klopfte an die Haustür. Er hatte sich nicht überlegt, wie er seinen späten Besuch erklären sollte, wenn nicht Eloise, sondern ein anderer Bewohner öffnen würde. Und natürlich wusste er genauso wenig, wie er ihr seinen nächtlichen Besuch erklären sollte, nachdem er versprochen hatte, ihre Entscheidung abzuwarten. Ach, zum Teufel! Er würde sich schon eine Ausrede einfallen lassen.

„Wer da?“, fragte eine ängstliche Stimme durch die geschlossene Tür. Ihre Stimme. Gott sei Dank. Sie war es.

„Ich bin es, Drake.“

Sie öffnete die Tür einen Spalt und schaute ihm eindringlich in die Augen. Und wieder spürte er, dass sie mehr sah als nur die äußere Hülle. Sie wirkte nicht einmal erstaunt.

Sie stand in der dunklen Diele. Die Perlen, die er ihr geschickt hatte, schimmerten wie eine Verheißung an ihrem Hals. In der Hand hielt sie ein Buch. „Ist etwas geschehen?“, fragte sie zögernd.

„Darf ich hereinkommen?“

Sie warf einen Blick über die Schulter, als wolle sie sich vergewissern, dass sich niemand hinter ihr befand. „Ja.“

Er folgte ihr ins Wohnzimmer, streifte im Gehen den Mantel ab, ohne sich die Mühe zu machen, seine Unrast mit höflicher Konversation zu verschleiern. Wieder sah sie ihn fragend an. Sie sollte getrost von Anfang an wissen, wer er war. Wenn sie einwilligte, seine Geliebte zu werden, musste sie auch seine dunklen Stimmungsschwankungen, seine innere Unruhe akzeptieren, sein ganzes lasterhaftes Leben kennen.

16. KAPITEL

Eloise nahm dem späten Besucher den Mantel ab, um ihn zur Garderobe zu bringen. Als sie sich aber zum Gehen wandte, hielt Drake, dessen angespannter Gesichtsausdruck sie befangen machte, sie zurück und zog sie wortlos an sich; der Mantel entglitt ihrer Hand und fiel zu Boden. Er legte den Arm ganz fest um sie, als spüre er, dass sie sich nach seiner Umarmung gesehnt hatte, als ahne er, dass sie seit ihrer letzten Begegnung nur an ihn gedacht hatte.

Er beugte sich über sie, um sie zu küssen. Eloise schmiegte sich an ihn, und als er mit seiner Zunge der ihren begegnete, durchrieselten sie prickelnd heiße Schauer. „Was ist los?“, hauchte sie benommen. „Warum dieser nächtliche Besuch?“

„Um Sie zu sehen. Aus keinem anderen Grund.“

„Woher kommen Sie?“

„Aus dem Haus meines Bruders Grayson.“ Der Anflug eines Lächelns entspannte seine Gesichtszüge. „Er dachte, sein kleiner Sohn würde sterben.“

„Sterben?“, entfuhr es ihr erschrocken. „Um Gottes Willen. Ist er krank?“

„Ihm fehlte nichts, nur ein paar Blähungen.“ Er schüttelte belustigt den Kopf. „Ich sollte nicht über meinen Bruder spotten, aber wir beide führten uns auf wie zwei hilflose Vollidioten, bis seine Frau nach Hause kehrte.“

„Ihr habt geglaubt, das Baby stirbt an Blähungen?“, wollte sie verwundert wissen.

„Wir standen Todesängste aus, bis der kleine Racker ordentlich Winde ließ“, gestand Drake schuldbewusst. „Aber was weiß ich schon von Säuglingen? Darf ich eine Weile bleiben?“, fragte er. „Obwohl ich Sie warnen muss. Ich bin vielleicht kein besonders unterhaltsamer Gesellschafter.“

Bereits beim Öffnen der Tür hatte sie bemerkt, dass ihn etwas bekümmerte. Er hatte sich also Sorgen um seinen kleinen Neffen gemacht. Und er war damit zu ihr gekommen. Das bedeutete ihr mehr als Perlen und Komplimente.

„Wollen Sie etwas trinken?"

„Nein. Ich habe bereits getrunken." Mit seinen Fingern berührte er ihren Hals, in seinen Augen leuchtete ein kleiner Triumph. „Sie tragen die Perlen. Heißt das, Sie haben sich dafür entschieden, meine Geliebte zu werden?"

Ihr Geliebter und Beschützer. Sie verdrängte den Wunsch, Ja zu sagen, und schüttelte den Kopf. „Es heißt nur, dass der Verschluss klemmt."

„Sie erwarten doch nicht, dass ich Ihnen glaube, Eloise."

„Aber es ist wahr", verteidigte sie sich, schamhaft errötend.

Seine Augen blitzten verwegen. „Dann hat das Schicksal gesprochen."

„Nein, es ist …" Sie stockte und legte den Kopf nach hinten, um ihm in die Augen schauen zu können. „Oder war es Ihre Absicht, dass der Verschluss sich nicht mehr öffnen lässt?"

Er strich ihr sanft über den Rücken. „Halten Sie mich tatsächlich für so niederträchtig?"

„Für niederträchtig und zu allem entschlossen", entgegnete sie mit einem scheuen Lächeln, während er mit seiner Hand wie von ungefähr die Rundungen ihrer Hüften erkundete.

„Vielleicht bin ich beides." Er lächelte unverfroren. „Natürlich sehe ich mich veranlasst, darauf hinzuweisen, dass ich Sie nicht gezwungen habe, die Perlen anzulegen."

Eloise schwieg, diese Tatsache ließ sich nicht leugnen.

„Und daraus ließe sich der Schluss ziehen, dass Sie bereit sind, meinen Antrag anzunehmen." Er räusperte sich. „Wollen wir uns setzen?"

Seine zärtlichen Berührungen verursachten eine wohlige Wärme auf ihrer Haut. Sie spürte seinen Atem an ihrer Schläfe. „Wenn Sie wünschen", willigte sie ein, da sie ohnehin fürchtete, ihre schwachen Knie würden ihr den Dienst versagen. Wenn sie sich setzte, würde er wenigstens ihr Zittern nicht bemerken.

Doch als sie sich auf dem Sofa niedergelassen hatte, musste

sie einsehen, dass damit das Problem keineswegs gelöst war. Er saß dicht neben ihr, seine langen sehnigen Schenkel berührten sie, und ihre Knie zitterten immer noch.

„Was lesen Sie da?“, fragte er beiläufig, während er mit seinem Daumen über ihren Handrücken strich.

„Was ich lese? Ach das. Das ist nur ein Rezeptbuch für Hausmittel gegen allerlei Krankheiten.“

Bevor sie begriff, wie ihr geschah, legte er seine Hand unter ihren Busen. „Ihr Wissen über Heilkräuter wären Grayson und mir nützlich gewesen. Als Gouvernante haben Sie gewiss viel Erfahrung im Umgang mit kranken Kindern gesammelt.“

„Mehr mit ungezogenen Knaben“, entgegnete sie zerstreut, während er die Rundung ihrer Brust durch den Stoff ihres Kleides liebkoste. Wie konnte er nur so gelassen reden, während er mit seinen Zärtlichkeiten ein wildes Feuer in ihr entfachte?

„Und mit Männern?“, fragte er und neigte ihr sein Gesicht zu. „Haben Sie auch Erfahrung im Umgang mit Männern?“

Sie geriet in den Bann seiner blauen Augen. „Nein“, flüsterte sie schwach.

„Das ist gut“, raunte er, küsste sie wieder und drückte sie sanft nach unten.

Spielerisch liebkoste er ihre Brüste, bis ihre Knospen sich begehrlich reckten und sie mit geschlossenen Augen leise stöhnte, von Wonneschauern durchströmt.

„Eloise.“ Er hauchte zarte Küsse auf ihre Mundwinkel. „Ich hatte mir fest vorgenommen, auf eine Nachricht von dir zu warten, aber ich hielt es einfach nicht länger aus. Darf ich dich streicheln?“

„Ich … ich weiß nicht.“

Sie war nicht bereit, die Augen wieder zu öffnen, wollte nur noch einen Augenblick länger die sinnliche Hitze genießen, die sie durchflutete. Zwischen ihren Schenkeln begann es zu pochen. Und als er die Hand von ihren Brüsten nahm, seufzte sie leise in einem Gefühl der Verlassenheit. Da spürte sie, wie er seine Hand unter ihre Röcke schob, und das Gefühl der Leere wandelte sich in Verlangen. Alles in ihr war bereit, lechzte nach seiner Berührung.

„Drake“, rief sie atemlos.

„Sag mir, wenn ich aufhören soll, mein Schatz.“ Er stöhnte unterdrückt. „Aber sag es nicht jetzt gleich.“ Er sehnte sich danach, sie an ihrer geheimsten Stelle zu berühren.

Noch während sie mit einem letzten Funken ihrer Vernunft dachte, es sei höchste Zeit, ihm Einhalt zu gebieten, tastete er sich mit geschickten Fingern zwischen die zarten Blätter ihrer Weiblichkeit, und sie war nicht mehr fähig zu sprechen. Die Lust drohte sie zu überwältigen, als er mit einem Finger in sie eindrang. Statt sich dagegen zu wehren, hob sie sich ihm lüstern entgegen.

„Oh, welch wunderbar warmer Empfang“, flüsterte er mit belegter Stimme, während er sie liebkoste.

Eloise presste sich gegen seine Hand und benetzte sie mit ihren Liebessäften, unfähig, Widerstand zu leisten. Sie taumelte vor Begierde, ganz von ihm besessen zu werden; es blieb kein Platz für Scham und Hemmungen.

Unbewusst bewegte sie ihre Hüften; er spürte, wonach sie sich sehnte, tauchte seinen Finger tiefer zwischen ihre seidige Scham. Sie sehnte sich nach mehr, ohne wirklich zu wissen, wonach. Und dann fand er ihre empfindsame Perle und rieb sie sanft zwischen Daumen und Zeigefinger. Eloise warf den Kopf in den Nacken und stöhnte leidenschaftlich.

„Bitte, Drake“, flehte sie und presste ihr Gesicht an seine Schulter. „Bitte …“

„Du wirst mir gehören“, flüsterte er, öffnete den Verschluss ihres Kleides und ihr Hemdchen, bis ihre weichen elfenbeinfarbenen Brüste entblößt waren. Er neigte sich über sie, nahm eine rosige Brustknospe in den Mund und saugte daran. Verzückt entrangen sich Eloise kehlige Laute; er ließ seinen Finger rhythmisch in ihrem Schoß kreisen, bis ihr vor lauter Lust schwindelig war. In fieberndem Verlangen nach Erlösung klammerte sie sich wie eine Ertrinkende an ihn.

„Du bist einverstanden, hab ich recht?“, fragte er heiser. „Du kannst mich nicht zurückweisen, Eloise, wenn ich dich so berühren darf.“

Statt eine Antwort abzuwarten, küsste er sie wieder. Wie könnte sie ihm Einhalt gebieten, da sie vom gleichen unersättlichen Hunger ergriffen war, den sie in seinen Augen las? Sie schlang die Arme um seinen Hals und forderte ihn wortlos dazu auf, sie weiter zu liebkosen. Sehnsüchtig bog sie sich ihm entgegen und erschauerte, als er erneut eine ihrer Brustknospen zwischen seine Lippen nahm. Das wohlige Pulsieren zwischen ihren Schenkeln wurde immer stärker. Sie war beinahe von Sinnen, als Drake sich zurückzog … nur um ihre Röcke weiter hochzuschieben und ihre entblößte Scham seinen hungrigen Blicken preiszugeben.

„Drake“, keuchte sie, während er ihr sanft die Knie weiter spreizte. Und dann spürte sie seine Zunge wie eine züngelnde Flamme in ihrem Schoß. Zitternd legte sie den angewinkelten Arm über ihre Augen, unfähig, ihn anzusehen, zuzuschauen, wie er ihre verborgene Perle zärtlich mit der Zungenspitze umspielte. Sie wand sich unter ihm, bestürzt über sein Tun und zugleich über die Maßen erregt. Er schob eine Hand unter ihr Gesäß, um sie ruhig zu halten, während er nicht genug von ihr bekommen konnte.

„Du schmeckst unendlich süß, Eloise.“ Seine dunkle Stimme klang rau vor Verlangen. „Lass mich dich verwöhnen und genieße es.“

Ihr Verstand und ihr Wille versanken vollends in den Nebelschleiern einer nie gekannten Lust. Sie bäumte sich auf, seiner Zunge entgegen, trunken vor Wonne stöhnte sie, und dann … erklomm sie den Gipfel höchsten Genusses, bis sie erschöpft in die Kissen zurücksank.

Drake glaubte den Verstand zu verlieren, als er spürte, wie sich jede Sehne in ihrem Körper anspannte, ehe sie Erlösung fand. Ihr Duft berauschte ihn, und es kostete ihn unendliche Kraft, sein eigenes Verlangen zu bezähmen. So sehr er sich danach sehnte, sich in ihre honigsüße Tiefe zu versenken, durfte er es nicht so weit kommen lassen, nicht hier in diesem Zimmer auf dem Sofa, wo ihr erhitztes Liebesspiel jeden Moment gestört werden könnte. Dies sollte nur ein Vorgeschmack auf die Freuden sein, die er ihr schenken wollte – auch wenn seine unbefriedigte Lust ihn schier um den Verstand brachte.

Er barg sein Gesicht an ihrem weichen Schenkel, sog ihren weiblichen Duft tiefer ein und seufzte. Mit großem Genuss hatte er beobachtet, wie sie sich entfesselt ihrer Leidenschaft hingab. Es machte ihn glücklich zu wissen, dass er fähig war, sie auf so wunderbare Weise zu verwöhnen.

Eloise richtete sich mühsam zum Sitzen auf. Ihre zitternde Hand lag an seiner Schulter. Er hob den Kopf und streichelte liebevoll über ihre rosige Wange. Sie sah ihn benommen mit halb verhangenen Lidern an. „Wie konnte das passieren? Geht es dir gut?“, fragte sie atemlos.

„In ein paar Stunden vielleicht wieder“, antwortete er mit leisem Bedauern.

Sie lächelte zaghaft. „Ich habe keine Ahnung, was ich sagen soll.“

Er küsste sie sanft, seinem Mund haftete noch immer ihr Duft an. „Ich weiß, wie dir zumute ist.“ Seufzend zog er ihr die Röcke nach unten.

Eloise nestelte fahrig an ihrem Mieder, um ihre nackte Haut zu bedecken. „Welch sträflicher Leichtsinn. Nicht auszudenken, was geschehen wäre, wenn man uns überrascht hätte.“

„Ich würde einfach behaupten, du hättest mich um den Verstand gebracht.“

Sie lachte ein wenig unsicher. „Das würde dir kein Mensch glauben.“

Lachend schüttelte er den Kopf. „Lautet deine Antwort Ja?“

Eloise seufzte. „Du hast versprochen, mir Bedenkzeit zu geben.“

Er nickte bedächtig. Ein Anfall tiefer Schwermut hatte ihn in dieser Nacht zu ihr geführt. Nun war diese allzu vertraute

Dunkelheit von ihm gewichen, auch wenn jeder Muskel und jede Sehne in seinem Körper in ungestilltem Verlangen schmerzte. Aber nun war er sich sicher, dass ihre Antwort Ja lauten würde. Er würde ihr geduldig den Hof machen, bis er sie endgültig erobert hatte, und danach würde seine Geduld reich belohnt werden.

„Ich sollte gehen“, sagte er leise und wandte den Blick von ihr. „Von Thornton hast du wohl nichts gehört, nehme ich an.“

Sie furchte die Stirn. „Nein. Nicht nach seiner knappen Botschaft.“

Er küsste sie ein letztes Mal, bevor er sich erhob. „Es gibt genug Gründe dafür, warum du einen Beschützer brauchst, Eloise.“

Eloise fand keine Nachtruhe. Ihre Gedanken überschlugen sich. Nach den sich überstürzenden Ereignissen der vergangenen Woche konnte sie die Vorzüge eines Beschützers wie Drake Boscastle nicht länger leugnen. Vielleicht sollte sie tatsächlich ihre Prinzipien neu überdenken – die hatten ihr bisher ohnehin nicht wirklich viel genutzt.

Als Drakes Mätresse würde sie allerdings nicht nur gegen Sitte und Anstand verstoßen, es wäre auch ein Weg ohne Rückkehr. Sie würde sich von einer verarmten, aber ehrbaren Frau in die liederliche Geliebte eines Aristokraten verwandeln, deren einzige Bestimmung darin lag, die Wünsche eines verruchten Lebemanns zu erfüllen.

Ohne Zweifel die anspruchsvollste Aufgabe ihres Lebens, aber auch die erfreulichste. Bei dem Gedanken, ihm zu gehören, durchströmte sie fieberndes Verlangen nach ihm. Es wäre reiner Selbstbetrug, würde sie behaupten, dass sein Angebot keine große Versuchung darstellte.

Sie hatte lediglich noch nie einen Gedanken daran verschwendet, sie könne sich für die Rolle einer Verführerin eignen.

Am nächsten Morgen war ihr lediglich klar, dass sie bald eine Entscheidung fällen musste.

Vielleicht im Laufe des Tages.

Die Bewohner des Hauses in der Hill Street schienen allesamt mit dem falschen Fuß aufgestanden zu sein. Zunächst hatten alle verschlafen und erschienen schlecht gelaunt zum Frühstück. Die Zimmer im Parterre waren eiskalt, weil kein Geld mehr da war, um den Kohlenlieferanten zu bezahlen. Heston glaubte, ein Einbrecher habe ein Tranchiermesser gestohlen, das wisse er genau, weil er alle Messer erst vorige Woche geschliffen hatte. Dann stürmte Mrs Barnes ins Wohnzimmer wutschnaubend wie ein Schlachtross, weil ein unverschämter Geldeintreiber ihr ihren besten kupfernen Kochtopf förmlich aus der Hand gerissen hatte.

„Verdammter Mist“, knurrte Freddie, der mit einer Wolljacke über seinem Nachthemd auftauchte. „Die Gauner ziehen uns noch den letzten Stuhl unter dem Hintern weg.“

Eloise hob abwehrend die Hand. „Es reicht. Hört auf zu lamentieren! Versteckt alle Wertsachen, die noch im Haus sind. Vor allem das Silberbesteck.“

„Das ist alles schon fortgeschleppt“, jammerte Mrs Barnes. „Ich habe nicht mal mehr ein Messer, um Gemüse für die Suppe zu schneiden.“

Eloise wurde blass. „Aber Heston sagte doch, es fehlt nur ein Messer.“

„Das stimmt.“ Mrs Barnes verschränkte ihre fleischigen Arme vor ihrer Leibesfülle. „Die anderen habe ich dem Halunken nachgeworfen, der mir meinen Topf weggenommen hat.“

Alles ist durcheinander, dachte Eloise. Die Dienstboten waren außer Rand und Band, keiner gehorchte mehr irgendwelchen Anweisungen. „Freddie, zieh dir bitte etwas Ordentliches an. Ich warte nur darauf, dass demnächst ein Konstabler vor der Tür steht und fragt, warum unsere Haushälterin sich aufführt wie ein Messerwerfer auf dem Jahrmarkt und unschuldige Menschen angreift. Aber das ist wohl auch nicht mehr wichtig, da wir demnächst alle aus dem Haus gejagt werden.“

„Und wo sollen wir unterkommen?“, fragte Heston und richtete sich ächzend auf, nachdem er die letzte Schaufel Holzkohle in den Kamin geschmissen hatte, wovon die Hälfte auf dem Teppich gelandet war.

Eloise hatte Mitleid mit den jämmerlichen Gestalten. Wer würde schon einen gebrechlichen Butler anstellen, der jeden Augenblick tot umfallen könnte? Oder eine Haushälterin, die lieber als Messerwerferin in Astley's Royal Circus auftreten würde und stets eine Flasche Brandy in ihrer Schürzentasche versteckte?

Keiner hatte Ersparnisse für das Alter oder Verwandte, die bereit gewesen wären, sich um sie zu kümmern, bis sie wieder Arbeit gefunden hätten.

„Ich mache mir keine Sorgen", erklärte Mrs Barnes zuversichtlich mit einem hoffnungsvollen Blick zu Eloise. „Ihr vornehmer Gentleman wird schon bald ein hübsches Haus in Piccadilly für Sie finden."

„Mein vornehmer Gentleman ... ich muss schon bitten!"

Grundgütiger, alle starren mich an wie eine halb verhungerte Schafherde, dachte Eloise grollend.

„Aber nur, wenn sie sich entschließt, ihn zu nehmen", brummte Freddie halblaut.

„Ihr findet alle Arbeit in meinem Haus", ließ Thalia verlauten, die schlaftrunken in der Tür stand und das Gespräch mitgehört hatte.

Eloise drehte sich langsam um. Ihr schauderte bei dem Gedanken, ihr Leben lang nach Thalias Pfeife tanzen zu müssen. „Das ist sehr gütig von Ihnen, aber ich bin sicher, Sir Thomas hat bereits Bedienstete."

„Gerade fällt mir ein, mein Onkel hat in Blackfriars ein Gasthaus", sagte Mrs Barnes aufgeräumt.

Heston straffte die Schultern. „Und ich trage mich mit der Absicht, demnächst eine eigene kleine Gaststätte zu eröffnen."

„Hoffentlich in der Nähe eines Friedhofs", murmelte Freddie in sich hinein, „weil deine Gäste verdursten, ehe du etwas zu Trinken bringst."

Thalia klopfte mittlerweile ungeduldig mit ihrem Seidenpantoffel auf den Fußboden. „Denkt in diesem Haus eigentlich auch nur ein Mensch an mich? Ich warte seit einer Ewigkeit auf mein Frühstück. Und Sie, Eloise, müssen dringend etwas mit Ihrem Haar machen vor Lord Mitfords Jubiläumsball."

„Was für ein Ball?", fragte Eloise konsterniert.

Thalia bedachte sie mit einem anhaltenden Leidensblick. „Das habe ich Ihnen bereits vor Wochen mitgeteilt. Lady Heaton und ihr Bruder begleiten uns zu diesem Ball. Sie waren es doch, die darauf beharrte, dass ich die Einladung annehme."

„Das sollten Sie auch tun", entgegnete Eloise. „Aber ich habe nichts Passendes anzuziehen." Im Übrigen verspürte sie nicht die geringste Lust, schon wieder einen Abend lang auf einem harten Stuhl zu sitzen und sich die Klagen der alten Jungfern über ihre Wehwehchen anzuhören.

„Ich borge Ihnen ein Kleid", erklärte Thalia leichthin. „In die rote Robe mit den Mohnblüten passe ich zweimal hinein. Wenn wir alle Abnäher herauslassen, könnte es Ihnen gut zu Gesicht stehen."

„Lady Heaton wird Sie doch begleiten", wandte Eloise ein. „Eine gute Gelegenheit, Ihre Schwiegermutter vor der Hochzeit näher kennenzulernen. Ich würde dabei doch nur stören."

Thalia stemmte die Hände in die Hüften. „Aber Sie sind meine Gouvernante und werden dafür bezahlt."

„Wir haben seit einem Monat kein Geld mehr bekommen", mischte Freddie sich ein, der Eloises warnenden Blick ignorierte.

„Ist das wahr?" Thalias Augen füllten sich mit Tränen, ihre Nasenflügel bebten. „Das wusste ich ja gar nicht. Lady Heaton ist gewiss bereit, euch den Lohn zu bezahlen."

Eloises Groll schmolz wie Schnee in der Aprilsonne. Welch tröstliche Überraschung, dass die verwöhnte Thalia Anzeichen zeigte, eine mitfühlende junge Frau zu werden. „Das ist sehr freundlich. Ich würde nicht um meinetwegen darum bitten, aber für die anderen ..."

„Gut, das wäre geklärt", stellte Thalia fest und rieb sich die

Nasenspitze. „Sie können Lady Heaton selbst fragen. Ich will ohnehin nicht den ganzen Abend mit ihr verbringen. Sie langweilt mich zu Tode."

Eloise schaute entsetzt in die Runde, während Thalia hoch erhobenen Hauptes die Treppe hinaufging, um auf ihr Frühstück zu warten. „Ich fasse es nicht."

Freddie schüttelte den Kopf. „Sie sind einfach zu gutmütig, Miss. Aber ein Abend in netter Gesellschaft bringt Ihnen etwas Abwechslung. Es muss ja langweilig sein, Ihre freien Stunden auf dem alten Sofa zu verbringen."

Eloises Blick flog zu besagtem alten Sofa. Ein verbotenes Bild tauchte vor ihrem inneren Auge auf, bevor sie es verscheuchen konnte. Drakes dunkler Lockenkopf zwischen ihren gespreizten Schenkeln, seine blauen Augen trunken vor Leidenschaft. Oh, wenn Freddie wüsste! Auf diesem alten Sofa hatte sie nie gekannte Freuden erlebt.

Im ersten Stock wurde eine Tür aufgerissen. Thalias schrille Stimme gellte durchs Haus. „El-ooo-iiise! Ich dachte, Sie wollen mir beim Sortieren der Kleider helfen. Kommen Sie augenblicklich nach oben. Ich brauche Sie!"

„Mist!", knurrte Freddie. „Ich hätte gute Lust, sie übers Knie zu legen und ihr den mageren Hintern zu versohlen."

„Ich muss schon bitten, Freddie! So spricht man nicht über die Tochter seines Dienstherrn …"

„Kommen Sie jetzt endlich oder nicht?", schrie Thalia.

„Auch wenn man sich das wünscht", murmelte sie, raffte die Röcke und gehorchte zähneknirschend.

War es wirklich ihr Schicksal, sich ihr ganzes Leben von verwöhnten, unartigen jungen Damen schikanieren zu lassen? War es ihr bestimmt, ein freudloses Dasein in Pflichterfüllung und Demut zu verbringen? Oder sollte sie der Verlockung nachgeben und Drake Boscastles Geliebte werden? Sollte sie ihre Prinzipien gegen Juwelen und ein Leben in Luxus tauschen? Sie verharrte auf der obersten Stufe.

„Helfen Sie mir, Eloise", drang Thalias ungehaltene Stimme

aus dem Zimmer, gefolgt von einem Paar Schuhe. „Meine Garderobe ist hoffnungslos altmodisch. Und Sie? Nun ja, alles, was ich dazu sage, ist, wenn Sie sich dazu entschließen, eine modische Lebedame zu werden, sollten Sie mehr auf Ihre Erscheinung achten."

Einige enervierende Stunden später hatte Thalia sich endlich entschieden, welches Kleid sie zu Lord Mitfords Ball tragen wollte. Sie wählte ein von silbernen Fäden durchwirktes weißes Seidenkleid, das, unter dem Busen mit einem Zug versehen, fließend an ihrer schlanken Figur herabfiel. Darüber gehörte ein durchsichtiger Überrock aus Tüll mit feiner Stickerei, dessen schmale Linienführung ihr die elegante Erscheinung einer griechischen Göttin verlieh. Nach zwei weiteren Stunden hatte Eloise Thalias hellblondes Haar zu einer kunstvollen Frisur hochgesteckt und jede duftende Strähne mit der Lockenzange zu Korkenzieherlöckchen eingedreht, die nun über ihren zarten Schultern wippten.

Keines von Thalias hübschen Kleidern wollte Eloise passen. Im Gegensatz zu Thalias schlanker langgliedriger Figur, bestand Eloise vorwiegend aus Rundungen. Nachdem sie versucht hatte, sich in einige Kleider zu zwängen, gab sie auf und sah sich gezwungen, ein steifes rotes Brokatkleid zu wählen, das mit riesigen Mohnblumen bestickt war, in dem sie sich vorkam wie in einen Teppich gewickelt.

„Es ist von Urgroßmutter", erklärte Thalia in wehmütiger Erinnerung. „Achten Sie bitte darauf, es nicht zu bekleckern. Sie trug dieses Kleid, als sie ihren letzten Atemzug aushauchte, und es bedeutet mir sehr viel."

„Wenn ich mich in diesem monströsen Ding hinsetze", meinte Eloise düster, „wird man mich mit einem Polstersessel verwechseln."

In einer plötzlichen Gefühlsaufwallung warf Thalia die Arme um sie. „Sie werden mir fehlen, Eloise. Aber ich liege Thomas so lange in den Ohren, bis er Ihnen eine Stellung gibt, sobald wir eingerichtet sind. Es sei denn, Sie nehmen Lord Drakes Antrag an und werden seine Mätresse. Haben Sie schon eine Entscheidung getroffen?“

Sie entwand sich Thalias überschwänglicher Umarmung. „Er wird doch hoffentlich nicht auf dem Ball erscheinen, was meinen Sie?“ Im Ballkleid von Thalias verblichener Urgroßmutter trat sie ein wenig ungelenk vor den Spiegel. „Wenn er mich darin sieht, wird er sein Angebot ohnehin zurückziehen.“

Thalia zuckte mit den Achseln. „Wenn er Sie in diesem Kleid sieht und Sie immer noch begehrt, haben Sie wenigstens die Gewissheit, dass er Ihre Liebe verdient, und damit wären Sie jeder weiteren Entscheidung enthoben.“

17. KAPITEL

Bislang war der Abend ohne Zwischenfälle verlaufen. Thalia zeigte sich von ihrer charmanten Seite und plauderte angeregt mit ihrer zukünftigen Schwiegermutter. Eloise hatte bereits vier Herren abgewiesen, die ihr unschickliche Avancen machten, und einen Diener in seine Schranken gewiesen, der sie spöttisch fragte, ob sie der Geist von Queen Elizabeth sei. Dabei nippte sie heimlich an ihrem dritten Glas Champagner, der ihre Nerven beruhigte und sie in eine beschwingte Stimmung versetzte.

Wie viele Tage blieben noch, bevor ihr Schützling unter die Haube kam? Sie hatte die Übersicht verloren. Schuld daran war ein Boscastle. Seit sie Drake kannte, hatte sie jedes Zeitgefühl verloren. Ob er heute Abend hier war? Sie wollte ihn treffen, aber nicht in diesem monströsen Kostüm. Vermutlich würde er zu Tode erschrecken und ebenfalls glauben, er begegne dem Gespenst der jungfräulichen Königin.

Sie ließ den Blick durch den Ballsaal schweifen und hielt Ausschau nach seiner dunklen hochgewachsenen Gestalt. Sie stand im Hintergrund an der Wand in der Nähe von Lady Heatons Verwandten, um möglichst wenig Aufmerksamkeit zu erregen. Wenn sie sich nicht bewegte, würde man sie vielleicht für eine flämische Prägetapete halten, hoffte sie.

Plötzlich erhob sich ein aufgeregtes Tuscheln unter den älteren Damen in ihrer Nähe. Lady Heaton sprang für ihr Alter überraschend flink von ihrem zierlichen Fauteuil auf, ihre feine, blaugeäderte Hand flog an ihr Herz. „Er ist hier. Du liebe Güte, er ist gekommen. Mein lieber Junge will mich damit überraschen."

Eloise folgte ihrem Blick und entdeckte einen dicklichen jungen Mann, der mit etwas schwerfälligen Schritten den Ballsaal durchquerte. Es war ihr unbegreiflich, wie dieser plumpe, ein wenig unbeholfene Mann eine solche Aufregung unter den älteren Damen verursachen konnte.

„Es ist Thomas“, rief eine von Lady Heatons unverheirateten Schwestern und klatschte begeistert in die Hände. „Oh Gott, wo ist nur Thalia? Sie wird außer sich vor Freude sein.“

Lady Heaton wandte sich mit glänzenden Augen an Eloise. „Hätten Sie die Güte, Thalia zu suchen, Miss Goodwin? Ich könnte schwören, sie soeben noch mit meinem Bruder auf dem Tanzparkett gesehen zu haben.“

Auch Eloise hätte das beschwören können. Bisher hatte Thalia noch keinen einzigen Fauxpas begangen, hatte sich von einigen wohlerzogenen jungen Herren zum Tanz führen und wieder zu ihrem Platz begleiten lassen. Und jetzt, mitten in einem ländlichen Reigen schien sie sich in Luft aufgelöst zu haben.

Es bestand kein Grund zur Sorge. Vermutlich hatte sie sich nur entfernt, um sich ein Glas Limonade zu holen oder mit einer Freundin zu plaudern oder sich frisch zu machen. Es gab keinerlei Anlass zur Befürchtung, die leidige Geschichte könne sich wiederholen.

„Wo kann sie nur sein?“, fragte Lady Heaton ratlos, die nur Augen für ihren geliebten Sohn hatte, der von einigen Bekannten aufgehalten und begrüßt wurde.

Nein, es bestand kein Grund zur Sorge.

„Vielleicht ist sie mit Lady Woodbridge auf die Terrasse gegangen, um ein Glas Limonade zu trinken“, meinte Eloise und drängte sich mit ihren steifen, hinderlichen Röcken durch die Stuhlreihe. „Ich mache mich auf die Suche nach ihr.“

„Lady Woodbridge hat mich noch gar nicht begrüßt“, meldete sich Lady Heatons Schwester leicht gekränkt zu Wort. „Sie hätte sich getrost nach meinem Befinden erkundigen können.“

Sobald Eloise den Ballsaal verlassen hatte, stürmte sie los, kein leichtes Unterfangen in dem schweren Brokatrock, der an ihr hing wie Blei. Kein Wunder, dass Thalias Urgroßmutter ihr Leben in diesem Kleid ausgehaucht hatte, es war ein Folterinstrument.

Sie hastete einen Seitenflur entlang und prallte prompt mit dem arroganten Diener zusammen, der sie vor einer Weile beleidigt hatte. „Sieh mal einer an, wenn das nicht schon wieder Queen Elizabeths Geist ist, der hier herumspukt“, bemerkte er spöttisch.

Eloise packte ihn an den Schößen seiner Livree. „Helfen Sie mir, Miss Thalia Thornton zu finden, oder ich verpetze Sie.“

„Weswegen denn?“

„Sie schütten ständig den restlichen Champagner in sich hinein, wenn Sie die halb leeren Gläser einsammeln.“

Er entriss ihr seine Frackschöße. „Woher wissen Sie das?“

„Weil Sie ein Diener sind, deshalb weiß ich es, und weil ich Sie dabei beobachtet habe.“

„Vor ein paar Minuten ist sie in den Garten gegangen, glaube ich“, gab er widerstrebend Auskunft.

„Allein?“

„Das verrate ich Ihnen nicht“, erklärte er und verengte die Augen. „Es sei denn, Sie lassen etwas dafür springen.“

„Ich denke nicht daran“, fauchte sie und drängte sich an ihm vorbei.

„Waidmannsheil“, rief er ihr mit einem derben Lachen nach.

Drake stand an eine Säule gelehnt und blickte zerstreut einen schwach erhellten Korridor entlang. In der Ferne nahm er einen Tumult wahr, dem er keine Aufmerksamkeit schenkte, da er sich mit einem Bekannten unterhielt. Er hatte den Ball nur besucht, weil seine Schwester Emma ihn um seine Begleitung gebeten hatte, da offenbar keiner seiner Brüder abkömmlich war.

Er hätte es vorgezogen, einen weiteren Abend mit Eloise zu verbringen. Nach letzter Nacht wähnte er sich seinem Ziel nahe, wollte ihr aber den Eindruck vermitteln, sie fälle ihre Entscheidung aus eigenen Stücken. Aber letztlich war es nur eine Frage der Zeit.

„Aus Elba gibt es derzeit wenig zu berichten“, sagte sein graumelierter Gesprächspartner. „Napoleon empfängt nach wie vor einige Besucher. Das einzig Merkwürdige ist vielleicht, dass er nach Knöpfen verlangt hat.“

Drake, dessen Gedanken abgeschweift waren, versuchte sich wieder auf Sir Jeremy Hutchinson, einen hohen Beamten im Kriegsministerium, zu konzentrieren.

„Knöpfe? Sagten Sie soeben …“ Er stockte mitten im Satz, sein Blick erfasste eine vertraute Gestalt, die soeben eine hohe griechische Amphore umrundete und sich im Laufschritt den beiden Herren näherte. „Moment, bitte“, murmelte er. „Wir sind nicht allein.“

Sir Jeremy lachte belustigt. „Lieber Himmel, ich wusste gar nicht, dass dies ein Maskenball ist. Was für ein groteskes Kleid.“

Auch Drake musste lachen, so laut, dass Sir Jeremy einen erschrockenen Schritt zurückwich. „Ich nehme an, Sie kennen die Dame?“, fragte er in unverhohlener Neugier.

Drake wischte sich die Tränen aus den Augenwinkeln. „Ja, ich gestehe es.“

Sir Jeremy hüstelte. „Morgen Nachmittag halte ich mich etwa eine Stunde im Club auf. Schauen Sie doch vorbei, wenn Sie an weiteren Informationen interessiert sind. Im Augenblick scheinen Sie ziemlich abgelenkt zu sein.“

Drake nickte zerstreut, lehnte die Schulter gegen die Säule und überlegte, wann Eloise ihn entdecken würde und wieso in aller Welt sie in diesem grässlichen Kleid herumstolzierte. Sie wirkte ungehalten und erzürnt, schaute suchend in einen Alkoven, zu einer unbesetzten Polsterbank und … aha endlich … zu ihm.

Sie hielt inne, ihre warmen braunen Augen wurden groß vor Verwunderung. „Sie!“

„Ja ich“, murmelte er, hakte einen Finger in das altmodische versteifte Mieder ihrer Brokatrobe und zog sie hinter die Säule.

Er gab ihr keine Chance, sich zur Wehr zu setzen. Bevor sie etwas sagen konnte, erstickte er ihren Protest mit einem heißen Kuss. „Ich hoffe wohl vergebens, dass Sie nach mir Ausschau halten?“, raunte er und drückte sie enger an sich.

„Ehrlich gestanden …“

Mit seiner Hand streichelte er zärtlich und besitzergreifend ihren Rücken entlang, während er sie wieder küsste. Sie war zwischen der Säule und seinem Körper gefangen, hätte sich nicht befreien können, was sie zu seiner Freude auch gar nicht versuchte.

„Ich hatte nicht erwartet, Ihnen so rasch wieder zu begegnen, Eloise.“ Er hauchte zarte Küsse auf ihre Wange und drehte sich ein wenig, um sie vor neugierigen Blicken zu schützen. Nach einem halbherzigen Fluchtversuch schmiegte sie sich an ihn und lächelte zu ihm auf. „Jemand müsste Ihnen Manieren beibringen“, flüsterte sie und presste die Hände flach gegen seine Brust. „Es ist unhöflich, einer jungen Dame aus dem Hinterhalt aufzulauern.“

Er lachte leise. „Jemand müsste Ihnen ein paar hübsche neue Kleider kaufen. Das hier …“

Sie ließ die Arme sinken. „Sehe ich wirklich so lächerlich darin aus?“

„Nein, nicht Sie.“ Er küsste die zarte Haut ihres Nackens. „Das Kleid ist lächerlich. Das sollten Sie loswerden.“

„Jetzt gleich?“, fragte sie alarmiert.

Er schaute ihr tief in die Augen. „Wollen wir es wagen?“

„Nein.“

Sie lehnte sich geschwächt gegen die Säule. Er schmunzelte. „Wie ich bemerke, haben Sie die Perlen nicht abgelegt. Klemmt der Verschluss noch immer?“

„Ich weiß nicht. Ich habe nicht wieder versucht, ihn zu öffnen“, antwortete sie und wich seinem Blick verlegen aus.

In seinen Augen erkannte sie Leidenschaft und Verlangen. „Und ich befürchtete schon, das wird wieder ein tödlich langweiliger Abend. Ich besuche Sie morgen Vormittag.“

„Das geht nicht“, verneinte sie zaghaft. „Ich habe bereits eine andere Verabredung.“

Er hob den Kopf und zog eine Braue hoch. „Sagen Sie ab.“

„Das kann ich nicht. Die Verabredung habe ich schon vor einigen Wochen getroffen.“

„Mit wem?“, fragte er leise.

Ihre Verlegenheit verstärkte sich zusehends. „Wer ist es, Eloise?", fragte er mit strenger Stimme.

Sie räusperte sich. „Das wissen Sie. Ihre Schwester. Wir haben darüber gesprochen."

„Fabelhaft, Emma. Schon wieder." Seine Brüder würden sich ausschütten vor Lachen, wenn sie erfuhren, dass er mit seiner Schwester Emma in Konkurrenz um die Zuneigung einer Frau stand.

„Ja. Ich habe ein weiteres Gespräch mit ihr wegen einer Stellung als Erzieherin an ihrer Privatschule", erklärte sie mit großem Ernst.

Er grinste unverfroren. „Soll ich Ihnen eine persönliche Referenz geben? Ich könnte mich dafür verbürgen, wie köstlich Sie …"

„Wagen Sie es bloß nicht", entfuhr es ihr in heller Entrüstung. Ihr Busen drohte das enge Mieder des grässlichen Kleides zu sprengen.

„Eloise", meinte er zärtlich und verbarg seine Erleichterung. „Habe ich Ihnen nicht bereits gesagt, dass Sie es nicht nötig haben, je wieder zu arbeiten? Nie wieder sollen ältliche Damen mit Spazierstöcken nach Ihnen stochern. Sie müssen nie wieder törichte junge Mädchen davor bewahren, sich ins Verderben zu stürzen …"

„Oh mein Gott." Eloise stellte sich auf Zehenspitzen und spähte suchend über seine Schulter.

„Ich fürchte beinahe zu fragen, was Ihnen diesmal Kummer bereitet."

„Thalia. Ich bin schon wieder auf der Suche nach ihr. Ihr Verlobter kehrte unerwartet aus Amsterdam zurück und ist hier. Und sie war plötzlich vom Tanzparkett verschwunden."

„Wie viele Tage noch bis zur Hochzeit?", erkundigte er sich trocken.

„Ich habe vergessen, nachzuzählen."

„Wieso sucht ihr Verlobter sie nicht?", wollte er wissen.

„Wir sprechen von Thalia, Drake. Begreifen Sie nicht, warum ich nicht will, dass er sie vor mir findet?"

„Sie können das flatterhafte Ding nicht ewig vor seinem Leichtsinn bewahren."

„Nur bis zur Hochzeit. Danach soll ihr Gemahl sich um sie kümmern."

Eloise gab ihm einen zerstreuten Kuss auf die Wange. Er seufzte hörbar auf und nahm die Hände von ihr. Es brachte ihn schier um den Verstand, sie gehen lassen zu müssen. Sie drängte sich an ihm vorbei, und er blieb zurück, nach Kräften darum bemüht, seiner Erregung wieder Herr zu werden.

„Drake?" Sie zögerte und legte ihre Hand auf seinen Arm. Einen Moment lang hoffte er, sie habe ihre Meinung geändert.

Er zog sie wieder an sich, wusste, dass sie seinen aufgerichteten Schaft auch durch das groteske Kleid spüren musste. „Ich brauche dich", flüsterte er sehnsüchtig. „Und wenn du nicht augenblicklich gehst, trage ich dich vor den Augen aller Ballgäste aus diesem Haus."

Eloise sah ihn mit großen Augen an und wich zurück. „Ich wollte Sie nur um einen kleinen Gefallen bitten."

Er seufzte wieder. „Und der wäre?"

„Bitte verraten Sie Ihrer Schwester nicht, was Sie für mich empfinden."

Sein verdutzter Blick folgte ihr, das Herz hämmerte hart gegen seine Rippen. Er verzehrte sich danach, ihr Geliebter zu werden, und alles, woran sie dachte, war, keinen schlechten Eindruck auf Emma zu machen. Dies war möglicherweise die Strafe, die sein Vater ihm in seiner Kindheit angedroht hatte und die er wohl auch verdiente.

Die erschreckende Wahrheit war, dass er noch nie zuvor solche Empfindungen verspürt hatte. Sein körperliches Verlangen nach dieser Frau war so intensiv und das Bedürfnis, in ihrer Nähe zu sein, so überwältigend … Empfand er etwa mehr für diese Frau?

Diese Erkenntnis jagte ihm einen Schauder über den Rücken. Er straffte die Schultern und schüttelte den beängstigenden Gedanken ab.

Das war nicht möglich. Das würde er nicht zulassen. Er begehrte sie, und das war alles.

Er blieb im Schatten der Säule stehen, während sie um eine Ecke bog und seinen Blicken entschwand, die Schleppe des monströsen Kleides hinter sich herziehend. Sie unterschied sich von allen anderen Frauen, die er besessen hatte, wie Feuer von Wasser. Gottlob war er nicht zur Liebe fähig, und je mehr er darüber grübelte, desto mehr gewann er die Gewissheit, dass er nichts zu befürchten hatte.

Er begehrte sie, und das war alles.

18. KAPITEL

Wenige Minuten später entdeckte Eloise ihre Schutzbefohlene, die sich im Garten hinter einer Marmorstatue zu verstecken versuchte, aber an ihrem weiß schimmernden Kleid rasch zu erkennen war. „Was in aller Welt tun Sie hier?“, fragte Eloise erzürnt. „Und ich will nicht hören, dass Sie sich schon wieder mit einem Mann treffen, ausgerechnet an diesem Abend, sonst rüttle ich Sie, bis Ihnen die Zähne klappern. Ja, das tue ich.“

Thalia zog sie hinter den Fischteich. „Ich treffe mich mit keinem Mann“, flüsterte sie aufgeregt. „Ich verstecke mich. Stellen Sie sich vor mich, damit mich niemand sehen kann.“

„Vor wem verstecken Sie sich?“, rief Eloise alarmiert. „Hoffentlich nicht vor Sir Thomas? Wissen Sie eigentlich, dass er hier ist? Sollten Sie mit dem Gedanken spielen, die Verlobung zu lösen …“

„Ich weiß, dass er hier ist“, erwiderte Thalia mit tränenerstickter Stimme. „Aber Percy ist auch hier. Er und seine Freunde sind total betrunken und verbreiten schändliche Gerüchte über mich.“

Eloise wurde von hellem Entsetzen gepackt. Die Furcht stand Thalia deutlich ins Gesicht geschrieben. Der niederträchtige Trunkenbold könnte ihr mit seiner bösen Zunge die Zukunft ruinieren. Und auch Eloise wäre ruiniert. Wenn sie Percy nicht augenblicklich Einhalt gebieten würde, wäre es nicht unwahrscheinlich, dass Thalia und sie als Bettlerinnen auf der Straße endeten.

„Drake“, entfuhr es Eloise. Er war der Richtige. Ihm würde etwas einfallen, um sie Situation zu retten. „Ich bin ihm noch vor wenigen Minuten begegnet. Ich muss ihn finden.“

Thalia begann zu weinen. „Wie können Sie nur so herzlos sein, jetzt nur an sich zu denken, Sie selbstsüchtige Person!“

Eloise konnte sich nicht länger beherrschen und rüttelte sie heftig an den Schultern. Thalia war so verdattert, dass sie augenblicklich verstummte. „Ich meinte doch nur, wir müssen Lord Drake suchen, damit er sich Percy vornimmt. Er wollte ihn beim ersten Mal schon zur Raison bringen, wenn ich mich recht entsinne. Hätte ich ihn bloß nicht davon abgehalten."

„Wo ist er denn?", fragte Thalia schuldbewusst.

„Er wollte gehen. Vielleicht ist er schon fort. Ich weiß es nicht. Ich muss mich rasch auf die Suche machen."

„Nein", rief Thalia. „Lassen Sie mich nicht mit Percy und seinen Freunden allein. Ich suche Boscastle."

Eloise nickte widerstrebend. Thalia war jedenfalls nicht in der Verfassung, um wieder im Ballsaal zu erscheinen. „Einverstanden. Aber gehen Sie durch den Garten, damit niemand Sie sieht, und beeilen Sie sich! Ich versuche, Percy abzulenken. Wo ist der Schurke eigentlich?"

Thalia blickte über Eloises Schultern und stieß einen Schreckenslaut aus. „Er betritt gerade die Terrasse. Ich glaube, er hat mich entdeckt."

„Dann laufen Sie los und bringen Lord Boscastle hierher."

Thalia griff nach Eloises Hand. „Bitte gestatten Sie nicht, dass Percy mich ruiniert. Sonst löst Thomas die Verlobung und ich ende als alte Jungfer wie Sie, Eloise."

„Nein, das werde ich zu verhindern wissen", entgegnete Eloise zähneknirschend und versetzte ihr einen unsanften Stoß. „Niemand wird etwas davon erfahren, und wenn ich … wenn ich etwas Furchtbares tun muss."

„Was meinen Sie damit?", fragte Thalia beklommen.

Eloise gab ihr keine Antwort. Sie hatte sich bereits umgedreht, um sich dem Feind zu stellen. Eine unscheinbare Gouvernante verwandelte sich in einen todesmutigen Ritter. Allerdings hatte sie keine Ahnung, wie sie ihr Versprechen halten sollte. Es war zu bezweifeln, dass mit einem betrunkenen Taugenichts vernünftig zu reden war. Wie auch immer, sie musste sich irgendetwas einfallen lassen, damit er nicht Sir Thomas in die Arme lief.

Plötzlich stand Percy auf dem Kiesweg vor ihr. Sie wich bis zur Steinumfassung des Fischteichs zurück, während er sie unverfroren von Kopf bis Fuß maß. „Sieh mal an, wen haben wir denn da?“ Seine Stimme klang gedehnt und leicht lallend. „Wo ist denn Ihr Lämmchen? Als ich sie zum letzten Mal sah, lag sie in meinem Bett.“

Er näherte sich, und Eloise konnte nicht ausweichen. „Ich warne Sie“, zischte sie leise drohend. „Wenn Sie auch nur ein Wort darüber verlieren, werden Sie es bitter bereuen.“

Er grinste frech. „Wollen Sie mich für mein Schweigen bezahlen, oder haben Sie mir etwas anderes zu bieten?“

„Sie sind widerlich und geschmacklos.“

Er musterte sie noch einmal eingehend. „Das ist das abscheulichste Kleid, das ich je gesehen habe. Ob das, was sich darunter befindet, auch so hässlich ist?“

Er bückte sich, um den Saum ihres Rockes zu heben. Eloise riss der Geduldsfaden. „Sie sind ein elender Schmutzfink“, stieß sie hervor, als er seine Hand unter ihren Rock schob. „Und einem Schmutzfink tut ein reinigendes Bad gut.“

Da er ohnehin unsicher auf den Beinen war, kostete es sie keine große Mühe, ihn aus dem Gleichgewicht zu bringen. Später würde sie ihr Handeln bereuen, aber diese günstige Gelegenheit, Rache zu üben, war einfach zu verlockend, um ihr zu widerstehen. Sie versetzte ihm einen derben Stoß, worauf er kopfüber in den Fischteich stürzte.

Sie beobachtete in kaltem Entsetzen, wie er untertauchte.

Was hatte sie getan? Damit hatte sie sich jede Chance verdorben, je wieder eine Stellung in London zu finden. Zumindest als Gouvernante. Vielleicht konnte sie in einer zwielichtigen Spelunke als Schankmädchen arbeiten.

Sein Kopf tauchte auf, das blonde Haar hing ihm strähnig in die Stirn. Eloise zuckte unter den wüsten Beschimpfungen zusammen, die er mit einem Schwall Wasser ausspuckte. Und dann schaffte er es auch noch, eine Hand in ihren Rock zu krallen. „Ich werde Ihnen ihr Schandmaul mit Seife auswaschen“, stieß sie vor Zorn bebend hervor.

„Du verdammtes Mist…“

Sie gab ihm einen kräftigen Fußtritt gegen die Schulter, und er tauchte wieder unter. Um sich schlagend kämpfte er sich an die Oberfläche und schrie aus Leibeskräften: „Hilfe! Diese Wahnsinnige versucht mich zu ertränken.“ Und erneut bekam er ihren Rocksaum zu fassen.

„Es ist unhöflich, eine Dame anzuschreien“, sagte sie ungerührt. „Lassen Sie mich augenblicklich los, Sie Trunkenbold!“

Sein Gesicht verzog sich zu einer wutverzerrten Grimasse. „Dich krieg ich, du elende Schlampe.“

Er war auf die Knie gekommen und festigte seinen Griff an ihrem Kleid. Um das Gleichgewicht nicht zu verlieren, stemmte sie ihren Fuß erbittert gegen die Steinumfassung. Sie verfügte über erstaunliche Körperkräfte, die sie sich im Umgang mit widerspenstigen Knaben angeeignet hatte. Sie packte Percy an den Schultern und stieß ihn wütend in den Teich zurück. „Hast du immer noch nicht genug?“

Im Fallen riss er ein Stück des spitzenbesetzten Volants ihres Unterrocks ab und hielt es in einer erbärmlichen Geste des Triumphs hoch. In ihrem Zorn nahm Eloise erst jetzt Schritte auf dem Kiesweg und Stimmen von der Terrasse her wahr. Ihr Kleid war völlig durchnässt, das Haar hing ihr in wirren Strähnen ins Gesicht. Plötzlich wurde sie von zwei starken Armen hochgehoben und unsanft auf den Gartenweg gestellt.

Drake starrte auf den abgerissenen Spitzenbesatz und dann in ihr Gesicht. „Hat er das getan?“

Sie biss sich auf die Unterlippe. „Ja.“

In Percys bleichem Gesicht spiegelte sich nackte Angst wider, als er erkannte, wer ihr zu Hilfe geeilt war. „Mein Gott, diese Person ist wahnsinnig“, sprudelte er hastig hervor. „Sie hätten sehen sollen, wie sie auf mich losgegangen ist. Nicht zu fassen! Geben Sie mir die Hand und helfen mir aus dem Wasser. Aber passen Sie auf, sonst greift sie auch Sie noch an!“

Drake stellte einen Fuß auf die Steinumrandung und beugte sich vor. Percy warf Eloise noch einen hasserfüllten Blick zu, bevor sein Kopf untergetaucht wurde. Mehrmals.

Zitternd bückte Eloise sich, um ihren nassen Rock auszuwringen. Als sie sich wieder aufrichtete, standen zwei weitere Männer am Teich. Sie erkannte Drakes gut aussehenden jüngeren Bruder Lord Devon. Der andere, ein wenig älter, war gleichfalls bemerkenswert attraktiv. Er hatte kurz geschnittene schwarze Haare, aber keine Ähnlichkeit mit den Boscastle-Brüdern.

Der Fremde nickte ihr aufmunternd zu, und sie dankte ihm mit einem schwachen Lächeln.

„Was macht Percy denn im Teich, Drake?“, fragte Devon im Plauderton.

Und Drake antwortete ebenso beiläufig: „Er taucht nach Äpfeln. Willst du mitspielen?“

Devon wandte sich an den Mann neben ihm. „Allem Anschein nach tauchen wir nach Äpfeln, Dominic. Hast du Lust?“

Der als Dominic Angesprochene krempelte sich die Ärmel hoch und entblößte kraftvolle Unterarme. „Sie sollten sich vielleicht abwenden“, riet er Eloise mit sanfter Stimme. „Bei diesem Spiel kann es ein wenig rau zugehen.“

Drake hievte Percy am Kragen aus dem Wasser. „Sie sehen aber nicht gut aus, Chapman. Ein längerer Erholungsaufenthalt in Wales wird Ihrer Gesundheit guttun.“

„Wales?“, stammelte Percy und schnappte gurgelnd nach Luft. „Aber das ist eine gottverlassene Gegend … ich kenne dort keinen Menschen …“

„Wenn Sie meinen“, entgegnete Drake kühl und gelassen. „Dann eben Schottland.“

„Ich persönlich würde Italien empfehlen“, ergänzte Dominic in trügerischer Freundlichkeit.

Drakes breite Schultern versperrten Eloise die Sicht auf das weitere Geschehen. Er warf ihr einen langen besorgten Blick zu. „Warten Sie in meiner Kutsche.“

„Das sollte ich besser nicht tun.“ Lady Heaton würde sich fragen, wo sie abgeblieben war. Andererseits bestand die Chance, dass sie Eloises Verschwinden gar nicht bemerkte in ihrer Aufregung über die überraschende Rückkehr ihres vergötterten Sohnes.

In diesem Zustand, in ihrem durchnässten Kleid und strähnigem Haar, konnte sie sich allerdings auch nicht im Ballsaal sehen lassen. Und Drake wollte nicht, dass sie beobachtete, was die drei Herren mit Percy vorhatten, genauso wenig wie sie.

Sie zog sich in den Schatten einer Buchsbaumhecke zurück. Auf der Terrasse hatten sich mittlerweile einige Ballgäste versammelt. Es erschien ihr ratsam, sich hinter einer Marmorbüste zu verstecken, bis die Herrschaften sich wieder in den Saal begaben. Eloise hoffte inbrünstig, dass Thalia so vernünftig sein würde, ihren Verlobten zu bitten, sie nach Hause zu bringen.

Eloise drehte sich um und stand unerwartet einer schönen jungen Frau in einem eleganten elfenbeinfarbenen Satinkleid gegenüber, deren strahlend blaue Augen und schwarz schimmerndes Haar verrieten, dass sie eine Boscastle war.

„Ich glaube, wir kennen uns noch nicht." Sie beäugte die großen nassen Flecken auf Eloises monströsem Kleid mit offensichtlicher Belustigung. „Ich bin Chloe, die Schwester der beiden Flegel am Fischteich und Ehefrau des dritten. Ich nehme an, der Kerl, den die drei gerade ertränken, ist Ihnen zu nahe getreten."

Die junge Frau strahlte eine unwiderstehliche Herzenswärme aus, wobei Eloise in ihrer Verlegenheit über ihren aufgelösten Zustand zu befangen war, um ein Wort herauszubringen.

Die nassen Röcke klebten an ihren Beinen, die Fetzen des abgerissenen Unterrocks hingen um ihre Füße, sie fröstelte im kühlen Nachtwind. Chloe nahm ihren Kaschmirschal von den Schultern. „Hier legen Sie ihn um. Er passt zwar nicht zu Ihrem Kleid, aber …"

„Zu diesem Kleid passt gar nichts", murmelte Eloise verlegen. „Vielen Dank. Ich bin Eloise Goodwin und ich …" Sie stockte, fand keine passenden Worte, um ihre Beziehung zu Chloes Bruder zu erklären. Schließlich war sie sich selbst nicht darüber im Klaren, und nur der Himmel wusste, was seine Familie davon halten würde, wenn sie Drakes Mätresse werden würde.

„Sie sind was?", half Chloe ihr auf die Sprünge, während sie ihren Blick von der Szene am Fischteich losriss, wo ihr Gemahl den Mann im Wasser gerade schüttelte wie eine tote Ratte.

Auch Eloise war abgelenkt von der Szene am Fischteich und fand immer noch keine Worte. Drake hatte seinen eleganten Gehrock achtlos auf den Weg geworfen, das weiße Batisthemd klebte ihm nass an Schultern und Brustkorb, von seiner Seidenkrawatte tropfte das Wasser auf seine eng anliegenden schwarzen Hosen. Er stand breitbeinig da, ein unbesiegbarer Held.

In ihrer Magengegend setzte ein banges Flattern ein. Ihr Beschützer, jeder Zoll ein gefährlicher Krieger, ein Mann, der nur seinen eigenen dunklen Moralgesetzen folgte. Sie konnte sich kaum ausmalen, welche Forderungen er als Liebhaber an sie stellen würde, und sie fragte sich, ob dies ein Beispiel dafür war, wozu er fähig wäre, wenn es galt, sie vor Gefahr und Not zu beschützen. Ihr Herz gehörte ihm.

„Ich … ich bin …"

Plötzlich hatte sie das unbestimmte Gefühl, beobachtet zu werden. Unwillkürlich drehte sie sich um, nur um festzustellen, dass die Zuschauer auf der Terrasse die Stufen heruntergekommen waren, um die Szene am Fischteich in schockiertem Schweigen zu verfolgen.

Unter den Gästen fielen ihr drei elegant gekleidete Damen auf sowie ein älterer distinguierter Herr. Die jüngste der Damen, zierlich gebaut mit rotgoldenem Haar, näherte sich langsam, den Blick auf Eloise gerichtet.

Nein, nein, nein. Eloise spürte, wie ihr das Blut in die Wangen schoss, als sie den verdutzten Gesichtsausdruck der Dame bemerkte. Nein, bitte nicht sie! Eloise stand wie angewurzelt und flehte inständig, dass sie in ihrem beschämenden Zustand nicht erkannt wurde.

Viscountess Lyons, Drakes würdevolle ältere Schwester, der letzte Mensch auf der Welt, dem sie in dieser peinlichen Situation begegnen wollte. Nicht auszudenken, welche Schlüsse die Viscountess daraus ziehen würde.

„Emma!", rief Chloe begeistert und eilte ihrer Schwester

entgegen. „Wie reizend, dich zu sehen." Und mit leiser Stimme fügte sie hinzu: „Ich weiß ja nicht, ob die Damen und Herren in deiner Begleitung bedeutende Persönlichkeiten sind, aber ich rate dir dringend davon ab, dem Fischteich zu nahe zu kommen."

Eloise riskierte einen neuerlichen Blick auf Lady Lyons, und ihr Herz sank. Sie hatte vergeblich gehofft, dass die Viscountess sich ihrer nicht erinnern würde. Es hätte auch keinen Sinn gehabt, vorzugeben, sie habe nichts mit den Vorgängen am Fischteich zu tun.

Sie holte tief Atem. „Guten Abend, Lady Lyons. Welch unerwartete Freude, Sie hier zu treffen."

„Unerwartet?" Mit ihren blauen Augen musterte sie Eloise verstörend eindringlich. „Unerwartet, ja. Aber ich bin mir nicht sicher, dass das, was hier geschieht, eine Freude genannt werden kann."

Chloe warf Eloise ein aufmunterndes Lächeln zu. „Für den Kerl im Fischteich vermutlich nicht."

Emma hätte wissen müssen, dass unter den Ballbesuchern zu viele Boscastles waren, um einen Skandal zu vermeiden. Wann immer sich zwei von ihnen zur selben Zeit am selben Ort aufhielten, konnte man davon ausgehen, dass sie eine Teufelei ausheckten. In diesem Fall erhielten Drake und Devon auch noch die Unterstützung ihres Schwagers Dominic, mit dem, wenn es darauf ankam, nicht gut Kirschen essen war.

Die Situation wäre weniger unangenehm, wäre Emma allein gewesen. Aber der Earl of Heydon und seine dünkelhafte Gemahlin hatten darauf bestanden, einen Spaziergang durch den Garten zu machen. Wäre Emma nicht so dringend auf finanzielle Unterstützung für ihre Schule angewiesen, wäre sie nicht annähernd so aufgebracht gewesen. Sie konnte nur beten, dass ihre potenziellen Wohltäter zu kurzsichtig waren, um zu erkennen, dass ihre beiden rüpelhaften Brüder und ihr Schwager im Begriff waren, einen Mann im Fischteich zu ertränken.

Die Lage wurde auch nicht gerade besser dadurch, dass ihre

Schwester Chloe die Zurschaustellung rüder Gewalt mit unverhohlener Genugtuung verfolgte. Oder dass es sich bei der durchnässten, zerzausten Person neben ihr um die junge Erzieherin handelte, die Emma als Lehrerin an ihrer Privatschule in den Dienst zu nehmen beabsichtigte.

Eine Privatschule, der vermutlich ein vorzeitiges Ende beschieden war, wenn Lady Heydon, die sich nur selten in London aufhielt, begriff, um welch skandalöse Sippe es sich bei der Boscastle-Familie handelte.

„Grundgütiger", sagte die grauhaarige Countess in ihrer näselnden Art und spähte über Emmas Schulter. „Mir scheint, da drüben tummeln sich vier junge Männer im Fischteich. Was treiben die bloß?"

„Frag besser nicht, meine Liebe", entgegnete der Earl mit blitzenden Augen im Gedenken an die wilden Streiche seiner eigenen Jugend.

Emma räusperte sich. „Und wie ich bereits betonte, wähle ich jede Erzieherin persönlich aus aufgrund eingehender Gespräche und schriftlicher Referenzen. Unser Tanzlehrer, nur um ein Beispiel zu nennen, war einige Jahre am französischen Hof verpflichtet ..."

„Du lieber Himmel!", rief der Earl voller Entzücken. „Wie mir scheint, spielen die jungen Herren Äpfel versenken. Was für ein Spaß! Ich würde zu gerne mitmachen."

Die Countess spitzte missbilligend die Lippen. „Das ist der Kopf eines Mannes, Henry. Kein Apfel."

„Der Kopf eines Mannes", jubelte der Earl. „Das macht ja noch viel mehr Spaß."

Emma kniff schaudernd die Augen zu bei Percys Anblick, der mit aufgerissenem Mund nach Luft schnappte wie ein Karpfen. Und daneben ihre beiden Brüder, knietief im Wasser stehend. Wie in aller Welt war Miss Goodwin in diese Situation geraten?

„Ein ... g...ganzes Jahr?", gurgelte Percy.

„Ein Jahr oder der sichere Tod", bestätigte Dominic mit einem herzlosen Grinsen.

„Tod in einem Fischteich?“ Devon schüttelte den Kopf. „Wie würdelos.“

Emma öffnete die Augen und murmelte tonlos: „Ja, weiß Gott! Denkt denn hier niemand an die Würde.“

Sie sah Eloise unverwandt an, die hilflos schlotternd vor ihr stand und schuldbewusst auf den Boden schaute. „Miss Goodwin“, erklärte sie tadelnd. „Ich hätte nicht erwartet, Sie in einer solchen Situation vorzufinden.“

Eloise erwiderte tapfer Emmas strengen Blick. „Ich kann verstehen, wenn Sie nie wieder etwas mit mir zu tun haben wollen. Sie wollen mir gewiss mitteilen, ich soll mich nie wieder bei Ihnen sehen lassen, aber das verbietet Ihnen vermutlich Ihre Höflichkeit.“

Emma furchte die Stirn. „Das klingt zwar etwas dramatisch, Miss Goodwin, ist aber nicht weit entfernt von meinen Überlegungen, mit dem Unterschied, dass ich eher dazu neige, meinem Bruder Drake zu verbieten, mir je wieder unter die Augen zu treten. Geschweige denn, Menschen in Fischteichen zu ertränken.“ Sie schnaubte verächtlich. „Ist das etwa Percy Chapman?“

„Ja“, antwortete Chloe und legte ihre Hand beschützend auf Eloises Arm. „Ich kenne zwar nicht den vollständigen Hergang der Geschichte, könnte mir aber vorstellen, er verdient es, ertränkt zu werden.“

„Aber doch nicht auf einem Ball vor allen Gästen!“, entgegnete Emma vorwurfsvoll. „Warum, Miss Goodwin, warum nur? Wie konnten Sie in diese Situation geraten? Und woher in Gottes Namen haben Sie dieses unmögliche Kleid?“

Eloise stieß den angehaltenen Atem aus und ließ schicksalsergeben den Kopf hängen wie eine zum Tode Verurteilte vor ihrem Henker. „Ich habe nur meine Pflicht getan, Lady Lyons. Und die Herkunft dieses Kleides kann ich nicht wirklich erklären, ich kann nur sagen, dass es mir offenbar nur Unglück bringt.“

19. KAPITEL

Eloise schleppte sich die schmale Stiege zu ihrem Schlafzimmer hinauf. Das Haus kam ihr unnatürlich still vor, aber sie war froh, keinem der Dienstboten zu begegnen, die nur neugierig gefragt hätten, wie der Abend verlaufen war. Sie war zu erschöpft, um darüber zu sprechen. Und sie war froh, dass Thalia noch nicht zu Hause war. In Begleitung ihres Verlobten und seiner Familie war sie wohlbehütet und beschützt.

Percy Chapman würde lange genug aus der Stadt verbannt sein, um die Hochzeit nicht noch einmal gefährden zu können. Nach der Trauung würde das jungvermählte Paar London den Rücken kehren und glücklich und zufrieden auf Sir Thomas' Landsitz leben. Hoffentlich.

Die Zukunft lag nun in den Händen von Thalias Ehemann, Gott segne seine ahnungslose Seele. Eloise hatte ihre Pflicht getan.

Und damit war auch ihr Schicksal besiegelt.

Nach den peinlichen Vorgängen am Fischteich würde Lady Lyons sie nicht länger als Erzieherin an ihrer Schule in Erwägung ziehen. Eloise hätte sich noch tiefer in Selbstmitleid gesuhlt, hätte Drake sich nicht so heldenhaft als ihr Rächer erwiesen. Sie liebte diesen verwegenen Mann. Falls sie je daran gezweifelt hatte, so wusste sie nach diesem Abend genau, was sie für ihn empfand, als er ihr unerschrocken zu Hilfe geeilt war. Sie wusste natürlich auch, was er als Gegenleistung von ihr forderte.

Sie betrat ihr Zimmer und schloss die Tür hinter sich. Wie konnte sie sich einreden, es handle sich lediglich um ein sinnliches Abenteuer? Wie lange würde es dauern, bis er ihr das Herz brach?

Sie legte den Schal ab, den ihr seine lebenssprühende Schwester im Garten gegeben hatte. Devon, Emma, Chloe und auch Gabriel – alle Boscastles, die sie kennengelernt hatte, sahen gut aus und hatten eine magische Anziehungskraft. Und Eloise fragte sich mit einem wehmütigen Seufzen, ob sie je Drakes Kind unter dem Herzen tragen würde. Der Gedanke wühlte widersprüchliche Gefühle in ihr auf. Sie glaubte an Ehe und Kinder, aber ein Kind als alleinstehende Mutter in die Welt zu setzen und aufzuziehen, erschien ihr fragwürdig. Sie hatte immer gehofft, eines Tages zu heiraten und Kinder zu bekommen …

Hatte sie die Schranktür offen gelassen? Das war nicht ihre Art. Offene Schranktüren zogen nur lästige Motten an, und Eloise besaß nur ein paar praktische Wollkleider, die sie nicht von Motten zerfressen lassen durfte.

Sie löste die Haken und Ösen des verhassten, immer noch feuchten Brokatkleides, schlüpfte aus den Ärmeln, trat an den Schrank und holte ein hübsches hellgrünes Nachthemd hervor, das sie sich einmal in einem Anfall von Leichtsinn geleistet hatte.

Nachdem sie die Schranktür zugemacht und sich umgedreht hatte, sah sie sich ihrem schlimmsten Albtraum gegenüber: Ralph Hawkins, der Mann, der sie betrogen und ihr Leben ruiniert hatte. In seiner Hand blitzte die scharfe Klinge eines Tranchiermessers.

Auf dem Weg zur Kutsche holte seine Schwester Emma ihn ein. Drake drehte sich um und blickte in ihr fein geschnittenes, erbostes Gesicht. Bruder und Schwester, die in ihrem Wesen und ihrer Lebensanschauung nicht gegensätzlicher hätten sein können. Emma missbilligte eigentlich alles, was Drake tat, und ließ ihn das auch wissen. Er hielt sie für eine grässliche Nervensäge und erduldete ihre ständige Bevormundung nur, weil … nun ja, weil sie seine Schwester war, die er im Grunde genommen von Herzen liebte.

Seine Miene verfinsterte sich. „Ich habe noch eine Verabredung und will mich nicht verspäten, Emma. Deine Strafpredigt muss leider warten."

„Eine Verabredung? Zu dieser späten Stunde?"

„Für dich ist es längst Schlafenszeit, nicht wahr? Ich wundere mich eigentlich, dass du das Haus nach Einbruch der Dunkelheit noch verlässt. Befürchtest du nicht, dass bereits das Einatmen der gefährlichen Nachtluft deiner Moral schaden könnte?"

„Steig ein!", befahl sie streng. „Für einen Abend hast du genug öffentliches Aufsehen erregt."

Seufzend folgte er ihr in das schwach erhellte Wageninnere und nahm ihr gegenüber Platz. Sie musterte ihn streng aus ihren kühlen blauen Augen. Er fügte sich mürrisch in das Unvermeidliche und streckte seine langen Beine auf der Polsterbank aus.

„Weißt du Emma, das Witwendasein bekommt dir nicht gut. Wir sollten dich wieder verheiraten."

„Spar dir deine guten Ratschläge", entgegnete sie spitz und zog den Schal enger um die Schultern. „Und setz dich ordentlich hin, wenn du mit mir sprichst."

Ohne ihrer Aufforderung Folge zu leisten, erwiderte er störrisch ihren Blick. „Welche Laus ist dir denn schon wieder über die Leber gelaufen?"

„Die Laus bist du."

Ein dünnes Lächeln umspielte seine Mundwinkel. „Ich hätte eigentlich gedacht, die höchst ehrenwerte Lady Lyons sähe es gerne, wenn ein Nichtsnutz wie Percy Chapman aus der Gesellschaft verbannt wird."

„Du hast diesen Idioten gewiss nicht beinahe im Fischteich ertränkt, um der Gesellschaft einen Gefallen zu tun oder weil du ein so gutes Herz hast."

Er tat gekränkt. „Natürlich nicht. Falls du es vergessen haben solltest, ich habe gar kein Herz, was du und der Rest der Familie ja nicht müde werdet, mir vorzuwerfen."

„Spiel bitte nicht den Märtyrer. Du gefällst dir in der Rolle des überdrüssigen Lebemannes zu gut, um dir plötzlich eine andere anzueignen."

„Gott behüte", murmelte er. „Ich und ein Märtyrer."

„Warum sie?", fragte sie plötzlich. „Von allen jungen Frauen in London, die sich glücklich schätzen würden, deine Spiele mitzumachen, warum ausgerechnet Eloise Goodwin?"

Sein Lächeln gefror. „Wieso sie? Wieso nicht sie?"

„Sie ist ein anständiges Mädchen, Drake. Und sie hat hart dafür gekämpft, sich einen guten Ruf anzueignen in einer Gesellschaft, die persönliche Opfer weiß Gott nicht zu würdigen weiß. Ihre Familie hat sie vor sechs Jahren verstoßen, und seitdem schlägt sie sich allein durchs Leben."

Drake stutzte. Das war mehr, als Eloise ihm anvertraut hatte. Von ihrer Familie verstoßen? Was hatte sie sich zuschulden kommen lassen? Sie machte auf ihn nicht den Eindruck, einen aufsässigen Charakter zu haben. Oder doch? „Was ist zwischen ihr und ihrer Familie vorgefallen?", erkundigte er sich vorsichtig.

„Ich habe sie nicht danach gefragt. Ihre Referenzen sind echt, sie hat hervorragende Bewertungen. Und wage nicht, das Thema zu wechseln. Also warum? Warum hast du ausgerechnet sie ausgesucht für deine Verführungsspiele?"

Drake setzte einen gelangweilten Gesichtsausdruck auf und schwang die Beine vom Sitz. „Wer behauptet, ich will sie verführen?"

„Ach, du bist ein Teufel. Ich kann mir genau vorstellen, was heute Abend passiert ist. Percy machte ihr einen unsittlichen Antrag. Und du bist ihr zu Hilfe geeilt, da du sie bereits als dein nächstes Opfer im Visier hattest. Deshalb hast du dich in einen deiner berühmten Wutanfälle hineingesteigert und den Grünschnabel in den Fischteich getaucht, um sein erhitztes Gemüt zu kühlen."

„So schnell kann es gehen", erwiderte er gedehnt. „Im Handumdrehen vom Märtyrer zum Bösewicht."

„Ausgerechnet bei diesem Ball", fuhr Emma unbeirrt fort und verschränkte die Finger ihrer weiß behandschuhten Hände. „Dieser Percy Chapman hätte keinen Blick an eine Frau wie Eloise Goodwin verschwendet, hätte er sie nicht in Verbindung mit dir gebracht. Daraus zog er wohl den Schluss, dass sie gar nicht so tugendhaft sein kann, wie es den Anschein macht."

Drake schwieg eine Weile. „Aber du weißt doch, wie die Leute reden. Wenn eine Frau in meiner Begleitung gesehen wird, ist ihr Ruf bereits ruiniert."

„Ihr Ruf war bisher makellos. Ich hatte vor, ihr eine Stellung in meiner Schule anzubieten, die im Übrigen nicht mehr lange existieren wird, nachdem meine Geldgeber die Boscastle-Brüder in Aktion am Fischteich erleben mussten."

Drake richtete sich kerzengerade auf und betonte jedes Wort einzeln. „Emma, du hast keine Ahnung, wovon du sprichst."

„Dann kläre mich auf."

Er sank schwer in die Polster zurück, ohne eigentlich zu wissen, wieso er sich so aufregte. „Zunächst: Eloise verteidigte nicht sich gegen Percy, sie verteidigte ihre Schutzbefohlene."

„Thalia Thornton." Emma verzog schmerzlich das Gesicht. „Diese unerträglich dumme Gans. Sie kann von Glück sagen, dass sie sich Sir Thomas geangelt hat. Er scheint ein anständiger Kerl zu sein."

„Ja. Dummerweise drohte Percy auf dem Ball damit, ein paar delikate Geheimnisse persönlicher Natur über Thalia auszuplaudern. Eloise versuchte, ihm das auszureden, als ich mich einmischte. Sie wollte vermeiden, dass Percy und Sir Thomas einander begegnen."

Ein Anflug von Anerkennung glättete Emmas Miene. „Das erklärt diesen peinlichen Zwischenfall. Aber damit ist nicht geklärt, in welcher Beziehung du zu Eloise stehst."

„Ich bin mir nicht sicher, ob ich dir darüber eine Erklärung schulde." Er schüttelte den Kopf und rieb sich das Kinn. „Oder ob ich es mir selbst erklären kann. Ich bat sie, meine Mätresse zu werden."

„Hat sie zugesagt?" Emma blieb erstaunlich gelassen.

Er wandte den Blick aus dem Fenster. Wieso vertraue ich mich ausgerechnet Emma an? fragte er sich ratlos. Es sei denn, er wollte Eloise schützen. „Wirst du nicht längst vermisst, Emma? Ich könnte mir vorstellen, dass in diesem Augenblick ein Gast einen gesellschaftlichen Fauxpas begeht, den nur du allein aus der Welt zu schaffen vermagst."

Sie murmelte etwas in sich hinein, das beinahe wie ein Fluch klang. Andererseits würde Lady Perfekt in ihrer selbstherrlichen

Art sich niemals dazu hinreißen lassen, unflätig zu fluchen, vielleicht hatte sie nur einen Bibelvers zitiert. Letztlich hatte Drake nur die Wörter Gott, Hölle und Teufel im Zusammenhang mit seinem Namen verstanden.

Sie schlug ihm aufs Knie. „Hat sie zugesagt, deine Mätresse zu werden?“

Drake schnalzte missbilligend mit der Zunge. „Eine Viscountess schlägt nicht nach anderen Menschen. Das ist höchst ungebührlich.“

Sie schlug wieder zu, diesmal bedeutend fester. „Und wenn ich einen Mord begehe?“

„Schluss damit.“ Er umfasste ihr Handgelenk in einem sanften, gleichwohl festen Griff. „Du kannst nicht die Tugend jeder jungen Frau in London schützen.“

„Mir geht es nur um die Tugend von Eloise Goodwin.“

„Aber mir nicht. Hör endlich auf, deine Nase ständig in meine Angelegenheiten zu stecken. Meine Affären haben dich nicht zu interessieren. Genauso wenig wie die ihren.“

Sie starrten einander feindselig an, zwei grundverschiedene Charaktere, die nichts gemeinsam hatten außer den Familienbanden. Er las die Verachtung in ihren Augen, und er stellte verblüfft fest, wie sehr ihn das verletzte. Wieso zum Teufel scherte er sich darum, was seine aufdringliche Schwester von ihm hielt. Schließlich war sie in ihrer Hochnäsigkeit die Ausnahme in der Familie, nicht er. Alle anderen fühlten sich mit ihrem lasterhaften Leben recht wohl.

„Du bist genau wie er, weißt du das?“, meinte sie leise. „Du bist unserem Vater ähnlicher als jeder andere von uns Geschwistern.“

Er lächelte starr, wollte ihr nicht zeigen, wie tief ihre Bemerkung ihn getroffen hatte. „Ich bin mir nicht sicher, ob das als Beleidigung oder als Kompliment gedacht ist.“

„Ich mir auch nicht.“ Sie entzog ihm ihre Hand. „Und nun mische ich mich unter die Gäste, um den Schaden wiedergutzumachen, den ihr Flegel angerichtet habt.“ Sie erhob sich und schaute ihn bekümmert an. „Ich wünschte nur, du hättest dir eine andere Frau für deine zweifelhaften Absichten ausgesucht, Drake.“

Eloise war zu fassungslos, um zu schreien. Sie war so fest davon überzeugt gewesen, dass Ralph nie wieder auftauchen würde. Wie lange versteckte er sich schon in ihrem Zimmer? Steifbeinig wich sie zurück, fühlte sich wie gelähmt vor Schock. Sie hatte gerade noch so viel Geistesgegenwart, um wieder in die Ärmel des Kleides zu schlüpfen und das Mieder hochzuziehen.

„Überraschung, Ellie.“ Er warf das Messer mit einer lässigen Geste aufs Bett, seine Augen funkelten höhnisch. „Freut mich, dich wiederzusehen.“

Ihr Herzschlag trommelte gegen ihre Rippen. Sie schluckte gegen den Knoten in ihrer Kehle an. „Das kann ich weiß Gott nicht behaupten.“

„Na, hattest du heute Ausgang? Hast du dich gut amüsiert?“, fragte er einschmeichelnd.

„Ich habe nur meine Pflicht getan“, entgegnete sie und wich vorsichtig zum Bett zurück. Im Verlauf ihrer Karriere hatte sie es gelegentlich mit zudringlichen Männern zu tun gehabt, von denen die meisten prahlerische Maulhelden gewesen waren. Aber diesmal hatte sie es mit Ralph zu tun, der ihr mit einem Messer in der Hand in ihrem Zimmer aufgelauert hatte. Sie spürte die Gefahr, die von ihm ausging, eine knisternde Spannung lag in der Luft.

„Du siehst mitgenommen aus, Schätzchen. Du solltest besser auf dein Äußeres achten.“

Er näherte sich ihr. Sie griff nach hinten nach dem Messer auf dem Bett, verlor das Gleichgewicht und fiel rückwärts auf die Matratze. Ralph beugte sich mit einem höhnischen Grinsen über sie. „Ja, so ist es gut, Ellie. Wir machen es uns gemütlich und kuscheln uns aneinander.“

„Was willst du?“, zischte sie. Plötzlich war ihr Widerwille gegen ihn stärker als ihre Angst. Er stank nach Gin und kaltem

Schweiß, obgleich seine Halsbinde sauber und sorgsam gebunden war. Er ist immer schon ein eitler Geck gewesen, dachte sie.

„Ich bin knapp bei Kasse, und du schuldest mir etwas."

Sie wich angeekelt vor seinem säuerlichen Atem zurück und richtete sich zum Sitzen auf. Ihre Erleichterung, dass er nur Geld wollte, gab ihr Kraft. „Ich habe im Moment kein Geld. Mein Dienstherr ist mir bereits einen Monatslohn schuldig. Du musst dich gedulden und später noch mal kommen."

„Du könntest mir etwas anderes geben." Er strich ihr mit dem Finger den Nacken entlang. Eloise wand sich vor Ekel, dachte daran, wie anders es sich anfühlte, wenn Drake sie berührte, dachte daran, wie er sie verteidigt hatte. Sie hätte ihm von Ralph erzählen müssen, aber aus Scham hatte sie geschwiegen. Aus Scham und in der Hoffnung, dass sie ihre Vergangenheit endgültig hinter sich gelassen hatte.

„Was ist das denn?", fragte Ralph und schob den Finger unter die Perlenkette an ihrem Hals.

„Wonach sieht es denn aus?", fauchte sie.

„Manchmal tut es mir leid, dass ich dich nicht geheiratet habe, Ellie", meinte er grinsend. „Andererseits bist du für meinen Geschmack ein bisschen zu vorlaut geworden. Dumme und gefügige Frauen sind mir ehrlich gestanden lieber."

Er begann ihre Wange zu streicheln und verharrte mitten in der Bewegung, als er unvermutet in den schwarzen Lauf der Duellpistole von Lord Thornton starrte, die Eloise unter ihrem Kopfkissen hervorgeholt hatte. Sie kauerte vor ihm, hielt die Pistole mit beiden Händen, die Ellbogen auf die Knie gestützt, damit er ihr Zittern nicht bemerkte.

„Hätte ich nur damals zugelassen, dass Mildred und ihr Vetter dich umbringen, wie sie es vorhatten", zischte sie drohend.

Ralphs Gesicht verdunkelte sich. „Wenn ich diese Hexe in die Finger kriege, wird sie sich wünschen, sie hätte mich damals umgebracht. Du warst früher ein so süßes Mädchen, Ellie."

„Ich bin kein süßes Mädchen mehr", unterbrach sie ihn schroff. „Ich war zwei Jahre die Gesellschafterin einer alleinstehenden Baronin, einer leidenschaftlichen Jägerin. Sie hat mir das Schießen beigebracht. Und wenn du mich nicht augenblicklich in Frieden lässt, jage ich dir eine Kugel durch den Kopf. Findest du das auch süß?“

Er lächelte ängstlich.

Sie richtete den Pistolenlauf in sein schmerzlich verzogenes Gesicht. „Falls du Mildred je wieder begegnen solltest, hoffe ich, dass sie dich endgültig unschädlich macht.“

Er hob begütigend die Hände und trat den Rückzug an, aber Eloise traute ihm keineswegs. Er hatte sich in ihrem Zimmer versteckt und sie mit einem Messer bedroht. Sie hielt die Pistole immer noch auf ihn gerichtet, als er schon an der Tür war. „Du verlässt das Haus durch den Garten, Ralph.“

Er schnaubte verächtlich und stieß mit dem Rücken gegen die Tür. „Warum denn?“

„Weil ich dich töte, bevor jemand erfährt, dass ich je etwas mit dir zu schaffen hatte.“

„Ich kenne den Weg durch den Garten nicht“, murmelte er.

Eloise konnte wieder freier atmen. Er war immer noch der wehleidige Feigling wie eh und je. „Ich zeige dir den Weg. Nur damit du Bescheid weißt, unten schlafen zwei kräftige Männer, die mir sofort zu Hilfe kommen, wenn ich schreie.“

Sie klang wohl überzeugend, da er sich von ihr ohne ein weiteres Wort nach unten bringen ließ und sich sogar bemühte, auf der Treppe leise aufzutreten.

An der Gartentür zögerte er und machte einen unbeholfenen Versuch, sie zu umarmen. „Gib mir einen Abschiedskuss.“

Sie stieß ihm den Pistolenlauf in die Rippen. „Fass mich nicht an“, füsterte sie voller Verachtung. „Und lass dich nie wieder hier blicken, sonst schicke ich dir Lord Boscastle an den Hals.“

Auf der Straße drehte er sich noch einmal um. „Lord wer?“, fragte er mit halb zusammengekniffenen Augen.

„Jemand, dem du in den üblen Spelunken, in denen du dich herumtreibst, bestimmt nicht begegnest.“ Sie stieß die Gartentür zu, als eine vornehme Karosse in die Straße einbog. „Ich glaube, seine Kutsche fährt gerade vor", bemerkte sie aufgeregt hinter der Gartentür, am ganzen Körper schlotternd vor Erleichterung, Ralph loszuwerden. Es war natürlich nicht Drakes Karosse, aber das brauchte der Kerl nicht zu wissen. „Lauf weg, bevor er dich sieht."

Grayson Boscastle, der Marquess of Sedgecroft, und seine Begleiter entstiegen der Kutsche. Seine beiden Brüder, Lord Heath und Lord Devon an seiner Seite, dahinter ihr Schwager Dominic Breckland, Viscount Stratfield.

Der goldblonde Grayson überragte seine Begleiter um Haupteslänge, eine wahrhaft imposante Erscheinung, in einen schwarzen wallenden Umhang gehüllt. Sein Bruder Heath wirkte nicht weniger Furcht einflößend. Devon, der Jüngste, war unbeschwert und voller Übermut, vom Leben noch nicht wirklich gezeichnet. Allerdings hatte er während seiner Militärzeit bewiesen, dass er sich im Handumdrehen von einem unverbesserlichen Charmeur in einen gefährlichen Gegner verwandeln konnte.

Dominic bildete die Nachhut, sein markantes Gesicht wachsam angespannt; er fügte sich gut in das Bild dieser Familie. Nur ein Dummkopf würde sich erdreisten, diese eingeschworene Gemeinschaft kraftvoller, entschlossener Männer herausfordern zu wollen. Bei all ihrer Unverfrorenheit hatte es indes keiner von ihnen gewagt, Drake in ihr Vorhaben einzuweihen, heimliche Nachforschungen über den Grund seines höchst seltsamen Verhaltens anzustellen.

Diese Zusammenkunft war von Devon einberufen worden, um über Drakes ungewöhnliches Interesse an einer Frau zu diskutieren, die ihn offenbar bereits in ein Duell verwickelt hatte. Nie zuvor hatte Drake einer Frau so viel Beachtung geschenkt und daraus auch noch ein Geheimnis gemacht. Sie war der Grund der Neugier und Besorgnis der männlichen Mitglieder der Familie.

Es war gleichfalls Devon, der Eloise mit einem Mann an der Gartentür beobachtete, der offensichtlich kein Diener des Hauses war. Kopfschüttelnd reichte er das Fernglas an Heath weiter. „Das sieht ziemlich verdächtig aus, findest du nicht?“

Heath schwieg zunächst. Er neigte nicht dazu, voreilige Schlüsse zu ziehen. „Das scheint mir tatsächlich ein heimliches Stelldichein zu sein.“

„Dabei wirkte sie so liebenswert und ehrlich auf mich“, meinte Devon stirnrunzelnd. „So etwas hätte ich nie vermutet.“

„Ich für meine Person kann allerdings nichts Liebenswertes und Ehrliches an einer Frau finden, die einen Mann zu später Stunde am Gartentor verabschiedet“, bemerkte Dominic trocken.

Heath bedachte ihn mit einem strengen Blick. „Und das sagt einer, der sich ständig nachts aus dem Schlafzimmer meiner Schwester geschlichen hat.“

Dominic grinste und ließ seine weißen Zähne aufblitzen. „Immerhin habe ich sie geheiratet.“

Grayson knurrte.

Heath schüttelte belustigt den Kopf und hob das Fernglas wieder an die Augen. „Das allerdings sieht nicht sehr günstig für die Dame aus.“

„Was denn?“, wollte Grayson wissen.

„Der Mann versucht, sie zu umarmen“, lautete die Antwort nach einer Weile.

„Vielleicht ist er ihr Bruder oder ein Vetter“, versuchte Dominic sie in Schutz zu nehmen.

„Vielleicht aber ist Miss Eloise Goodwin nicht das, was sie vorgibt zu sein“, entgegnete Grayson scharf. „Ich jedenfalls kann nicht begreifen, wieso Drake einer erfahrenen Kurtisane wegen einer … einer unscheinbaren Gouvernante den Laufpass gibt.“

„Das kommt mir auch merkwürdig vor“, pflichtete Dominic ihm bei. „Wobei sie eine ziemlich ansehnliche Person ist. Zumindest das, was ich von ihr am Fischteich wahrgenommen habe.“

Grayson verschränkte die Arme vor der Brust, deutlich ungehalten. „Ich bin dafür, mehr über sie herauszufinden.“

„Ich auch“, unterstützte Devon ihn.

Dominic hob die Hand. „Habe ich eine Stimme?“

„Selbstverständlich“, erklärte Grayson großmütig.

„Dann stimme ich mit Ja.“

Heath verfolgte den Mann, der sich in der nächtlichen Straße entfernte, immer noch durch das Fernglas. „Dann ist es beschlossene Sache. Wir stellen Nachforschungen über die Vergangenheit dieser jungen Frau an.“

„Überlasst das doch mir“, schlug Devon eifrig vor. „Ihr müsst euren Ehefrauen Rechenschaft ablegen, und außerdem stammt die ganze Idee von mir.“

Heath ließ das Fernglas sinken. „Ich bin gerne bereit, zu helfen.“

„Ich auch“, schloss Dominic sich an.

Grayson nickte. „Genau wie ich.“

„Das ist doch Unsinn.“ Devon lächelte seinem ältesten Bruder vertrauensvoll zu. „Überlass die Sache Dominic und mir. Wir beide können feinfühliger vorgehen als eine ganze Armee. Und wenn uns Reporter auf die Schliche kommen, schreiben sie in den Zeitungen darüber, und Drake wird Verdacht schöpfen, dass wir ihm hinterherschnüffeln.“

Heath lachte. „Das stimmt ja auch.“

„Trotzdem gibt es keinen Grund, dass er etwas davon erfährt“, erklärte Grayson mit einem siegesgewissen Lächeln. „Zumindest noch nicht zu diesem Zeitpunkt.“

20. KAPITEL

Nachdem sie Ralph vor die Tür gesetzt hatte, konnte Eloise keinen Schlaf finden und war drei Stunden später immer noch wach, als Lady Heaton und ihr Sohn Thalia heimbrachten. Sie hörte die drei unten in der Diele reden und lachen, und dann eilte Thalia die Treppe herauf. Erst danach legte sich Eloises Unrast endlich. Ihr letzter Gedanke vor dem Einschlafen galt nicht ihrem Peiniger Ralph, sondern ihrem Retter Drake. Er wollte ihr am nächsten Morgen einen Besuch abstatten, wobei sie befürchtete, er könne nach all den Ereignissen des Abends die Verabredung vergessen haben.

Wenn nicht, würde er eine endgültige Antwort von ihr fordern, und ihre Bedenken schwanden mit jeder Stunde. Er war ihr ohne Zögern zu Hilfe geeilt, und nun war der Zeitpunkt gekommen, seinen Antrag anzunehmen oder abzulehnen. Er würde sie vor Ralphs Zudringlichkeiten schützen; allerdings war sie nicht sicher, ob sie je den Mut aufbringen würde, ihm diesen folgenschweren Abschnitt ihres Lebens anzuvertrauen.

Eine alleinstehende Frau hatte es zwar nicht leicht im Leben, aber wenn sie Drakes Angebot annahm, würde sie sich ihm völlig ausliefern und sich in anderer Hinsicht verletzbar machen. Wie immer sie sich entscheiden würde, fest stand jedenfalls, dass es ihr nicht möglich wäre, ihre Gefühle für ihn zu verleugnen, was immer er als Gegenleistung für seinen Schutz von ihr erwartete.

Kurz bevor sie einschlief, beschloss sie, ihre eigenen Bedingungen an ihn zu stellen. Zunächst würde sie ihn bitten, seine Besuche in Mrs Watsons Bordell aufzugeben. Und sie würde kein zweites Mal zulassen, dass er sie auf einem Sofa verführte, wenn ihm der Sinn danach stand.

Keine Stunde später fuhr sie erschrocken aus dem Schlaf hoch. Sie hatte zwar nichts gehört, aber der Mann in ihrem Bett war kein Traum. Genauso wenig wie ihre Nacktheit. Ihre Lider flogen auf.

Sie begegnete Drakes verhangenem Blick, in dem sie unverhohlenes Verlangen las. Er glitt mit seiner Hand sanft über ihren Rücken und ihren nackten Po. Einerseits wohlig gelöst und gleichzeitig hellwach blickte sie in sein markantes Gesicht. Wie lange befand sich der Satan schon neben ihr? Und wo in Gottes Namen war ihr Nachthemd geblieben?

Sie hatte Mühe zu sprechen, das Herz klopfte ihr bis zum Hals. „Ich dachte, Sie wollten mich morgen besuchen."

„Ich konnte nicht länger warten." Er küsste sie sanft auf den Mund. „Verzeihst du mir?"

Wie könnte sie ihm nicht verzeihen? Er lag in ihrem Bett, sie fühlte sich geborgen, wobei sie sich indes nicht so glücklich fühlen dürfte. „Was ist, wenn jemand Sie bemerkt hat?"

„Alle schlafen tief", raunte er und streichelte die verlockende Rundung ihrer nackten Hüfte. „Niemand hat mich gehört."

Ihre Lippen bebten, als er sie erneut küsste. Mit seiner Zunge öffnete er ihre Lippen, schob gleichzeitig seine Hand zwischen ihre Schenkel und drang mit zwei Fingern in ihren erwartungsvollen Schoß. Ein kleiner Schrei entfuhr ihr bei seinem forschen Verhalten.

„Es erschien mir eine Ewigkeit, bis zum Morgen zu warten", flüsterte er.

Eloise war schwindelig. Sie wollte alles vergessen, was an diesem Abend geschehen war, und die Wonnen, die seine Liebkosungen ihr verhießen, würden ihr dabei helfen. Er war stark und … er liebkoste sie mit seinen Fingern so gekonnt, dass sie leise zu stöhnen begann und sich schließlich der herrlichen Erlösung hingab, die sie eben noch ersehnt hatte.

Drake schloss die Augen und schwelgte im Genuss seines Triumphes, genoss es, ihren weiblichen Duft zu atmen, der seine überhitzten Sinne berauschte.

„Hast du mir verziehen?", fragte er mit heiserer Stimme. Nie zuvor hatte er eine solche Zärtlichkeit für eine Frau verspürt, aber er weigerte sich, darüber nachzudenken, was diese Empfindung bedeutete oder wie diese Affäre wohl enden würde. Er wusste natürlich, dass ihr Zögern, ihm Vertrauen zu schenken, aus der begründeten Angst rührte, dass er sie verletzen, benutzen und dann verlassen würde. Frauenhelden wie er brachen täglich Frauenherzen.

Andererseits gab es keine Garantie, dass diese Erfahrungen sie nicht verändern würden, so sehr er sich auch wünschte, sie würde sich nie ändern. Er wünschte, dass Eloise ehrlich und offen und arglos blieb. Und dass sie nur ihm gehörte.

„Drake." Sie wisperte seinen Namen, ihr Gesicht an seiner Schulter geborgen.

Er lächelte. Sie war so entzückend frisch und unverfälscht. „Was?"

„Ich bin sehr glücklich, dass du hier bist."

Er hob den Kopf, um sie anzusehen. „Ist das wahr?"

Sie blickte nicht auf, barg ihr Gesicht immer noch an seiner Schulter. „Dieser Abend war grässlich."

„Ach das." Sie meinte den lästigen Vorfall am Fischteich. Vielleicht fürchtete sie, sich einen gewalttätigen Grobian zum Liebhaber genommen zu haben. „Es ist vorbei. Ich habe mit Emma geredet. Sie hält große Stücke auf dich und …"

„Sprich nicht weiter, halte mich einfach fest."

Er furchte die Stirn. „Ich halte dich fest, mein Schatz."

„Halte mich fester", beharrte sie mit erstickter Stimme.

„Du musst keine Rücksicht mehr darauf nehmen, was andere von dir denken, Eloise", tröstete er sie zärtlich. „Ich beschütze dich und kümmere mich um alles."

„Versprochen?"

Er drückte ihr einen Kuss auf den Scheitel. „Versprochen."

„Ich muss dir aber ein paar Dinge erklären", flüsterte sie nach einer langen Weile.

Er schmunzelte und bezähmte sein wachsendes Verlangen. Gab es eine einzige Frau auf der ganzen Welt, die nicht im falschen Moment Erklärungen abgeben wollte? „Kann das nicht warten? Mir steht der Sinn nach anderen Dingen – und nicht nur ein einziger Sinn …"

Er drehte sie auf den Rücken und betrachtete wohlgefällig ihren nackten Körper wie ein Eroberer seine Schätze, die ihm ein Sieg eingebracht hatte. Er konnte keinen klaren Gedanken fassen, wenn er bei ihr war. Und wenn er von ihr getrennt war, konnte er nichts anderes denken als an sie.

Ich brauche diese Frau wie die Luft zum Atmen.

Als sie vorhin so verloren und hilflos am Fischteich gestanden hatte in ihrem durchnässten Brokatkleid, dem zerrissenen Spitzenunterrock zu ihren Füßen, hatte sein Beschützerinstinkt in ihm einen bis dahin ungekannten Rachedurst geweckt.

„Ich hätte Percy mit meinen bloßen Händen erwürgen können", meinte er nachdenklich. „Wären Devon und Dominic nicht dabei gewesen und hättest du nicht zugesehen, wäre Percy wohl nicht mit dem Leben davongekommen."

„Hätte ich dich nicht vorher schon gekannt", sagte sie leise und hob langsam den Kopf, um ihn anzublicken, „hätte ich mich vor dir geängstigt. Du warst sehr furchterregend."

Seine Augen funkelten dunkel. „Aber du hast keine Angst vor mir, oder?"

„Nein."

„Du hattest nie Angst vor mir. Auch nicht an dem Abend, als wir uns zum ersten Mal begegneten."

„Wieso sollte ich vor dir Angst haben?"

„Nun ja, ich möchte dir deine Illusionen nicht rauben", erwiderte er schmunzelnd.

„Ich mache mir keine Illusionen", erwiderte sie leise.

Es war nicht nur ihre Unschuld und Unerfahrenheit, die ihn in ihren Bann zogen; es war auch die Tatsache, dass sie ihn ohne Vorbehalte nahm, wie er war. Er hatte nie vorgegeben, ein Heiliger zu sein, wusste aber auch, dass er nicht der verdammenswerteste Sünder auf der ganzen Welt war. Zugegeben, er war jähzornig und aufbrausend und verfiel gelegentlich tagelang in düstere Schwermut.

„Du bist jetzt ganz wach", sagte er. „Also kannst du nicht behaupten, ich hätte dich im Halbschlaf erpresst."

„Ich bin wach."

Er holte tief Atem. Er hatte zwar versprochen, geduldig abzuwarten, aber das zählte nun nicht mehr. Er brauchte ihre Antwort jetzt.

„Hast du deine Entscheidung getroffen?"

„Du weißt längst, dass es nie einen Zweifel daran gab."

Die Entscheidung war gefallen. Sie stimmte zu, seine Mätresse zu werden. Vielleicht würde sie ihre Antwort irgendwann bereuen. Über Jahre hinweg hatte sie sich gescheut, auf ihr Herz zu hören, war in all ihren Entschlüssen vorsichtig und argwöhnisch gewesen. Immer hatte sie sorgfältige Überlegungen angestellt und glaubte, sich inzwischen einige Menschenkenntnis angeeignet zu haben.

Doch sie liebte ihn. Und sie vertraute ihm. Sie war erwachsen und meinte, den Unterschied zwischen körperlicher Anziehung und Liebe zu kennen.

Zaghaft legte sie ihre Hand auf seine weiße Satinweste und spürte darunter die Muskeln seiner Brust. Sie wollte ihn nackt berühren, wagte aber nicht, ihn danach zu fragen.

Einen Moment lang war sie sich nicht sicher, wie er sich nun verhalten würde. Dann plötzlich streifte er den Gehrock ab, riss sich die Krawatte vom Hals, knöpfte Weste und Hemd auf. Fasziniert betrachtete sie seine bloße Brust und seinen muskulösen Bauch, während er sich bedächtig die Hose aufknöpfte. Voller Staunen blieb ihr Blick an seiner prallen Männlichkeit hängen, die sich ihr entgegenreckte.

Eloise atmete flach, versuchte ihren rasenden Herzschlag zu beruhigen, Hitze sammelte sich in ihrem Leib. Sie schaute wieder in sein angespanntes Gesicht.

„Ich will dich besitzen", raunte er heiser.

Er streckte sich neben ihr aus und presste sich mit seinem Körper an ihren. Eloise erfüllte eine unendliche Sehnsucht, ihm ganz zu gehören.

„Ich kann mich nicht länger gedulden", keuchte er.

„Ich bin bereit“, wisperte sie und schmiegte sich enger an ihn. „Ich gehöre dir.“

Er spreizte ihre Beine und beugte sich über sie. Sie streichelte seine Schultern, erschauerte bebend, als sie seinen prallen Schaft an ihrem Leib spürte. Drake legte sich sanft auf sie, und sie gab seinem Druck bereitwillig nach. Er stöhnte leise auf, als sie zaghaft begann, mit ihren Fingern, die Muskeln seines Rückens nachzuzeichnen. Er schob die Hände unter ihren Po, hob ihre Hüften und drang vorsichtig in sie ein.

Sie bäumte sich auf, ihre Hände umklammerten seine Schultern. Seine Augen waren halb geschlossen, als sie die Schenkel noch weiter spreizte und ihn in sich aufnahm.

„Ja, so ist es gut“, keuchte er. „Ich werde behutsam sein. Vertrau mir.“

Er festigte den Griff um ihre Taille und bewegte sich langsam in ihr. Dann zog er sich ein wenig zurück, um wieder tiefer in sie einzudringen. „Verzeih mir, Liebes. Beim ersten Mal tut es weh, aber das dauert nicht ewig.“

Ewig.

Das Wort hallte in ihm nach im Rhythmus seines Herzschlages … und dann war er zu keinem Gedanken mehr fähig und überließ sich, den Kopf in den Nacken gelegt, entfesselt seinem Begehren. Unbewusst ließ sie die Hüften kreisen. Er zwang sie mit sanftem, aber festem Griff stillzuhalten, verlor sich im Nebel seines Sinnesrausches, gab sich ihr völlig hin, so wie sie sich völlig ihm hingab, als sei es das Natürlichste auf der ganzen Welt. Wie konnte das sein? Er kannte sie erst so kurze Zeit, und dennoch war sie ihm so unendlich vertraut.

Eloise blickte benommen in sein angespanntes, markantes Gesicht, während sie ihn in sich fühlte. Er war ein sinnlicher Mann, der aus seiner Triebhaftigkeit keinen Hehl machte, das hatte sie von Anfang an gewusst und akzeptiert. Mit allen Fasern ihres Leibes genoss sie seine Nähe und gewann einen tieferen Einblick in seine Seele, als er ahnte.

Nun gehörte sie ihm. Es war ihr nicht gelungen, ihre Gefühle für ihn zu leugnen, und ihr Körper vermochte seiner Anziehungskraft nicht zu widerstehen. Dieser Liebesakt war wilder und schöner, als sie sich je vorgestellt hätte. Die leidenschaftliche Innigkeit übertraf all ihre Erwartungen. Sie hätte nie vermutet, dass die körperliche Liebe animalisch und zugleich überirdisch sein konnte.

Und sie war verwundert darüber, dass ihr Schoß seine Männlichkeit so leicht aufnehmen konnte. Sein erstes Eindringen hatte sie geweitet, bis sie glaubte, ihr Leib würde zerreißen, doch nun war nur noch eine leicht brennende Hitze geblieben. Liebevoll ließ sie ihre Finger seinen Rücken entlanggleiten. Er bewegte sich immer schneller und hielt dabei vor Wonne die Augen geschlossen.

Ihr Atem stockte. Sie stöhnte halb vor Lust, halb vor Schmerz. Er küsste sie, bis ihr Stöhnen verstummte, während er tiefer und tiefer in sie eindrang.

Sie presste sich an ihn, sie wollte mehr, wollte ihn ganz und gar. Jetzt keuchte er, laut und voller Genuss, und sie spürte in einem Augenblick des Triumphes, dass sie diese Macht auf ihn ausübte. Sie konnte an der dunklen Anspannung seiner Gesichtszüge ablesen, dass er sich schier übermenschliche Beherrschung auferlegte.

Plötzlich nahm sie in ihrer Verzückung seine Stimme wahr. „Ich könnte in dir sterben. Ich könnte vor Glück sterben."

Seine Worte befeuerten ihr Blut noch mehr, sie warf den Kopf auf dem Kissen hin und her, während er sich wieder und wieder in sie versenkte. Die Welt um sie herum hörte auf zu existieren, es gab nichts mehr als diese berauschende Vereinigung, das Verschmelzen ihrer Körper, und dann die Erlösung. Für einen Moment schien sich ihr Körper vor lauter Lust aufzulösen, bis sie endlich die herbeigesehnte Befriedigung empfand, die sie heiß durchströmte.

Er fühlte die Schauer, die durch ihren Leib zuckten, und krallte die Finger in ihren Po, ließ nicht von ihr ab, bis sie glaubte, das Bewusstsein zu verlieren. Und dann bäumte er sich auf, verharrte eine Sekunde, bevor er sich in ihr verströmte.

Heiß flutete es in ihren Schoß. Dann merkte sie, wie die Spannung langsam von ihm wich, er atmete lange und hörbar aus, es klang beinahe wie ein Schluchzen. Ihr war, als gehöre ihr Körper nicht mehr ihr, und gleichzeitig war sie erfüllt von einer unendlichen Glückseligkeit. Ihr Beschützer. Ihr Geliebter. Dies war nicht das Leben, das sie für sich erwartet hatte. Wer hätte je gedacht, dass Eloise Goodwin in ihrer Vernunft und ihrem praktischen Verstand ihr Herz so unrettbar an die Liebe verschenken würde.

Hatte er davon gewusst? Hatte er es erwartet? War es das, was er von einer Mätresse forderte? Seine Mätresse. Ein Anflug von Traurigkeit überschattete ihre wohlige Zufriedenheit. Ihn zu lieben, machte sie glücklich. Aber die Rolle, die sie akzeptiert hatte, machte sie auch traurig. Und dennoch war es ihre eigene Entscheidung gewesen.

Widerstrebend löste er sich aus ihrer warmen Umarmung und lächelte sie an. „Nun, Miss Goodwin“, sagte er mit zärtlicher Stimme und küsste sie sanft, „ich bin sehr froh, dass ich nicht bis zum Morgen warten musste.“ Er rollte sich zur Seite und schaute sich in der karg möblierten Kammer um. „Obwohl ich nicht glaube, dass wir eine weitere Nacht hier verbringen werden. Wo möchtest du wohnen?“

Sie stützte sich auf einen Ellbogen. „Darüber habe ich mir noch keine Gedanken gemacht“, antwortete sie leise.

Er schaute sie mit einem liebevollen Blick an. „Überleg es dir. Ich wünsche mir ein Haus für dich, wo wir uns ungestört treffen können und …“

„Ich bin mir im Klaren darüber, was eine Mätresse zu tun hat“, flüsterte sie und betrachtete seinen nackten Körper.

Er schlang den Arm um sie. Sie fühlte sich so wunderbar weich an. „Davon bin ich überzeugt, und ich bin froh, dass du unsere Affäre unter praktischen Gesichtspunkten siehst. Ich hoffe nur, du wirst es nicht bedauern.“

„Das hoffe ich auch“, erwiderte sie ein wenig zögerlich.

Er lachte über ihre Ehrlichkeit und beugte sich über sie. „Was hat dich bewogen, Ja zu sagen? War es mein heroisches Eingreifen am Fischteich? Wenn ich mit Ertränken von Idioten in deiner Gunst steige, so könnte ich mir das zur Gewohnheit machen. London ist voll davon."

Sie lehnte ihren Kopf an seine Schulter und lächelte zögernd. „Von Fischteichen? Das ist mir noch gar nicht aufgefallen."

„Nein. Von Idioten."

„Ach ja. Das habe ich auch schon bemerkt. Sie treiben sich auf jedem Ball herum."

Er fuhr mit seinen sehnigen Fingern durch ihr volles brünettes Haar. „Du wirst nie wieder gezwungen sein, einen Ball ohne Begleitung zu besuchen. Und es ist mir ernst mit dem, was ich gerade sagte. Ich hoffe, du wirst es nicht bereuen."

„Soll das eine Warnung sein, mich nicht in dich zu verlieben?", fragte sie nach einer langen Pause.

Er streichelte ihren Nacken und ihre Schulter. „Aber nein. Ich bin viel zu eitel, um mir das nicht zu wünschen. Tue dir keinen Zwang an und verliebe dich in mich."

„Vielleicht wäre es ohnehin zu spät, mich davor zu warnen", entgegnete sie leise. Er lächelte zärtlich und festigte seinen Griff um ihre Schultern. Sie glaubte, ihn zu lieben. Als gefühlloser Lebemann sollte er zu abgestumpft sein, um sich daran zu stören. Seltsamerweise gelang ihm das nicht. Er wollte ihre Leidenschaft, Zuneigung und alles andere, was sie bereit war, ihm zu geben – und noch viel mehr. „Was hat dich bewogen, Ja zu sagen?"

Sie lachte trocken. „Die Angst zu verhungern und obdachlos zu werden, könnte eine gewisse Rolle dabei gespielt haben."

„Dann bin ich also nur ein wenig besser als ein Teller Suppe in der Armenküche?", erwiderte er und setzte eine gespielt enttäuschte Miene auf. „Das klingt nicht gerade schmeichelhaft für einen Mann, der sich die größte Mühe machen musste, dich zu erobern."

„Und Erfolg damit hatte." Er spürte, wie sie auf dem Kissen nach oben rutschte und auf den Fußboden starrte, als habe sie etwas Interessantes entdeckt. Er folgte ihrem Blick. Sie sah auf das unförmige rote Brokatkleid, das in einem zerknitterten Häufchen auf dem Fußboden lag, und er meinte, eine Schere oder ein Messer zwischen den steifen Falten zu erkennen.

Er lachte in sich hinein. „Was ist mit dem grässlichen Kleid passiert?"

Sofort merkte er, wie sie sich versteifte. Im selben Moment ermahnte er sich, dass ein Gentleman sich niemals über das Erscheinungsbild einer Dame lustig machen sollte, nicht einmal im Scherz, wunderte sich allerdings über ihre Reaktion auf seine unbedachte Bemerkung.

„Kann ich dir das morgen sagen?", flüsterte sie und schlug die Augen nieder.

Er stutzte, und seine Heiterkeit verflog. Waren das etwa Tränen in ihren schönen Augen? „Du lieber Himmel, Eloise", rief er erschrocken. „Weine bitte nicht. Ich kaufe dir tausend schöne Kleider. Ich wollte dich nicht kränken. Und natürlich sollst du mir alles über das Kleid erzählen, wenn es dir wichtig ist."

Offenbar hatte er die richtigen Worte gefunden, denn sie ließ sich lächelnd in die Kissen zurücksinken, und er nahm sie fest in die Arme. Vielleicht war sie nur ein wenig rührselig nach dieser ersten gemeinsamen Nacht, in der sie ihre Unschuld an einen Mann verloren hatte, der dieses kostbare Geschenk nicht verdiente. Er schöpfte keinen Verdacht, dass mehr hinter ihrem Anflug von Wehmut stecken könnte, als er vermutete. Und er wäre nie auf die Idee gekommen, sie könne ein Geheimnis vor ihm verbergen, hätten seine gottverdammten Brüder sich nicht eingemischt.

21. KAPITEL

Lord Devon Boscastle und sein Schwager Dominic waren dem Kerl in eine zwielichtige Spelunke in der Nähe von Covent Garden gefolgt. Der feuchte Nebel über der Gasse verstärkte die üblen Gerüche nach schalem Bier, Fischabfällen und Exkrementen im Rinnstein.

Devon schaute sich angewidert in der schwach beleuchteten Schankstube um und fürchtete beinahe, er könne sich nur durch Einatmen der stickigen Luft mit einer tödlichen Krankheit anstecken. Ein sturzbetrunkener Soldat schlief schnarchend unter einem Tisch seinen Rausch aus.

Devon spähte durch den Qualm, der sich in dichten Schwaden im ganzen Raum ausgebreitet hatte. In einer Ecke saß ein verwahrloster hagerer Kerl in einem schäbigen braunen Wollmantel, rief nach der Bedienung, die ihn geflissentlich übersah.

„Aha", murmelte Devon, „da drüben sitzt unser Mann."

Nach zwei Runden Bier löste sich die Zunge des Fremden. Nach dem vierten Bier hätte Ralph die Seele seiner Mutter verkauft und nackt auf ihrem Grab getanzt.

„Es geht mir nicht um Geld, verstehen Sie mich nicht falsch", erklärte er und wischte sich die Nase am Ärmel ab. „Es geht mir ums Prinzip."

Devon verzog die Mundwinkel zu einem spöttischen Lächeln. „Ach was, wer braucht schon Prinzipien?", murmelte er und füllte Ralphs Humpen bis zum Rand.

Dominic verzog das Gesicht. „Noch dazu, wenn es sich um Frauen handelt. Du warst also mit dieser jungen Desdemona verlobt."

Ralph nahm einen tiefen Schluck und rülpste. „Desde... wer? Nein, ihr Name war Ellie. Eloise Jenkins. Und dann tat sie sich mit Mildred zusammen. Die beiden haben mich in meiner Männlichkeit gekränkt. Die Hexen haben sich über mich lustig gemacht, und Mildred war die Schlimmste."

Devon zog eine dunkle Braue hoch. „Mildred?"

„Ich verstehe nicht ganz“, sagte Dominic und lehnte sich mit einem trägen Lächeln zurück. „Du warst mit Eloise und dieser Mildred zur gleichen Zeit verlobt und fühlst dich von beiden beleidigt?“

„Genau.“ Ralph bekam rote Flecken im Gesicht vor Zorn. „Und wenn ihr mir nicht glaubt, dass meine männliche Ehre zutiefst verletzt wurde, so seid ihr noch nie mit nacktem Arsch auf einen Karren gebunden worden, den neugierigen Blicken des ganzen Dorfes ausgesetzt.“

„Diese Erfahrung ist mir allerdings bislang erspart geblieben“, entgegnete Devon und mied Dominics sarkastischen Blick. „Aber was willst du eigentlich von Eloise nach all den Jahren?“

Ralph spuckte auf den Boden. Dominic verzog angewidert das Gesicht.

„Immerhin schuldet sie mir etwas für meinen Verlust.“

Wäre Ralph nicht so betrunken gewesen, hätte er vielleicht das gefährliche Funkeln in Devons Augen bemerkt. „Was schuldet sie dir denn?“

„Ich weiß auch nicht … keine Ahnung“, brummte Ralph, und sein verschwommener Blick richtete sich auf einen anderen Tisch, wo ein lautstarker Streit im Gange war. „Irgendwie tut es mir fast leid, dass ich Eloise nicht geheiratet habe, aber für meinen Geschmack ist sie mittlerweile zu herrschsüchtig geworden. Aber Millie, die war immer schon ein Zankteufel.“

„Das war die, die die Idee hatte, dich nackt auf den Karren zu binden, nicht wahr?“, fragte Dominic und verkniff sich mühsam das Lachen.

Ralph schauderte. „Lach bloß nicht, mein Junge. Ich habe immer noch Albträume, dass Mildred Hammersmith eines Nachts vor meinem Bett steht, mit der Sichel in der Hand, die sie aus dem Schuppen ihres Vaters gestohlen hat.“

Devon biss die Zähne aufeinander. Dieses Gespräch hatte die geringe Toleranz, die er für Dummköpfe aufbringen konnte, völlig erschöpft. „Und was ist mit der anderen …“

„Eloise …"

Die drei Männer duckten sich unter den Tisch, als ein Stuhl quer durch die Schankstube geflogen kam. Als Devon und Dominic nach geraumer Zeit glaubten, gefahrlos wieder auftauchen zu können, waren die meisten der billigen Talgkerzen verlöscht. Übel riechende Rauschwaden waberten durch das wüste Geschrei fluchender Trunkenbolde, die mit Fäusten aufeinander eindroschen.

Devon und Dominic sprangen auf. „Ich glaube, es ist Zeit aufzubrechen, findest du nicht auch?" Devon stieß einen schwankenden Gast zur Seite.

Dominic fuhr herum und setzte einem dröge glotzenden Trunkenbold einen Faustschlag ins Gesicht, der mit einer abgebrochenen Flasche auf ihn losgehen wollte. „Gute Idee. Wo ist die Ratte?"

Devon schaute sich suchend um. Ralph war verschwunden, hatte sich beim ersten Zeichen der Gefahr aus dem Staub gemacht, was nicht weiter verwunderlich war. „Es lohnt sich nicht, ihn zu verfolgen. Er hat uns eigentlich alles mitgeteilt, was wir momentan wissen müssen."

Drake war nicht mehr da, als Eloise am Morgen erwachte. Sie blieb noch ein paar Minuten liegen und streckte wohlig die Glieder, bevor sie sich aufsetzte. Seine Anwesenheit hatte ihre ärmliche Kammer wärmer und gemütlicher gemacht.

Er war gegangen, ohne eine Spur zu hinterlassen, nichts wies auf seinen nächtlichen Besuch hin. Nur ihr Körper trug die Zeichen seiner leidenschaftlichen Umarmungen. Am liebsten wäre sie noch einmal unter die Decke gekrochen, um in Erinnerungen an seine Zärtlichkeiten zu schwelgen. Sie hatte sich so geborgen gefühlt in seinen schützenden Armen.

Schließlich raffte sie sich auf, streckte die Füße aus dem Bett, und ihr Blick fiel auf das grässliche Ballkleid auf dem Fußboden. Und dann musste sie wieder an Ralphs Besuch denken, den sie völlig verdrängt hatte.

Gewissensbisse nagten an ihr, dass sie nicht den Mut aufgebracht hatte, Drake von ihm zu erzählen. Aber sie wollte weder sich noch ihm die schönen Stunden verderben, nahm sich aber vor, ihm die ganze Geschichte bei nächster Gelegenheit zu erzählen. Dadurch würde sie sich erleichtert fühlen. Unehrlichkeit und Heimlichtuerei waren ihrem Wesen fremd.

Gähnend warf sie die Bettdecke zurück und tappte auf nackten Füßen zum Spiegel. Die geheime Stelle zwischen ihren Beinen fühlte sich geschwollen und schmerzhaft an, eine Erinnerung an ihre heiße Liebesnacht mit Drake, von der sie keine Sekunde bereute. Allerdings durfte sie ihre Pflichten als Gouvernante in diesem Haus nicht vernachlässigen. Noch nicht.

Sie beeilte sich mit ihrer Morgentoilette und warf einen Blick in Thalias Zimmer, die immer noch in ihrem Ballkleid quer über dem Bett lag und selig schlief, ein weißer Seidenschuh hing von ihrem zierlichen Fuß.

Eloise lächelte in sich hinein und schloss leise die Tür. Offenbar hatte sich in dieser Ballnacht, die mit solchen Widrigkeiten begonnen hatte, auch für Thalia wieder alles zum Guten gewendet. Allerdings machte Eloise sich noch auf weitere Eskapaden ihres Schützlings gefasst, es war noch nicht aller Tage Abend.

Als sie die Treppe nach unten lief, hatte die Dienerschaft sich in der Diele versammelt. Heston, der Butler, machte sich eifrig am Garderobenständer zu schaffen. Mrs Barnes stand mitten in der Diele und gab dem Küchenmädchen ausführliche Anweisungen, sich vom Gemüsehändler keine angefaulten Zwiebeln andrehen zu lassen. Freddie polierte, als ginge es um sein Leben, die Messingbeschläge an den Türen, in denen er sich bereits spiegeln konnte.

„Guten Morgen allerseits“, grüßte Eloise munter und wollte ins Wohnzimmer, um nach der Post zu sehen. „Wie schön, dass ihr alle schon so früh am Morgen fleißig bei der Arbeit seid.“

Bluebell, das kaum vierzehnjährige Spülmädchen, grinste breit und zeigte dabei ihre Zahnlücke. „Einige von uns waren die halbe Nacht fleißig bei der Arbeit.“

„Und einige von uns sollten den Mund halten und sich um ihren eigenen Kram kümmern", knurrte Mrs Barnes halblaut.

Eloise lächelte verlegen, wenn auch keineswegs gekränkt. Als sie die Wohnzimmertür öffnete, klatschte das Publikum hinter ihrem Rücken Beifall. Sie warf einen Blick über die Schulter, öffnete den Mund, um etwas zu sagen, dann schüttelte sie den Kopf, floh ins Zimmer und schloss die Tür. Woher wusste die neugierige Bande über ihre Liebesnacht Bescheid?

Hing ihr ein Schild um den Hals mit der Aufschrift „gefallenes Mädchen"? War ihr die Erfüllung dieser Liebesnacht so deutlich ins Gesicht geschrieben? Oder glaubten die Dummköpfe tatsächlich, sie habe sich in einem Akt der Selbstaufopferung Drake Boscastle hingegeben? Sie wünschte, sich einreden zu können, ihr Sündenfall sei nur aus Barmherzigkeit und Selbstlosigkeit geschehen.

Sie setzte sich an den Tisch. Zwei Minuten später watschelte Mrs Barnes mit einer dampfenden Tasse Tee herein. „Wie wär's mit gebratenen Eiern und Speck, meine Liebe?", fragte sie fürsorglich. „Oder eine Schüssel heißen Porridge zum Aufwärmen?"

Eloise bedachte sie mit einem argwöhnischen Blick. „Mir ist nicht kalt, vielen Dank."

„Das kann ich mir denken nach dieser heißen Nacht."

„Mrs Barnes, ich muss schon bitten!"

„Vielleicht eine Scheibe gebutterten Toast? Sie haben gewiss einen Bärenhunger."

Seufzend griff Eloise nach der Zeitung auf dem Tisch. „Ist das alles, Mrs Barnes? Keine Nachricht von Lord Thornton?"

„Die Post ist noch nicht gekommen. Die Zeitung brachte Major Dugdale gestern Abend. Er meinte, darin ist ein Artikel, der Sie interessieren dürfte."

Stirnrunzelnd schlug Eloise die Zeitung auf. „Grundgütiger, schon wieder so ein Schundblatt. Weiß der Mann nichts Besseres mit seiner Zeit anzufangen?", murmelte sie und begann gegen ihren Willen den Artikel zu lesen, den der Major rot angestrichen hatte.

Welches Mitglied einer angesehenen Londoner Familie hat sich wohl eine Kurtisane zur Mätresse genommen? Dieser berüchtigte Frauenheld hält sich nicht in einem Kastell versteckt, sondern in einem wohlbekannten Freudenhaus in der Bruton Street. Der Vorname des sündigen Gentleman reimt sich auf Reck …

Reck. Drake. Kastell. Boscastle. Eloise versuchte den Kloß in ihrem Hals hinunterzuschlucken.

„Sehen Sie sich das an, Mrs Barnes“, sagte sie tonlos. „Das ist wirklich sehr unerfreulich.“

„Wieder mal zu viele Blätter in Ihrem Tee?“

„Die Zeitung. Ich meine die Zeitung.“

Mrs Barnes fischte ihre Brille aus der Schürzentasche. „Ach was, gelegentlich habe ich diesen Klatsch ganz gern.“

Eloise schob den Stuhl zurück und erhob sich. „Ich nicht. Jedenfalls nicht diesen Schund.“

„Du liebe Güte“, murmelte Mrs Barnes, während sie die Zeilen, die sie las, mit dem Finger nachzog. „Vielleicht ist es gar nicht so schlimm, wie es klingt.“ Sie schaute mit einem hoffnungsvollen Lächeln zu Eloise auf. „Vielleicht ist alles auch nur erfunden. Sie sagen doch selbst, diese Schundblätter stecken voller Lügen.“

„Aber diesmal stimmt es“, entgegnete Eloise leise.

„Woher wollen Sie das wissen, Miss?“

„Weil ich Lord Boscastle persönlich am Abend, als wir uns kennenlernten, in diesem Freudenhaus an der Bruton Street abgeholt habe“, erklärte sie düster.

„Sie?“, entfuhr es Mrs Barnes bestürzt. „Sie waren in einem Bordell? Gütiger Himmel, ich muss mich setzen, um das zu verdauen.“

Eloise nahm ihr die Zeitung aus der Hand. Auch sie hatte einiges zu verdauen. Zugegeben, sie wusste, welchen Lebenswandel Drake geführt hatte, bevor ihre Affäre begann. Aber entdecken zu müssen, dass er dieser … dieser Kurtisane – sie rümpfte angewidert die Nase – und ihr gleichzeitig den Hof machte, war empörend und traf sie wie ein Dolchstoß ins Herz. War sie etwa seine zweite Wahl gewesen? Eine Lückenbüßerin?

Schlimmer noch, in diesem Artikel hieß es, er sei einer unter mehreren Bewerbern um die Gunst der Kurtisane gewesen. Stellte er ihr etwa immer noch nach? „Maribella St. Ives, dass ich nicht lache!“, fauchte sie. „So heißt die Person nie im Leben. Das lasse ich mir nicht bieten.“

Mrs Barnes beäugte sie mit einem beifälligen Nicken. „So ist es recht, Schätzchen. Seien Sie bloß nicht zimperlich und lassen sich eine Beleidigung von so einer Schlampe nicht gefallen.“

Eloise spitzte missbilligend die Lippen. „Solche Worte stehen Ihnen nicht zu, Mrs Barnes.“

„Ob mir das zusteht oder nicht, Hauptsache, Sie machen ihm von vornherein klar, dass sie dieses ungehörige Verhalten nicht dulden.“

Drake war nach Hause gefahren, um sich zu rasieren und die Kleider zu wechseln. Er hatte gehofft, sich unbemerkt aus Eloises Zimmer schleichen zu können, um ihr unnötige Peinlichkeiten zu ersparen, doch Thorntons Dienerschaft hatte ihn aus strategisch gut gewählten Verstecken im Haus beobachtet.

Nun ja, es hatte keinen Sinn, das Offensichtliche zu leugnen. Er hatte Freddie ein paar Goldmünzen zugeworfen, als der versuchte, sich hinter einer Tür zu verbergen.

„Lass Miss Goodwin ein wenig länger schlafen, Freddie“, sagte er und zwinkerte dem verblüfften Diener vertraulich zu.

„Sehr wohl, Mylord.“ Freddie bedankte sich mit einer tiefen Verbeugung und beeilte sich, ihm die Haustür zu öffnen. Der Himmel war bewölkt, es nieselte leicht, ein typischer Londoner Morgen brach an. „Und gestatten Sie mir zu bemerken, wie erleichtert ich bin, dass …“

Drake warf ihm mit einer hochgezogenen Braue einen Blick über die Schulter zu. „Dass was?“

Freddie räusperte sich verlegen. „Dass Miss Goodwin einen verlässlichen Freund in Ihnen gefunden hat.“

Ein verlässlicher Freund. Diese Beschreibung seiner Beziehung zu Eloise wärmte ihm das Herz. Freunde und Liebende. Das gefiel ihm. Wenn er mit ihr zusammen war, schien sich die Leere in ihm zu füllen, die er so lange versucht hatte, zu verdrängen. Liebesspiele und Freundschaft. Konnte es etwas Besseres geben?

„Ich bin froh, dass sie einen Beschützer hat", hatte Freddie hinzugefügt und war Drake ins Freie gefolgt. „Den braucht sie nämlich, Mylord."

Drake maß dieser Bemerkung zunächst keine Bedeutung bei. Erst einige Stunden später dämmerte ihm einiges. Er hatte vor, seinem Bruder Heath einen Besuch abzustatten und ihm vorzuschlagen, sich mit Sir Jeremy Hutchinson im Club zu treffen, statt ein paar Runden bei Jackson zu boxen.

Und den Rest des Tages wollte er Eloise widmen, ohne genaue Pläne zu haben. Vielleicht würden sie gar nichts tun oder einen Ausflug in den Hyde Park machen. Er wollte nur in ihrer Nähe sein und hatte nicht das Gefühl, er müsse sich sonderlich anstrengen, um sie zu beeindrucken.

Kurz nachdem Drake seine Morgentoilette beendet hatte, klopfte Heath an der Tür. Ganz im Gegensatz zu Devon sprach sein älterer Bruder sehr selten unangemeldet bei ihm vor. Drake gab seinem Kammerdiener Quincy mit einem Wink zu verstehen, sich zurückzuziehen.

„Ich wollte gerade aus dem Haus, um dich zu besuchen", erklärte Drake und zupfte seine Halsbinde zurecht. „Wie geht es Julia?"

„Danke der Nachfrage, ausgezeichnet."

Drake begegnete dem Blick seines Bruders im Spiegel und wusste, dass etwas nicht in Ordnung war. Er drehte sich bedächtig um. „Was hast du auf dem Herzen?"

„Ich wurde damit beauftragt, mit dir zu sprechen."

„Ach du meine Güte", stöhnte Drake, verzog das Gesicht und wandte sich zum Fenster. „Also gut, heraus damit. Emma hielt mir bereits gestern Nacht eine Moralpredigt. Nun bist also du dran. Bei dir kann ich wenigstens damit rechnen, dass du dich kurz fasst."

Heath umrundete den wuchtigen Schreibtisch, der eine Stirnseite des Zimmers einnahm. „Habe ich dir je eine Lektion erteilt?"

„Nein. Nicht, dass ich mich entsinne." Drake räusperte sich. „Aber die Mühe kannst du dir auch diesmal sparen", fuhr er sachlich fort. „Ja, es stimmt. Ich habe eine Affäre mit einer Frau, die sich ihren Lebensunterhalt als Gesellschafterin und Gouvernante verdient. Nein, sie ist eigentlich nicht mein Typ, wie Emma mir unverblümt vorwarf. Ich habe sie kompromittiert und übernehme die volle Verantwortung dafür. Musst du nähere Einzelheiten wissen?"

Heath setzte sich in den gepolsterten Ledersessel. „Ich muss gar nichts über deine Privatangelegenheiten wissen."

„Na schön." Drake zog gereizt die Schultern hoch. „Was ist dann der Grund deines Besuches?"

„Was weißt du über diese Frau?"

Drake stutzte. Diese Frage hatte er nicht erwartet. Von all seinen Geschwistern war Heath ihm im Wesen am ähnlichsten. Verschlossen, grüblerisch, darauf bedacht, den Dingen auf den Grund zu gehen. Beide Männer waren argwöhnisch. Doch während Heath ein Verstandesmensch und den Geisteswissenschaften zugetan war, handelte Drake eher aus dem Bauch heraus, seinen Eingebungen folgend.

„Was soll das heißen?", fragte er knapp.

Heath zögerte. „Wie lange kennst du sie?"

„Lange genug."

„Für eine flüchtige Affäre, vielleicht. Aber wie mir scheint, handelt es sich um etwas Ernsteres. Oder sollte ich mich irren?"

Unbehagen keimte in Drake auf. Er vertraute Heaths Urteil über Menschen mehr als seinem eigenen. „Zum Teufel, rede nicht um den heißen Brei herum. Was stimmt nicht?"

„Gestern Nacht hat ein Mann ihr Haus verlassen", antwortete Heath.

Drake lachte erleichtert auf. „Die Ehe scheint deinen Geist zu verwirren. Dieser Mann war ich. Ich verbrachte fast die ganze Nacht mit ihr."

Es entstand eine Pause, in der Heath den Blick abwandte. „Bevor du ihr Haus betreten hast, meine ich."

Drake zeigte keine Regung. Er ließ jede Einzelheit der Nacht vor seinem inneren Auge Revue passieren. Als er ihr Zimmer betreten hatte, befand sich Eloise schlafend im Bett. Es gab keine sichtbaren Zeichen der Anwesenheit eines anderen Mannes. Sie trug ein weißes Nachthemd, das er ihr bedächtig abgestreift hatte und …

Auf dem Fußboden lag das hässliche Ballkleid, achtlos hingeworfen, auch das nicht ungewöhnlich, da sie sich sichtlich unwohl darin gefühlt hatte.

Keine Weingläser auf dem Nachttisch. Nichts Verdächtiges, bis auf die Tatsache, dass sie ein wenig rührselig und aufgewühlt wirkte, auch das nichts Ungewöhnliches nach dem unwiderruflichen Schritt, den sie getan hatte.

Drake schüttelte entschieden den Kopf. „Nicht, dass das jemanden etwas anginge, aber ich schwöre, dass sie vor mir mit keinem Mann geschlafen hat."

„Es ist mir nicht angenehm, dich zu …"

„Vielleicht war es ihr Nachbar", fiel Drake ihm ins Wort. „Der alte Lüstling schnüffelt ständig hinter ihr her."

„Nein, Drake."

„Wer dann?"

Heath verschränkte die Hände auf dem Schreibtisch. „Devon und Dominic verfolgten ihren nächtlichen Besucher in eine üble Spelunke in Covent Garden. Er behauptet, mit Eloise verlobt gewesen zu sein, bevor sie nach London kam. Offenbar ist er hinter Geld her."

Drake spürte eine sengende Hitze in sich aufsteigen. „Wo ist der Kerl?"

„Er machte sich aus dem Staub, als eine Schlägerei in der Spelunke ausbrach. Offenbar kein angenehmer Zeitgenosse."

„Verstehe.“

„Legst du Wert auf meine Hilfe?“

Drake schüttelte wieder den Kopf, die Worte seines Bruders drangen kaum in sein Bewusstsein. „Damit werde ich allein fertig.“

„Liegt dir so viel an ihr?“

„Habe ich gesagt, dass mir etwas an ihr liegt?“

„Nein“, antwortete Heath gedehnt, „aber du sagtest auch nicht, dass dir nichts an ihr liegt.“

Drake fluchte in sich hinein. „Jetzt klingst du beinahe wie Devon.“

„Mir wäre es weiß Gott lieber gewesen, Devon hätte dir das alles gesagt.“ Heath stand auf. „Ich habe diesen Auftrag nur äußerst widerwillig übernommen, das kannst du mir glauben.“

Drake hatte einen schalen Geschmack im Mund, er fühlte sich wie versteinert. „Wieso eigentlich? Ich kenne sie doch kaum.“

„Na, dann bin ich froh, dass dich diese Neuigkeiten nicht aus der Fassung bringen.“

„Und? Hast du etwas anderes erwartet?“, fragte Drake mit einem spöttischen Lächeln.

22. KAPITEL

Drake trieb den Kutscher zur Eile an. Ob diese Neuigkeiten ihn aus der Fassung gebracht hatten? Ob er verärgert darüber war, dass die Frau, mit der er vor wenigen Stunden noch geschlafen hatte, letzte Nacht mit einem anderen Mann zusammen gewesen war? Mit ihrem früheren Verlobten?

Nein, er war nicht außer Fassung, er war nicht verärgert. Er war rasend vor Zorn, zerfressen von Argwohn und vermochte kaum, seine Gedanken zu ordnen. Er konnte nicht glauben, dass Eloise ihn so niederträchtig hinterging. Verdammt noch mal, es musste eine einleuchtende Erklärung dafür geben, warum dieser Mann sie letzte Nacht aufgesucht hatte. Warum er behauptete, mit ihr verlobt gewesen zu sein.

Wenn dieser Besuch harmlos gewesen wäre, hätte sie doch mit ihm darüber gesprochen. Eine aufrichtige Frau hätte sich ihrem Beschützer anvertraut. Es sei denn, es lag ihr daran, diesen Besuch geheim zu halten.

Vielleicht war ihr der Besuch zu peinlich gewesen, vielleicht hatte sie ihm nicht genug Bedeutung beigemessen, um ihn zu erwähnen. Hatte Emma nicht gesagt, Eloise sei von ihrer Familie verstoßen worden? Eventuell hatte Devon die Geschichte des Mannes nicht richtig verstanden … das würde allerdings bedeuten, dass auch Dominic sie falsch verstanden hatte, das war ja wohl nicht gut möglich.

Vielleicht aber, dachte Drake düster und lehnte seinen Kopf gegen die Samtpolster, war an Eloise Goodwin mehr, als der äußere Anschein vermuten ließ. Das hätte er ahnen müssen. Er würde sich nicht zu einer unbedarften Frau ohne Vergangenheit hingezogen fühlen. Aber nie im Leben hätte er sie für ein heimtückisches, falsches Frauenzimmer gehalten, und nach letzter Nacht …

Letzte Nacht. Ein Frösteln rieselte ihm über den Rücken.

Nie zuvor hatte eine heiße Nacht mit einer leidenschaftlichen

Frau ihn so tief beglückt. Er rieb sich die brennenden Augen. Allein der Gedanke daran ließ sein Herz schneller klopfen. Der Begriff Liebesnacht war eine falsche Bezeichnung für seine früheren sinnlichen Begegnungen. Liebe hatte in seinen bisherigen Beziehungen zu Frauen nie eine Rolle gespielt. Vergnügen, Genuss, Befriedigung, ja. Andererseits liebte er auch Eloise nicht, solche Gefühle würde er niemals zulassen.

Die Karosse bog in eine Seitenstraße ein und hielt an. Drake blieb sitzen. In diesem Moment begleitete Sir Thomas seine Mutter und Thalia zu einer schlichten Kutsche vor dem Haus. Drake konnte für einen kurzen Moment Eloise sehen, die an der Haustür stand und die fröhlich plaudernde Gruppe verabschiedete, bevor sie wieder im Haus verschwand.

Zunächst dachte er, sie habe ihn nicht bemerkt. Nein, das war nicht möglich. Sie hatte ihm direkt ins Gesicht geblickt, bevor sie auf dem Absatz kehrt machte und die Tür hinter ihr zugegangen war. Er beugte sich vor, sein Argwohn war erneut geweckt. Sie hatte nicht einmal gelächelt, ihn mit keinem heimlichen Winken, keinem zärtlichen Blick gebeten, noch ein Weilchen zu bleiben.

Wütend riss er den Wagenschlag auf und sprang auf die Straße, ohne darauf zu warten, dass sein Diener das Treppchen für ihn herunterklappte. Thalia schaute ihn überrascht an. Grußlos überquerte er die Straße und strebte dem Haus zu. Was wusste er eigentlich über Eloise? Abgesehen davon, dass er sie begehrte mit einer an Wahnsinn grenzenden Leidenschaft, die offenbar seinen Geist verwirrt hatte. Über Thalia Thornton wusste er mehr als über Eloise. Selbst Emma wusste mehr über sie, obgleich sie mit Eloise nur ein förmliches Vorstellungsgespräch geführt hatte.

Klar war ihm nur, dass er wahnsinnig eifersüchtig war und den Gedanken nicht ertrug, dass es in Eloises Leben einen anderen Mann geben könnte. Aber sie war eine aufregende, reizvolle, liebenswerte Frau. Wie konnte er glauben, dass sie vor ihm keinen anderen geliebt hatte? Hatte sie ihm ihre Vergangenheit absichtlich verschwiegen? Oder war er einfach zu sehr von sich eingenommen und seiner Sache zu sicher gewesen, um sie danach zu fragen?

Hätten sich meine Brüder nicht eingemischt, dachte er in beinahe kindischer Unvernunft, wären mir all diese grässlichen Zweifel erspart geblieben. Er klopfte laut an die Tür, während Lady Heatons Kutsche sich langsam in den Verkehr der Straße einfädelte. Gut. Eloise war allein, und er würde dieses Haus nicht eher verlassen, bis sie all seine Fragen beantwortet hatte.

Die Haushälterin Mrs Barnes öffnete die Tür.

„Sie ist im Wohnzimmer", sagte sie ohne große Begeisterung und dämpfte die Stimme. „Ich hoffe, Sie bringen ein Geschenk. Wir sind nicht gerade bester Laune, fürchte ich. Vermutlich wegen all der Aufregung von letzter Nacht. Und natürlich wegen einer gewissen anderen Dame."

Drakes Miene verfinsterte sich nur noch mehr. Was schlechte Laune anbetraf, so hatte Eloise die seine noch nicht zu spüren bekommen. Und wovon redete die Haushälterin eigentlich? Wieso mischte sich alle Welt in sein Leben ein, angefangen von seiner prüden Schwester bis zu irgendwelchen Dienstboten?

Eloise stand mit dem Rücken zu ihm am Fenster. Drake hielt an der Schwelle inne, in ihren Anblick versunken. In Erinnerung an die vergangene Nacht mit ihr geriet sein Blut in Wallung, und er verspürte ein verräterisches Ziehen in den Lenden.

Sie gehörte ihm. Kein Mann hatte sie vor ihm berührt. Er scherte sich nicht um die Meinung anderer Leute. Er war ihre erste Liebe. Das wusste er. Er hatte ihr die Unschuld genommen. Seine Brüder irrten sich.

Eloise drehte sich langsam zu ihm um, die Lippen zu einem schmalen Strich aufeinandergepresst. Sie hielt eine Zeitung in der Hand, besser gesagt, sie zerknüllte die Zeitung in ihrer Faust. Drake sah sie verwundert an. Sie wirkte keineswegs schuldbewusst. Sie war wütend … wütend auf ihn. Was hatte das zu bedeuten? *Er* hatte das Recht, wütend zu sein.

Er trat auf sie zu und küsste sie, bevor sie eine Chance hatte, etwas zu sagen. Er glitt mit seiner Hand ihren Rücken entlang bis zu ihrem verführerischen Po. Sie leistete Widerstand und gab sich gleichzeitig seinem Kuss hin. Plötzlich war ihm alles einerlei. Er wollte nur bei ihr sein.

Einen Augenblick lang vergaß er seine Eifersucht, seinen Argwohn, seinen Verdacht. Besitzergreifend wölbte er seine Hände um ihre Brüste und küsste sie wieder. Er hatte keine Ahnung, wieso er geglaubt hatte, sie zu küssen würde seine Gedanken klären, denn genau das Gegenteil war der Fall. Jäh löste er sich von ihr und schob sie von sich. Sie war atemlos und wirkte benommen. Nun ja, ihm erging es nicht anders.

Sein Blick durchbohrte sie. Er war gekommen, weil er die Wahrheit erfahren wollte – die ganze Wahrheit und um jeden Preis.

„Wir haben gestern Nacht eine Abmachung getroffen, Eloise", begann er brüsk und fixierte sie scharf auf der Suche nach dem geringsten Zeichen von Ausflucht oder Verlegenheit. „Wir ..."

Sie hielt ihm die zerknitterte Zeitung unter die Nase. „Und welche seltsamen Abmachungen triffst du noch zur gleichen Zeit?"

Mit einem flüchtigen Blick auf das Blatt hoffte er, dass sie ihm nicht wieder eine Zeichnung von Heaths übertrieben vergrößerter Anatomie zeigen wollte. „Ich habe keine Lust, mir diesen Schmutz schon wieder anzusehen", entgegnete er aufgebracht. „Und schweife bitte nicht vom Thema ab."

Unbeirrt fuchtelte Eloise mit der Zeitung vor seiner Nase herum. „Bei diesem Thema handelt es sich um unsere Abmachung. Aber diesem Schmutz entnehme ich, dass du bereits eine andere Abmachung getroffen hast ..."

Er hörte kein Wort von dem, was sie sagte. Er wollte nur eine Antwort auf die Frage, die ihn verrückt machte. Interessierte sie sich für einen anderen Mann?

Er hob die Stimme, um sie zu übertönen. „Du hast mir ein paar Fragen zu beantworten, Eloise. Und hör bitte auf, mir mit dieser dämlichen Zeitung vor dem Gesicht herumzuwedeln."

Sie wich einen Schritt zurück, offenbar erschreckt von seinem bedrohlichen Tonfall. Er konnte nicht anders. Seine Eifersucht riss ihn in Stücke, und wenn sie ihm nicht endlich eine plausible Erklärung gab …

„Die Wahrheit“, forderte er eisig und näherte sich ihr mit zusammengezogenen Brauen.

„Die Wahrheit.“ Sie begegnete seinem Blick unverwandt und ohne jede Scheu. „Die Wahrheit. Aha. Bitteschön, ich warte. Ich hätte es natürlich vorgezogen, wenn du die Höflichkeit besessen hättest, mir die Wahrheit vor unserer gemeinsamen Nacht zu gestehen. Aber im Namen der Gerechtigkeit und da ich als vernunftbetonte Frau gelte und weil selbst ein elender Hund das Recht auf Verteidigung haben sollte …“

Er beugte sich über sie, und seine dunklen Augen blitzten wütend auf. „Nennst du mich einen elenden Hund?“

„Wenn das wahr ist, was in der Zeitung steht, ja.“

„Ich pfeife darauf, was die Zeitungen schreiben!“, schrie er. „Ich will wissen, was zwischen dir und diesem Mann ist.“

Wieder fuchtelte Eloise mit der Zeitung vor seinem Gesicht herum. „Und ich pfeife darauf, worauf du pfeifst. Ich will alles über diese Kurtisane wissen, diese sogenannte Maribella …“ Sie stockte mitten im Satz und sah ihn verdutzt an. „Was für ein anderer Mann?“

Er musste zugeben, dass ihre Verblüffung aufrichtig wirkte. Er dämpfte die Stimme, obwohl sein Herz raste. „Hast du eine Beziehung mit einem anderen Mann, Eloise?“

„Was soll ich haben?“ Sie bekam große Augen, als spreche er in Rätseln. „Jetzt begreife ich endlich, worum es dir geht. Du versuchst, mir den Wind aus den Segeln zu nehmen. Du drehst einfach den Spieß um und beschuldigst mich dessen, was du getan hast.“

Drake trat noch einen Schritt auf sie zu, und sie wich bis zum Fenster zurück. „Es geht hier nicht um mich. Was hast du letzte Nacht getrieben?“

„Bist du betrunken, Drake Boscastle? Letzte Nacht warst du bei mir.“

Drake hob den Kopf. Der Schatten von Mrs Barnes Leibesfülle huschte im Flur vorbei. Mit drei langen Sätzen war er an der Tür und stieß sie mit dem Stiefelabsatz zu. Mrs Barnes entfuhr ein spitzer, wenn auch gedämpfter Angstschrei.

Eloise war in die Mitte des Zimmers getreten und beäugte ihn wie einen entlaufenden Irren. Einen absurden Augenblick lang sah er sie vor sich, wie sie einen Stuhl packte wie eine Walküre und ihn über seinem Kopf schwang wie ein tödliches Schwert. Vielleicht war es das, was er brauchte, um nicht vollends dem Wahnsinn zu verfallen.

„Was ist eigentlich los mit dir?“, fragte sie beklommen und suchte Zuflucht hinter dem Tisch.

Er folgte ihr. „War letzte Nacht ein Mann bei dir, bevor ich kam, oder nicht? Ein Mann, den du mitten in der Nacht heimlich an der Gartentür verabschiedet hast?“

Sie starrte ihn an, ihre vollen rosigen Lippen öffneten sich in sprachlosem Erstaunen. Leugne es, dachte er in verzweifelter Hoffnung. Sag mir, dass es nicht wahr ist. Belüge mich. Erfinde irgendeine Ausrede. Ich glaube dir alles.

„Wie hast du es herausgefunden“, fragte sie nach dem unerträglichsten Schweigen seines ganzen Lebens.

Drake blinzelte überrascht. Er hätte mit allem gerechnet, nur damit nicht. Keine erbärmlichen Ausflüchte, nichts, was einer glaubhaften Ausrede auch nur nahe käme. Auf der Fahrt hatte er diese Konfrontation durchgespielt und sich vorgenommen, sich zu beherrschen. Er hatte sich immer wieder eingeredet, seine Brüder hätten falsche Schlüsse gezogen. Er hatte sich vorgestellt, wie Eloise sich lachend über diesen wohlmeinenden, aber unbegründeten Verdacht mit einer plausiblen Erklärung hinwegsetzte.

Die anfängliche Verblüffung über ihre Antwort wandelte sich in flammenden Zorn. „Wer?“, stieß er mit geballten Fäusten hervor. „Wer ist der Kerl? Hast du vor, auch seine Geliebte zu werden?“

Eloise erbleichte. „Du irrst dich. Es ist ganz anders, als du denkst.“ Sie drängte sich an ihm vorbei, presste das Ohr an die Tür und klopfte energisch mit der Faust dagegen. „Ich weiß, dass Sie lauschen, Mrs Barnes, und du auch, Freddie. Verschwindet endlich!“, rief sie mit strenger Stimme.

Drake hatte die Handschuhe und den grauen Mantel abgestreift, warf sich nun auf das Sofa und verschränkte die Arme hinter dem Kopf. Aber er konnte nicht still sitzen und erhob sich wieder. Konnte nicht still stehen, ohne rastlos hin und her zu wandern, also nahm er erneut Platz. Es grenzte an ein Wunder, dass er seinen Zorn so weit bezähmen konnte, um in einigermaßen normaler Lautstärke zu sprechen.

„Wer?“

„Ein Mann, mit dem ich vor sechs Jahren verlobt war“, antwortete sie mit finsterem Blick.

Er erwiderte ihren Blick ebenso finster. Welches Recht hatte sie eigentlich, erbost zu sein? Sie war es doch, die sich heimlich mit einem anderen getroffen hatte. „Du hast nie von ihm erzählt.“

Freddies Stimme meldete sich hinter der verschlossenen Tür. „Ich höre laute Stimmen. Geht es Ihnen gut, Miss?“

„Ja, Freddie“, antwortete Eloise irritiert.

Der Junge räusperte sich. „Mrs Barnes lässt fragen, ob es Lord Boscastle ebenfalls gut geht.“

„Ja, verdammt noch mal“, knurrte Drake zähneknirschend. „Und nun schert euch zum Teufel.“

„Frechheit!“ Mrs Barnes trommelte mit den Fäusten gegen die Tür. „Ich will augenblicklich wissen, was da drin los ist.“

„Kümmern Sie sich um Ihren eigenen Kram!“, antworteten Drake und Eloise im Duett.

Ein Laut der Empörung ertönte hinter der Tür. Und dann Freddies tröstende Stimme: „Aber, aber Mrs Barnes, weinen Sie doch nicht.“

Drake warf die Arme hoch. „Kann man sich denn in diesem Haus nicht unter vier Augen unterhalten?“

„Das ist wohl kaum eine Unterhaltung zu nennen“, fauchte

Eloise. „Nicht in diesem Ton und wenn du Türen mit dem Fuß zuschlägst. Kein Wunder, dass die Dienstboten sich Sorgen machen bei deinem ungehörigen Benehmen und fürchten, du könntest gewalttätig werden.“

„Diese Möglichkeit ist nicht auszuschließen, wenn du meine Fragen nicht beantwortest.“

Eloise starrte ihn entgeistert an.

Drake durchbohrte sie mit wütenden Blicken. „Erkläre mir alles. Ich höre zu. Hattest du vor, diesen Mann zu deinem Liebhaber zu nehmen?“

Sie trat an die Anrichte. „Völlig lächerliche Vorstellung.“

„Hast du ein Verhältnis mit ihm?“

Sie fuhr auf dem Absatz herum. „Du bist ein kluger Mann und solltest fähig sein, auf diese unsinnige Frage selbst eine Antwort zu finden.“

Er schwieg. Er kam sich vor wie ein Hornochse, weil er in seiner rasenden Eifersucht keinen klaren Gedanken fassen konnte. Und sie hatte ihm immer noch keine Antwort gegeben. „Wer ist der Kerl, Herrgott noch mal?“

Eloise straffte die Schultern. „Mein früherer Verlobter. Er heißt Ralph Hawkins. Und er war nie mein Liebhaber und wird es niemals sein.“

„Aber er war letzte Nacht in diesem Haus“, beharrte Drake halsstarrig.

„Nicht, weil ich ihn darum gebeten habe. Ich hatte nie wieder etwas mit ihm oder meiner Familie zu tun, seit ich mein Dorf verlassen habe.“ Sie holte tief Atem. Drake wartete lauernd. „Willst du die Wahrheit wissen? Schön. Ich wurde mit Schimpf und Schande von meinen Eltern verstoßen.“

Seine Lippen wurden schmal. „Schon besser. Wie viele Verlobte verschweigst du mir noch, wenn du mir die Frage gestattest?“

Eloise verengte die Augen. „Musst du mir ständig mit deinen Bemerkungen ins Wort fallen?“

„Tut mir leid“, erwiderte er, ohne eine Spur von Bedauern zu zeigen. „Du hast deine Vergangenheit vergessen, und ich scheine meine guten Manieren zu vergessen.“

Ihre Wangen verfärbten sich rosig. „Und was wäre, wenn ich eine Vergangenheit hätte, die ich vergessen will? Würdest du mir verzeihen können?“

„Woher zum Teufel soll ich das wissen, wenn du nicht mit mir darüber redest?“ Er räusperte sich. „Mein Gott, sag mir einfach die Wahrheit. Liebst du ihn?“

„Damals glaubte ich es.“ Ein Frösteln durchrieselte sie. Damals war sie eine pummelige, linkische Siebzehnjährige ohne jedes Selbstbewusstsein gewesen, die zu blauäugig war, um Ralphs Antrag abzulehnen. Und ihre Eltern, die noch drei halbwüchsige Söhne zu versorgen hatten, waren zufrieden und erleichtert, die Tochter unter die Haube zu bringen. Zugegeben, er trank gelegentlich einen über den Durst, hatte ein freches Mundwerk und schaute den Mädchen gern nach, aber er hatte sich ein hübsches Häuschen gebaut und hoffte, eines Tages bis zum Gutsverwalter aufzusteigen. Als junger Mann schien er alle Voraussetzungen mitzubringen, eine Ehefrau und Kinder ernähren zu können.

Ihr Vater hatte ihr außerdem ins Gesicht gesagt, sie könne froh sein, eine so gute Partie zu machen. Eloise, noch ein halbes Kind, ohne eigenen Willen und noch weniger Selbstvertrauen, erhob keine Einwände.

Drake zog fragend die Schultern hoch und heftete seinen gnadenlosen Blick auf sie.

„Liebst du ihn heute noch?“, fragte er kalt.

Sie wich unter seiner kränkenden Unterstellung zurück, als habe er sie geschlagen. „Natürlich nicht. Diese niederträchtige Ratte versuchte, mich zu erpressen. Ich hasse den Kerl.“

Drakes Gesicht verdunkelte sich. Seine schneidende Stimme machte Eloise Angst. „Was versuchte er?“

Sie schluckte. Dieser Mann glich in nichts ihrem leidenschaftlichen und zärtlichen Liebhaber von letzter Nacht. In seinen blauen Augen brannte ein Zorn, vor dem sie am liebsten geflohen wäre. „Er drohte mir, unsere frühere Beziehung an die Öffentlichkeit zu zerren und meinen Ruf zu ruinieren."

Drake erhob sich bedächtig vom Sofa und näherte sich ihr wie ein lauerndes Raubtier. Eloise stand wie gelähmt. „Welche frühere Beziehung?", fragte er mit einem kalten Lächeln.

„Das habe ich dir doch gerade erzählt", flüsterte sie.

„Durch eine gelöste Verlobung ist der Ruf einer Frau nicht völlig ruiniert", stellte er leise fest.

Sie schluckte wieder. „Also, da ist noch etwas."

Er runzelte die Stirn in gespieltem Erstaunen. „Aha? Das dachte ich mir beinahe. Würdest du mich freundlicherweise darüber aufklären?"

„Das habe ich ja letzte Nacht gewollt", antwortete sie spitz. „Aber du warst ja zu sehr mit anderen Dingen beschäftigt, um mir zuzuhören."

Sie seufzte. Auf was für einen schwierigen, launischen Mann hatte sie sich da eingelassen? Und wie besitzergreifend er war. Selbst wenn es in der Welt der Vornehmen und Privilegierten gang und gäbe war, dass ein Gentleman sich mehr als eine Geliebte zur gleichen Zeit hielt, war Eloise nicht bereit, solches Verhalten zu tolerieren. Der Gedanke, dass er einer anderen Frau den Hof machte, während sie sich in ihn verliebt hatte, zerriss ihr beinahe das Herz.

„Eloise." Seine herrische Stimme forderte Aufmerksamkeit. „Erkläre mir bitte, wieso dieser Bastard versucht, dich zu erpressen. Und warum deine Familie dich verstoßen hat."

Sie wünschte, ihm dieses Geständnis nicht machen zu müssen. Es war zu demütigend, um es in Worte zu fassen. „Das liegt eine Ewigkeit zurück."

„Und ich warte seit einer Ewigkeit auf deine Erklärung", entgegnete er barsch.

Eloise fügte sich endlich in das Unvermeidliche. „Kurz nachdem er mir einen Heiratsantrag gemacht hatte, ließ Ralph sich mit einer anderen ein, der er gleichfalls einen Antrag machte, wovon ich natürlich keine Ahnung hatte. Diese Frau kam ihm auf die Schliche und setzte sich umgehend mit mir in Verbindung, fest entschlossen, ihn für seinen Betrug zu bestrafen. Auch ich war maßlos aufgebracht und fand das damals eine gute Idee, ohne wirklich an die Konsequenzen zu denken."

„Das verstehe ich", warf Drake achselzuckend ein. „Ich weiß aus eigener Erfahrung, dass Leidenschaft mächtiger ist als der gesunde Menschenverstand. Andererseits begreife ich immer noch nicht, was daran so schlimm sein soll. War eure Rache so bitter für ihn?"

Eloise wandte beschämt den Blick ab. „Wir haben ihn öffentlich bloßgestellt."

„Aha. Und wie genau?"

Sie nestelte am Gürtel ihres Kleides.

„Eloise?"

„Ja?"

„Deine Rache?", ermunterte er sie. „Was habt ihr getan, um euch zu rächen?"

„Es fällt mir wirklich nicht leicht, darüber zu sprechen."

„Und mir fällt es nicht leicht, dir jedes Wort aus der Nase ziehen zu müssen. Heraus mit der Sprache! So arg kann es nicht gewesen sein. Immerhin ist der Mann noch am Leben. Was können zwei junge Mädchen wohl Schreckliches aushecken, dass du nach Jahren immer noch nicht darüber reden kannst?"

„An einem Sonntagmorgen haben wir ihn auf einen Karren gebunden und auf einer Brücke abgestellt, die alle Dorfbewohner auf dem Weg zur Kirche überqueren mussten."

Drake legte den Kopf zur Seite. „Und das war alles?"

Sie zupfte ein Fädchen von ihrem Ärmel. „Wenn ich mich recht entsinne, haben wir ihm ein Schild um den Hals gehängt, auf das wir all seine Sünden geschrieben hatten."

Drake starrte sie unverwandt an, bis sie den Blick hob. „Er trug also ein Schild um den Hals. Und weiter?"

Ihre Stimme war kaum hörbar. „Und … wenn ich mich recht erinnere, trug er außer dem Schild nichts am Leib."

Schweigen.

Drake gab mit keiner Regung zu erkennen, dass er verstanden hatte, was sie gesagt hatte, nur in seinen Augen entdeckte sie ein verräterisches Funkeln. Entweder er glaubte ihr kein Wort, oder er hielt seine neue Mätresse für eine Wahnsinnige. Dennoch war es wohl besser für beide, dass sie ihre Vergangenheit aufdeckte, so schmachvoll sie auch sein mochte.

„Das ist noch nicht alles“, fuhr sie fort, entschlossen, endlich reinen Tisch zu machen.

„Ach.“ Der Anflug eines Lächelns huschte über Drakes Lippen, diese sündigen Lippen, mit denen er sie in süßer Wonne um den Verstand gebracht hatte.

Eloise seufzte wieder und wünschte sich, sie hätte Mildred nicht daran gehindert, Ralph umzubringen, wie sie es vorgehabt hatte.

„Was noch, Eloise?“, fragte Drake geduldig.

„Wir haben sein Bett in Brand gesteckt.“

Er blinzelte erschrocken. „Befand er sich darin?“

„Natürlich nicht“, erwiderte sie entsetzt. „Er war doch auf den Karren vor der Kirche gebunden.“

Drake betrachtete sie nachdenklich. „Gab es denn einen besonderen Grund, warum ihr sein Bett angezündet habt?“

Eloise furchte die Stirn. „Mildred wollte das ganze Haus anzünden, aber ich hatte Angst vor dem Gefängnis und befürchtete, das Feuer würde sich auf das ganze Dorf ausbreiten. Ich fand es ausreichend, sein Bett zu verbrennen, um ihm zu zeigen, wie gemein und hinterhältig sein Doppelspiel war.“

„Wieso hast du nicht gewusst, dass er auch mit einer anderen verlobt war?“

„Mildred lebte im Nachbardorf. Unsere Wege hätten sich nie gekreuzt, wäre ihm nicht einer ihrer Vettern eines Abends nachgeschlichen.“

Die Frauen hatten dem Kerl wahrlich einen üblen Streich gespielt, dachte Drake in heimlicher Anerkennung. „Ich habe schon immer geahnt, dass du nicht so unbescholten und sittsam bist, wie du nach außen erscheinst, Eloise. Aber ich hätte mir nie träumen lassen, dass du zu so üblen Streichen fähig wärst. Zugegebenermaßen bin ich ein wenig sprachlos."

„Also jetzt weißt du alles über mich. Macht das einen Unterschied?"

„Selbstverständlich macht das einen Unterschied." Er schüttelte bedächtig den Kopf und zog sie in seine Arme. „Ich werde dir ein treuer Liebhaber sein, sonst bin ich meines Lebens nicht mehr sicher."

Sie entwand sich ihm, hatte keineswegs vergessen, dass er einer anderen Frau den Hof gemacht hatte. „Wobei wir wieder beim Thema wären, nämlich diesem Zeitungsartikel." Sie schob ihm das Blatt hin. „Wer ist Maribella St. Ives?"

Er warf einen flüchtigen Blick darauf. „Sie bedeutet mir nichts, hat mir nie etwas bedeutet."

„Ach tatsächlich?" Er klang überzeugend, und sie wollte ihm nur zu gern glauben. Aber war Überzeugungskraft nicht die Stärke von Frauenverführern? „Dem Bericht zufolge hast du dir ja sehr große Mühe gegeben, ihre Gunst zu erringen."

„Das stimmt", gestand er unumwunden. „Und vermutlich wäre sie auch meine Mätresse geworden, wäre ich nicht kurz vor unserem ersten Rendezvous dir begegnet."

Die beiden maßen einander abschätzend und schwiegen lange, bis er zu lächeln begann. „Entsinnst du dich? Du hast mit mir getanzt, und ich habe dich in den Garten gelockt."

Eloise wandte sich ab. Die Erinnerung versetzte ihr einen Stich ins Herz. „Natürlich. Ich weiß auch noch, wo du hinterher gewesen bist."

„Und wo bin ich jetzt, Eloise?", fragte er belustigt.

Sie verdrehte seufzend die Augen. „Ich kann mich doch nicht mit einer Frau wie dieser Maribella St. Ives messen. Ich bin eine einfache Gouvernante, Drake, keine erfahrene Kurtisane."

„Vielleicht stört mich das gar nicht", entgegnete er mit zärtlicher Stimme.

Sie wurde unschlüssig. Nachdem er sie gezwungen hatte, ihm alles zu beichten und sich zu verteidigen, wollte sie die Sache allerdings nicht so einfach auf sich beruhen lassen. „Sie soll sehr schön sein, steht in der Zeitung."

„Das ist sie", meinte er achselzuckend. „Aber sie ist nicht wie du."

Eloise ging zum Fenster und schob den Vorhang ein wenig beiseite. „Hast du dich wirklich monatelang um sie bemüht?"

„Ja."

Sie seufzte wieder. Wenigstens war er kein Lügner. „Verstehe."

Drake trat hinter sie. „Aber ich habe mein ganzes Leben auf eine Frau wie dich gewartet."

Sie wandte sich langsam um und sah zu ihm auf. Es wäre wohl ein bedeutsamer, vielleicht unvergesslicher Augenblick gewesen, wäre die Haustür nicht so krachend ins Schloss geworfen worden, dass die Wände erzitterten. Eloise schaute rasch aus dem Fenster und bekam große Augen.

„Ach du liebe Güte. Mrs Barnes verlässt das Haus mit ihrer Reisetasche."

„Wieso das denn?", erkundigte sich Drake nicht sonderlich interessiert.

„Vermutlich weil wir beide sie angeschrien und sie aufgefordert haben, sich um ihren eigenen Kram zu kümmern", erklärte Eloise unglücklich. „Ich habe sie noch nie so scharf zurechtgewiesen. Wir müssen sie unbedingt zurückholen."

Er versperrte ihr den Weg. „Wieso lässt du sie nicht gehen? Reisende soll man nicht aufhalten. Sie ist nur ein Dienstbote, Eloise."

„Manche Leute könnten das auch von mir sagen", entgegnete Eloise schnippisch.

Und in einem jener höchst bedauerlichen, allerdings nicht seltenen Momente, wenn ein Mann das äußert, was ihm als erstes durch den Sinn schießt, antwortete er: „Mag sein. Aber ich schlafe nicht mit Mrs Barnes, oder? Und ich denke nicht daran, einer Haushälterin, nicht einmal meiner eigenen, auf der Straße nachzulaufen, nur weil ich ihr geraten habe, sich um ihren eigenen Kram zu kümmern."

Zwanzig Minuten später brachte Drake Mrs Barnes ins Haus zurück, die weniger von seinen überschwänglichen Entschuldigungen beeindruckt schien als von ihrer triumphalen Fahrt in seiner eleganten Karosse. Es war der glanzvolle Höhepunkt ihrer Karriere als Haushälterin, dass ein vornehmer Aristokrat sie um Verzeihung bat.

„Er fährt mich direkt vor die Haustür", prahlte sie in die Runde der neugierigen Dienstboten aus der Nachbarschaft, die sich auf dem Gehsteig versammelt hatten. „Wie eine Königin. Lord Drake ist ein echter Gentleman."

Freddie hob ihre Reisetasche aus dem Wagen. „Ich dachte, Sie verzeihen ihm nie, weil er Ihnen den Mund verboten und gesagt hat, sie sollen sich um Ihren eigenen Kram kümmern."

Sie rauschte an ihm vorbei zur Haustür. „Und recht hatte er damit, du Grünschnabel. Einer Haushälterin steht es nun mal nicht zu, sich in die Angelegenheiten ihrer Herrschaft einzumischen."

„Was machen die beiden denn jetzt?", fragte Freddie, als die Karosse sich in den Verkehr einfädelte und Miss Goodwin und ihren neuen Beschützer entführte.

Mrs Barnes winkte Lord Drakes Kutscher und den beiden Dienern auf dem hinteren Trittbrett freundschaftlich zu, die ihren Gruß mit einem steifen Nicken erwiderten. „Ich schätze, von heute an kann Seine Lordschaft nach Belieben kommen und gehen, mein Junge. Und wenn unsere Eloise sich bald in ihrem hübschen Haus eingelebt hat, sind wir gerne bereit, wieder in ihre Dienste zu treten, nicht wahr?"

23. KAPITEL

„Das war sehr freundlich von dir, Drake." Eloise beobachtete durch das Wagenfenster, wie Mrs Barnes mit stolzgeschwelltem Busen das Haus betrat. „Sie wird dich ihr ganzes Leben tief verehren, weil du ihr das Gefühl gegeben hast, wichtig zu sein."

„Nicht der Rede wert", sagte er beiläufig, da ihm gewiss wenig an der Verehrung der opulenten Mrs Barnes lag. Allerdings war auch dies eine neue Erfahrung für ihn, einer Haushälterin auf der Straße nachzulaufen und sie vor einer verblüfften Schar Passanten um Verzeihung zu bitten.

Die sie ihm nach einigem Zögern auch huldvoll gewährt hatte, was sich wiederum günstig auf seine zukünftigen Pläne mit Eloise auswirken sollte.

Die Karosse passte sich dem allgemeinen Betrieb auf der Straße an. Eloise bemerkte den Scherenschleifer, der oft ins Haus kam und sie nun mit verdattertem Gesicht angaffte.

„Wo fahren wir hin?", fragte sie Drake.

„Zu mir nach Hause", antwortete er. „Dort können wir unsere Unterhaltung ungestört von heimlichen Lauschern an der Wand fortsetzen."

Sie warf ihm einen prüfenden Seitenblick zu. Erst seit ein paar Stunden war sie seine Geliebte, und die Grenzen zwischen ihrem früheren Leben und ihrer neuen Existenz begannen bereits zu verschwimmen. Seit letzter Nacht wusste sie, dass es kein Zurück für sie gab, was allerdings nicht bedeutete, dass sie ihre bisherigen Werte und Moralbegriffe bereits über Bord geworfen hatte, das würde wohl noch eine Weile dauern.

„Eloise", sagte er sanft, als könne er ihre Gedanken lesen. „Es ist unwichtig, was andere Leute von dir denken, glaube mir. Bringst du den Mut auf, dich mit mir in der Öffentlichkeit zu zeigen?"

„Ich weiß nicht recht, ob Mut das richtige Wort ist", erklärte sie ein wenig beklommen.

„Komm in mein Haus“, bat er sie mit einem einschmeichelnden Lächeln. „Dort können wir ungestört miteinander reden.“

„Nur reden?“, fragte sie mit einer hochgezogenen Braue.

Er machte sich nicht die Mühe, ihren Verdacht zu widerlegen. „Ich glaube, wir hatten heute unseren ersten Streit. Und sich nach einem Streit zu lieben, ist gewöhnlich für beide Seiten der erfolgreichste Weg zur Versöhnung.“

Sie zögerte. „Hat Maribella St. Ives Kenntnis davon, dass du mich zu deiner Mätresse genommen hast?“

„Keine Ahnung.“ Sein verführerisches Grinsen löste ein wohliges Kribbeln in ihr aus. „Irgendwann wird sie es wohl erfahren.“

Und mit Gottes Hilfe erfährt sie es eher später als früher, dachte er im Stillen. Er hatte Maribella in einem Brief schonend beizubringen versucht, er halte es für besser, ihre Bekanntschaft nicht fortzusetzen. Er hätte ihr das auch gerne persönlich gesagt, aber sie weigerte sich, ihn zu empfangen. Vielleicht wusste sie bereits, dass eine andere Frau seine Entscheidung beeinflusst hatte. Und wenn nicht, so hegte sie gewiss den Verdacht.

Die Karosse bog in eine private Einfahrt neben der herrschaftlichen Backsteinvilla im Georgianischen Stil, worauf zwei livrierte Diener herbeieilten und das hohe verschnörkelte Eisentor schlossen. Drake verbrachte so wenig Zeit wie möglich in diesem Haus. Ihm war klar, dass er mit seinem Entschluss, Eloise hierher zu bringen, einen bedeutenderen Schritt unternahm, als er sich selbst zugestehen wollte. Devon witzelte gerne darüber, dass sein Bruder offenbar befürchtete, Wurzeln zu schlagen, wenn er sich zu lange an diesem Ort aufhielt.

Unvermutet schoss Drake der Gedanke durch den Sinn, ob er sich möglicherweise ändern könnte oder ob all die unheilvollen Prophezeiungen seiner Familie unvermeidlich eintreffen würden.

Eloise entstieg der Karosse und verharrte einen Moment unschlüssig, bevor sie Drake zögernd folgte. Es würde wohl noch eine Weile dauern, ehe es ihr gelang, sich über die gesellschaftlichen Gepflogenheiten hinwegzusetzen, denen sie sich ihr ganzes Leben unterworfen hatte. Schließlich siegte ihre Neugierde. Sie hatte ihre früheren Herrschaften stets nach ihren Häusern beurteilt. Was würde sie über ihren Liebhaber erfahren?

Die große Empfangshalle war schmucklos, bis auf die reich verzierte Stuckdecke im Rokokostil und den Marmorbüsten griechischer und römischer Feldherren, die hoheitsvoll auf Eloise herabblickten. Drake zeigte ihr die Räume im Parterre. Im Billardzimmer und der eichengetäfelten Bibliothek hing ein angenehmer Hauch nach edlen Zigarren, Leder und erlesenem französischen Cognac. Es eröffnete sich ihr das Reich eines Manns, in dem sich allerdings kaum persönliche Gegenstände befanden, die Aufschluss über den Charakter seines Besitzers gegeben hätten.

Im ersten Stock führte er sie einen breiten Korridor entlang, bis sie ihre Schritte verlangsamte, und dann spürte sie, wie seine sehnigen Finger sich um ihre Hand schlossen. Dieses Haus strahlte eine Einsamkeit aus, die in ihr den Wunsch weckte, es mit Wärme und Leben zu füllen. Kenne ich diesen Mann überhaupt? fragte sie sich bang.

„Du brauchst keine Angst zu haben", flüsterte er, und seine Augen blitzten belustigt bei ihrem Zaudern.

Eloise konnte ihr klopfendes Herz hören. Einen Mann wie Drake zu lieben, besser gesagt, seine Mätresse zu sein, würde ihr lediglich ein vorübergehendes Gefühl der Geborgenheit geben. Sie wusste wirklich nicht, wie sie sich in dieser neuen Position verhalten sollte. Würde sie ebenso mühelos lernen, eine erfahrene Mätresse zu werden, wie sie gelernt hatte, die Regeln der Etikette zu beherrschen?

War es ein Fehler gewesen, ihrem Herzen zu folgen, ohne dass Drake ihr die Bedingungen dieses Arrangements genauer erklärt hatte? Dieses Arrangement. Wie hohl das klang.

„Woran denkst du, Eloise?", wollte er wissen und lehnte die Schulter gegen eine Tür.

„Nun ja, immer wenn ich eine neue Stellung antrat, bat ich meinen Arbeitgeber, mir detaillierte Auskunft zu erteilen, was er von mir erwartete."

Er schmunzelte. „Eine vernünftige Überlegung. Und meine Antwort lautet natürlich …", er öffnete die Tür und dirigierte sie sanft in sein Schlafgemach, „… alles. Ich erwarte alles von dir."

Ihr Blick flog zu einem breiten Mahagonibett mit einem Überwurf aus schwerer grüner Seide. „Alles? Könntest du dich vielleicht etwas präziser ausdrücken?"

Er nahm ihr den Umhang von den Schultern. „Was ich von dir erwarte, ist deine Treue, deine Aufrichtigkeit und deine Gesellschaft. Und selbstverständlich das …"

Sie wagte kaum zu atmen, als er die Knöpfe ihres Kleides im Rücken mit geschickten Fingern öffnete, die Bänder ihres Korsetts löste und sie daraus befreite. Es folgten ihr kurzärmeliges Unterhemd, die spitzenbesetzte Pluderhose und zuletzt die Strümpfe, alles landete achtlos auf dem Teppich. Gottlob waren die Vorhänge zugezogen. Eloise stand splitternackt im Zimmer, während er in aller Ruhe den Gehrock ablegte, danach Weste und Hose.

„Und was kann ich von dir erwarten?", fragte sie, in den Anblick seines breiten Rückens und seines wohlgeformten Pos versunken. Sein ganzer Körper wirkte wie aus Marmor gemeißelt. „Ich meine, ich habe doch das Recht, diese Frage zu stellen, wie?"

„Ja, was kannst du von mir erwarten?", fragte er sinnierend. „Nun, ich habe dir Schutz, Sicherheit und Vergnügen versprochen. Wir können diese Punkte in einem schriftlichen Vertrag festhalten, wenn du es wünschst."

„Und wie lange? Irgendwann wirst du dich mit dem Gedanken tragen, dich zu verheiraten", fuhr sie fort, ohne auf seinen Vorschlag einzugehen.

„Ich plane nie im Voraus", entgegnete er leichthin. „Ich liebe Überraschungen. Du nicht auch?"

„Das kommt darauf an …"

Vollkommen nackt durchquerte er ungeniert das Zimmer und streckte sich auf dem Bett aus. Sie betrachtete seinen athletisch gebauten Körper, und ihr Blut geriet in Wallung. Bisher hatte sie nicht gewusst, dass ein männlicher Körper von solch makelloser Schönheit sein konnte in seiner sehnigen Kraft, jung, geschmeidig, in der Blüte seiner Jahre.

Drake war sich seiner die Sinne vernebelnden Ausstrahlung wohl bewusst und ergötzte sich seinerseits an dem Anblick ihrer entblößten weiblichen Rundungen.

„Dreh dich für mich um, Eloise."

Sie gehorchte und gewahrte sein Bild im hohen Standspiel in der Ecke. Er sah sie mit unverhohlener Bewunderung an.

„Nun geh bitte zum Fenster."

„Aus einem bestimmten Grund?", fragte sie, benommen von der Intensität seines Blicks.

„Ja. Schenk mir ein Glas aus der Karaffe auf der Anrichte ein. Und dir natürlich auch. Die Gläser stehen unten. Du musst dich bücken, und lass dir bitte Zeit damit."

Sie scheute sich eigentlich nicht, Anweisungen zu befolgen. Daran war sie gewöhnt, das hatte sie tausendmal getan, allerdings nicht splitternackt und sich dem süßen Ziehen zwischen ihren Schenkeln bewusst.

„Es gibt Port oder Sauternes." Sie griff nach einer Karaffe. „Was ist dir lieber?"

„Das ist völlig egal", murmelte er. „Ich will nur deinen Hintern sehen, wenn du dich bückst."

Sie stellte die Karaffe heftig ab und fuhr empört herum. Der Teufel besaß die Frechheit, auch noch zu lachen. „Benimmst du dich immer so ungehörig?", fragte sie in ihrem Gouvernantenton.

„Verzeih, ich wollte dich nur necken", erwiderte er grinsend. „Nun komm zu mir, damit ich Buße tun kann."

Sie näherte sich langsam dem Bett. „Buße tun?"

„Kaum zu glauben, nicht wahr?"

„Das hängt davon ab, was du unter Buße tun verstehst."

„Ich bereue all meine Sünden. Vergibst du mir, Eloise?“, bat er mit Unschuldsmiene.

Sie hielt neben dem Bett inne. Er schien sich völlig wohl in seiner herrlichen Nacktheit zu fühlen. Ein Mann, der sich ohne jede Scham zu seiner Lüsternheit bekannte, während ihr selbst ausgesprochen unbehaglich zumute war. Allerdings hinderte sie dieses Unbehagen nicht daran, ihn wieder fasziniert anzustarren. Breite Schultern über einem mächtigen, von dunklem Haar bedeckten Brustkorb, darunter der flache Bauch, auf dem deutlich seine Muskeln zu erkennen waren. Zwischen seinen sehnigen Schenkeln reckte sich ihr sein praller Schaft entgegen. Eine Welle des Verlangens ergriff sie bei dem Gedanken daran, wie er sie in Besitz genommen hatte und tief in sie eingedrungen war.

Sie zwang sich, ihm ins Gesicht zu blicken. Er lachte rau. „Tu dir keinen Zwang an. Auch ich kann mich nicht an dir satt sehen.“

Seine Lippen umspielte ein Lächeln, während er mit glühendem Verlangen in den Augen ihre prallen Brüste begutachtete, bis ihre Spitzen sich zu harten, prickelnden Knospen aufrichteten. Ein hilfloses leises Stöhnen entrang sich ihr, von dem sie hoffte, er habe es nicht gehört. Er wandte ihr das Gesicht wieder zu und sie entdeckte darin unverhüllte Begierde.

Lässig verschränkte er die Arme hinter dem Kopf. „Stell ein Bein aufs Bett, Eloise.“ Seine heisere Stimme ließ ihr die Knie schwach werden.

„Ich soll ein Bein …“ Eine schamlose Forderung, doch die Lust in seinen blauen Augen zwang sie, seiner Bitte Folge zu leisten.

Zögernd hob sie das Bein und gab damit die Sicht zwischen ihre Schenkel frei. Rasch schlug sie die Augen nieder, um seine unverhohlene Lüsternheit nicht zu sehen. Dennoch spürte sie seinen hungrigen Blick auf sich ruhen, als würde er sie berühren. Allein seine Gegenwart ließ in ihr eine Hitze aufsteigen, die sich wie züngelnde Flammen in ihrem Leib ausbreitete und ihr alle Hemmungen nahm.

Er richtete sich mit einem wohligen Stöhnen auf. Staunend betrachtete sie das Spiel seiner Muskeln, aus denen sein Körper nahezu ausschließlich zu bestehen schien. Unwillkürlich fragte sie sich, wie viele Frauen er schon in diesem Bett verführt haben mochte. Und was sie tun könnte, um die letzte davon zu sein.

„Woran denkst du?", fragte er lächelnd und zog amüsiert eine Braue hoch.

„Dass mir der Gedanke an all die anderen Frauen in deinem Bett missfällt", platzte sie freimütig heraus.

„Versteckt sich etwa eine andere unter der Decke?", scherzte er.

„Du weißt, wie ich das meine."

„Ich war meinen Mätressen stets treu."

Sie lachte spöttisch.

Er rutschte an die Bettkante und sah sie eindringlich an. „Ich bin ein großzügiger Mann, Eloise. Du wirst deine Entscheidung nicht bereuen, mich zu deinem Beschützer gemacht zu haben."

„Perlen bedeuten mir nicht viel", entgegnete sie aufbrausend, „ebenso wenig wie schöne Kleider."

„Aber du brauchst eine neue Graderobe", erklärte er mit einem amüsierten Grinsen. „Diesen unmöglichen Blumenteppich, den du beim Ball gestern getragen hast …"

Sie nahm ihr Bein vom Bett und wich einen Schritt zurück. „Ich habe nicht wegen eines Ballkleides mit dir geschlafen!"

„Du meine Güte, das will ich doch hoffen." Er hatte große Mühe, nicht wieder zu lachen. „Komm zu mir", bat er zärtlich.

Sie näherte sich zögernd. „Bedauerst du es, mit mir geschlafen zu haben?", fragte er und schaute ihr tief in die Augen.

„Nein", gestand sie ein wenig befangen. „Es tut mir nur leid, dass du auch schon mit anderen Frauen das Vergnügen hattest."

Er ließ seinen träumerischen Blick über ihre wohlgerundeten Schultern wandern und konnte schließlich kaum noch seine Augen von ihren reizenden Brüsten wenden. „Knie dich vor mich hin, Eloise", forderte er sie sanft auf.

Oh, dieser sündige Ausdruck in seinem Gesicht. Ihr stockte der Atem. „Ich nehme nicht an, dass wir gemeinsam das Nachtgebet sprechen."

„Einer von uns wird bald um Erlösung beten", entgegnete er grinsend. „Wer wird das wohl sein?"

Sie kniete sich auf den Teppich, erregt und voller sündiger Erwartungen. „Wenn das so etwas wie ein Wettkampf sein soll, so sind wir keine ebenbürtigen Gegner, fürchte ich."

Er blickte liebevoll auf ihren gesenkten Scheitel und die süßen Rundungen ihres Pos. „Du besitzt gefährlichere Waffen, als du ahnst."

Sie hob den Kopf. Er hatte ihr mit seinem Mund und mit seiner Zunge himmlische Wonnen geschenkt und fand es wohl ganz natürlich, dass sie ihn auf die gleiche Weise verwöhnte. Obgleich sie nie zuvor solche Zärtlichkeiten mit einem Mann getauscht hatte, kannte sie viele Häuser, in denen derartige Geschichten, zumal unter der Dienerschaft, zwar im Flüsterton, aber in allen Einzelheiten besprochen wurden.

„Ich war stets darauf bedacht, meine Pflichten sorgfältig und zufriedenstellend zu erfüllen", murmelte sie und lächelte zu ihm auf. „Darauf war ich immer stolz."

Er erwiderte ihr Lächeln nicht. „Ist das alles, was ich für dich bin? Eine Pflichterfüllung?", fragte er leise.

„Nein." Das Herz klopfte ihr bis zum Hals. „Ganz gewiss nicht."

„Gut. Dann mach weiter."

Sie fand seinen gebieterischen Tonfall zwar irgendwie befremdlich, dennoch hatte er die verstörende Wirkung, sie noch mehr zu erregen. Aber letztlich hatte Drake vielleicht recht, auch sie besaß Waffen und war ihm nicht völlig hilflos ausgeliefert. Behutsam ließ sie ihre Hände an seinen sehnigen Schenkeln nach oben gleiten, bis ihre Finger die pralle Kuppel seiner Männlichkeit berührten, die sich ihr pulsierend entgegenreckte. Drake stieß den Atem hörbar aus und schob die Hüften vor.

Wollte er sie damit auffordern, ihm den gleichen Dienst zu erweisen wie er ihr zuvor? Sie beugte sich vor und nahm bedächtig den samtenen Schaft in den Mund. Wie oft hatten Stubenmädchen kichernd darüber getuschelt, wie sehr Männer nach solchen Berührungen lechzten und wie auch ein grausamer Despot mit solchen Liebkosungen zu besänftigen war.

„Oh ja“, raunte Drake mit belegter Stimme. Ihre Bereitschaft, ihn so zu berühren, und ihr unendlich weicher Mund brachten ihn beinahe um den Verstand. Es kostete ihn all seine Willenskraft, an sich zu halten, um nicht tief in ihren Mund zu stoßen. Spielerisch umkreiste sie ihn mit der Zungenspitze. Er warf den Kopf in den Nacken und stöhnte unter der sinnlichen Folter.

Plötzlich ließ sie von ihm ab und wisperte leise und ängstlich: „Tut das weh? Ich weiß, dass Männer sehr empfindlich …“

Er schüttelte nur schwach den Kopf, und sie setzte ihr Liebesspiel mit Mund und Zunge fort, bis er von Lustschauern geschüttelt wurde. Nur noch wenige Sekunden dieser überaus angenehmen Tortur, und er würde sich in ihren Mund ergießen. Er biss die Zähne aufeinander, um der Versuchung nicht zu erliegen, hob sie sanft in seine Arme und hieß sie, sich auf dem Bett auszustrecken.

„Wo hast du gelernt, das zu tun?“, fragte er heiser, während er seine große Hand über ihren Bauch nach unten gleiten ließ und ihr die Schenkel spreizte.

Ein Schrei entfuhr ihr, als er mit seinen Fingern tief in ihren heißen Schoß eindrang. „Habe ich es richtig gemacht?“

Sein stummer Blick gab ihr die Antwort, und sie verharrte in bebender Erwartung. Sanft umkreiste er mit seinem Daumen die schwellende Perle zwischen ihren Beinen, und ihre Brustspitzen pochten in süßer Wonne.

„Du gibst mir das Gefühl, ein überreizter Schuljunge zu sein“, gestand er mit leisem Groll. „Ich hätte mich beinahe in deinen süßen Mund ergossen. Hast du das schon bei einem anderen Mann gemacht?“

„Nein, nie“, antwortete sie errötend. Sie konnte sich nicht einmal vorstellen, so etwas bei einem anderen Mann zu tun. „Aber als Gouvernante habe ich so manches sündige Treiben meiner Herrschaft mitbekommen."

Lange sah er ihr forschend in die Augen. „Für eine Gouvernante hast du eine rasche Auffassungsgabe."

Sie wandte das Gesicht ab, konnte sich kaum darauf konzentrieren, was er sagte, da er sie mit seinen geschickten Fingern neckend liebkoste und reizte. Sie sehnte sich danach, ihn in sich aufzunehmen, er aber schien es zu genießen, das Vorspiel hinauszuzögern, bis sie sich zuckend unter ihm wand.

„Du sollst nie wieder sinnliche Freuden außerhalb meines Bettes suchen", gebot er mit rauer Stimme.

Und stumm nickte sie, bereit, alles zu tun, was er von ihr verlangte.

Er rutschte ein wenig tiefer, nahm eine schwellende Brustknospe in den Mund und biss sanft hinein. Wie zur Antwort hob sie die Hüften und rieb sich an seiner Hand. Das Sehnen wurde schier unerträglich, was gewiss in seiner Absicht lag, und sein Versprechen hallte in ihr nach. Als wäre sie eine Frau, die einen anderen Mann lieben könnte. Niemals könnte sie ihr Herz und ihren Körper einem anderen schenken.

Widerstrebend beendete er das Spiel seiner Finger und spreizte ihr die Schenkel mit dem Knie. Seine harte Männlichkeit streifte die seidigen Löckchen in ihrem Schoß. Sie verging vor Verlangen, ihn endlich in sich zu spüren.

„Sieh mich an", befahl er.

Mit verschleiertem Blick schaute sie zu ihm auf, in sein markantes, schönes Gesicht.

„Morgen wirst du wund sein", warnte er.

„Das stört mich nicht", bettelte sie beinahe. „Bitte hör nicht auf."

Sie ließ die Hände über die Muskeln seines Rückens gleiten und öffnete sich ihm weit. Bereits mit den Fingern hatte er sie fast bis zum Gipfel der Erlösung gebracht, und nun quälte er sie immer noch, neckte die rosig geschwollenen Blätter ihrer geheimsten Stelle mit seinem gewaltigen Schaft, bis sie stöhnte.

„Bitte … bitte“, keuchte sie.

Er betrachtete sie eine Weile, bevor er die Augen schloss und sich von seiner Wollust treiben ließ. Er presste sich gegen ihren Schoß, der wie eine zuckersüße Verheißung seine Sinne bis aufs Äußerste reizte. Entfesselt wand sie sich unter ihm, vor Verlangen ging ihr Atem stoßweise. Drake neigte sich über sie, küsste sie und erstickte ihre Liebesschreie mit seinem Mund.

„Bitte, Drake“, wisperte sie. Mit ihren Händen umklammerte sie seine Hüften. „Bitte, hab Erbarmen. Ich … ertrage das nicht länger.“

„Nein?“, fragte er zärtlich und drang in sie ein, ließ die Hüften kreisen und lächelte. „Ist es so besser?“

Er spürte, wie sie ihn heiß und feucht willkommen hieß. Nie war ihm eine so hingebungsvolle Frau begegnet. Das Blut pulsierte in seinen Lenden. Er fürchtete, vorzeitig die Beherrschung zu verlieren, wenn er nicht all seine Willenskraft aufbot. Schweißperlen bildeten sich auf seiner Stirn und seinen Schultern, während er sie unter sich spürte. Sie reckte sich seinen Stößen entgegen, passte sich seinem Rhythmus an, und dann legte er ihre Beine über seine Schultern und drang tiefer und tiefer in sie ein.

Schier unerträgliche Verzückung bemächtigte sich ihrer, sie bog sich ihm entgegen, bäumte sich stöhnend unter ihm auf. Der Sturm ihrer entfesselten Leidenschaft brach den letzten Widerstand in ihm. Er ergoss sich in ihr in nie gekannter Trunkenheit, die nicht nur seinem Körper eine Wonne war, sondern auch seine Seele berührte.

Das war nicht nur schlichte Leidenschaft, das war wesentlich mehr. Was nur? Aber er musste es nicht wissen. Es genügte, nur zu atmen und seinen rasenden Herzschlag zu beruhigen. In warmer Zufriedenheit dazuliegen mit dieser begehrenswerten, wunderbaren Frau, seiner Frau, erfüllte ihn mit einem namenlosen Glücksgefühl. Er atmete ihren berauschenden Duft voller Genuss ein. Wieso war der Liebesakt mit ihr so völlig anders als mit allen anderen Frauen, mit denen er beisammen gewesen war? Seine Gefühle für sie waren beängstigend.

Er blickte auf sie herab. Ihre Augen waren geschlossen. Die Fülle ihrer schimmernden Locken vermochte nicht ihre schönen Brüste zu bedecken. Sie glich in nichts seinen früheren Mätressen, schon gar nicht den hohlköpfigen naiven Debütantinnen, von denen er irgendwann einmal eine heiraten sollte.

„Bist du wund?", flüsterte er und streichelte die Rundung ihrer Hüfte mit dem Daumen.

„Hmmm."

„Eins würde mich interessieren", sagte er nachdenklich, während er mit einem Finger die Wölbung ihres Pos nachzeichnete. „Was findet eine Frau wie du an mir?"

Sie erbebte leise unter seiner Berührung. „Albern", murmelte sie und seufzte genüsslich. „Was soll diese Frage?"

„Tu mir einfach den Gefallen und antworte. Was findest du an mir?"

Mit ihren Fingern fuhr sie zärtlich durch sein Haar. „Meinst du abgesehen von der Tatsache, dass du reich und adelig bist und teuflisch gut aussiehst?"

Er küsste sie flüchtig auf den Mund. „Damit habe dich erobert, stimmt's?"

Sie barg die Wange an seiner Schulter. Ihrem Haar entströmte ein Hauch Lavendelduft, auf ihrer bloßen Haut lag ein rosiger Schimmer. Eloise weckte all seine Beschützerinstinkte. Aber würde er sie am Ende nicht tiefer verletzen als irgendein anderer? Abgesehen von dem niederträchtigen Betrüger aus ihrer Vergangenheit? Drakes Atem ging schneller bei dem Gedanken, den üblen Kerl zur Rechenschaft zu ziehen.

„Ich weiß nicht", meinte sie. „Als ich dir zum ersten Mal begegnet bin, war mir bereits klar, dass du ein Herzensbrecher bist, allerdings erlebte ich auch einen Mann, der sich seine guten Seiten nicht eingestehen will."

Er schüttelte den Kopf. „Wenn du in mir gute Seiten zu entdecken glaubst, so hast du dich gewaltig geirrt."

„Ein Heiliger bist du gewiss nicht", erwiderte sie lachend. „Du bist hochmütig, sarkastisch, herrisch und glaubst, stets deinen Willen durchsetzen zu müssen."

„Ist das nicht völlig normal?", scherzte er und festigte den Griff um ihre Mitte.

Ihre warmen braunen Augen blitzten belustigt. „Jedenfalls bist du genau der Mann, vor dem jede tugendhafte Frau schleunigst die Flucht ergreifen müsste."

„Siehst du in mir deinen Ruin?"

„Ich habe dich von Anfang an durchschaut und dennoch mit dir getanzt."

„Du hattest keine Angst vor mir", stellte er fest. „Vielleicht warst du auch nur durch Thalias Verschwinden abgelenkt. Auf alle Fälle kennst du mich nun besser. Nimmst du mir übel, was ich aus dir gemacht habe? Hast du inzwischen Angst vor mir?"

Offenbar soll dies eine Art Prüfung sein, dachte sie verwundert. Er wollte wissen, ob sie ihn so akzeptieren konnte, wie er war. Begriff er denn nicht, dass dies längst geschehen war?

„Ich habe nur Angst davor, dass ich dich irgendwann langweile", antwortete sie und bemerkte erleichtert, dass sie sich selbst gegenüber noch immer aufrichtig war, obschon sie ihm mit Leib und Seele verfallen war.

Forschend sah sie ihn an und hoffte, dass er verstand, dass sie nichts vor ihm verbarg. Sie hatte ihm alles gegeben. Aber was bedeutete das schon für einen Mann, der jede Frau haben konnte, die er begehrte?

„Wovor ich mich fürchte", sagte er und klang dabei sehr ehrlich, „bin ich selbst. Angst davor, was aus mir werden könnte. Aber vielleicht bist du meine Erlösung, selbst wenn bestimmte Mitglieder meiner Familie mich als hoffnungslosen Fall betrachten."

„Wenigstens hast du eine Familie, die für dich da ist", entgegnete sie wehmütig.

„Nun ja, eines Tages vielleicht ..."

Er unterbrach sich, bevor er aussprechen konnte, was ihm

durch den Kopf schoss. Eines Tages würde sie wieder eine Familie haben? Ein Kind? Sein Kind? Wie konnte er das Unmögliche überhaupt in Erwägung ziehen? Er hatte nie die Absicht gehabt, aus dieser Affäre eine bleibende Beziehung zu machen, oder? Seine Philosophie bestand seit jeher darin, die Zukunft auf sich zukommen zu lassen.

Er zwang sie sanft in die Kissen zurück und schlang die Arme um sie. „Bist du hungrig? Hast du Lust auf Champagner und Kaviar im Bett?"

„Dekadenter Wüstling", flüsterte sie. „Ich wäre zu sehr besorgt, was deine Dienerschaft über mich denkt, um Spaß daran zu haben."

„Daran musst du dich gewöhnen."

Damit drehte er sie mit einem kräftigen Schwung auf den Bauch. Sie wollte sich anscheinend zur Wehr setzen, aber er liebkoste sie bereits hingebungsvoll zwischen ihren Schenkeln. Erregt bewunderte er ihre einladenden runden Hüften. Sie war dafür geschaffen, sein Kind in sich zu tragen. Sie war feurig, klug und willensstark. Und Kinder, die Drake einmal zeugen würde, ob Mädchen oder Knaben, brauchten gewiss eine starke Hand.

„Ich kann nicht fassen, was wir hier mitten am helllichten Tag treiben", flüsterte sie. Dann hob sie jäh den Kopf.

Auch Drake verharrte. Beide hatten gehört, wie unten eine Tür krachend ins Schloss gefallen war.

Eloise wandte sich hastig um und griff nach der Decke, um ihre Blöße zu verhüllen. „Erwartest du Besuch?", flüsterte sie bang.

„Nein." Er schaute über seine nackte Schulter zur Tür.

Eine weibliche Stimme drang von unten herauf, schrill und zornentbrannt. Eine Männerstimme antwortete in ruhigem Ton. Einer seiner Diener, stellte Drake fest, während er hastig in seine Hosen stieg.

Eloise sah ihn erschrocken an. „Wer kann das sein?"

Er warf ihre Kleider aufs Bett, streifte sich das Hemd über und den Gehrock. „Keine Ahnung. Eine meiner Schwestern? Emma vielleicht, obwohl sie ihre Besuche stets vorher anmeldet." Im Übrigen würde sie auch nicht zetern wie ein Waschweib. Sie lieferte ihre Strafpredigten stets in gemessenem Ton ab, wodurch sie allerdings nicht weniger verheerend ausfielen.

Eloise erbleichte und versteckte hastig ihr Korsett unter dem Kopfkissen. „Hast du nicht gesagt, du empfängst nur selten Besuch?"

Sie meint natürlich Damenbesuch, dachte er und strich sich fahrig mit der Hand durchs schwarze Haar. „Ja, richtig. Ich empfange selten Besuch", sagte er mit dunkel grollender Stimme, während er ihr half, das Kleid zuzuknöpfen.

Die Stimmen wurden lauter und schriller. Die Frau fluchte wie ein Bierkutscher. „Das", bemerkte Eloise spitz und entzog sich ihm, „klingt mir nicht nach einer deiner Schwestern."

Er warf einen grimmigen Blick zur Tür, mittlerweile hatte er die Stimme erkannt und hätte sich ohrfeigen können, nicht damit gerechnet zu haben, dass so etwas passieren könnte. Wie konnte er nur so dumm sein, anzunehmen, dass eine Frau wie Maribella St. Ives sich mit einer großzügigen Entschädigung und einer schriftlichen Entschuldigung abfinden würde, ohne auf Vergeltung zu sinnen?

Die Furie im Treppenhaus machte jedenfalls nicht den Eindruck einer zufriedenen Frau. Sie kreischte wie eine erzürnte Rachegöttin, die damit drohte, die ganze Welt zu vernichten.

Besorgt schaute er Eloise an. Wenn Maribella erfuhr, warum er ihre kaum begonnene Beziehung so abrupt abgebrochen hatte, würde sie nur noch wütender werden. „Glaube mir, das konnte ich nicht vorhersehen."

Eloise steckte sich das zerzauste Haar hoch. „Was konntest du nicht vorhersehen?", wollte sie wissen und klang plötzlich sehr energisch.

„Dass sie das Ende unserer Affäre nicht akzeptiert."

„Ich dachte, du hattest keine Affäre mit ihr."

„Hatte ich auch nicht." Er band sich das seidene Halstuch

um. „Nur auf dem Papier. Bitte bleib hier im Zimmer. Ich kümmere mich um sie."

Sie lächelte. „Du würdest staunen, mit welchen Menschen ich schon während meiner Karriere als Gouvernante fertiggeworden bin."

Er holte tief Luft. „Lass mich zuerst mit ihr sprechen."

Sie verschränkte die Arme vor der Brust. „Gut", willigte sie schließlich ein.

„Du gehörst nicht zu der Sorte Frauen, die sich mit einer Kurtisane anlegen", sagte er bereits an der Tür.

„Ich bin eine Kurtisane, Drake", entgegnete sie trocken, praktisch wie immer. „Vielleicht kann sie mir ja ein paar Ratschläge …"

„Du bist keine Kurtisane", fiel er ihr ins Wort. „Du bist … meine Frau." Damit schloss er die Tür.

24. KAPITEL

Eloise öffnete die Tür einen Spalt und lauschte in den Flur. Es dauerte nicht besonders lange, bis Drake die erzürnte Frau beruhigt hatte, dachte sie mit leisem Groll. Was hatte er gesagt, um sie zum Schweigen zu bringen? Und wie sah die Person eigentlich aus? Schuld daran, dass Eloise ihre Neugier nicht bezähmen konnte, trug vermutlich uraltes weibliches Konkurrenzdenken. Sie musste einfach wissen, was für eine Frau das war, der die reichen und mächtigen Männer in ganz Europa zu Füßen lagen.

War Maribella St. Ives tatsächlich so hinreißend schön, wie es allgemein hieß? Oder reizte sie mit anderen Vorzügen, strahlte sie eine so unwiderstehliche sinnliche Anziehungskraft aus, dass sie damit alle Männer um den Verstand brachte?

Eloise brannte darauf, ihre Neugier zu stillen. Schließlich hatte sie als seine Mätresse ein gewisses Recht, sich Gewissheit zu verschaffen. Im Übrigen fand sie es plötzlich verdächtig ruhig dort unten. Sie ertrug die Spannung nicht länger und huschte den Flur entlang.

Sie wollte nur einen Blick auf diese geheimnisumwitterte Kurtisane werfen. Nur einen kurzen Blick, damit wollte sie sich zufriedengeben.

Drake hatte es geschafft, Maribella einigermaßen zu beschwichtigen, wenn auch nur vorübergehend. Sie wollte allerdings nichts von seinen Versprechungen hören, eine finanzielle Wiedergutmachung zu leisten, und forderte, ihre Rivalin zu sehen.

„Darauf bestehe ich", beharrte sie und funkelte ihn kalt an wie eine Eiskönigin in ihrem hellblauen Seidenkleid, an Ausschnitt und Saum mit Silberfuchs verbrämt.

Er nahm sie beim Ellbogen, führte sie in den Salon und drückte sie sanft auf das Sofa. Woher sie wusste, dass er Eloise in sein Haus gebracht hatte, woher sie überhaupt von ihrer Existenz wusste, war ihm schleierhaft. Andererseits hatte er nie versucht, sein Interesse an Eloise zu verbergen, eine weitere Abweichung seiner bisherigen Gepflogenheit im Umgang mit Frauen. Er hatte nie einen Hehl daraus gemacht, dass er ein Auge auf eine einfache Gouvernante geworfen hatte. Dennoch fragte er sich, wie Maribella es herausgefunden haben mochte.

Diese Frage wurde wenige Minuten später beantwortet.

Als er dem Butler mit einem Wink zu verstehen gab, die Haustür zu schließen, bemerkte er einen hochgewachsenen schlanken Mann, der draußen auf dem Kiesweg auf und ab wanderte.

Einer von Maribellas Leibwächtern. Der gleiche athletisch gebaute Hüne, den er durch halb London gejagt hatte, nachdem er Eloise und ihn in Thorntons Garten belauscht hatte. Nun begriff Drake, warum er ihm irgendwie bekannt vorgekommen war. Er war einer der Bewacher, die sich am Abend seines ersten Treffens mit Maribella im schwach beleuchteten Flur in Audrey Watsons Haus aufgehalten hatten.

Sie hatte ihn also durch ihren Leibwächter bespitzeln lassen. Wahrscheinlich hätte er über ihre Dreistigkeit gelacht, hätte er Eloise nicht in seinem Zimmer versteckt. Die peinliche Situation erforderte höchstes diplomatisches Geschick, sonst würde sie in einer Katastrophe enden.

Es galt zu verhindern, dass die beiden Frauen einander begegneten, da Maribella ihr vermutlich die Augen auskratzen würde.

Die Frauen würden einander abgrundtief hassen. Er hatte sich noch nie genötigt gesehen, Ausflüchte zu erfinden, um ein Geheimnis zu bewahren. Er hatte Eloise zu sehr begehrt, um irgendwelche fatalen Konsequenzen in Betracht zu ziehen. Natürlich konnte er nicht ahnen, dass Maribella eine so dramatische Situation heraufbeschwören würde.

Im Grunde hätte er es allerdings wissen müssen. Allzu oft hatten die Klatschspalten der Zeitungen über ihre Tobsuchtsanfälle berichtet. Sie bestand darauf, dass ihre Liebhaber sie wie eine Königin verehrten, und duldete keine andere Frau neben sich. Und er hatte es gewagt, die Königin zu hintergehen, und deshalb forderte sie sein blutendes Haupt auf einem Silbertablett.

Er persönlich hatte keine Bedenken, mit ihrem Temperament fertig zu werden. Seine Sorge galt Eloise. Bei all ihrer praktischen Erfahrung im Umgang mit schwierigen Dienstherrn zweifelte er daran, dass sie je einer Furie wie Maribella St. Ives begegnet war.

„Wie konnten Sie mir das antun?", zeterte Maribella wieder.

Ihre schrille Stimme holte ihn aus seinen Grübeleien. In erneut aufwallendem Zorn war sie vom Sofa aufgesprungen.

Wie werde ich diese Wahnsinnige bloß los, fragte er sich verzweifelt. „Maribella, glauben Sie mir, ich hatte nie die Absicht, Sie zu verletzen."

„Mich verletzen?" Sie schüttelte ihre geballte Faust vor seinem Gesicht. „Sie haben mich nicht verletzt, Sie aufgeblasener Wichtigtuer. Sie haben mich gedemütigt und bloßgestellt. Noch nie hat ein Liebhaber es gewagt, mich zurückzuweisen."

„Aber wir hatten doch lediglich eine Abmachung", warf er zu seiner Verteidigung ein und hoffte, ihre Stimme würde nicht bis in den ersten Stock dringen. Eloise wäre keine normal veranlagte Frau, würde sie das Gespräch nicht heimlich belauschen.

Maribellas makellos helles Gesicht rötete sich vor Zorn. „Das macht die Sache nur noch schlimmer. Haben Sie an meine Reputation gedacht?"

„Ihre Reputation?", wiederholte er verblüfft. Die Frau war eine Kurtisane. Wie zum Teufel sollte der Widerruf seines Angebotes ihren Ruf schädigen?

Sie näherte sich ihm mit blitzenden Augen. „Hier geht es nicht um Gefühlsduseleien", erklärte sie. „Glauben Sie nur nicht, dass ich auch nur eine Sekunde etwas für Sie übrig hatte."

„Nun ja, das macht die Sache doch einfacher."

„Es geht hier", fuhr sie fort, ohne auf seinen Einwand zu achten, „ausschließlich um meinen Marktwert. Sie haben mich abgewertet, indem sie eine andere Frau mir vorgezogen haben, noch dazu eine nichtssagende, einfache Person, während Sie mich zappeln ließen."

Er räusperte sich. „Immerhin hat Ihnen das eine stattliche Entschädigung gebracht."

Sie umrundete den Schreibtisch, und Drake fürchtete, sie suche nach einer geeigneten Waffe. „Sie sollten wenigstens die Höflichkeit besitzen, mir die Person vorzustellen, die meinen Platz eingenommen hat. Oder ist sie zu schüchtern, mich zu treffen? Ich weiß genau, dass sie sich in Ihrem Schlafgemach versteckt."

„Ich bin keineswegs zu schüchtern, Sie zu treffen", ertönte Eloises feste Stimme von der Tür her. „Im Gegenteil, ich bin ebenso daran interessiert, Ihre Bekanntschaft zu machen, da Sie … da Sie …"

Die Worte blieben ihr im Hals stecken. Drake fuhr herum, bereit, sich zwischen die beiden Frauen zu werfen. Bei aller Gefasstheit in ihrer Stimme, wirkte Eloise keineswegs gelassen, als sie sich energisch an Drake vorbei ins Zimmer drängte.

„Da Sie …", stammelte sie wieder und starrte Maribella an wie einen Geist. „Nein, das ist unmöglich. Das kann nicht sein. Du bist …"

„Ach du liebe Güte", entfuhr es Maribella, die den Brieföffner wieder auf die Tischplatte fallen ließ. „Ellie."

„Mildred", rief Eloise ungläubig und schüttelte lachend den Kopf. „Das kann nicht wahr sein."

Drake blinzelte mehrmals. *Mildred? Ellie?* Die beiden kannten einander? Offenbar ziemlich gut, worauf die stürmische Begrüßung schließen ließ, mit der sie sich lachend in die Arme fielen, während er vor Schreck wie angewurzelt dastand wie ein begossener Pudel. Es war eine der schlimmsten Situationen, die ein Mann sich ausmalen konnte. Die zwei Frauen in seinem Leben verbündeten sich durch ein gemeinsames Erlebnis in der Vergangenheit, bildeten vielleicht sogar ein Bündnis in der Zukunft … gegen ihn?

„Ich dachte, ich würde dich nie wiedersehen", sagte Eloise immer noch fassungslos. „Es ist Jahre her."

Maribella war also eine Hochstaplerin, eine Schwindlerin. Drake schnaubte verächtlich. Die ganze Männerwelt, einschließlich seiner Person, war von dieser raffinierten Frau hinters Licht geführt worden. Mit ihrem Talent zur Maskerade, zur Tarnung hätte sie für den Britischen Geheimdienst arbeiten können. Auch ihre anderen Talente hätten sich dabei als hilfreich erwiesen, obwohl er sie nicht persönlich ausprobiert hatte. Er starrte die Frauen an, die ihn ganz offensichtlich völlig vergessen hatten, was vermutlich ein Segen für ihn war.

Bis zu diesem unvermuteten Moment hatte er angenommen, die einzige Verbindung zwischen der Kurtisane und der Gouvernante sei seine Person. Allein das wäre unangenehm genug gewesen. Doch nun stand er als Schuldbeladener zwischen den Frauen, ohne dass er irgendetwas getan hätte.

Und dann zählte er zwei und zwei zusammen, entsann sich, was Eloise ihm über ihre Vergangenheit berichtet hatte. Mildred, das Milchmädchen, wenn er sich recht erinnerte. Es hatte bereits schon einmal einen Mann zwischen ihnen gegeben. Der Mann, der Eloise erpresste. Der Mann, dem Drake liebend gerne die Zähne ausgeschlagen hätte. Er lehnte sich gegen die Wand und hörte dem Gespräch zu. Und als Mann fragte er sich natürlich, in welcher Weise diese Begegnung sich auf seine Beziehung zu Eloise auswirken würde.

„Dein Haar ist verändert“, rief Eloise bewundernd aus. „Es ist rot geworden. Ich hätte dich kaum erkannt. Und du bist so schlank geworden.“

„Ich färbe es mir schon seit Jahren“, antwortete Maribella alias Mildred. „Du weißt schon, seit der Sache damals. Ich wollte alles hinter mir lassen.“

„Ja“, murmelte Eloise und warf Drake einen flüchtigen Seitenblick zu. „Die Sache damals.“

Auch Mildred streifte ihn mit einem Blick und zog eine fein gezupfte Braue hoch. „Weiß er Bescheid?“, flüsterte sie.

Eloise nickte zaghaft. „Hmmm. Ja, ich musste es ihm sagen.“

„Auch du hast abgenommen, Ellie“, stellte Mildred fest, im deutlichen Versuch, das Thema zu wechseln. „Aber nicht allzu viel. Manche Männer bevorzugen mollige Frauen.“

Es folgte ein Moment betretenen Schweigens. Drake gab vor, die Elfenbeinfiguren auf dem Schachbrett zu studieren.

Eloise schüttelte verwundert den Kopf. „Und du, Mildred, bist die gefeierte Kurtisane, der er den Hof machte."

Drake schaute auf. Mildred schürzte die rot geschminkten Lippen. „Das ist ein großes Missverständnis", erklärte sie gedehnt. „Mir den Hof gemacht? Er hat mich sträflich vernachlässigt, und nun verstehe ich, warum. Und du, Ellie, bist das kleine Flittchen, das mir ins Handwerk pfuscht?", fragte sie liebevoll.

„Wer nennt mich ein Flittchen?", Eloise sah Drake empört an. „Hast du von mir als einem Flittchen gesprochen?"

„Nein", antworteten Drake und Mildred im Chor.

Maribella – Mildred – näherte sich ihm und blickte ihm in die Augen. Einen Moment fürchtete er, sie würde ihm eine Ohrfeige geben. Ihre zarten Finger ballten sich zur Faust. In ihren frühen Jugendjahren musste sie ein wahrer Satan gewesen sein, diese Frau, die er beinahe zur Mätresse genommen hätte. Hatte sie dem Heiratsschwindler nicht das Bett in Brand gesteckt? Offenbar hatte sie seither ständig Betten in Brand gesteckt.

Ihre rauchige Stimme vibrierte drohend. „Wenn Sie Ellie auch nur ein Haar krümmen, mache ich persönlich Hackfleisch aus Ihnen, Drake Boscastle."

Er neigte sich ihr zu und zog die Brauen zusammen. „Nein, das tun Sie nicht. Wenn ich Eloise jemals wehtun würde, gestatte ich Ihnen sogar, mich zu entmannen, *Mildred*."

Sie bedachte ihn mit einem herausfordernden Lächeln. „Ich lasse eine offizielle Verlautbarung in die Zeitung setzen, wonach ich unsere Beziehung beendet habe."

„Wie Sie wünschen." Seine Familie und seine wenigen engen Freunde hatten sich längst ihre Meinung über ihn gebildet. Er scherte sich keinen Deut darum, was andere von ihm dachten, ihm war nur Eloises Meinung wichtig. Ihn interessierte lediglich, ob seine vermeintliche Affäre mit ihrer verloren geglaubten Freundin sich schädlich auf ihre gemeinsame Beziehung auswirken könnte.

„Heißt das, ihr zwei könnt mir verzeihen?“, wollte er wissen.

Beide blieben ihm eine Antwort schuldig. Sie waren bereits wieder ins Gespräch vertieft und erörterten aufgeregt, wie lange es dauerte, sich das Haar rot zu färben, und wie attraktiv Eloise mit hennaroten Locken aussehen würde, die das Grün ihrer Augen unterstrichen. Und er sehnte sich danach, sie in die Arme zu nehmen und sie zu bitten, nichts an sich zu verändern, da sie für ihn so schön war, dass er es kaum ertragen konnte.

„Soll ich mich lieber zurückziehen?“, fragte er vernehmlich.

Eloise unterbrach ihren Redefluss und wandte sich ihm zu. Er hatte keine Ahnung, was in ihr vorging, aber er war verdammt erleichtert, dass er mit ihr geschlafen hatte, bevor ihr klar geworden war, dass Maribella in Wahrheit Mildred war. „Wenn es dir nichts ausmacht“, sagte sie höflich.

Und Mildred fügte hinzu: „Und lassen Sie uns Tee und Gebäck kommen, Boscastle, wenn Sie schon dabei sind. Ich brauche dringend eine Erfrischung.“

„Lassen Sie uns Tee und Gebäck kommen“, murmelte Drake auf dem Weg zur Klingelschnur. Man hatte ihn aus seinem eigenen Salon gewiesen wie einen Diener. Nur der Himmel wusste, worüber die beiden beim Tee plaudern würden. In Anbetracht ihrer früheren Verschwörung war er sich nicht ganz sicher, ob es klug war, die beiden Frauen allein zu lassen.

Gehorsam zog er an der Klingelschnur und gab die Bestellung mit finsterer Miene an das Stubenmädchen weiter, das augenblicklich erschien und erschrocken wieder das Weite suchte. Noch nie in seinem Leben hatte er Tee bestellt. An der Haustür begegnete er dem jungen hünenhaften Leibwächter, hinter dem er durch die Straßen Londons gehetzt war. „Sie also“, knurrte er feindselig. „Ich sollte sie augenblicklich arretieren lassen.“

Der Kerl tat ihm wenigstens den Gefallen und ließ beschämt den Kopf hängen. „Tut mir leid, was da passiert ist, Mylord. Meine Cousine zwang mich, Sie zu belauschen. Sie hätten mich beinahe erwischt, falls Ihnen das ein Trost ist. Sie sind unglaublich schnell, und das will etwas heißen. Ich laufe nämlich Wettrennen auf Jahrmärkten und …"

„Das ist mir keineswegs ein Trost", entgegnete Drake unversöhnlich, und dann stutzte er. „Cousine? Sie ist Ihre Cousine?"

„Ich fürchte, ja", antwortete der junge Kerl.

„Ich diesem Fall nehme ich Ihre Entschuldigung an. Wir können uns unsere Familien nun mal nicht aussuchen."

„Mein Name ist Albert, Mylord." Der junge Mann sah ihn hoffnungsvoll an. „Ist meine Cousine auch sicher da drin allein mit Ihrer … nun ja, mit Ihrer Freundin? Ich hörte aufgebrachte Stimmen."

Drake schnaubte verächtlich. „Die aufgebrachten Stimmen galten mir. Ihre Cousine und Eloise verstehen sich prächtig."

Albert bedachte ihn mit einem mitfühlenden Blick. „Jetzt sind Sie wohl in Schwierigkeiten, wie?"

Diese Bemerkung diente nicht dazu, Drakes Stimmung zu heben. Genauso wenig wie der Anblick der sportlichen Kutsche mit Devon vorne drauf, die sich in rascher Fahrt dem Haus näherte. Das hatte ihm gerade noch gefehlt zu seiner Schmach, dass sein jüngerer Bruder bei seinen Freunden und der Familie über Eloise und Mildred tratschte und sich über ihn lustig machte.

„Der Kerl kommt gerade richtig", knurrte er und setzte sich seufzend auf die Steinstufe.

Albert kauerte sich neben ihn und beäugte das sich nähernde Gespann misstrauisch. „Jemand, dem Sie nicht begegnen wollen?"

Drake lachte trocken. „Nein, im Moment nicht."

„Soll ich mich um ihn kümmern?", fragte Albert und ballte die Hände zu riesigen bedrohlichen Fäusten. „Ich schulde Ihnen einen Gefallen."

Drake wandte sich ihm zu. „Dummerweise handelt es sich um meinen Bruder. Sonst wäre ich geneigt, Ihr Angebot anzunehmen."

„Mist", meinte Albert und kam wieder auf die Füße. „Familie. Lauter Nervensägen. Soll ich Sie mit ihm alleine lassen?"

„Ja."

Kurz darauf sprang Devon vom Kutschbock auf die Straße. Zwei junge Mädchen, die an der Ecke Lavendelsträuße feilboten, beobachteten die beiden gut aussehenden Lords, die überall für ihren männlichen Charme und ihre Großzügigkeit bekannt waren. Drake achtete nicht auf sie, während Devon den Blumenmädchen ein breites Lächeln schenkte und den Hut lüftete, worauf sie kichernd und errötend die Köpfe zusammensteckten.

Das Lächeln verging ihm allerdings rasch, als er Drakes finstere Miene bemerkte. „Grayson schickt mich, um mich zu vergewissern, dass es dir gut geht."

„Wieso zum Teufel soll es mir nicht gut gehen?", fragte er mürrisch.

„Nun ja", entgegnete Devon in seiner liebenswürdigen Art. „Zum einen hockst du vor deinem Haus auf einer kalten Steinstufe, was ich noch nie erlebt habe, zumindest nicht, wenn du nüchtern bist. Was ist los mit dir?"

„Was soll denn los sein? Alles ist in Ordnung."

Abgesehen von der Tatsache, dass merkwürdige Verstrickungen in der Vergangenheit ihm die Rolle eines Mannes zugewiesen hatten, der Eloises und Mildreds Zorn ausgesetzt war. Und wer konnte schon ahnen, zu welch bösen Streichen Mildred alias Maribella St. Ives seine süße Eloise in diesem Augenblick zu überreden versuchte? Es sollte ihn nicht wundern, wenn er sich plötzlich nackt auf einen Gemüsekarren gefesselt mit einem Schild um den Hals wiederfinden würde.

Devon nahm neben ihm Platz. „Ich muss dir etwas beichten. Heath und ich haben dir und deinem Liebchen nachspioniert."

Drake presste die Lippen zu einem schmalen Strich aufeinander. Wieso hatte er bei Devons Anblick sofort gewusst, dass er ihm diesen Tag noch mehr vergällen würde? Offenbar war Devon nicht davon unterrichtet, dass Heath sich Drake bereits anvertraut hatte, und nun plagte ihn das schlechte Gewissen. Immerhin war die schändliche Idee, ihm nachzuspionieren, von Devon ausgegangen, und Drake hatte nicht die Absicht, ihn so ohne Weiteres davonkommen zu lassen. „Wie bitte? Ich weiß nicht, ob ich dich richtig verstanden habe. Sagtest du gerade, du hast mir und Eloise nachspioniert?"

„Nur in bester Absicht und um dir einen Gefallen damit zu tun." Devon rückte bei Drakes wütendem Blick ein wenig ab. „Grayson wollte verhindern, dass du hintergangen wirst."

„Herrgott noch mal!" Drake klang überzeugend entrüstet. „Ihr habt mich bespitzelt? Ich hatte es befürchtet."

Devon rutschte eine Stufe tiefer. „Du solltest uns dankbar sein. Ich habe nämlich einiges über Eloise herausgefunden."

„Ach, tatsächlich?"

„Ja, und ich finde, du sollst es erfahren. Glaube mir, ohne guten Grund hätte ich dir niemals hinterhergeschnüffelt."

Drake schwieg finster brütend. Einen Brudermord in aller Öffentlichkeit zu begehen, würde vermutlich nicht ohne Konsequenzen bleiben. Bespitzelung? Spionage? Während des Krieges hatten Heath und Drake gelegentlich Aufträge für den Britischen Geheimdienst übernommen. Aber keiner von ihnen wusste, ob Devon während seines Militärdienstes bei der Kavallerie ähnliche Aufgaben übertragen worden waren, da der jüngere Bruder einem anderen Regiment angehört hatte. Es fiel ihm schwer, sich vorzustellen, dass der leichtsinnige Bursche mit Spionage zu tun hatte. Noch dazu, wenn es darum ging, den eigenen Bruder zu bespitzeln.

„Willst du denn nicht wissen, was ich herausgefunden habe?", fragte Devon mit Unschuldsmiene.

Drakes Gesichtszüge verfinsterten sich nur noch mehr. „Falls du mir sagen willst, dass Eloise überlegte, eine Kurtisane zu werden, bevor sie Gouvernante wurde, so töte ich …"

„Eloise?", fiel Devon ihm erschrocken ins Wort. „Du wärst imstande, eine Frau zu töten?"

„Nein", entgegnete Drake zähneknirschend. „Ich bringe dich um."

Devon lehnte deutlich erschüttert den Rücken gegen die verschnörkelte Balustrade aus Gusseisen. „Wieso denn mich?"

„Weil du der nächste Mensch bist, dem ich den Hals umdrehen kann. Und wenn ich herausfinde, dass Eloise sich mit dem Gedanken trug …"

„Eine Kurtisane zu werden", half Devon ihm auf die Sprünge.

Noch vor einer Stunde hätte Drake nicht geglaubt, dass dieses Gespräch je stattfinden könnte. „Hat sie?"

„Keine Ahnung", antwortete Devon verdattert. „Frag sie doch."

„Ich frage dich, du Trottel. Du behauptest doch, du hast etwas über sie in Erfahrung gebracht."

Devon furchte die Stirn. „Das schon, aber nicht, dass sie eine Kurtisane ist. Das ist auch für mich eine neue Erkenntnis. Sie wirkte so anständig. Seit wann bist du darüber im Bilde?"

„Lieber Gott, steh mir bei!"

„Beten hilft dir in diesem Fall nicht weiter", stellte Devon kopfschüttelnd fest. „Du kannst ihr nur verzeihen und vergessen, wer sie ist oder einmal war. Im Übrigen ist es doch nicht so, dass wir beide etwas gegen Kurtisanen einzuwenden hätten."

Drake lächelte freudlos. „Weißt du, wogegen ich etwas einzuwenden habe?"

Devon hob abwehrend die Hände. „Wenn du mich schlägst, kann ich dir nicht berichten, was ich herausgefunden habe. Und das willst du doch wissen, oder?"

Drake stieß den Atem hörbar aus. Er glaubte, genug über Eloise zu wissen. Die Entdeckung, dass sie vor sechs Jahren einen anderen Mann geliebt hatte, behagte ihm ganz und gar nicht, so unsinnig das auch sein mochte. Sein männlicher Stolz hatte auch nichts damit zu tun. Und es störte ihn nicht im Geringsten, dass sie sich ihrer Familie gegenüber unbotmäßig verhalten und versucht hatte, ihm ihre Vergangenheit zu verschweigen. Schließlich war er sich darüber im Klaren, wie sehr das Fehlverhalten einer Frau von der Gesellschaft missbilligt wurde.

Er wollte auch beileibe kein Urteil über sie fällen. Er wollte sie beschützen. Er wünschte sich lediglich, sie würde genügend Vertrauen zu ihm haben, um ihm alles wahrheitsgetreu zu erzählen. Und falls er je entdecken sollte, dass mehr hinter ihrer Geschichte steckte, als sie bereit war, ihm zu enthüllen, hatte er keinen blassen Schimmer, wie er sich verhalten sollte. Er war in diese Affäre tiefer verstrickt, als er sich eingestehen wollte.

„Sag mir endlich, was du weißt“, herrschte er Devon an. „Und dann entscheide ich, was ich mit dir mache.“

25. KAPITEL

Nachdem die erste Verblüffung über dieses unerwartete Wiedersehen sich gelegt hatte, musterte Mildred die Freundin in mildem Befremden. „Eine Gouvernante und Gesellschafterin", meinte sie schaudernd. „Was für ein grässliches Schicksal. Ich dachte, du bist längst mit einem Landjunker verheiratet und hast eine Stube voller niedlicher Kinder."

„Tja, ich hätte mir auch nie träumen lassen, was aus dir geworden ist, Mildred." Sie hätte sich ebenfalls nicht träumen lassen, dass das Schicksal sie zum zweiten Mal durch einen Mann zusammenführte.

Mildred neigte sich ihr zu und flüsterte verschwörerisch: „Mildred Hammersmith gibt es nicht mehr. Sie hörte auf zu existieren, als wir uns damals voneinander verabschiedeten. Ich kehre nie wieder in mein Dorf zurück, was immer die Zukunft auch bringen mag. Und ehrlich gestanden, mein Leben ist nicht gerade unerträglich."

Eloise nickte verständnisvoll. „Ich bin auch nicht mehr die, die ich einmal war."

Mildred lachte erheitert. „Aber du hast dich nicht so gründlich verändert wie ich mich. Du bist immer noch ein wenig … nun ja, ein wenig scheu."

„Ich kann dir versichern", murmelte Eloise mit einem schelmischen Augenzwinkern, „so scheu wie früher bin ich längst nicht mehr." Wenn auch nur erst seit sehr kurzer Zeit, und sie traute ihren eigenen Ohren kaum, wie sie mit ihrem Sündenfall prahlte.

„Aha", entgegnete Mildred ohne jeden Groll. „Du und Boscastle, ihr seid also ein Paar. Ich bin froh, dass du meine Rivalin bist, das kannst du mir glauben. Sonst hätte ich ihn unter Umständen umgebracht."

Eloise seufzte wehmütig. Anscheinend war sie immer noch schüchtern genug, um in Verlegenheit zu geraten, wenn es galt, offen über ihr Privatleben zu sprechen. Es gab keine Rechtfertigung für ihren Leichtsinn, nur ihre Liebe. Es war gewiss frivol und dumm von ihr, sich in einen Mann zu verlieben, der ihr nichts anderes versprochen hatte als seine Leidenschaft und seinen vorübergehenden Schutz. Derlei Affären waren für eine Frau wie Maribella St. Ives nichts Besonderes. Aber solange Eloise auch leben mochte, wäre sie niemals fähig, ihr Herz und Leib voneinander zu trennen.

„Das Vernünftigste, was Ralph je in seinem armseligen Leben zuwege gebracht hat, war dich zu bitten, ihn zu heiraten", meinte Mildred sinnierend und schürzte die Lippen.

Eloise schüttelte den Kopf. Sie hatte jahrelang über ihre Vergangenheit nachgedacht. „Meiner Ansicht nach hätte er es mit dir wesentlich besser getroffen. Du hättest es geschafft, dass er ein rechtschaffener Mann geblieben wäre. Ich bin für körperliche Züchtigung ungeeignet, aber die hätte er wohl nötig gehabt."

„Züchtigung? Ich hätte den Mistkerl schon zwei Monate nach der Hochzeit erdrosselt. Und wo wäre ich heute?"

„Er hätte es nicht anders verdient", sagte Eloise und sah das Bild vor sich, wie sie ihn hinter ihrem Schrank entdeckt hatte mit diesem bösen Funkeln in den Augen.

„Wir könnten ihn immer noch töten", flüsterte Mildred verschwörerisch. „Was hältst du davon?"

Und die beiden Frauen schwelgten einen Moment in der rachsüchtigen Fantasie, den betrügerischen Heiratsschwindler gemeinsam zu töten und damit die Welt von einem tückischen Schurken zu befreien. Aber letztlich stand keiner von ihnen der Sinn danach, einen Mord zu begehen. Beide hatten zu hart an ihren Karrieren, so unterschiedlich sie auch sein mochten, gearbeitet, um Gefängnis und Todesstrafe zu riskieren für einen nichtswürdigen Halunken wie Ralph Hawkins.

Die Freundinnen blickten einander an, nicht nur durch ihre Vergangenheit miteinander verbunden, zwei Frauen, wie sie gegensätzlicher nicht sein könnten. Und dennoch war ihnen beiden Willensstärke, ein rebellisches Wesen und Zähigkeit zu eigen; Charakterzüge, mit denen sie sich furchtlos über Gesetze von

Sitte und Anstand hinweggesetzt hatten. Zwei Seelenverwandte, denen es gelungen war, sich in einer kaltblütigen Gesellschaft zu behaupten, in der beide ohne ihre innere Stärke zugrunde gegangen wären.

Eloise hob jäh den Kopf. „Er war hier."

„Wer ... Ralph?", fragte Mildred erschrocken.

„Ja. Er ist in London." Eloise zögerte, es fiel ihr schwer, zu gestehen, wie sehr er ihr Angst und Schrecken eingejagt hatte. „Er versuchte, mich zu erpressen. Ich weiß nicht, wie er mich finden konnte, aber er fragte auch nach dir. Offenbar hat er uns nie verziehen, dass wir ihm diese Schmach angetan haben. Aber er hat keine Ahnung, wer du bist."

Mildred lehnte sich in die Polster zurück. „Wenn er erfährt, wer ich wirklich bin, ist das mein Ruin."

„Du bist eine Kurtisane, Mildred. Wie kann jemand deinen Ruf ruinieren?"

„Ich habe verdammt hart daran gearbeitet, mir meinen berüchtigt schlechten Ruf anzueignen."

Eloise begann zu lachen. „Er hat Frau und Kinder auf dem Land."

„Dann sind wir ihn ja hoffentlich bald los. Zum Glück hast du Boscastle als Beschützer. Hast du ihm von Ralph erzählt?"

„Ja. Natürlich. Aber was ist, wenn Ralph wieder auftaucht und dich erkennt?"

Mildreds rote Lippen umspielte das geheimnisvolle Lächeln einer Sphinx. „Ich hatte ohnehin vor, London demnächst den Rücken zu kehren. Mach dir um mich keine Sorgen. Ich wusste mich immer schon zur Wehr zu setzen, um meine Ziele zu erreichen."

„Genau wie ich."

Mildred schwieg eine Weile, und Eloise konnte sich nicht genug wundern, wie sehr sie sich verändert hatte. Sie war atemberaubend schön, elegant und weltgewandt. Eloise konnte es kaum fassen, dass Drake ihren Reizen nicht erlegen war und stattdessen sie, die unscheinbare Gouvernante, gewählt hatte.

„Boscastle muss dich lieben", meinte Mildred schließlich, als habe sie ihre Gedanken gelesen. „Lass ihn nicht gehen, Eloise. Ich könnte beinahe neidisch auf dich sein."

„Nur beinahe?", fragte Eloise leichthin.

Mildred lachte herzlich. „Offen gestanden, habe ich einen Earl in der Hinterhand, der sehnsüchtig auf mein Jawort wartet. Aber ich fürchte, ich bin zu sehr daran gewöhnt, mir mein Leben nach meinen eigenen Wünschen einzurichten, um mich an einen einzigen Mann zu binden."

Inzwischen war Devon mit den spärlichen Bruchstücken, die er über Eloises Vergangenheit ausgekundschaftet hatte, herausgerückt. Dabei handelte es sich lediglich um eine knappe Zusammenfassung dessen, was Drake bereits wusste. Er beschloss, dass es an der Zeit sei, wieder ins Haus zurückzukehren und nach dem Rechten zu sehen. Devon, der eigentlich nur begierig darauf war, einen näheren Blick auf Maribella St. Ives zu werfen, folgte ihm bereitwillig und erleichtert, dass sein Bruder offenbar vergessen hatte, seine Drohung, ihm den Hals umzudrehen, wahr zu machen.

Drake wiederum war neugierig zu erfahren, was Maribella und Eloise über ihn gesprochen hatten. Vielleicht lag es an seinem Beschützerinstinkt oder an seinem Besitzanspruch, jedenfalls behagte ihm der Gedanke ganz und gar nicht, dass eine professionelle Kurtisane Einfluss auf Eloise nehmen könnte und ihr möglicherweise Ratschläge gab.

Beim Betreten des Hauses begegnete ihm Eloise in Hut und Mantel, die an ihm vorbei zur Tür wollte. Er nahm sie beim Arm und hielt sie in dunkler Ahnung zurück. „Was immer sie über mich sagte, es stimmt nicht. Bitte geh noch nicht."

Eloise blickte unschuldig zu ihm auf, als er sie näher zog. „Sie hat nichts über dich gesagt, aber ich muss weg."

„Warum?", fragte er in der festen Überzeugung, sie sei nur ihm Rechenschaft schuldig.

„Thalia und die Dienstboten werden sich fragen, wo ich geblieben bin", antwortete sie und schmiegte sich an ihn.

Er atmete ihren Duft ein; es gab kein süßeres Parfum für ihn als dieser Hauch von Lavendel und Olivenseife. „Aber du hast es nicht nötig, auch nur noch einen einzigen Tag in deinem Leben zu arbeiten“, murmelte er.

Sie hob ihm ihr Gesicht entgegen, als er sie küssen wollte, dann erstarrte sie. „Dein Bruder steht direkt hinter dir.“

Drake fluchte leise.

Sie entwand sich seinen Armen. Er schloss kurz die Augen, um nicht die Fassung zu verlieren. „Bleib“, bat er.

„Ich habe versprochen, bei den Hochzeitsvorbereitungen zu helfen“, flüsterte sie.

„Welche Hochzeit?“, fragte er begriffsstutzig. „Ach so … Thalia und Sir Thomas.“ Er schüttelte den Kopf und lächelte ergeben. „Ich bringe dich zurück.“

„Nein. Man soll uns nicht schon wieder zusammen sehen. Bald weiß alle Welt …“ Sie warf nochmals einen bedeutungsvollen Blick zu Devon hinüber, der das Gesicht ein wenig zu hastig abwandte, um nicht den Verdacht zu erwecken, er belausche das Paar.

„Was weiß bald alle Welt?“, fragte Drake. „Dass du meine neue Mätresse bist?“

„Es ist doch nicht nötig, das so öffentlich zur Schau zu stellen“, entgegnete sie verlegen flüsternd.

Er zuckte gleichmütig mit den Schultern. In ein paar Tagen würde ohnehin jeder, der ihn kannte, davon Kenntnis haben, dass er sich eine neue Mätresse genommen hatte. Obgleich er nicht der Mensch war, der sein Privatleben in der Öffentlichkeit ausbreitete, hatte er auch nicht die Absicht, Eloise zu verstecken. „Ich begleite dich zu Thorntons Haustür“, sagte er mit Bestimmtheit. Und mit einem Blick zu seinem Bruder fügte er hinzu: „Bleibst du noch?“

Devon räusperte sich. „Nun ja, ich könnte noch ein Weilchen bleiben. Nur damit die andere Dame sich nicht vernachlässigt fühlt.“

Drake lachte bei dem Gedanken, dass jemand die temperamentvolle Liebesdienerin in seinem Salon vernachlässigen könnte. „Tu dir keinen Zwang an, aber ich rate dir zur Vorsicht. Ich möchte nicht, dass die Dame dich zum Abendessen verspeist."

„Willst du uns nicht offiziell miteinander bekannt machen?", fragte Devon schmunzelnd.

Drake wollte seine Bitte bereits ablehnen, als Eloise sich lächelnd zu Wort meldete. „Mich stört das keineswegs", erklärte sie liebenswürdig. „Ich würde nur vorher Miss St. Ives um Erlaubnis fragen."

Als Drake den Salon betrat, stand Maribella über die Schachfiguren auf dem Spieltisch gebeugt.

Er räusperte sich. „Mein jüngerer Bruder würde Sie gerne kennenlernen. Haben Sie etwas dagegen?"

Mit einer halben Drehung über die Schulter antwortete sie mit leisem Vorwurf: „Für einen weiteren Boscastle stehe ich nicht zur Verfügung."

Er schmunzelte. „Ich hoffe, Sie hegen keinen Groll gegen mich für das, was geschehen ist."

„Wegen Eloise?" Sie stellte die weiße Königin auf das Schachbrett zurück. „Im Gegenteil", fuhr sie mit einem warmen Lächeln fort. „Ich bin Ihnen geradezu dankbar für dieses Wiedersehen."

Drake zögerte. „Ich möchte nicht unhöflich erscheinen, aber es wäre vielleicht besser, wenn Sie und Eloise sich nicht in Gesellschaftskreisen begegnen."

„Guter Gott", erwiderte sie lachend. „Der Teufel wandelt sich zum Moralapostel. Seien Sie unbesorgt, Boscastle. Ich werde keinen schlechten Einfluss auf Eloise ausüben. Im Übrigen verlasse ich London bald und reise nach Frankreich."

„Haben Sie mir vergeben?"

Sie musterte ihn kühl. „Nur weil die andere Frau Eloise ist."

Er schüttelte den Kopf. „Mir ist es einerlei, was andere Leute über mich reden, aber können wir uns darauf einigen, dass sie etwaigen indiskreten Fragen zuvorkommen und erklären, Sie haben sich einen neuen Liebhaber genommen?“

„Ich habe mir ja auch einen neuen Liebhaber genommen“, erklärte sie mit einem gewinnenden Lächeln.

„So schnell?“, fragte er einigermaßen verblüfft. „Wer hätte gedacht, dass ein Bewerber um Ihre Gunst in so kurzer Zeit Ihren hohen Ansprüchen genügt.“

„Nun, das ist nicht der Fall“, antwortete sie gedehnt. „Aber es handelt sich um einen Earl, und der Dummkopf glaubt, in mich verliebt zu sein.“

Drake schmunzelte. „Das klingt ja beinahe, als seien Sie darüber verwundert.“

„Sie haben sich jedenfalls nicht in mich verliebt.“ Und ihre Worte klangen weder vorwurfsvoll noch bitter. Nun ja, sie ist eben eine praktische Frau, dachte Drake amüsiert.

„Man wird denken, ich hätte den Verstand verloren, Sie aufzugeben.“

„Vielleicht haben Sie ja Ihr Herz verloren“, meinte sie hintersinnig.

Er widersprach nicht.

„Eloise ist anders als Sie und ich“, sprach sie weiter. „Sie hat ihre Prinzipien, auch wenn sie ihr bislang wenig genützt haben.“

„Die sie für mich aufgegeben hat“, ergänze Drake ernsthaft. „Wollten Sie mich darauf aufmerksam machen?“

Sie begegnete seinem forschenden Blick, und Drake hatte das Gefühl, als sehe sie eine Seite in ihm, die er nur höchst selten zeigte. Eine schöne Frau, die sich selbst zu schützen wusste. Aber sie war nicht für ihn bestimmt. Vielleicht waren Maribella St. Ives und er sich im Wesen zu ähnlich: zynisch, sarkastisch, argwöhnisch, zwei Menschen, die vorgaben, nichts zu empfinden hinter der Maske ihrer gelassenen Gleichgültigkeit.

Maribella schüttelte den Kopf. „Ich wollte nur sagen, dass Eloise niemals den Weg gehen würde, den ich beschritten habe. Sie wird Ihnen keine perfekte Mätresse sein. Sie wird sich um Sie Sorgen machen und Sie bemuttern wie eine Glucke. Auch wenn

Sie ihr die kostbarsten Geschenke machen, sie mit Schmuck und eleganten Kleidern überhäufen, wird sie sehr bald vermissen, was ihr im Leben wirklich fehlt."

Er erwiderte nichts. Er kannte die Frauen zu genau, um vorzutäuschen, er verstünde nicht, was sie meinte. Oder um ihr zu gestehen, dass er anderer Meinung war.

„Ich habe ihr die Chance auf ein normales Leben verdorben, als ich sie auf Ralphs Betrug aufmerksam machte", sagte Maribella reumütig. „Hätte ich ihr damals nicht reinen Wein eingeschenkt und sie in meine Rachepläne einbezogen, hätte sie das Beste aus ihrem Leben mit ihm gemacht."

Drakes Gesicht verfinsterte sich. „Dafür verdienen Sie Hochachtung, beileibe keine Kritik."

Sie sah ihn an, und einen Augenblick erhaschte er einen kurzen Einblick in ihre verletzliche Seele, die er bei ihrem Lebenswandel niemals vermutet hätte. Ihre kühle Art war nur ein Schutzschild. „Sie verdient die Hochzeit, die ich ihr zerstört habe, Drake. Sie hätte es verdient zu heiraten und Kinder großzuziehen." Sie lachte hell und machte eine wegwerfende Handbewegung. „Und das ist das Ende meines Sermons und das Ende zwischen uns."

Er lächelte. Er hatte all seine Liebesaffären mit einer für beide zufriedenstellenden Vereinbarung beendet, aber diese Affäre hatte nie begonnen. „Seien Sie nett zu Devon."

„Ihr Bruder macht mir eigentlich den Eindruck, er könne auf sich selbst aufpassen."

„Dann überlasse ich ihn Ihrer Güte." Er wandte sich zur Tür, wollte zurück zu Eloise, um den Nachmittag mit ihr auf der Suche nach einem passenden Haus für sie zu verbringen. „Ach übrigens, ich wünsche, dass Sie meine Geschenke behalten."

Maribella zwinkerte ihm lächelnd zu. „Das lag ganz in meiner Absicht."

Drake fragte sich, wie lange er Eloise ablenken konnte, bevor sie bemerkte, dass er den Kutscher angewiesen hatte, einen Umweg zu Thorntons Haus zu nehmen. Leider nicht lange genug.

Gerade als er am Verschluss ihres Mieders nestelte, löste sie ihre Lippen von ihm und flüsterte atemlos: „Ist das nicht der falsche Weg nach Hause?“ Sie spähte über seine Schulter aus dem Fenster. „Sind wir nicht gerade schon an diesem Pastetenverkäufer vorbeigefahren?“

„Hmm, erstaunlich, wie schnell diese Leute ihre Karren von einer Straßenecke zur anderen schieben“, murmelte er und drückte sie sanft in die Samtpolster.

„Dann hat das Haus hinter ihm sich wohl gleichfalls verschoben“, entgegnete sie. „Und wenn ich nicht irre, fahren wir bereits zum dritten Mal an diesem Porzellanladen vorbei. Willst du behaupten, dass sich auch die Häuser bewegen?“

„Vielleicht spielen sie Hase und Igel“, schmunzelte er.

„Vielleicht hast du den Kutscher angewiesen, uns im Kreis herumzufahren.“

Er verlagerte das Gewicht und versuchte ihr mit den Schultern die Sicht aus dem Fenster zu verwehren. „Vielleicht versucht er nur, die verkehrsreichen Straßen zu meiden.“

„Vielleicht versuchst du, einer Antwort auszuweichen. Wie lange willst du dieses Spiel noch fortführen?“

Er lehnte sich mit einem schalkhaften Lächeln in die Polster zurück. „So lange wie möglich. Wenn du die Wahrheit wissen willst, eigentlich wollte ich dich überhaupt nicht zurückbringen.“

Kopfschüttelnd begann sie, ihr Kleid zu ordnen. Er widerstand dem Wunsch, sie davon abzuhalten. Sie sah so begehrenswert aus, dass er Mühe hatte, nicht der Versuchung zu erliegen, umzukehren und sie in sein Bett zu tragen.

„Es tut dir nicht einmal leid, nicht wahr?“, fragte sie.

„Es tut mir nur leid, dass du bemerkt hast, dass wir im Kreis herumfahren.“

„Hast du den Fahrer tatsächlich angewiesen, einen Umweg zu machen?“

„Nun ja, nicht in so vielen Worten.“

„Das macht die Sache nur noch schlimmer!“, rief sie entrüstet. „Der Mann ist mit deinem Treiben als Frauenverführer so vertraut, dass ein Wink von dir genügt …"

Er machte ein zerknirschtes Gesicht. „Heißt das, ich muss dich jetzt tatsächlich zu Thorntons Haus bringen?"

„Ja, das heißt es."

„Bist du sicher?"

„Ja …"

„Wir könnten dort vorne an der Ecke pausieren und gemeinsam eine Blätterteigpastete verspeisen." Er streichelte spielerisch mit dem Daumen über ihre Wange.

„Du bist ein unmöglicher Schurke", entgegnete sie tadelnd, musste allerdings das Gesicht abwenden, um ihr Lächeln zu verbergen.

Mit einem wehmütigen Seufzer ließ er von ihr ab und klopfte leicht gegen das Wagendach. Sie warf ihm einen Seitenblick zu. „Das war doch nicht so schwer, wie?"

„Doch", erklärte er ernsthaft. „Es war sehr schwer."

Bald waren sie am Ziel, und die Kutsche hielt an. Und plötzlich schoss ihr durch den Sinn, dass sie nicht mehr die Frau war, die vor ein paar Stunden aus Lord Thorntons Haus aufgebrochen war. Würden alle Bewohner ihr das ansehen?

„Ich begleite dich ins Haus, Eloise."

„Die Dienerschaft wird nur unnötig in Aufruhr geraten, wenn …"

„Daran werden sie sich gewöhnen müssen, wenn sie für mich arbeiten."

Die Diener wären ebenso wenig imstande, ihm zu widerstehen, wie ich, dachte Eloise. Sie würden ihm jeden Wunsch von den Augen ablesen, da sie dem sprichwörtlichen Boscastle-Charme bereits erlegen waren. Alle würden ihn verehren wie einen Halbgott, der sie vor einem grausamen Schicksal in Elend und Not gerettet hatte.

Sie warf einen Blick auf das Haus, das seltsam still und ruhig wirkte. Irgendwie hatte sie befürchtet, die Dienerschaft würde sich mit Lorbeerkränzen in der Hand vor der Tür versammeln, um den Mann zu begrüßen, von dem sie sich erhofften, er werde ihr neuer Dienstherr sein.

„Aus einem unerklärlichen Grund", murmelte sie, „scheinen die Geldeintreiber es aufgegeben zu haben, vor dem Haus Schlange zu stehen. Ich habe den unheimlichen Verdacht, dass ich am Hochzeitsmorgen erwache und feststellen muss, dass alle Zimmer leer geräumt sind."

Drake öffnete ihr den Wagenschlag. „Sei unbesorgt, das wird nicht passieren", sagte er mit einem verschmitzten Lächeln. „Ich habe die Gläubiger vor drei Tagen abgefunden."

„Du? Du hast Thorntons Schulden bezahlt?" Sie starrte ihn mit großen Augen an. „Wieso das denn?"

Sein entwaffnendes Lächeln beschleunigte ihren Herzschlag. „Damit meine pflichtbewusste Geliebte sich keine Sorgen mehr machen muss und ihre Stellung in diesem Haus aufgeben kann, ohne sich schuldig zu fühlen. Ich wünsche mir deine ungeteilte Aufmerksamkeit, und dafür bezahle ich jeden Preis, Eloise."

26. KAPITEL

Alte Gewohnheiten lassen sich nur schwer ablegen. Eloise hatte so viele Jahre bescheiden im Hintergrund gelebt, dass sie sich eines beklommenen Gefühls nicht erwehren konnte, als Drake sie zur Haustür brachte und dabei ihre Hand hielt. Das Haus ihres Dienstherrn am hellen Tag in Begleitung eines Mannes zu betreten, der sich nun als ihr Beschützer erwies, erschien ihr außerordentlich kühn. Sie zögerte einen Augenblick, als Freddie auf ihr Klopfen öffnete, und errötete tief über sein verblüfftes Gesicht.

Sie errötete noch heftiger, als Drake sie in die Arme zog und ihr einen Abschiedskuss gab. „Schick bitte umgehend nach mir, falls es Probleme gibt", ermahnte er sie eindringlich. „Und richte es bitte ein, dass du den Abend mit mir verbringst."

„Wir waren den ganzen Tag zusammen", flüsterte sie abwehrend. „Vielleicht werde ich gebraucht."

„Du wirst gebraucht", versicherte er mit einem unverfrorenen Lächeln. „Und zwar von mir. Vergiss das nicht."

Verwirrt betrat sie die Diele, nahm den Umhang ab und wurde sich zerstreut der Stimmen aus dem Wohnzimmer bewusst. Forschend musterte sie ihr Gesicht im Rokokospiegel an der Wand. Hatte sich ihr Aussehen verändert? War …

Dieser Spiegel hing nicht da, als sie am Vormittag aus dem Haus gegangen war. Der Spiegel war neu. Sie trat ein paar Schritte zurück und bemerkte den weichen Teppich unter ihren Füßen. Ein Orientteppich lag in der Diele, der vorher auch nicht da gewesen war.

Die hohe Standuhr in der Ecke war gleichfalls neu. War das Boscastles Werk? Hatte er das Haus während ihrer Abwesenheit neu einrichten lassen, um sie mit seiner Großzügigkeit zu beeindrucken? Sie fand es höchst extravagant, ein Haus neu zu möblieren, dessen Bewohner demnächst ausziehen würden. Thalia und ihr Bräutigam hatten die Absicht, aus London fortzuziehen und auf seinem Landgut zu leben.

Sie näherte sich gedankenverloren dem Wohnzimmer und zögerte an der offenen Tür. Freddie folgte ihr auf dem Fuß. „Er hat mir das Versprechen abgenommen, Ihnen nichts zu sagen", flüsterte er ihr ängstlich zu. „Es soll eine Überraschung sein. Er ist nach Hause gekommen, aber das haben Sie nicht von mir."

Er? Eloise bemerkte zu ihrer Verblüffung einen gut gekleideten Herrn am Fenster des Salons, der sinnierend in den Garten hinausschaute. Sie erbleichte, als sehe sie ein Gespenst.

„Lord Thornton." Sie warf Thalia auf dem Sofa einen verständnislosen Blick zu. „Sind Sie es wirklich?"

Er fuhr herum. Es war tatsächlich Horace Thornton, allerdings schien eine wundersame Verwandlung in dem Lebemann vorgegangen zu sein. Er wirkte weder übernächtigt noch leicht verwahrlost wie sonst, trug einen maßgeschneiderten Gehrock aus feinem Tuch zu modischen schwarzen Hosen. Das brünette Haar war kurz geschnitten und wohl frisiert, die Halsbinde blütenweiß und sorgfältig gebunden.

„Eloise", rief er überschwänglich und streckte ihr beide Hände entgegen. „Liebste Miss Goodwin."

Wie kann er es wagen, mich so vertraulich zu begrüßen, dachte sie aufgebracht, nachdem er seine Schwester und seine Untergebenen behandelt hatte wie Dreck unter seinen glänzend polierten Schuhen. Aha, der feine Herr hatte sich neu eingekleidet wie der Prinzregent, während die Dienstboten gezwungen waren, seine Geldeintreiber abzuwimmeln.

Natürlich fasste sie diese Gedanken nicht in Worte. Eloise war zu sehr darauf geschult, ihre Gefühle zu verbergen; sie erhob nicht einmal die Stimme.

„Aha", erwiderte sie seine Begrüßung ohne Begeisterung. „Der verlorene Sohn ist endlich nach Hause zurückgekehrt."

„Ich verdiene Ihre Missbilligung." Er ließ den Kopf hängen. „Mein Verhalten war höchst tadelnswert."

Sie widersprach ihm nicht. „Wenn Sie eine Entschuldigung für angebracht halten, dann sollten Sie bei Ihrer Schwester und Sir Gabriel beginnen."

Thalia schnaubte verächtlich. „Er behauptet, er habe sich gründlich geändert. Aber ich glaube ihm kein Wort."

„Ich habe mich wirklich verändert", beteuerte Horace und warf seiner Schwester einen strafenden Blick zu. „Und ich werde mich morgen im Club bei Sir Gabriel und den anderen Herren offiziell entschuldigen."

„Das halte ich für angezeigt", sagte Eloise seufzend.

„Haben Sie sich gar nicht gefragt, wo ich gewesen bin?", wollte er wissen.

„Nun ja, gelegentlich", antwortete sie mit einem fragenden Blick zu Thalia. Was sollte diese Scharade? Die beiden Frauen waren sich in seiner Abwesenheit nicht nur näher gekommen, sie hatten auch an Selbstvertrauen gewonnen.

„Ich habe mich aufs Land zurückgezogen", erklärte er, „um in der Abgeschiedenheit in Ruhe nachdenken zu können."

„Sie hätten auch über uns nachdenken können", erwiderte Eloise unverblümt.

„Das habe ich getan", sagte er leise. „Ehrlich gestanden, habe ich kaum an etwas anderes gedacht."

Eine unangenehme Ahnung stieg in Eloise auf; sie konnte nur hoffen, dass diese Vermutung sie trog und sie ihn missverstanden hatte. „Wir fürchteten beinahe, Sie hätten sich das Leben genommen", erklärte sie mit leisem Tadel.

„Im Gegenteil! Ich glaube, ich habe zu einem neuen Leben gefunden", antwortete er zuversichtlich.

Sie wollte sich setzen. Nein. Sie wollte aus dem Zimmer und aus dem Haus laufen zu Drake. Hätte sie nur nicht darauf beharrt, dass er sich vor dem Haus verabschiedete.

„Was ist mit Ihren Schulden?", fragte sie spitz.

„Ich habe jeden Penny zurückbezahlt."

Sie zog eine Braue hoch. „Wie denn?"

„Entsinnen Sie sich an die Investitionen, die ich vor zwei Jahren machte?"

Sie schüttelte ungeduldig den Kopf. Horace hatte ständig mit Investitionen und todsicheren Wetten geprahlt. Und nie war ein

Penny Gewinn dabei herausgesprungen. War es diesmal möglich …?

„Ich möchte Ihnen einen Vorschlag machen, Eloise", sagte er mit Nachdruck und verschränkte die Hände im Rücken. „Ein persönliches Angebot, das Ihnen die Möglichkeit bietet, sich für immer aus Ihren Diensten für andere zu befreien."

„Einen Vorschlag?"

Thalia warf das Modejournal, in dem sie geblättert hatte, neben sich auf das Sofa. Zu Eloises Verblüffung erhob sie sich, eilte zu ihrem Bruder und gab ihm eine schallende Ohrfeige. „Wie kannst du es wagen?"

„Autsch. Verdammt noch mal. Wofür war das denn?", rief er erstaunt und hob die Hand an die sich rötende Wange.

„Für das anstößige Angebot, das du Eloise machst", entgegnete sie aufbrausend. „Sie war mit Sicherheit zu sehr gekränkt und verblüfft darüber, um dir eine Ohrfeige zu geben, also habe ich es für sie getan. Und es war höchste Zeit. Du hast uns alle im Stich gelassen, Horace."

Er blinzelte. „Eloise würde mich nie schlagen."

Thalia schüttelte den Kopf. „Meinst du wirklich? Nun, vielleicht hat sie sich verändert, seit du abgehauen bist. Vielleicht war sie sogar gezwungen, ihre Unschuld zu opfern, um uns zu retten."

Er rieb sich die Wange. „Dann stimmen die Gerüchte über sie und Boscastle also."

Er wandte sich an die verdutzte Eloise. „Ist das wahr, Eloise?", fragte er leise. „Nein, antworten Sie nicht. Wenn Sie tatsächlich gezwungen waren, sich in eine unaussprechliche Situation zu begeben, so ist das einzig und allein meine Schuld."

Sie hatte nicht die Absicht, auf eine Debatte über dieses Thema einzugehen. Und sie konnte auch nicht gestehen, dass ihre Affäre mit Drake das Schönste war, was ihr in ihrem ganzen Leben widerfahren war. Sie wollte genauso wenig beteuern, dass ihre Entscheidung, seine Geliebte zu werden, nichts mit Thorntons verantwortungslosem Benehmen zu tun hatte und sie damit nur dem Ruf ihres Herzens gefolgt war.

„Nun ja, was geschehen ist, ist geschehen“, meinte sie ausweichend und mied seinen Blick, in der Hoffnung, damit wäre die Diskussion beendet.

Er ließ den Kopf wieder hängen. „Ich verdiene Ihren Tadel. Wollen Sie sich wenigstens anhören, was ich Ihnen zu sagen habe?“

Aus Mitleid wollte sie ihm die Bitte nicht abschlagen, obgleich ihr klar war, dass nichts, was er sagen würde, sie umstimmen könnte. „Wenn es sein muss“, gab sie seufzend nach.

„Dankeschön. Wollen wir auf dem Sofa Platz nehmen?“

„Wenn Sie es möchten.“

„Ich möchte Ihnen ein Angebot machen, Eloise“, begann er von Neuem.

Eloise setzte sich steif auf die Sofakante, und Thalia drängte sich zwischen die beiden.

Sie zwang sich, ihn anzuhören, wohl wissend, dass nichts, was Lord Thornton ihr anbieten könnte, sie in Versuchung führen könnte. Wollte er ihr eine Stellung im Haus eines Freundes verschaffen, um sein Gewissen zu beruhigen? Eine Zusage machen, ihr den ausstehenden Lohn in Raten zu bezahlen? Oder vielleicht wollte er ihr glänzende Referenzen für ihre nächste Stellung geben. Allerdings könnte es sich dabei nicht um Referenzen für die Position als Drakes Mätresse handeln, schoss es ihr in einem Anflug von Belustigung durch den Kopf.

Unvermutet stand er wieder auf und begann vor dem Sofa hin und her zu wandern. Eigentlich ist er gar kein unattraktiver Mann, überlegte sie zerstreut, jetzt, da er nüchtern und gepflegt aussieht. Wenn er eine Frau fände, die ihn liebt, würde er vielleicht sogar …

„Ich möchte, dass Sie meine Frau werden“, sprudelte er übergangslos heraus.

Wäre der Kristalllüster plötzlich von der Decke gestürzt, hätte sie nicht verdutzter reagiert. „Ihre was?“

„Oh Eloise.“ Thalia warf stürmisch die Arme um sie und drohte sie in ihrer Begeisterung zu ersticken. „Nun verliere ich

Sie doch nicht. Meine Schwägerin. Ein Tantchen für meine Kinder. Und wenn Thomas und ich um die Welt reisen, hüten Sie die Kleinen! Horace, du bist doch nicht das herzlose Ungeheuer, für das dich alle Welt hält. Du bist der beste Bruder, den es gibt.“

„Wie lautet Ihre Antwort, Eloise?“, fragte er und räusperte sich, fühlte sich offensichtlich geschmeichelt von Thalias Jubel.

„Ich bin sprachlos“, erwiderte Eloise. „Aber ich …“

Er warf Thalia einen bedeutsamen Blick zu. „Darf ich dich bitten, uns allein zu lassen? Dies ist ein sehr wichtiger Moment für uns.“

Sie sprang auf die Füße und klatschte begeistert in die Hände. „Aber natürlich. Du willst Eloise einen Heiratsantrag machen. Ach, wie romantisch! Und wie dumm von mir, dass ich nicht selbst darauf gekommen bin. Nun müssen Sie keine Kurtisane werden, Eloise, und können immer in meiner Nähe bleiben.“

Sie tänzelte auf der Wolke ihrer Träumereien aus dem Zimmer und lächelte die Dienstboten selig an, die ungeniert im Flur lauschten. Eloise bedachte sie mit vorwurfsvollen Blicken. Horace durchquerte den Raum und schloss die Tür.

„Es tut mir leid, Mylord“, sagte Eloise immer noch fassungslos. „Sie überraschen mich.“

„Ich habe Verständnis für das, was zwischen Ihnen und Boscastle vorgefallen ist“, begann Horace mit einem tiefen Seufzer. „Sie schulden mir keine Erklärung, wie es dazu kommen konnte. Er ist ein gewissenloser Herzensbrecher, der Ihre Situation schamlos ausgenutzt hat. Es ist alles nur meine Schuld.“

Eloise nestelte unruhig an ihrer Perlenkette. Ja, Drake war ein Herzensbrecher, und wenn er ihre Situation ausgenutzt hatte, so traf allein sie die Schuld daran, es zugelassen zu haben. Im Übrigen hätte sie sich niemals und unter keinen Umständen zu Lord Thornton hingezogen gefühlt.

„Ich kann mir kein ungleicheres Paar vorstellen“, fügte Horace hinzu, der sich seiner Sache offenbar völlig sicher war. „Boscastle ist listenreich und weltgewandt, während Sie …“

Eloise erhob sich, als Thornton nach Worten suchte. „Und was bin ich?“, fragte sie und stemmte eine Hand in die Hüfte.

„Nun ja, Sie sind eben nicht weltgewandt“, erwiderte er. „Und das ist ein Kompliment. Sie sind eher ein wenig linkisch und unverbildet, in einer ganz reizenden Art und Weise, verstehen Sie mich bitte nicht falsch. Das liegt vermutlich daran, dass Sie auf dem Land groß geworden sind. Und das ist einer der Gründe, warum Sie und ich gut zueinander passen.“

Eloise konnte sich nicht entscheiden, ob sie lachen oder weinen sollte über seine Einschätzung ihrer Person. Für einen Mann, der seiner Angebeteten einen Heiratsantrag machte, zeigte er das Feingefühl eines Ochsen. „Denken Sie, wir passen deshalb gut zusammen, weil Sie im Grunde genommen ein Bauerntölpel sind wie ich?“

Er wirkte betroffen über ihre ungeschminkte Ausdrucksweise. So hatte sie nie mit ihm gesprochen. „Ich fürchte beinahe, Boscastles Gesellschaft hat eine sarkastische Seite in Ihnen zum Vorschein gebracht, Eloise.“

„Ich war schon immer ein wenig sarkastisch, wenn Sie es wissen wollen.“

„Sie haben mich nie zuvor einen Bauerntölpel genannt“, entgegnete er verdrießlich.

„Nicht direkt ins Gesicht.“ Nun da sie begonnen hatte, ehrlich mit ihm zu sein, fiel es ihr schwer, sich länger zu beherrschen. „Offen gestanden, habe ich Sie weit Schlimmeres genannt, als Sie so sang- und klanglos verschwunden sind.“

„Denken Sie einfach ein paar Tage über meinen Antrag nach“, bat er beharrlich.

„Aber es hat keinen Sinn.“

„Boscastle wird Sie nie heiraten.“

Die Bemerkung bohrte sich wie ein Stachel in ihr Herz. Sie straffte die Schultern. „Aber das ist doch lächerlich, Mylord. Wir lieben einander nicht.“

„Wir können lernen, uns zu lieben“, entgegnete er. Seine Stimme war vor Verzweiflung laut geworden. „Begreifen Sie denn nicht, Eloise? Wir beide sind in den Augen der Gesellschaft ruiniert. Wir haben keine andere Wahl, als London zu verlassen und ein beschauliches Leben auf dem Lande zu führen."

Eloise wich vor Schreck ein paar Schritte zurück. „Ich soll London verlassen?", wiederholte sie entsetzt. Ganz zu schweigen davon, dass sie Drake verlassen sollte, der gewiss das eine oder andere Wort in dieser leidigen Angelegenheit mitreden wollen würde. Irgendetwas an diesem irritierenden Ansinnen war ihr ganz und gar nicht geheuer. „Ihr Antrag ist zwar schmeichelhaft, aber ich kann ihn nicht annehmen."

„Aber ich brauche Sie, Eloise." Auf seinen Wangen hatten sich vor Aufregung zwei rote Flecken gebildet. „Ich brauche unbedingt eine Ehefrau", gestand er kleinmütig. „Mein Onkel lieh mir das Geld, um meine Schulden zu begleichen, unter der Bedingung, dass ich binnen eines Monats eine rechtschaffene, ehrbare Frau heirate."

Eloise hätte ihm liebend gerne den Hals umgedreht. „Und da komme ich Ihnen wohl gerade recht. Ich, das linkische Ding, das Ihnen großmütig verzeiht und Sie bedauert. Sie … Sie eingebildeter Affe. Im Übrigen bin ich seit gestern Nacht keine ehrbare Frau mehr. Sie müssen sich schon eine andere suchen, die auf Sie hereinfällt."

Er ließ sich schwer aufs Sofa plumpsen und stützte den Kopf in die Hände. „Aber keine anständige Frau will einen Betrüger heiraten, Eloise. Sie müssen mir helfen! Ich bin völlig verzweifelt."

Noch vor ein paar Wochen wäre sie beim Anblick seiner Niedergeschlagenheit weich geworden. Sie empfand zwar Mitleid für den Jammerlappen, aber nie im Leben würde sie ihn heiraten. „Reißen Sie sich zusammen, Mylord!", schalt sie barsch und begab sich zur Tür. „Wir müssen Hochzeitsvorbereitungen treffen."

„Unsere Hochzeit?", sagte er hoffnungsvoll und hob den Kopf.

Sie musterte ihn erzürnt. „Die Hochzeit Ihrer Schwester,

nicht die unsere. Außerdem habe ich den Eindruck, Sie brauchen eine Mutter dringender als eine Ehefrau."

„Werden Sie mir helfen?", fragte er im Aufstehen und folgte ihr wie ein Hündchen.

„Eine Mutter zu finden?"

„Nein", antwortete er kläglich. „Eine Ehefrau."

„Wie in Gottes Namen soll ich Ihnen dabei helfen?"

„Kein Mensch will noch etwas mit mir zu tun haben", klagte er wehleidig. „Nicht einmal Sie, Eloise. Und in Ihnen habe ich immer meinen Fels in der Brandung, meinen rettenden Anker gesehen."

„Ihr Fels stand offenbar in Treibsand."

„Sie werden Ihrem neuen Beschützer doch hoffentlich nichts von meinem Antrag berichten, wie?", fragte er angstvoll. „Ich meine, ich möchte Boscastles gewalttätiges Temperament nicht zu spüren bekommen."

Eloise drehte den Türknauf. „Ich werde kein Wort darüber verlieren unter der Bedingung, dass Sie sich manierlich benehmen, bis Thalia unter der Haube ist. Einverstanden?"

„Habe ich eine andere Wahl?"

„Nein." Sie öffnete die Tür zum Flur. Thalia und die Dienstboten, die einträchtig gelauscht hatten, stoben auseinander wie eine Schar Hühner. Hinter ihrem Rücken hörte sie Lord Thornton brummen: „Dieser verdammte Drake Boscastle. Wie soll sich ein normal Sterblicher gegen diesen Teufel in Menschengestalt durchsetzen?"

Diese armselige Jammergestalt jedenfalls nicht, dachte Eloise ungerührt. Genauso wenig, wie eine normal sterbliche Frau ihm widerstehen konnte.

27. KAPITEL

Später am Abend stand Freddie in Drakes Arbeitszimmer und erstattete einen ausführlichen Bericht mit einigen Ausschmückungen, wie es seine Art war, über das Gespräch zwischen Lord Thornton und Eloise, das er belauscht hatte.

Drake lehnte den Kopf gegen die Rückenlehne des Ledersessels. Freddie hatte den Eindruck, Seine Lordschaft wirke im flackernden Kerzenlicht wie ein Dämon, mit dem ein Mann mit rechtem Verstand sich nur ungern anlegen würde. Aber Freddie war kein Dummkopf, wie ihm von seinem Vater immer wieder vorgeworfen worden war, bevor er das Haus seiner Eltern verlassen hatte.

Und er hielt große Stücke auf Lord Drake und setzte alle Hoffnungen in ihn. Er wischte mit dem Ärmel ein paar Staubflusen vom Schreibtisch. Freddie hatte nämlich große Zukunftspläne und wollte es zum obersten Diener in einem Haus wie diesem bringen. Dann würde sein Vater ihn keinen Dummkopf mehr nennen, wenn sein Erstgeborener in einer vornehmen Livree und Seidenstrümpfen herumstolzierte. Er würde vielleicht sogar eine weiß gepuderte Perücke über seinen roten Haarschopf stülpen, den ihm sein Gin saufender Erzeuger vererbt hatte.

Drake klopfte nachdenklich mit dem Federhalter auf die Tischplatte. Freddie sah, dass er wütend war, auch wenn er sich um Beherrschung bemühte. „Beschreibe mir noch einmal Miss Goodwins Reaktion auf diesen Antrag“, forderte er in gespielter Gelassenheit.

Freddie schnaubte verächtlich. „Sie war außer sich, die Gute, und hätte ihn wohl am liebsten aus dem Fenster geworfen wie … wie einen Nachttopf voller Pisse.“

Drake verzog die Mundwinkel. „Wie einen Nachttopf voller Pisse. Wer hätte gedacht, Freddie, dass du das Zeug zu einem Dichter hast?“

Freddie grinste breit. „Und sie hat ihn geschlagen, mitten ins Gesicht."

Drake ließ den Federhalter fallen. „Das hast du durch die geschlossene Tür gesehen?"

„Das nicht, aber gehört habe ich es. Eine schallende Ohrfeige. Sie hat nie die Hand gegen jemanden erhoben, aber ihm hat sie eine ordentliche Ohrfeige gegeben."

„Aber gesehen hast du es nicht", hakte Drake nach, dessen Stimmung sich bei Freddies Bericht zunehmend verschlechterte. Und welchem Mann würde es anders ergehen?

„Ob ich es gesehen habe oder nicht, Miss Goodwin hat ihn jedenfalls abgewiesen", beteuerte Freddie nochmals. „Und sie sagte ihm auch ganz deutlich, dass er eine Mutter braucht und keine Frau."

Drake lachte unwillkürlich in sich hinein. Er konnte sich gut vorstellen, wie Eloise dem Baron die Abfuhr erteilte, die er verdiente. Der Mann war ein Feigling und ein Taugenichts, aber was mochte ihn wohl zu diesem plötzlichen Heiratsantrag bewogen haben? Wie konnte er nur so dumm sein, zu glauben, sie würde ihn heiraten, nachdem er seine Untergebenen so schändlich im Stich gelassen hatte? Er hatte ihr doch vorher nicht die geringste Aufmerksamkeit geschenkt. Oder war er ihr schon längere Zeit nachgestiegen?

„Ist sie jetzt allein mit ihm?", wollte Drake wissen und sprang plötzlich auf die Füße.

„Sie hilft Miss Thornton bei den Vorbereitungen zu einer Abendgesellschaft."

„Was für eine Abendgesellschaft?", fragte Drake mit der Hand an der Klingelschnur.

„Bei Lady Mitford, glaube ich."

Drake lächelte dünn. Lady Mitford war mit Emma eng befreundet und lag ihm und Devon ständig mit Einladungen zu ihren ermüdenden Soireen in den Ohren, in der Hoffnung, endlich eine ihrer geistlosen Nichten unter die Haube zu bringen. Devon, der charmante Plauderer mit dem Talent, selbst der langweiligsten Frau etwas Esprit zu entlocken, hatte ihre Einladungen gelegentlich angenommen. Drake war nur einmal bei Lady Mitford erschienen und wäre vor Langeweile beinahe gestorben.

„Werden Sie auch hingehen?“, erkundigte sich Freddie eifrig.

Drake lachte. „Genau das habe ich vor. Vielleicht bitte ich sogar meinen Cousin Gabriel, mich zu begleiten, um ein wenig Würze in die Sache zu bringen. Sir Gabriel hegt einen berechtigten Groll gegen Lord Thornton, nachdem er ihn beim Falschspielen erwischte und zum Duell forderte, zu dem der Hasenfuß nicht erschienen ist.“

„Man nennt Sie nicht umsonst einen Teufel, Mylord“, meinte Freddie in aufrichtiger Bewunderung. „Sie sorgen dafür, dass die beiden sich an die Kehle gehen, während Sie sich um Ihre Privatangelegenheiten kümmern.“

Drake ließ es dabei bewenden. Er hatte vorgehabt, Eloise an diesem Abend ins Theater auszuführen und sie hinterher zu überreden, die Nacht über bei ihm zu bleiben. Obgleich ihm der Gedanke nicht sonderlich behagte, war es auch nötig, sie früher oder später seiner Familie vorzustellen. Er wollte mit Heath beginnen, der sie vermutlich am wenigsten in Verlegenheit bringen würde, während der gebieterische Grayson wahrscheinlich einschüchternd auf sie wirkte. Diese Formalitäten mussten allerdings noch eine Weile warten, was Drake nicht weiter störte. Er wäre kein Boscastle, hätte er keinen Spaß daran, einen Rivalen in seine Schranken zu weisen, und er sah dem Abend mit freudiger Erwartung entgegen.

Eloise staunte über Lord Thorntons Dreistigkeit, sich nach seiner gesellschaftlichen Schmach in der Öffentlichkeit blicken zu lassen. Aber letztlich stand es ihr nicht zu, ein Urteil zu fällen. Die Abendgesellschaft bei Lord und Lady Mitford sollte einer ihrer letzten offiziellen Auftritte als unscheinbare Gouvernante sein. Danach musste sie nur noch Thalias Hochzeit hinter sich bringen, wo sie sich noch einmal hinter den Kulissen aufhalten würde.

Wie üblich trennte sie sich bei der Ankunft im Stadthaus von Lord Mitford von Thalia und Sir Thomas und begab sich umgehend in den hinteren Winkel des Saals zu den anderen Mauerblümchen. Gouvernanten und Gesellschafterinnen, unverheiratete ältere Damen und unscheinbare Debütantinnen, die so taten, als störten sie sich nicht an ihrem Außenseiterstatus. Wie lange würde es wohl dauern, bevor die Gesellschaft davon erfuhr, dass Eloise die Mätresse eines berüchtigten Frauenhelden geworden war?

Zu ihrem Leidwesen ließ die Antwort nicht lange auf sich warten. Sobald sie auf einem harten Stuhl an der Wand Platz genommen hatte, wurde sie von den anwesenden Damen neugierig angegafft.

„Guten Abend, die Damen", grüßte Eloise und richtete den Blick auf das Tanzparkett, wo die strahlende Thalia bereits mit ihrem Verlobten tanzte. Lord Thornton hatte sich vermutlich auf die Suche nach einer willigen Braut gemacht, die ihn aus seinen Nöten retten sollte. „Hatten Sie einen angenehmen Aufenthalt in Sussex, Mrs Burton?", fragte Eloise eine der älteren Matronen höflich.

Die teiggesichtige Dame lächelte maliziös. „Gewiss nicht so angenehm wie Ihr Aufenthalt in London in letzter Zeit, wie ich höre."

Die anderen Damen tuschelten aufgeregt hinter vorgehaltenen Fächern. Eloise beschloss, die gehässige Bemerkung auf die leichte Schulter zu nehmen. „Nun ja, man sollte nicht alles glauben, was man hört."

Eine jüngere Gouvernante neben Eloise murmelte: „Wenn wir nur die Hälfte von dem glaubten, was über Sie im Umlauf ist, wäre das skandalös genug."

Eloise presste die Lippen aufeinander. Nimm es gelassen! ermahnte sie sich. Nur weil sie in deren Augen ein gefallenes Mädchen war, bedeutete das noch lange nicht, dass sie sich vor den im Leben zu kurz gekommenen Frauen schämen musste. „Das Wetter ist ungewöhnlich milde für diese Jahreszeit, nicht wahr?", wandte sie sich liebenswürdig an ihre Nachbarin.

Mrs Burton kicherte. „Ich könnte mir denken, dass es für gewisse Leute in gewissen Gegenden der Stadt ungewöhnlich heiß war."

Eloise setzte ein gekünsteltes Lächeln auf. „Wenn Ihnen das Wetter in London zu heiß ist, sollten Sie vielleicht in kühlere Regionen in den Norden reisen, meine Liebe."

Die Damen wechselten bedeutsame Blicke. Sie gehörten zwar nicht wirklich dem vornehmen *ton* an, waren keine Gemahlinnen distinguierter Aristokraten, achteten aber innerhalb ihrer Gruppe penibel auf Sitte und Anstand. Eloises Entschluss, die Mätresse eines begehrenswerten Aristokraten zu werden und in den Genuss des damit verbundenen Reichtums und Luxuslebens zu gelangen, rief nicht nur ihre Kritik hervor, sondern weckte auch Neid und Missgunst. Noch mehr Anstoß hätten sie allerdings genommen, wenn Eloise über ihren Stand geheiratet hätte. Es war zwar eigentlich undenkbar, dass ihr Gönner sie heiraten und sie dadurch wieder zu einer achtbaren Frau machen würde, aber bisweilen geschahen solche Dinge. Boscastle verfügte jedenfalls über die finanziellen Mittel, Eloise ein sorgenfreies Leben zu ermöglichen, selbst wenn er sie verstoßen würde, nachdem seine anfängliche Leidenschaft für sie abgeflaut war. Liebe und Leidenschaft waren nun mal vergänglich.

Mary Weston, mit der Eloise sich angefreundet hatte, drückte ihr heimlich die Hand. Mary, Mitte dreißig, die seit vielen Jahren als Gouvernante arbeitete, war eine warmherzige und sanftmütige Frau. „Sie sind nur eifersüchtig, Eloise", flüsterte sie ihr zu. „Mach dir nichts draus, was sie über dich reden."

Mrs Burton räusperte sich vernehmlich. „Eifersüchtig? Entsetzt und abgestoßen sind wir. Was soll die Ärmste denn tun, wenn ihr Gönner ihrer überdrüssig wird? Keine achtbare Familie wird sie bei sich anstellen. Schon gar nicht als Erzieherin in einer gewissen vornehmen Privatschule."

Eloises mühsam bezähmter Unmut drohte überzukochen. Wie konnte die böse Hexe es wagen, die Schule von Lady Lyons zu erwähnen? Wie unfair! „Diesen Posten habe ich abgelehnt, Mrs Burton."

Die Frau lächelte hämisch. „Ihr Leichtsinn gerät mir zum Vorteil. Ich hatte ein vielversprechendes Gespräch mit Lady Lyons."

Eloise hätte vielleicht etwas Unverzeihliches getan, wäre Drake nicht unvermutet in ihrem Blickfeld erschienen. Das Herz klopfte ihr bis zum Hals, Hitze durchströmte sie, als seine hohe Gestalt sich aus der Menge der Tanzenden löste.

Er repräsentierte das genaue Gegenteil des Mannes, zu dem eine sittsame wohlerzogene Frau sich hingezogen fühlen sollte. Die Verkörperung geheimster weiblicher Fantasien. Die Damen in ihrer Umgebung fächelten sich in erregter Empörung Luft zu. Oder unterlagen auch sie dem Bann seiner männlichen Ausstrahlung, ohne zu wagen, sich ihre Gefühle einzugestehen? War Eloise die Einzige, die hinter der Maske des sündigen Verführers noch etwas anderes wahrnahm? Vielleicht aber war sie nur das Opfer ihres Selbstbetrugs und folgte wider besseres Wissen dem Sirenengesang der Begierde, der unschuldige Romanheldinnen verlockte, vom rechten Weg abzuweichen, um im Verderben zu enden.

Sie war bereits verloren. Sie liebte diesen Teufel in Menschengestalt, ohne einen Gedanken an ihre Zukunft zu verschwenden.

Drake näherte sich den Damen mit dem selbstsicheren Gang eines Raubtieres, das eine verschreckte Schafherde witterte. Keine von ihnen, ob jung oder alt, konnte seine Anziehungskraft leugnen.

Aber sein Blick war nur auf eine gerichtet, auf die üppige brünette Schönheit, die er zu seiner Geliebten auserkoren hatte.

Er hielt ihr die Hand entgegen. „Tanzen Sie mit mir, Miss Goodwin."

Es war eine spielerische Aufforderung, eine verführerische Reminiszenz an ihr erstes Kennenlernen. Eloise erhob sich beschwingt, seltsamerweise ohne jede Verlegenheit. Ein Lächeln umspielte seinen sinnlichen Mund.

Ihre Fingerspitzen prickelten, als er ihre Hand nahm. Sie hatte nur Augen für ihn, es kümmerte sie nicht, was andere von ihr dachten, über sie redeten. Ein Blick in sein markantes Gesicht genügte, und sie schmolz dahin, empfand es erregend, dass er sich nicht die Mühe machte, sein unmoralisches Verlangen zu verbergen. Er hatte sie erwählt.

„Welche Freude, Sie wiederzusehen, Miss Goodwin", sagte er mit seiner warmen dunklen Stimme. Als wären sie nicht noch vor wenigen Stunden einander nackt in den Armen gelegen, berauscht vom leidenschaftlichen Liebesspiel. „Ich ahnte nicht, dass ich Sie heute Abend hier antreffe."

Die Welt um sie herum versank. Eloise bemerkte allerdings den Anflug von Missbilligung in seiner Stimme, ihn nicht von ihren Plänen unterrichtet zu haben.

„Auch ich bin überrascht, Sie hier zu sehen, Mylord", erwiderte sie, während er sie aufs Parkett führte. „Ich selbst hatte keine Ahnung, dass meine Begleitung zu dieser Soiree erwünscht werden würde."

Er maß sie mit einem forschenden Blick. Mittlerweile waren sie außer Hörweite der entsetzten Damen, und es war nicht länger nötig, die Form zu wahren. „Wie ich erfahren habe, hat Thornton dir heute einen Heiratsantrag gemacht", sagte er. „Hast du wirklich gedacht, ich komme heute Abend nicht?"

Erst jetzt bemerkte sie, dass er sie vor aller Augen aus dem Ballsaal führte. Es blieb ihr keine andere Wahl, sie musste vorgeben, als sei es das Natürlichste von der Welt, dass eine Gouvernante Hand in Hand mit einem Frauenhelden den Saal verließ. „Ich dachte, wir wollten tanzen. Und woher weißt du von Thorntons Antrag?"

Er antwortete nicht und führte sie in einen langen schwach erleuchteten Korridor. „Ach ja", meinte sie dann und verengte die Augen. „Von Freddie, nicht wahr? Hoffentlich sagte er dir auch, dass ich ..."

Sekunden später zog Drake sie in ein eichengetäfeltes Zimmer und in seine starken Arme, schlug die Tür mit dem Absatz zu, drehte den Schlüssel um und küsste sie leidenschaftlich. Und plötzlich konnte sie sich nicht erinnern, worüber sie gesprochen hatten.

„Wieso bist du hier?“, flüsterte sie, schlang die Arme um seinen Hals und schmiegte sich an ihn. „Ich dachte, derlei Abendgesellschaften langweilen dich.“

Er lächelte träge. „Ich war auf der Suche nach einer Frau“, erklärte er, während er seine Hände über ihre straffen Brüste, ihre schmale Taille und die Rundungen ihrer Hüften wandern ließ.

„Was willst du denn von ihr?“, fragte sie ein wenig atemlos.

„Das werde ich dir gleich zeigen.“ Er verharrte mit den Händen auf ihrem Po und presste seine harte Männlichkeit gegen ihren Leib. „Hast du eine Ahnung, wohin Thornton, dieser Idiot, gegangen ist? Ich habe das Gefühl, er meidet mich.“

Drake nahm sie wieder bei der Hand und dirigierte sie sanft in die Mitte des dunklen Zimmers. Der Geruch nach staubigen Büchern, Zigarren und Brandy hing in der Luft. Mit einem Schauer verbotener Vorfreude wurde Eloise bewusst, dass er beabsichtigte, sie in der Bibliothek des Gastgebers zu verführen. Und ihr war ebenfalls bewusst, dass sie es zulassen würde, bereits halb benommen vor Ungeduld.

„Ich habe keine Idee, wo Lord Thornton sein könnte“, flüsterte sie mit belegter Stimme. „Aber wie der Zufall es will, sucht auch er nach einer Frau. Könnte es möglicherweise ein und dieselbe sein?“

Drakes blaue Augen verdunkelten sich. „Er bekommt sie aber nicht. Weißt du, ob sie seinen Antrag angenommen hat?“

Sie erbebte, als er sie musterte, seine unverhüllte Leidenschaft machte ihr die Knie weich. „Würde sie hier mit dir stehen, wenn sie ihn angenommen hätte?“

„In diesem Fall wäre Thornton nicht mehr am Leben“, entgegnete er heiser, während er sie zwang, rückwärts zu gehen.

„Bist du wirklich nur hier, um mich zu sehen?“, fragte sie leise und stolperte über einen Hocker.

Er hielt sie fest. „Das weißt du genau. Es war die reine Folter.“

„Folter?“, fragte sie scherzhaft. „Wir haben uns erst vor wenigen Stunden getrennt.“

Er schmunzelte. „Ich meinte, diese Soiree ist eine Folter. Du kannst dir nicht vorstellen, wie viele ältliche Damen mich zum Tanz aufgefordert haben. Aus einem unerklärlichen Grund scheine ich eine besondere Anziehungskraft auf lebenslustige Witwen zu haben.“

„Hast du ihre Aufforderung zum Tanz höflich abgelehnt?“, erwiderte sie lachend.

„Dazu blieb mir gar keine Gelegenheit. Ich hatte Mühe, mit heiler Haut davonzukommen“, antwortete er. „Ich kann mir nicht erklären, wieso alte Damen keine Angst vor mir haben. Sie betrachten mich als Abenteuer.“

„Du musst dein Versprechen halten und wenigstens mit ihnen tanzen.“

„Kann ich mich nicht einfach heimlich aus dem Staub machen?“

„Vielleicht haben sie dich auch schon vergessen“, flüsterte sie und streichelte seine Wange.

Er umfing ihre Taille. „Ich musste dich wiedersehen. Ich hätte es nicht länger ertragen.“

„Das freut mich.“

„Ich habe nie …“

Nie was? überlegte sie. Doch bevor sie die Frage stellen konnte, küsste er sie fordernd und entfachte eine Feuersbrunst in ihr. Mit seiner Zunge öffnete er ihre Lippen. Er streichelte ihre Rundungen, ihre Brüste, ihren Po, er drängte sein Knie zwischen ihre Schenkel zu der geheimen Stelle, an der sie seine Berührung am meisten ersehnte.

Er stöhnte leise. „Ja, das brauche ich, ich will dich wieder spüren. Den ganzen Tag habe ich mich danach verzehrt, wieder in dir zu sein. Hast du auch an mich gedacht?“

„Du kennst die Antwort“, hauchte sie bebend, berauscht von ihrem Verlangen nach ihm. Er war so unwiderstehlich in seiner Leidenschaft, dass sie ihm nichts verwehren konnte. Als er sie auf das Sofa setzte und sie vorsichtig, aber bestimmt in die Kissen drückte, war das beinahe eine Erleichterung.

„Man wird uns vermissen", wisperte sie, ohne sich eigentlich darum zu scheren, und schlang die Arme um ihn. Sie wollte ihre Hände unter sein Hemd schieben, um seine Wärme, seine bloße Haut zu ertasten.

„Wenn du es verlangst, höre ich auf", murmelte er.

Sie stöhnte leise, als er sich auf sie legte. „Ganz gewiss nicht. Man muss das beenden, was man begonnen hat."

„Sehr vernünftig, Miss Goodwin", sagte er schmunzelnd. „Und nun spreizen Sie die Beine wie eine gefügige Mätresse."

Er löste die Haken und Ösen im Rücken ihres Kleides, dann die Verschnürung ihres Korsetts, schob die seidenen Ärmel von ihren Schultern und die Korsage nach unten. Endlich neigte er sich über ihre prallen Brüste und saugte an ihren Knospen, bis sie sich ihm entgegenreckten. Fiebernde Hitze durchflutete sie bis in ihren pulsierenden Schoß. Sie war nahe daran, ihn anzuflehen, ihr Erlösung zu verschaffen.

„Oh mein Gott", stöhne sie und streichelte seine breiten Schultern. „Weißt du, was die Leute über mich sagen werden?"

Mit der Zunge umkreiste er ihre aufgerichteten Brustspitzen. „Was würden sie erst sagen, wenn sie dich jetzt sehen?"

Sie verspannte sich für einen Moment. „Schweig, du Teufel."

Er hob den Kopf und lächelte sie an. Bevor sie wusste, wie ihr geschah, hatte er ihr die Röcke hochgeschoben und ihre Schenkel mit dem Knie noch weiter gespreizt. Sie schloss die Augen, als er ihren flachen Bauch küsste, hob ihm die Hüften entgegen, ohne sich darum zu kümmern, wie lüstern sie wirken musste, konnte keine Sekunde länger warten.

„Willst du etwas von mir?", fragte er unschuldig.

Sie schlug die Augen auf, ihr Blick war lustvoll verschwommen. „Ja. Dich."

„Bist du denn bereit für mich?", raunte er mit belegter Stimme.

„Ich vergehe vor Sehnsucht nach dir", antwortete sie atemlos.

„Lass mich mal sehen, ob das auch stimmt."

Er legte die Finger auf die seidigen Löckchen zischen ihren langen Beinen, tastete sich weiter und tauchte schließlich in sie ein. Eloise biss sich auf die Unterlippe, um einen Schrei zu unterdrücken. Sie wollte ihn in sich spüren, schob die Hüften vor, lechzte nach Erlösung, nur um festzustellen, dass er innehielt und seine Finger zurückzog.

„Bitte …", bat sie halb von Sinnen, „hör nicht auf …"

Er kauerte sich auf die Fersen zwischen ihren Schenkeln und sah in unverhüllter Lust auf sie herab. So wollte er sie haben, in diesem entzückend aufgelösten Zustand, dem Höhepunkt entgegenfiebernd.

Er selbst war nahe daran, die Besinnung zu verlieren. Welcher Mann wäre das nicht beim Anblick dieser Liebesgöttin? Er schob die Hosen nach unten bis zu den Knien und beugte sich wieder über Eloise. Sie stöhnte wieder, als er die Hüften bewegte und sie seine harte Männlichkeit an ihrem Schoß fühlte. Gleichzeitig umkreiste er mit dem Daumen ihre empfindsame Perle, bis Eloise sich unter ihm wand und ihr Blick sich verschleierte. Gnadenlos setzte er seine sinnliche Folter fort, gönnte ihr noch immer nicht das, wonach sie sich sehnte.

„Noch nicht", raunte er heiser und betrachtete ihren nackten Körper wie ein Raubtier seine Beute.

Sie sah ihn an. „Bitte."

Er biss die Zähne aufeinander, hatte Mühe, sich zu beherrschen. Mit den Fingern liebkoste er ihre Brüste, bis sie unter ihm zu keuchen begann. Erst dann gab er seinem wilden Verlangen nach. Er hielt sie an den Hüften und drang mit einer raschen Bewegung in sie ein. Ihre kehligen Lustschreie trieben ihn nur noch mehr an. Zu spät schoss ihm der benommene Gedanke durch den Sinn, dass sie keine Vorkehrungen getroffen hatten, um sie vor einer Empfängnis zu schützen.

„Mein Gott", stöhnte er heiser. „So etwas habe ich noch nie empfunden."

Sie befeuchtete ihre Lippen, ihre Blicke verschmolzen ineinander. Er fühlte sich so wunderbar in ihr an, als wären ihre Körper füreinander bestimmt.

Sie erzitterte, bog sich Drake entgegen und passte sich dem Rhythmus seiner Stöße an. Willig übernahm er die Führung und ließ bedächtig die Hüften kreisen, um den Genuss in die Länge zu ziehen. Diese Frau stellte alles, was er bisher erlebt hatte, in den Schatten, erregte ihn mit ihrer Hingabe, ihrem Hunger mehr, als jede andere Frau es vor ihr vermocht hatte. Er hätte liebend gerne die ganze Nacht mit diesem berauschenden Liebesspiel verbracht, der Erfüllung gefährlich nahe, um immer wieder innezuhalten und ihre geheimsten Wünsche und Sehnsüchte zu erforschen.

Aber plötzlich drangen gedämpfte Geräusche irgendwo im Haus durch den Nebel seiner sinnlichen Trunkenheit. Er verschränkte die Finger mit den ihren und hob ihr die Arme über den Kopf. Ihre prallen Brüste schmiegten sich an seinen schweißbedeckten Oberkörper.

Er zog sich ein wenig zurück, halb von Sinnen, und einen Moment lang verharrten beide, ohne zu atmen, gefangen im Rausch ihrer Lust. Und dann bäumte sie sich auf, presste die Hüften gegen seine Lenden und nahm ihn wieder tief in ihrem Schoß auf. Er hörte Schritte vor der Tür, ohne weiteres Zögern stieß er ein letztes Mal zu. Kehlige Laute entrangen sich ihr, sie schlang die Beine um seine Hüften. Drake schloss die Augen, und dann war es um ihn vollends geschehen. Auf dem Gipfel der Lust, verströmte er sich tief in ihr und sank erschöpft auf sie nieder, seine Finger immer noch mit den ihren verschränkt.

„Ich will dich immer bei mir haben“, flüsterte er atemlos.

Zitternd lehnte sie sich in die Kissen zurück.

In jeder anderen Situation hätte er sie jetzt noch zärtlich liebkost. Aber noch bevor sein rasender Herzschlag sich beruhigen konnte, zog er sie hoch und zwang sie sanft aufzustehen. Es war unnötig, ihr den Grund für seine Hast zu erklären. Noch bevor er die Hose wieder übergestreift und zugeknöpft hatte, waren ihre Kleider geordnet und das Haar geglättet.

An der Tür nahm er sie noch einmal in die Arme. Und erneut ging ihm der Gedanke durch den Sinn, dass er keine Vorkehrungen getroffen hatte, um eine Empfängnis zu verhüten. Nie zuvor hatte er vergessen, sich zu schützen – was war nur los mit ihm? Wieso war der Gedanke an eine schwangere Mätresse plötzlich auf gewisse Weise reizvoll? Wollte er etwa in Graysons Fußstapfen treten?

Bislang war ihm jeder Gedanke an seine Zukunft erschienen, als starre er in einen Nebel der Ungewissheit. Zum ersten Mal war ihm nun, als erblicke er einen Lichtschein in einsamer dunkler Nacht. War es möglich, dass er die Quelle dieses Lichts in seinen Armen hielt?

Er hätte um sein Leben laufen müssen in dem Moment, als er ihr zum ersten Mal begegnet war. Nun ist es zu spät, dachte er und barg sein Gesicht an ihrem Hals.

„Ich glaube, ich habe Schritte im Flur gehört", wisperte sie und schob ihn von sich. „Wir können nicht die ganze Nacht hierbleiben."

Vernünftiger Gedanke. Sie brachte ihn auf die Erde zurück. Zurück aus der Hölle? Er atmete ihren frischen Duft ein, bevor er sich widerstrebend von ihr löste.

„Du gehst zuerst. Ich warte so lange, bis du wieder bei deinem Damenkränzchen sitzt." Er drehte den Schlüssel, öffnete die Tür einen Spalt und vergewisserte sich, dass niemand in der Nähe war.

„Geh."

Sie drängte sich an ihm vorbei. Jeder Mann würde beim Anblick ihrer rosig überhauchten Wangen, dem Glanz in ihren grünen Augen wissen, dass sie vor wenigen Minuten leidenschaftlich geliebt worden war, befürchtete Drake.

„Wirst du dein Versprechen einlösen und mit deinen leicht verwelkten Verehrerinnen tanzen?", fragte sie belustigt über die Schulter.

„Mal sehen. Aber deinem Verehrer werde ich …" Er stockte unter ihrem tadelnden Blick. „… Manieren beibringen. Ich mache mich auf die Suche nach Horace Thornton, um ein ernstes Wort mit ihm zu reden.“

Sie entfernte sich. „Aber diesmal kein Gespräch am Fischteich, wenn ich bitten darf.“

„Mach dir keine Sorgen um Horace“, meinte er beschwichtigend, lehnte sich mit träger Gelassenheit gegen den Türstock und verzichtete schweren Herzens darauf, ihr nachzueilen. „Ich benehme mich wie ein perfekter Gentleman.“

28. KAPITEL

Horace brach der Angstschweiß aus allen Poren, als er den dunklen athletisch gebauten Mann wahrnahm, der sich ihm mit energischen Schritten näherte wie ein Raubtier auf Beutefang. Er glaubte, sein letztes Stündlein habe geschlagen.

„Boscastle“, grüßte er mit gekünstelter Freundlichkeit und schluckte gegen den Knoten an, der ihm die Kehle zuschnürte. „Wie schön, Sie zu sehen. Ich fürchte, Sie dachten, ich lasse mich nie wieder in London blicken. Dabei hatte ich mir fest vorgenommen, Ihnen morgen einen Besuch abzustatten, aber da ich Sie ja nun hier antreffe ...“

Einen hoffnungsvollen Moment ließ er sich von Drakes gewinnendem Lächeln blenden. War es möglich, dass er einen Boscastle täuschen und seiner Vergeltung entrinnen konnte?

„Eigentlich dachte ich“, entgegnete Drake im Plauderton, während er Horace mit einer Hand an dessen Hemdbrust in eine dunkle Nische drängte, „Sie hätten so viel Vernunft, um fortzubleiben. Und ...“, er schlang sich Thorntons Seidenkrawatte um das Handgelenk, „... wenn Sie schon dumm genug sind, in London aufzutauchen, sollte Ihnen klar sein, dass Sie gewisse Leute nie wieder mit Ihren Unverschämtheiten verärgern dürfen.“

„W...womit ... habe ich Sie verärgert?“, stammelte er. „Ich würde nie im Traum daran denken, Ihnen zu nahe ...“

Drake zog die Krawatte enger. „Sie haben nicht nur meinen Cousin beim Kartenspiel betrogen, Sie haben es auch noch mir überlassen, Ihre verdammte nichtswürdige Ehre zu retten.“

„Dafür wollte ich mich schon längst bei Ihnen bedanken.“

„Außerdem haben Sie Ihre Untergebenen schnöde im Stich gelassen und gezwungen, sich gegen Geldeintreiber, die Ihnen ans Leder wollten, zur Wehr zu setzen. Damit nicht genug, Sie haben auch noch zwei junge hilflose Frauen schutzlos ihrem Schicksal übergeben.“

„Sie haben völlig recht, das war unverzeihlich von mir. Allerdings würde ich Miss Goodwin nicht unbedingt als hilflos …“ Bei Boscastles eisiger Miene unterbrach er sich. „Bei Gott, ich nehme alle Schuld auf mich. Ich … ich bin ein elender Schuft. Töten Sie mich … aber machen Sie es kurz und schmerzlos“, stammelte er.

Drake schüttelte angewidert den Kopf. „Ja, ich sollte Sie töten.“

Horace hatte das Gefühl, die Sinne würden ihm schwinden. Er hatte eigentlich nie begriffen, wieso Boscastle Umgang mit ihm pflegte, wahrscheinlich nur wegen seiner Freundschaft mit seinem verstorbenen Bruder. Er wusste genau, wie töricht er sich verhalten und wie sehr sein Ansehen in den Augen der gehobenen Gesellschaft gelitten hatte.

Er blickte Drake flehentlich an. „Sie waren immer gut zu mir, Boscastle, und haben sich mir gegenüber stets fair verhalten, was ich gar nicht verdiente. Aber glauben Sie mir, ich habe mich gebessert und ein neues Leben …“

Drakes Augen funkelten gefährlich. Mittlerweile hatte er die Krawatte um Thorntons Hals wie eine Henkerschlinge zugezogen. „Es ist mir völlig egal, ob Gott persönlich Ihnen ein neues Leben geschenkt hat. Ich warne Sie nur, lassen Sie die Finger von Eloise!“

Horace begann zu zittern. Später würde er sich einreden, er habe sich den Geruch nach Rauch und Schwefel, den er an Boscastle wahrnahm, nur eingebildet. „Sie denken doch hoffentlich nicht, ich hätte die Absicht gehabt, sie zu entehren?“, stieß er gepresst hervor und versagte sich wohlweislich den Hinweis, dass Drakes Auftreten darauf schließen ließ, er selbst habe sich dieses Vergehens schuldig gemacht.

„Jedenfalls haben Sie sich benommen wie ein ehrloser Schuft“, entgegnete Drake scharf.

„Ich … ich konnte doch nicht ahnen“, ächzte Horace röchelnd mit hochrotem Gesicht, „dass ein Mann Ihres Standes an der Gouvernante meiner Schwester interessiert sein könnte. Das wusste ich nicht, Boscastle, das schwöre ich bei allem, was mir heilig ist. Ich werde mich von ihr fernhalten, glauben Sie mir. Und wenn Sie es verlangen, lecke ich Ihre Stiefel sauber, aber bitte töten Sie mich nicht. Ich hatte keinen Schimmer, was Sie für Eloise empfinden. Sie ist eine hübsche Frau, gelegentlich zwar ein wenig herrisch, aber ich werde nie wieder das Wort an sie richten, wenn Sie es wünschen. Mir war nur nicht klar, wie Sie zu ihr stehen."

Drake löste mit eisiger Miene seinen Würgegriff. Die namenlose Erleichterung in Thorntons Gesicht hätte ihn wohl zum Lachen gebracht, wäre er durch dessen Worte nicht stutzig geworden. Denn auch Drake war bislang nicht bewusst gewesen, wie viel er für Eloise empfand. Er hätte nie vermutet, fähig zu sein, für irgendeine Frau tiefere Gefühle zu hegen, aber seit der ersten Begegnung mit Eloise war er eines Besseren belehrt.

Eloise war soeben mit einem seligen Lächeln auf den Lippen eingeschlafen. Ihr letzter Gedanke galt Drake, wie er von einer üppigen, silbern ergrauten Witwe im Walzertakt durch den Ballsaal geschwenkt wurde. Die Dame hatte ihn offenbar an sein Versprechen erinnert und in Beschlag genommen. Ach Liebster, dachte Eloise im Halbschlaf, was würde ich darum geben, dich neben mir zu spüren …

Und wieso wärmten sich zwei nackte kalte Füße an den ihren? In der nächsten Sekunde war sie hellwach, wagte jedoch nicht, die Augen zu öffnen oder gar eine Bewegung zu machen. Sie hätte beinahe glauben können, bei dem nächtlichen Besucher in ihrem Bett handle es sich tatsächlich um ihren Beschützer, der zunehmend dem Bild des unersättlichen Liebhabers glich, wie die Klatschblätter behaupteten.

Aber Drake hatte weder zierliche Füße noch lange Fußnägel. Und er würde sich auch nicht in ihr Zimmer schleichen und bitterlich ins Kissen weinen, wie der ungebetene Gast in ihrem Bett es nun tat.

Sie fuhr erbost hoch. „Miss Thornton, was fällt Ihnen ein? Was hat dieser Besuch mitten in der Nacht zu bedeuten?"

„Ach El…oo…ii…se", schluchzte Thalia herzzerreißend, schlang stürmisch die Arme um Eloises Hals und schlug ihr den Kopf unsanft gegen die Rückwand des Bettes. „Ich hatte einen grässlichen Albtraum. Halten Sie mich fest, bis ich mich von dem Grauen erholt habe."

Eloise befreite sich aus den schlanken Armen des Mädchens. „Nun beruhigen Sie sich! Sie sind kein Kind mehr, und ich brauche meinen Schlaf. Es ist sehr spät, und wir müssen früh aufstehen. Morgen kommt die Schneiderin, um Ihr Brautkleid abzuändern."

„Mein Brautkleid", jammerte Thalia unbeeindruckt und barg das Gesicht an Eloises Busen wie ein kleines Kind. „Davon habe ich geträumt. Was soll ich denn nur tun?"

Eloise rieselte ein eisiges Frösteln über den Rücken. Sie dämpfte ihre Stimme zu einem unheilvollen Flüstern. „Sagen Sie bloß nicht, Sie haben schon wieder Zweifel daran, Sir Thomas zu heiraten, nach all den Scherereien, die Sie mir gemacht haben."

Thalia rieb sich die Nase. „Er kommt mir manchmal so grässlich alt vor, Eloise."

Nur weil die dumme Gans sich oft so kindisch benimmt, dachte Eloise verärgert. „Dummes Zeug! Er ist nur drei Jahre älter als Sie. Das macht ihn noch längst nicht zum Greis. Sie leiden unter Lampenfieber, das passiert jeder Braut."

Thalia verzog weinerlich das Gesicht, schien sich aber wieder im Griff zu haben. „Woher wollen Sie das wissen? Sie waren nie eine Braut und werden auch nie eine sein, wenn Sie meinen Bruder nicht heiraten, der übrigens bei der Soiree von Boscastle tätlich angegriffen wurde. Ihr Liebhaber scheint ein Hitzkopf und Schläger zu sein."

Eloise seufzte. Na fabelhaft! Diese verwöhnte Göre riss sie mitten in der Nacht aus dem Schlaf und erklärte ihr unverblümt, eine Ehe und ein achtbares Leben komme für sie nach ihrem Sündenfall ohnehin nicht mehr infrage.

„Hören Sie auf, Unsinn zu reden und sich mit Zweifeln zu quälen! Bereiten Sie sich lieber auf Ihre Trauung vor", wies sie Thalia streng zurecht. „Es bleibt uns kaum genügend Zeit, die Feier und den Hochzeitsempfang vorzubereiten."

„Nur noch eine Woche", murmelte Thalia trübsinnig und kaute an ihrem Daumennagel.

„Was?", flüsterte Eloise, die glaubte, sich verhört zu haben.

Thalia gähnte herzhaft. „Habe ich Ihnen das nicht gesagt? Thomas hat eine Sondergenehmigung eingeholt, damit wir hier in London im Haus seiner Mutter heiraten können. Ich halte das zwar für reichlich übertrieben, aber er befürchtet wohl, dass ich meine …"

Eloise sprang aus dem Bett. „Das ist unmöglich. Es gibt doch noch so viel zu tun."

„Ach was, das schaffen Sie schon, Eloise. Sie sind tüchtig und praktisch veranlagt. Deshalb glaube ich ja auch, dass Sie die richtige Frau für Horace sind." Sie legte sich beruhigt ins Kissen zurück. „Wahrscheinlich haben Sie recht. Jede junge Braut hat Zweifel, bevor sie den wichtigsten Schritt ihres Lebens wagt und sich einem Mann hingibt. Aber Sie haben sich schließlich auch einem Mann hingegeben, ohne …"

Eloise hörte ihr nicht mehr zu. Tausend Gedanken schwirrten ihr im Kopf herum. Sie hatte gehofft, sich in den nächsten Tagen ein paar Stunden freinehmen zu können, um sie mit Drake zu verbringen. Er wollte ein passendes Haus für sie finden, ein Porträt von ihr bei einem berühmten Maler in der Bond Street anfertigen lassen, sie ins Theater ausführen und Spazierfahrten in den Park unternehmen. Er wäre nicht sonderlich erbaut darüber, wenn Eloise ihn ständig vertröstete. Da Thalia allerdings Anzeichen erkennen ließ, zu scheuen wie ein Pferd vor einem Hindernis, musste er Verständnis aufbringen.

Thalia kuschelte sich unter die Decke. „Seien Sie nicht böse, liebste Eloise. Wenn ich mich weigere, Thomas zu heiraten, kann ich immer noch in Ihre Fußstapfen treten. Und wenn ich alt bin, dienen Sie mir als Gesellschafterin. Andererseits, wenn ich es mir recht überlege, stören mich seine Küsse eigentlich nicht sonderlich. Ach, vielleicht ist eine Ehe mit ihm gar nicht so schrecklich, wie ich befürchte."

Eloise betrachtete sie kühl und mitleidlos.

„Wenn Sie diesen Mann nicht heiraten, blüht Ihnen ein weit schlimmeres Schicksal, das garantiere ich Ihnen."

Thalia wirkte nicht im Geringsten eingeschüchtert und zog die Decke bis zum Kinn hoch. „Horace hat recht, Eloise. Manchmal können Sie sehr despotisch sein. Darf ich heute Nacht in Ihrem Bett schlafen?"

„Nur wenn Sie mir versprechen, sich nicht wieder zu zieren und Ihre Meinung nicht noch einmal zu ändern."

„Ach, ich habe Sie wirklich lieb, Eloise. Und ich wünschte, mein Bruder würde Sie verdienen."

Eloise schlüpfte zu ihr unter die Decke. „Dann schlafen Sie endlich, und morgen schneiden wir als Erstes Ihre Fußnägel."

Drake hatte sich nach der Soiree umgehend nach Hause begeben. Zum ersten Mal seit langer Zeit fühlte er sich nicht getrieben, sich die Nacht mit irgendwelchen seichten Vergnügungen um die Ohren zu schlagen. Wäre es nach ihm gegangen, hätte er zwar gerne die Nacht mit Eloise verbracht, im Bett Champagner mit ihr getrunken und den Sonnenaufgang über der von ihr so geliebten Stadt betrachtet, aber diesmal übte er sich in Geduld.

Bald würde ihm dieser Wunsch erfüllt werden. Er hatte sich bereits nach einem passenden Haus für sie umgehört. Einige seiner Freunde hatten Wohnungen für ihre Mätressen in der Half Moon Street gemietet, eine ruhige Wohngegend in der Nähe des Parks und vornehmer Geschäfte. Allerdings war ihm die Adresse nicht nahe genug, und irgendwie behagte ihm der Gedanke nicht, sie in einem Haus unterzubringen, das nur für sinnliche Abenteuer gemietet war.

Gütiger Himmel. Sollte Maribella etwa recht behalten mit ihrer Mutmaßung, er habe sich vom Sünder in einen Moralapostel gewandelt? Immerhin konnte das, was er mit Eloise heute Abend in einem fremden Haus hinter verschlossenen Türen getrieben hatte, kaum moralisch genannt werden. Doch das hatte ihm nicht genügt. Er wäre gerne mit ihr am Morgen aufgewacht, wollte mit ihr reden und ... nun ja, einfach mit ihr zusammen sein.

In seinem Arbeitszimmer hatten es sich zwei Herren bequem gemacht, die sich bei einem Glas Brandy unterhielten. Der hochgewachsene junge Mann auf dem Sofa war sein Bruder Devon. Der stämmige ältere Mann am Kamin war Evan Walton, der Detektiv, den Drake damit beauftragt hatte, Erkundigungen über den Strolch einzuziehen, der Eloise bedroht hatte.

„Guten Abend, die Herren", grüßte Drake beim Betreten des Raumes und warf Mantel und Handschuhe über eine Stuhllehne. „Ich nehme an, es gibt Neuigkeiten."

Der Detektiv kam umgehend zur Sache. Ein tüchtiger Mann, den die Boscastles sehr schätzten und der das Honorar gut gebrauchen konnte als Zubrot zu seinen mageren Einkünften als Polizeibeamter. „Wir haben ihn gefunden, Mylord. Er hat sich in einer Pension in der Dover Street eingenistet, die er sich nicht leisten konnte. Wäre er mit der Miete nicht im Rückstand gewesen, was die Wirtin ihm ziemlich übel nahm, hätten wir seinen Aufenthaltsort möglicherweise nicht herausgefunden."

Drake spürte, wie der Zorn in ihm aufstieg. Eigentlich hatte er sich erhofft, Ralph Hawkins unter vier Augen zu sprechen, bevor die Polizei ihn in Gewahrsam nehmen würde. „Ist er auf der Polizeiwache?"

„Bedauerlicherweise nein. Er verließ London mit der Postkutsche nach Bath. Ich dachte, Sie werden froh sein zu erfahren, dass er aus der Stadt verschwunden ist."

„Sind Sie sicher, dass er abgereist ist?", fragte Drake stirnrunzelnd.

„Er geriet mit einem Postgehilfen in Streit und wäre beinahe aus der Kutsche geworfen worden. Aber dann beruhigte er sich wieder. Das ist das Letzte, was wir von ihm gehört haben."

„Verstehe." Er konnte dem Detektiv keinen Vorwurf machen, schlechte Arbeit geleistet zu haben, hätte sich aber wesentlich wohler gefühlt, wenn er Gelegenheit gehabt hätte, Ralph Hawkins persönlich zur Rechenschaft zu ziehen.

„Wir behalten den Kerl im Auge, falls er auf die Idee kommen sollte, sich in London noch mal blicken zu lassen", sagte der Detektiv. „Tut mir leid, Sie so spät abends noch zu stören, aber ich dachte, die Nachricht interessiert Sie."

„Das war völlig richtig, Walton", erwiderte Drake. „Sie haben Ihre Sache gut gemacht. Vielen Dank."

Nachdem der Polizist sich verabschiedet hatte, trat ein längeres Schweigen ein. Devon hatte seine Krawatte gelockert und vertiefte sich in die Zeitung, ohne auf Drakes fragende Blicke zu achten. „Neuigkeiten aus Wien?", fragte er schließlich und lehnte sich gegen den Schreibtisch.

„Nein." Devon schaute zerstreut auf. „Aber einiges über dich. Wusstest du, dass Maribella St. Ives bereits in Verhandlung mit dem Earl of Chesleigh steht?"

„Hör mal, Devon, du besuchst mich doch nicht zu so später Stunde, um mir aus den Skandalblättern vorzulesen, ehe ich mich zu Bett begebe. Was machst du eigentlich mitten in der Nacht auf meinem Sofa?"

„Keine Ahnung … Ich spielte mit Gabriel im Club Karten und dachte, ich übernachte bei dir, wenn du nichts dagegen hast."

„Wieso schläfst du nicht in deinem eigenen Bett? Und sag mir bloß nicht, dass ein gehörnter Ehemann hinter dir her ist."

Devon legte die Zeitung beiseite, stand auf und streckte seine langen Gliedmaßen. „Es ist wegen Emma, wenn du es unbedingt wissen willst. Ich habe keine Ahnung, wie lange ich mit dieser Frau und ihrem dämlichen Mädchenpensionat noch unter einem Dach leben kann. Sie hat mir ein Dutzend gackernder junger Hühner ins Haus gesetzt in der Absicht, probeweise eine Soiree abzuhalten, um ihnen feine Manieren und gesellschaftlichen Schliff beizubringen."

„Du hast das Haus voller junger Damen?" Drake bedachte ihn mit einem spöttischen Lächeln. „Und was bitte ist das Problem?"

„Das Problem ist, dass mir verboten wurde, die Küken anzusehen, mit ihnen zu reden und sie zu necken", knurrte Devon mürrisch und ließ sich wieder aufs Sofa fallen. „Die Situation ist die reine Folter, sage ich dir, und bringt all meine schlechten Eigenschaften zum Vorschein."

Achselzuckend begab Drake sich zur Tür. „Dann bleib hier. Ich jedenfalls gehe zu Bett.“

Devons Stimme hielt ihn zurück. „Es kursiert übrigens noch ein Gerücht über dich in der Stadt“, sagte er ernsthaft.

Drake drehte sich halb um. „Ach ja?“

„Na ja, eigentlich redet man nur im Club über dich“, erklärte Devon, sichtlich unangenehm berührt. „Man schließt bereits Wetten ab, wie lange deine neue Affäre dauern wird.“

„Das ist doch nichts Neues.“

„Das nicht. Aber andere – nicht ich, wohlbemerkt – versteigen sich sogar dazu, darauf zu wetten, dass sie die Frau ist, die dich vor den Traualtar zerrt.“

„Ach was, lass ihnen ihren Spaß“, antwortete Drake gleichmütig im Gehen und schloss die Tür hinter sich.

Devon starrte in mildem Schock auf die geschlossene Tür. Dies war weiß Gott nicht der entrüstete Widerspruch, den er erwartet hatte. Ein kalter Schauer rieselte ihm über den Rücken. Hätte er vor wenigen Wochen eine ähnliche Bemerkung gemacht, hätte Drake ihn schallend ausgelacht. Aber diesmal … Er zog fröstelnd die Schultern hoch. Was war nur in letzter Zeit in Devons Brüder gefahren? Fast alle waren mittlerweile im Hafen der Ehe gelandet und schienen auch noch zufrieden damit zu sein. Es blieb nur zu hoffen, dass diese Krankheit nicht wie eine Seuche um sich griff und Drake sich nicht damit angesteckt hatte.

Die nächsten Tage verbrachte Eloise mit den Vorbereitungen der Eheschließung Thalias. Sir Thomas hatte vernünftigerweise auf eine Vorverlegung seiner Hochzeit bestanden, und das bedeutete, dass seine Verlobte kaum noch Gelegenheit hatte, in letzter Sekunde ihre flatterhafte Meinung zu ändern. Dadurch blieb allerdings keine Zeit, Einladungen drucken zu lassen oder einen großen Hochzeitsempfang zu organisieren. Auch für die prachtvolle Kirche St. George’s am Hanover Square, in der alle jungen Damen aus vornehmen Familien getraut werden wollten, war es nun zu spät.

Wie nicht anders zu erwarten, erwies Lord Thornton sich auch diesmal als völliger Versager, von ihm war keinerlei Hilfe zu erwarten. Allerdings mied er Eloise wie die Pest in seiner Angst, Boscastle würde ihn teeren und federn, wenn er ihr zu nahe käme. Und Drake unterzog Eloise strenger Verhöre während der seltenen Stunden, die sie zusammen hatten.

„Hat er dich in ein Gespräch verwickelt?", wollte er bei einem gemeinsamen Besuch in einer Buchhandlung in der Bond Street wissen.

„Seit der Soiree hat er keine zwei Worte zu mir gesprochen", antwortete Eloise. „Du scheinst ihm einen tödlichen Schrecken eingejagt zu haben."

„Hat er dich in irgendeiner Weise angefasst?"

„Nein, ganz sicher nicht." Sie lachte und wich einer Bibliotheksleiter aus.

„Wollte er dich anfassen?"

Eloise blieb stehen. „Woher soll ich das wissen? Er verfällt in Schweigen, sobald ich das Zimmer betrete."

Drake empfing sie auf der anderen Seite der Leiter. „Ließ sein Blick vermuten, dass er den Wunsch hat, dich zu berühren?"

Eloise umrundete ein Bücherregal. „Wenn ich mich recht entsinne, hielt er den Blick auf seine Schuhe gerichtet, als ich ihn das letzte Mal ansah."

„Und wohin hast du deinen Blick gerichtet?"

„In sein Gesicht." Sie schüttelte den Kopf und drückte sich deutlicher aus. „Ich meine, ich blickte ihn an, wie er auf seine Füße starrte."

Seltsamerweise schaute Drake nun an ihr vorbei, wie Eloise ein wenig befremdet feststellte.

Er hatte im Hintergrund fünf Bekannte entdeckt, die das Paar halb verborgen hinter einem anderen Regal beobachteten. Als sie bemerkten, dass sie dabei ertappt wurden, griffen die Herren sich Bücher aus dem Regal und begannen, sich eifrig darin zu vertiefen.

„Man hat uns entdeckt", knurrte Drake gereizt.

„Oh, tatsächlich?“, sagte Eloise verwirrt, ohne eine Ahnung zu haben, worauf er anspielte.

„So etwas musste ja passieren.“ Er nahm sie beim Ellbogen und zog sie hinter das nächste Regal. „Besser gesagt, du wurdest entdeckt.“

Ihre braunen Augen unter der Hutkrempe weiteten sich. „Wobei denn?“

Wortlos drehte er sie in Richtung Ausgang. Fünf aufgeschlagene Bücher wurden gleichzeitig angehoben, um neugierige Gesichter zu verbergen. Eloise begutachtete amüsiert ihr Publikum, bis Drakes kalter Blick bewirkte, dass sich das Quintett in alle Richtungen verteilte.

„Was hatte das zu bedeuten?“, flüsterte sie. „Kennst du die Herren?“

„Bedauerlicherweise ja. Sie sind uns offenbar gefolgt, aber sicher nicht wegen der guten Bücher. Ich wette, die fünf Lackaffen können miteinander keine drei Wörter lesen.“ Damit führte er sie aus dem Geschäft.

„Starren die Leute dich immer so an?“, fragte sie und versuchte über die Schulter zu spähen, ob die Herren hinter ihnen her kämen.

„Die Dandys interessieren sich nicht für mich“, entgegnete er gereizt. „Sie wollen sich nur die Frau genauer ansehen, die es geschafft hat, Maribella St. Ives auszustechen.“

„Die Frau, die …“

„Sie meinen dich“, erklärte er stirnrunzelnd. „Man hat bereits über dich in den Zeitungen geschrieben.“

„Tatsächlich?“, fragte sie staunend und klang keineswegs so entrüstet, wie er sich das gewünscht hätte. „Was schreibt man denn über mich?“

„Ich dachte, du machst dir nichts aus solchem Schund.“

„Tu ich auch nicht“, verteidigte sie sich und senkte den Blick, als einer von Drakes Bekannten die Buchhandlung verließ und sie neugierig musterte.

Drake lenkte sie sanft zu seiner Karosse. „Du wurdest beschrieben als eine mysteriöse Göttin, die es wagte, Hera den Platz streitig zu machen, und gewonnen hat."

Eloise lachte begeistert. „Tatsächlich?"

Seine Augen leuchteten warm. „Ja."

„Und was habe ich gewonnen?"

Er neigte sich ihr zu, doch dann verengte er die Augen beim Anblick der vertrauten hochgewachsenen Männergestalt, die sich ihnen näherte. „Dreh dich nicht um", befahl er ihr leise. „Steig ein und wende das Gesicht in die andere Richtung."

Sie versteifte sich. „Schon wieder dein Bruder?"

„Schlimmer." Er festigte den Griff an ihrem Ellbogen. Früher war er bereit gewesen, sich auf die harmlosen Rivalenspiele seines Cousins Gabriel einzulassen, aber mit Eloise war das anders. Sie war nicht die Tochter irgendeines Junkers, auf die Gabriel und er Eindruck machen wollten, es ging auch nicht darum, den Sieg bei einem albernen Wettrennen zu erringen. Drake warf Gabriel einen warnenden Blick zu, der bewirkte, dass er seine Schritte verlangsamte.

„Kommst du oder fährst du, Cousin?", fragte Gabriel liebenswürdig.

Drakes Hand ruhte auf Eloises Schulter und übte ein wenig Druck aus, als er spürte, wie sie sich umschauen wollte. „Wir haben es eilig, Gabriel. Leider haben wir keine Zeit, mit dir zu plaudern."

Gabriel lächelte. „Wenn das so ist, will ich euch nicht aufhalten. Freut mich, Sie wiederzusehen, Miss Goodwin." Er warf einen Blick auf die gefaltete Zeitung in seiner Hand. „Oder soll ich Sie mit ‚Göttin' anreden?"

„Weder noch, Gabriel!", entgegnete Drake übellaunig und wandte ihm den Rücken zu.

„Ich wollte niemanden kränken", entschuldigte sich Gabriel nach wie vor liebenswürdig, während Drake Eloise in den Wagen half. „Ich wollte euch beiden lediglich meine herzlichen Glückwünsche aussprechen."

29. KAPITEL

An Thalias Hochzeitstag erwachte Eloise bereits vor Tagesanbruch. Nachdem sie ihre Morgentoilette beendet hatte, bestand ihre erste Tat darin, sich zu vergewissern, dass die Braut sich nicht heimlich nachts aus dem Haus geschlichen hatte und verschwunden war. Thalia hatte in den letzten Tagen so ungewöhnlich still und sanft gewirkt, dass Eloise dem Frieden nicht wirklich traute. Aber als sie die Tür leise öffnete und ins Zimmer spähte, lag sie selig schlummernd im Bett. Es standen auch keine halb gepackten Koffer vor offenen Schranktüren herum.

Gottlob, sie ist also nicht in letzter Sekunde auf dumme Gedanken gekommen, dachte Eloise beschwingt und fühlte sich beinahe so glücklich, als würde sie selbst vor den Altar treten.

Die Trauung im kleinen Kreis sollte gegen Mittag in Lady Heatons Villa in der Cork Street stattfinden. Es sollte eine bescheidene Feier werden, wobei Eloise auch zufrieden gewesen wäre, wenn Sir Heaton und Thalia sich auf der Straße das Jawort gegeben hätten. Wichtig war nur, dass das Paar die Ringe tauschte und den Segen des Priesters erhielt.

Thalia weigerte sich beim Frühstück, einen Bissen zu essen, weinte in ihre Teetasse und wünschte schluchzend, ihre Mutter wäre noch am Leben, um an diesem glücklichen Tag dabei zu sein. „Daran ist nun mal nichts zu ändern“, erklärte Eloise zerstreut. „Immerhin wird Ihr Bruder anwesend sein und Sie dem Bräutigam zuführen.“

Thalia, noch im Morgenrock, stand auf. „Eigentlich wäre mir lieber, wenn unser guter Freddie seine Rolle übernähme. Er steht mir näher als mein Bruder Horace.“

Eloise erhob sich hastig, um den Anflug von Rebellion im Keim zu ersticken. „Unsinn! So etwas sagt man nicht. Im Übrigen stehen Freddie und die anderen nicht mehr in Lord Thorntons Diensten.“

Thalia verengte die Augen. „Ist Boscastle jetzt ihr Dienstherr?“

Eloise zauderte. „Es wäre möglich."

„Kommen Sie wenigstens zu meiner Hochzeit, Eloise?"

„Natürlich, wenn Sie es wünschen." In Wahrheit hätte Eloise die widerspenstige Braut, wenn nötig, in Ketten vor den Altar geschleift. „Nun beeilen Sie sich. Es bleiben uns nur noch zwei Stunden, ehe die Karosse Sie abholt. Ihr Bruder hat das Haus bereits verlassen, um nicht im Weg zu sein, wenn Sie sich ankleiden."

Devon goss sich dampfend heißen Kaffee aus der Silberkanne ein und warf Drake über den Frühstückstisch hinweg einen neugierigen Blick zu. „Du hast wohl nicht vor, an der Trauung teilzunehmen, wie ich vermute?"

Drake lächelte dünn. „Nein. Es würde keinen guten Eindruck machen, wenn ich den Bruder der Braut vermöbeln würde."

„Das dachte ich mir. Schließlich verabscheust du Hochzeiten ebenso wie ich."

Drake nickte abwesend, während er die Morgenpost durchsah.

„Warst du es nicht, der sagte, Hochzeiten bringen dich auf Selbstmordgedanken?", fragte er Drake im Plauderton.

Drake verschränkte die Hände hinter dem Kopf und betrachtete die Zimmerdecke. „Sagte ich das?"

„Bei Hochzeiten weinen alle Frauen. Ich frage mich nur, wieso? Dabei sollte der Bräutigam Tränen vergießen. Mir treibt der bloße Gedanke an Heirat das Wasser in die Augen." Wieder musterte er seinen Bruder forschend, als wolle er eine unbedachte Antwort aus ihm herauskitzeln. „Drake?"

Er starrte Devon stirnrunzelnd an. „Was?"

„Hast du eigentlich gehört, was ich sagte?"

„Aber natürlich." Drake warf einen Briefumschlag auf den Tisch. „Hochzeiten verwandeln dich in einen Wasserfall."

Devon lächelte beunruhigt. „Richtig. Und an diesem Punkt erwarte ich von dir, dass du mir mit allem Nachdruck zustimmst und deinem Wunsch Ausdruck verleihst, den Rest deines Lebens als Junggeselle zu verbringen."

„Wie spät ist es eigentlich?“, fragte Drake unvermittelt. Er fühlte sich ruhelos, ohne zu wissen, warum. Er wollte Eloise sehen, obgleich er wusste, dass sie ihre letzten Pflichten für die Thorntons bis zum späten Nachmittag zu erfüllen hatte. Es würde ihn allerdings nicht wundern, wenn Thalia, die verzogene Göre auch noch darauf bestehen würde, Eloise solle sie und ihren frischgebackenen Gemahl auf die Hochzeitsreise begleiten.

Aber das würde er zu verhindern wissen. Die ewige Warterei hing ihm gründlich zum Hals heraus, wobei er sich ohnehin nie zuvor einer Frau gegenüber so geduldig und verständnisvoll gezeigt hatte. Das konnte kein gutes Zeichen sein.

„Ach übrigens“, ergriff Devon wieder das Wort, dessen Unbehagen sichtlich wuchs, da Drake mit keiner Silbe in sein Loblied auf das Junggesellendasein einzustimmen bereit schien, „gestern traf ich Maribella mit ihrem Earl bei Audrey.“

„Aha?“

Devon schöpfte Hoffnung. „Sie lässt dich herzlich grüßen und erwähnte, sie trage sich mit der Absicht, nächste Woche mit dem Earl eine längere Reise anzutreten.“

„Wie schön für sie. Ende gut, alles gut.“ Drake schmunzelte innerlich bei dem Gedanken, dass die flammendrote Kurtisane in Wahrheit Mildred Hammersmith hieß und mit Eloise, ihrer vermeintlichen Rivalin, früher einmal ein rachsüchtiges Komplott geschmiedet hatte. Dieses Geheimnis würde er auch nie verraten. Mildred hatte den Wunsch, die berühmte Maribella St. Ives zu sein, und so wollte er sie auch in Erinnerung behalten.

Devon räusperte sich und schlug mit dem Löffel gegen seine Tasse. „Sie sagte mir außerdem, ich solle dich daran erinnern, Eloise zu beschützen, sonst kannst du was erleben.“

Drake gab ihm wieder keine Antwort. Devon ließ den Löffel klappernd auf die Unterasse fallen. „Grayson und Jane haben die Familie zum Dinner heute Abend eingeladen. Kommst du mit? Wir können ja gehen, bevor die Moralpredigt beginnt.“

„Ich fürchte, das schaffe ich nicht.“ Drake erhob sich und griff nach seinem Gehrock über der Stuhllehne. „Ich habe dringende Angelegenheiten zu erledigen."

Devon schob mit besorgter Miene seinen Stuhl zurück. „Ich könnte dich begleiten. Ich habe nichts Wichtiges vor."

„Nein." Drake war bereits an der Tür. „Diese Sache muss ich allein erledigen."

„Was musst du allein erledigen?", fragte Devon verwirrt in die Stille.

„Gütiger Himmel!", meinte Eloise und wandte sich vom Fenster ab. „Die Kutsche ist bereits vorgefahren und … es sieht nach Regen aus. Beeilen Sie sich! Sie dürfen sich nicht zu Ihrer eigenen Hochzeit verspäten."

Sie wirbelte herum und stellte fest, dass sie mit sich selbst redete. Aber Thalia hatte doch eben noch hinter ihr gestanden.

„Wo sind Sie denn?", rief sie ungeduldig in den Flur.

„Hier bin ich", antwortete Thalia gereizt, die an ihrem Schleier vor dem Garderobenspiegel nestelte. „Wo bleibt denn Thomas' Dienerschaft? Soll ich etwa ohne Eskorte bei meiner eigenen Hochzeit erscheinen? Und wo ist Horace? Er müsste mich doch wenigstens begleiten."

„Nun hören Sie schon auf zu zetern! Ich weiß es auch nicht", antwortete Eloise enerviert und nahm Thalias seidengefütterten Umhang vom Garderobenständer. „Und hören Sie auf, an Ihrem Schleier herumzuzerren."

Sie öffnete die Haustür. Der verhangene graue Himmel wirkte nicht sehr vielversprechend für eine Hochzeit. Ein kalter Wind wirbelte eine alte Zeitung hoch. Ein Pastetenverkäufer schob seinen Karren eilig die leere Straße entlang.

Thalia machte zwei zaghafte Schritte und verzog das Gesicht beim Anblick der schwerfälligen, keineswegs eleganten Droschke. Der Kutscher starrte missmutig mit hochgestelltem Kragen und eingezogenen Schultern in den trüben Regentag. „Etwas Vornehmeres konnte Thomas für mich nicht aufbringen? Das ist ja nicht besser als eine Bierkutsche."

Eloise seufzte. „Darüber können Sie mit ihm nach der Trauung sprechen, wenn wir es überhaupt noch rechtzeitig schaffen. Vermutlich hat er die elegante Kutsche für die Reise aufs Land vorgesehen."

Thalia verharrte störrisch auf den Steinstufen und stampfte mit ihrem zierlichen Fuß auf. „Wieso hat mein Bruder eigentlich so früh das Haus verlassen? Ich habe gar nicht bemerkt, dass er nach Hause kam."

Eloise rollte die Augen zum Himmel. „Steigen Sie nun in die Kutsche oder nicht?"

Thalia blieb eigensinnig stehen. „Und wenn Horace wieder zu spielen angefangen hat?"

„Nun machen Sie mal einen Punkt!", sagte Eloise in ihrem strengsten Gouvernantenton. „Das ist völlig unwichtig. Sie beginnen ein neues Leben als Gemahlin eines Landedelmannes. Entweder gibt Lord Thornton seine Laster auf, oder er ist dem Untergang geweiht."

„Und wer führt mich dem Bräutigam zu, wenn er nicht auftaucht?", fragte Thalia halsstarrig.

„Der Onkel des Baronets ist anwesend. Lady Heaton hat gewiss Verständnis dafür, dass Sie keine Schuld am Verhalten Ihres Bruders trifft." Eloise gab ihr einen sanften Schubs. In diesem Augenblick verließ Major Dugdale sein Haus, eilte mit raschen Schritten herbei und wedelte mit einer Zeitung in der Hand. „Beeilen Sie sich. Das alte Lästermaul nähert sich."

Thalia tastete an ihren Hals und stieß einen Schreckenslaut aus. „Das Medaillon mit der Locke meiner Mutter! Ich wollte es in Erinnerung an sie tragen."

„Wir holen es nach der Trauung", seufzte Eloise am Ende ihrer Nervenkraft. „Sir Thomas hat gewiss nichts dagegen einzuwenden, hier vorbeizufahren."

„Nein", jammerte Thalia mit Tränen in den Augen. „Ich will es jetzt. Ich will, dass meine Mutter an diesem Tag bei mir ist."

Eloise bedachte Major Dugdale mit einem frostigen Blick, griff Thalias Arm, zog sie ins Haus zurück und schlug die Tür zu, gegen die der Major ungeduldig mit der Faust trommelte. Thalia stürmte die Treppe hinauf. Eloise lief rastlos in der Diele auf und ab.

„Beeilen Sie sich“, drängte sie. „Gleich wird es regnen, und die Fahrt dauert eine Ewigkeit. Haben Sie das Medaillon gefunden?“

Keine Antwort. Der Major schien aufgegeben zu haben. Sie hörte, wie Thalia oben Schubfächer aufzog und vor sich hin murmelte. Aus der Richtung von Lord Thorntons Schlafzimmer fiel eine Tür ins Schloss. Dann Stille.

„Thalia?“, rief Eloise und fuhr zur Treppe herum. „Das Medaillon lag vorhin auf Ihrem Frisiertisch. Vielleicht ist es heruntergefallen. Haben Sie auf dem Teppich nachgeschaut?“

Wieder Stille. Und dann – was war das bloß für ein Geräusch? Ein Schrei? Gütiger Himmel. Was war jetzt schon wieder geschehen?

Eloise stürmte die Treppe hinauf. Thalias Zimmertür war verschlossen, aber sie hörte, wie sie sich dahinter bewegte. Sie hämmerte mit der Faust dagegen, bis die Tür sich langsam öffnete.

„Was in Gottes Namen …“

Und plötzlich wusste sie, dass etwas Schreckliches passiert war. Das Zimmer war in einem heillosen Durcheinander, nicht die übliche Unordnung, die ein junges Mädchen im Handumdrehen mit verstreuten Kleidern, Hüten und Bändern zu bewerkstelligen vermochte. Thalia stand wie gelähmt neben dem Bett, das blanke Entsetzen war ihr ins Gesicht geschrieben. Ihr durchsichtiger Schleier lag auf dem Boden, Tränen liefen ihr über die aschfahlen Wangen.

Eloise wollte zu ihr, und dann fiel ihr eine Bewegung im Spiegel in der Ecke auf. Das Bild eines Mannes, der sich hinter der Tür versteckte. In seiner Hand blitzte ein scharfes Küchenmesser. Als ihr Blick dem seinen begegnete, verzog Ralph Hawkins das Gesicht zu einem hämischen Grinsen.

Eloise warf Thalia einen aufmunternden Blick zu, obwohl ihr Herz angstvoll gegen ihre Rippen hämmerte. Immerhin sind wir zu zweit gegen einen Mann, schoss es ihr durch den Kopf. Wichtig war nur, die Ruhe zu bewahren. Sie würde niemals gestatten, dass Ralph Hawkins dem Mädchen etwas antat.

„Ein einziger Laut", verkündete Ralph mit tödlicher Ruhe, während er vortrat und die Tür zuschlug. „Und du und dein Lämmchen werden es bitter bereuen, Ellie."

Thalia schlotterte in ihrem dünnen weißen Seidenkleid und schaute Eloise fassungslos an. „Sie kennen diesen Einbrecher? Haben Sie ihn ins Haus gelassen und in meinem Zimmer versteckt?", fragte sie tief gekränkt.

„Natürlich nicht", erwiderte Eloise beherrscht und rührte sich nicht von der Stelle.

„Ob sie mich kennt?" Ralph grinste höhnisch. „Natürlich kennt sie mich. Ellie und ich wollten vor langer Zeit heiraten. Wir waren ein Traumpaar. Sie versprach, meine Frau zu werden, ist es nicht so, Schätzchen?"

„Eloise?" Thalias Stimme überschlug sich vor Entsetzen. „Ist das wahr?"

„Aber du hast mich nicht geheiratet, stimmt's, Ellie?", fuhr Ralph fort, ohne den Blick von Eloise zu wenden. „Du hast den Verstand verloren."

Er drängte Eloise gegen die Wand, bevor sie etwas sagen konnte. Seine Stimme war laut geworden. Aus den Augenwinkeln sah sie, wie Thalia sich die Ohren zuhielt. „Du hast mein Leben ruiniert", erklärte Ralph bitter, sein Gesicht verzerrte sich zu einer hässlichen Fratze. „Du hast dich über mich lustig gemacht und meine Mannesehre verletzt."

Große Regentropfen klatschten gegen die Fensterscheiben. Die Temperatur im Zimmer schien eisig geworden zu sein.

Eloise holte tief Atem. „Wenn dein Leben ruiniert ist", begann sie mit kühler Stimme, die ihren inneren Aufruhr verbarg, „so bist du selbst dafür verantwortlich. Und außerdem hat das alles nichts mit dieser jungen Frau zu tun, der du noch nie begegnet bist."

„In meinem Dorf redet keiner mehr mit mir", knurrte er böse, „und daran bist du schuld."

Er stieß sie gegen die Wand und packte sie grob an den Schultern. „Du hast dir deine Schmach selbst zuzuschreiben", zischte Eloise, als er seine Finger um ihren Hals legte und zudrückte. Ihr Puls raste. Sie wusste, wozu dieser Kerl fähig war, traute ihm alles zu. Weder Drake noch einer seiner Brüder würden sich je an einer Frau vergreifen oder ihr drohen, schoss es ihr durch den Sinn.

„Die Leute lachen über mich." Ralphs angespanntes Gesicht war zornrot angelaufen. „Ich fand jahrelang keine Arbeit. Wer gibt schon einem Mann Arbeit, der von zwei Frauen verhöhnt wurde? Sogar die Schankmädchen lachten mich aus, wenn ich ein Bier trinken wollte. ‚Wo hast du denn dein Schild gelassen, Ralph?', spotteten sie. ‚Geh nach Hause und schau nach, ob du wieder glühende Kohlen in deinem Bett hast!'"

Der Regen prasselte stärker gegen die Scheiben. Eloise fragte sich bang, wie lange der Kutscher noch warten würde. Vielleicht schöpfte er Verdacht und klopfte an die Haustür. Jedenfalls würde er nicht ewig draußen im Regen auf seinem Kutschbock sitzen bleiben. Hätte sie bloß Major Dugdale die Tür nicht vor der Nase zugeschlagen. Sir Thomas würde gewiss unruhig werden, wenn Thalia nicht erschien, aber vermutlich dachte er, seine Braut verspäte sich wegen des schlechten Wetters, und würde sich gedulden. Er war ein nachsichtiger Mann und wäre bereit, Stunden seiner Angebeteten zu harren.

Ralphs schneidende Stimme holte Eloise aus ihren sorgenvollen Gedanken. Er grub seine schwieligen Finger in ihren Hals, als er sie grob rüttelte. „Jahrelang habe ich von diesem Augenblick geträumt, mir vorgestellt, dich dafür büßen zu lassen, was du mir angetan hast. Gefällt es dir, Nachtgeschirre für andere Leute zu leeren? Ist das ein besseres Leben als das, was ich dir bieten wollte?"

Eloise begegnete Thalias Blick im Spiegel und befahl ihr stumm und eindringlich, stark zu bleiben. „Ich leere keine Nachtgeschirre", krächzte sie heiser. Langsam schob sie die Hände zwischen seine gestreckten Arme, haute zu und rammte ihm in der nächsten Sekunde kräftig die Fäuste gegen die Brust. „Laufen Sie, Thalia! Laufen Sie aus dem Haus."

Ihre unvermutete Gegenwehr brachte Ralph einen kurzen Moment aus dem Gleichgewicht, aber nicht lange genug. Nach kurzem Zögern stürmte Thalia zur Tür. Ralph stieß ihr den Arm in die Magengrube, sie taumelte rückwärts auf das Bett. Mit der anderen Hand hob er das Messer und drückte die Klinge gegen Eloises Kehle. Sie schluckte krampfhaft. Warum ausgerechnet heute? Dieser Tag sollte für Thalia der Beginn eines neuen Lebens sein.

„Wie kannst du nur so grausam sein?", fragte sie voller Entrüstung und Abscheu, ihre Stimme klang kräftiger, als ihr zumute war. „Es ist ihr Hochzeitstag. In diesem Augenblick sollte sie die Ringe mit ihrem Bräutigam tauschen."

Er grinste bösartig. „Wir hatten auch einmal vor zu heiraten. Deinen eigenen Hochzeitstag zu verpassen, schien dich nicht zu stören."

„Wir geben Ihnen Geld", flüsterte Thalia tränenerstickt und richtete sich zum Sitzen auf. „Mein Bruder gibt Ihnen alles, was Sie fordern."

„Ich will meinen Stolz wiederhaben." Mit der Messerspitze schlitzte er den Ärmel von Eloises hellblauem Satinkleid von der Schulter bis zum Spitzenbesatz am Ellbogen auf.

Sie schloss die Augen. Es gab keine Waffe in diesem Zimmer; Lord Thorntons Pistole hatte sie wieder in seine Schreibtischschublade gelegt. Horace war gewiss bereits in Lady Heatons Haus angelangt. Und Drake hatte sie wissen lassen, dass sie ihn vermutlich erst nach dem Hochzeitsempfang sehen könne. Sie hatte ihm versprochen, sobald sie sich von Thalia verabschiedet hatte, ihr früheres Leben hinter sich zu lassen und ihm alle Aufmerksamkeit zu schenken, die er von ihr erwartete.

Irgendwann würde jemand kommen.

Aber dann wäre es zu spät.

Die Knöpfe ihres Kleides kullerten klappernd über die Eichendielen. „Löse dein Haar für mich, Ellie", befahl Ralph und presste die Breitseite der scharfen Messerklinge an ihre Brüste. Der kalte Stahl erschreckte sie.

Unwillkürlich riss sie die Augen auf. Ihr Blick flog zum Bett. Thalia hatte die Hände vors Gesicht geschlagen, mittlerweile zu verängstigt, um einen zweiten Fluchtversuch zu wagen. Ralph drückte die Klinge noch immer gegen Eloises Brust. Ihr Haar … er hatte etwas von ihrem Haar gesagt. Widerstrebend hob sie die Arme mit ruckartigen Bewegungen wie eine Marionette. Sie hatte sich das Haar mit den langen altmodischen Nadeln von Thalias Großtante festgesteckt, die ihr in die Kopfhaut stachen, aber ihre Lockenmähne bändigten.

Langsam, eine nach der anderen, zog sie die Nadeln aus der Hochfrisur. Die abgestumpften Spitzen piekten in ihre Handflächen, taugten aber nicht als Waffe. Das Haar wallte ihr über die Schultern.

„Und nun das Kleid", ordnete Ralph keuchend an.

„Das Kleid", wiederholte sie tonlos. Ihre Worte hallten durch das totenstille Zimmer. Sie fühlte sich wie in einem Albtraum. In diesen Minuten sollte eine Trauung stattfinden, und hinterher sollte sie bei dem Empfang das Auftragen der Silberplatten überwachen. Krebsschwänze in Dillsoße, hauchdünn geschnittener rosiger Schinken, perlender Champagner, Lachen, Glückwünsche, fröhliche, strahlende Gäste. Thalia und sie hatten vor Aufregung nicht gefrühstückt. Ihr Magen krampfte sich zusammen, allerdings nicht vor Hunger. Eloises Finger streiften die glitzernde Schmetterlingsbrosche, die Thalias Großtante ihr vermacht hatte. Die Nadel hatte sich aus dem Verschluss gelöst.

Helfen Sie mir, Udella! flehte sie stumm. Sie haben mir diese Brosche aus gutem Grund hinterlassen. Geben Sie mir Kraft!

30. KAPITEL

Drake stand vor dem Portal seines Hauses und blickte die nasse windgepeitschte Straße entlang. Was mochte Eloise wohl in diesem Augenblick tun? Vermutlich wachte sie wie ein Zerberus über Thalia und trieb sie zur Eile an, damit sie rechtzeitig an der Seite ihres Bräutigams erschien. Denkbar wäre auch, dass sie sich vor Horace Thorntons Zudringlichkeiten schützte. Der Schwächling brauchte nur ein paar Gläser Champagner und eine romantische Stimmung, um seine Versprechungen zu vergessen. Vielleicht wäre es angebracht, ihm einen Überraschungsbesuch abzustatten.

Was für ein scheußlicher Tag für eine Hochzeit und ein noch scheußlicherer für einen Spaziergang oder eine Kutschfahrt im Park. Andererseits war das Wetter ideal, um sich mit der Frau, die man begehrte, in einem weichen, warmen Bett mit leidenschaftlichen Liebesspielen zu vergnügen.

Verdammt noch mal! Er konnte einfach nicht aufhören, an sie zu denken. Eloise hatte ja keine Ahnung, wie schwer es ihm fiel, ihr zu gewähren, ihren Verpflichtungen bis zum Ende nachzukommen. Opferbereitschaft und Verzicht lagen nicht in Drakes Natur. Er brauchte sie. Zum Teufel mit ihren Verpflichtungen! Ihr zuzugestehen, was sie als ihre Aufgabe ansah, war gleichfalls ein Zeichen seiner merkwürdigen Veränderung. Sie war ihm verpflichtet, und sonst keinem Menschen.

Wieso musste sie so störrisch und zuverlässig sein? Aber schon während er sich diese Frage stellte, wusste er, dass Eloises Wesen der Grund war, weswegen er sich in sie verliebt hatte. Zumindest einer der Gründe. Und ihm begann zu dämmern, dass alle Boscastles ihre Lebensgefährten aus einem tief innewohnenden Gespür für Loyalität wählten, das keineswegs so oberflächlich oder zufällig war, wie es den Anschein hatte.

Er hatte sich verliebt. Wie sonst sollte er sich erklären, dass er im strömenden Regen vor seinem Haus stand wie ein Vollidiot und sich keinen Deut darum scherte, was die Passanten von ihm hielten, die vernünftigerweise möglichst rasch irgendwo Unterschlupf suchten.

Der Regen prasselte auf ihn nieder, das Wasser lief ihm aus den Haaren übers Gesicht und durchnässte seine Kleider. Ob Regen die Sünden eines Mannes wegzuwaschen vermochte? Und dann grinste er einfältig. Was war ihm gerade durch den Kopf geschossen?

Was für ein scheußlicher Tag für eine Hochzeit.

Plötzlich fuhr er herum und hätte Freddie beinahe umgeworfen, der sich offenbar schon eine Weile hinter seinem neuen Herrn befand, um ihm in den Mantel zu helfen. „Wieso bist du nicht bei Miss Thorntons Hochzeit, Freddie?“, fragte er und schlüpfte in die Ärmel des Mantels.

„Die Bediensteten haben beschlossen, dass wir hier mehr gebraucht werden. Im Übrigen sind mir in Tränen zerfließende ältere Damen ein Gräuel, wenn Sie mir die Bemerkung gestatten, Mylord. Gehen wir aus? Vielleicht zu einer gewissen Adresse in der Bruton Street?“

Drake erlaubte sich ein dünnes Lächeln. „Ich fürchte nur, ich muss dich enttäuschen, wenn du dir erhofft hast, die dunkle Seite in mir kennenzulernen. Diese Tage liegen längst hinter mir.“

Freddie reagierte auf diese rätselhafte Bemerkung mit einem verdutzten Lächeln.

„Führen Sie mich in die Dunkelheit oder ans Licht, Mylord“, erwiderte er diplomatisch. „Ich bemühe mich jedenfalls, Ihnen stets zu Diensten zu sein.“

„Dann fang damit an und lasse meine Kutsche vorfahren. Und bitte Quincy, mir trockene Kleidung zurechtzulegen.“

Freddie bekam große Augen vor Neugier. „Hat Seine Lordschaft heute noch etwas Besonders vor?“

Drake lächelte geheimnisvoll. „Eine Hochzeit.“

Freddie wirkte enttäuscht. „Klar, Miss Thorntons Hochzeit, nehme ich an.“

„Nein, meine Hochzeit, du Schelm. Nun beeil dich, bevor wir

beide durchnässt sind wie zwei Wasserratten. Es regnet nämlich, falls du es nicht bemerkt haben solltest."

Trotz des Unwetters fuhr Devon zu Drakes Stadthaus, wobei er es allerdings vorgezogen hätte, sich länger mit einer gewissen jungen Dame aus Paris vergnüglicheren Tätigkeiten zu widmen. Er hatte die Dame zu einer vielversprechenden Spazierfahrt im Regen eingeladen, als er von Weed, dem diensteifrigen Ersten Diener seines ältesten Bruders, dem Marquess of Sedgecroft, gestört wurde.

„Jetzt nicht, Weed." Er bedachte den Diener mit einem strengen Blick durch die offene Tür des Wagens, während seine französische Eroberung sich fröstelnd an ihn kuschelte und ihre runden Brüste verführerisch an seinen Arm drängte. „Wir sind mitten in einem wichtigen Gespräch."

Weed ließ sich nicht beirren, zog den Umhang enger um seine hageren Schultern und händigte ihm eine gefaltete Notiz von Grayson aus. Während Devon die Zeilen überflog, starrte er mit unbeteiligter Miene in den Regen.

Der Familienrat hat beschlossen, Drake aufgrund seines sonderbaren Betragens zu überwachen. Da du häufig Kontakt mit ihm hast, wurdest du mit dieser Aufgabe betraut.

„‚Sonderbares Betragen'", brummte er mürrisch. Allerdings ließen die knappen Zeilen auf eine kritische Lage schließen und vernichteten seine Hoffnungen auf ein aufregendes Liebesabenteuer im Regen. Aber was befürchtete der Familienrat alias Grayson, Heath und Emma eigentlich? Hatten sie Angst, Drake würde sich eine Kugel durch den Kopf jagen wie der bedauernswerte Bertie Potter vor einem Monat? Dieser Gedanke dämpfte Devons romantische Gefühle erheblich.

Eine halbe Stunde später überquerte er die Straße vor Drakes Haus im Sturmschritt, um nicht bis auf die Haut nass zu werden, so eilig, dass er den Mann auf dem Gehsteig beinahe umgerannt hätte. Es handelte sich um Evan Walton, den Detektiv aus der Bow Street und engen Vertrauten der Familie. Ein Blick in Waltons sorgenvolles Gesicht genügte, um ihn auf eine Katastrophe gefasst zu machen.

„Wurden auch Sie von der Familie hierher beordert?“, fragte er und schluckte gegen den Knoten in seiner Kehle an. Er hätte Drake vor ein paar Stunden nicht alleine lassen dürfen. Er hatte geahnt, dass etwas mit ihm nicht stimmte. „Kommen wir zu spät?“

„Zu spät wofür?“ Walton klang ziemlich verdrießlich, kein Wunder, da er offenbar schon eine Weile an der Tür klopfte, ohne eingelassen zu werden, worauf sein völlig durchnässter Gehrock schließen ließ.

Ohne weitere Umstände stieß Devon die Haustür auf, bat Walton einzutreten, und stürmte ins Arbeitszimmer, dann die Treppe hinauf in den ersten Stock auf der Suche nach Drake. Kurz darauf riss er die Tür zu seinem Schlafzimmer auf, wo sich alle Dienstboten befanden.

„Gütiger Himmel“, murmelte er entsetzt und verharrte an der Schwelle. „Ich komme zu spät.“ Seine Stimme klang dumpf und tonlos. „Sie haben sich an seinem Totenbett versammelt und erweisen ihm die letzte Ehre.“

Allerdings wirkten die Dienstboten, die geschäftig in dem großen Zimmer hin und her eilten, keineswegs ehrerbietig oder betroffen. Drakes Kammerdiener Quincy pfiff sogar eine lustige Melodie, während er Festtagskleider auf dem frisch bezogenen Bett zurechtzupfte. Ein Stubenmädchen schwang einen Staubwedel, eine andere Magd kauerte auf dem Fußboden und wachste und polierte das Parkett. Eine dritte arrangierte einen riesigen Blumenstrauß in einer hohen Wedgwoodvase und bewunderte ihr Werk, als gelte es, einen Wettbewerb zu gewinnen.

„Was zum Teufel geht hier vor?“, grollte Devon düster, nachdem er sich wieder ein wenig gefasst hatte.

„Oh, Lord Devon“, rief ihm die Blumenkünstlerin über ihr Meisterwerk hinweg zu. „Ist das nicht die schönste Neuigkeit, die Sie je gehört haben?“

Er wagte einen Blick zum Bett, auf dem nicht der aufgebahrte Leichnam seines Bruders lag. Und die gesamte Dienerschaft machte keineswegs den Eindruck, in tiefer Trauer zu sein. Im Gegenteil: Alle waren bester Laune.

Diese unnatürliche Heiterkeit hätte ihm eine Warnung sein müssen. Und plötzlich war ihm, als werde ihm ein rostiger Nagel der Angst mitten in sein sorgloses Herz gehämmert. „Welche Neuigkeit?", fragte er argwöhnisch in die Richtung der vor Glück strahlenden Blumenbinderin und fand endlich den Mut, das Zimmer zu betreten.

Das Mädchen wurde blass und warf dem Kammerdiener einen ängstlichen Blick zu. „Es ist doch kein Geheimnis, oder?"

Quincys Mundwinkel zogen sich nach unten. „Offensichtlich nicht, da mir die Nachricht von einem einfachen Hilfsdiener hinterbracht wurde, nicht aber von Seiner Lordschaft persönlich."

„Welche Neuigkeit?", erkundigte sich Devon tonlos und lehnte sich geschwächt gegen den Bettpfosten. Nicht einmal im Krieg hatte er das Bewusstsein verloren, als er einen Kameraden festhalten musste, dem der Chirurg im Feldlazarett zwei Zehen amputierte. Wenn das allerdings stimmte, was er befürchtete, bestand durchaus die Gefahr, dass er ohnmächtig zu Boden sank wie eine zimperliche Jungfrau.

„Lord Drake heiratet heute", zwitscherte das Stubenmädchen, das auf einem Stuhl balancierte und eifrig ein Bild abstaubte.

„Er heiratet?", wiederholte er fassungslos. „Wen denn?"

„Seine Mätresse natürlich", antwortete sie begeistert. „Praktisch eine von uns. Ist das nicht wunderbar … wie im Märchen. Gehen Sie denn nicht zur Hochzeit?" Sie plapperte munter drauflos, ohne Atem zu holen, bis Quincy sie mit einem strafenden Blick zum Schweigen brachte.

„Ich würde nicht mal hingehen, wenn ich eingeladen wäre", erwiderte Devon mit Grabesstimme.

Und dann floh er aus dem Zimmer, als sei der Teufel oder die Pest hinter ihm her. Und irgendwie war an dieser Furcht erregenden Vorstellung ein Körnchen Wahrheit. Einer nach dem anderen hatten seine Brüder ihre sündigen Seelen auf dem Altar der Ehe geopfert. Gütiger Himmel, er wollte sich um keinen Preis davon anstecken lassen. Am liebsten hätte er sich ein Fläschchen Riechsalz unter die Nase gehalten.

Er stolperte hastig die Treppe hinunter. Seine erste Pflicht war nun die, seine Brüder von dieser Katastrophe zu unterrichten. Und was er danach tun würde, wusste er noch nicht. Vermutlich würde er sich eine Woche in Audreys Club vergraben und den Kopf in einen Eimer Gin stecken.

Unten wanderte Walton ruhelos vor der Treppe hin und her. „Ist Lord Drake zu sprechen?“, fragte er missmutig.

„Nicht für uns“, entgegnete Devon.

Die Miene des Mannes verfinsterte sich noch mehr. „In diesem Fall erstatte ich Ihnen meinen Bericht, im Vertrauen darauf, dass Sie Seine Lordschaft umgehend davon in Kenntnis setzen.“

Entferntes Donnergrollen drang an Devons Ohr, eine passende Begleitmusik für Drakes Hochzeit, wie er fand. Es fehlten nur noch Scharen von Fledermäusen, die am bleischweren Himmel flatterten, sowie heftige Erdstöße, die sämtliche Särge auf den Friedhöfen der Stadt aufbrechen ließen. Das würde passen zu der Tragödie, dass er seinen Bruder und besten Freund für immer verloren hatte. „Welcher Bericht, Walton?“

„Offenbar hat Ralph Hawkins London nicht verlassen. An seiner Stelle reiste ein anderer Mann in der Postkutsche. Auf irgendeine Weise scheint Hawkins zu Geld gekommen zu sein, um seine rückständigen Mietbeiträge bei der Pensionswirtin zu bezahlen. Ich halte es für wichtig, dass Lord Drake davon erfährt.“

„Gut. Ich werde ihm Ihre Nachricht unverzüglich überbringen.“ Das heißt, nachdem er Grayson von der Familienkrise unterrichtet hatte und vorausgesetzt, er würde Drake überhaupt ausfindig machen. Jedenfalls hatte er nicht die Absicht, in seine Hochzeitsfeier zu platzen, schon vor Angst, er würde weinen wie eine Brautjungfer, wenn er mit ansehen müsste, wie seinem getreuen Gefährten in Ausschweifung und Sünde die Fesseln der Ehe angelegt wurden.

Erst als Ralph mit seinen groben Fingern ihren Busen begrapschte, löste Eloise sich aus ihrer lähmenden Starre. Wütend stach sie mit der Nadel ihrer Schmetterlingsbrosche auf ihn ein, traf ihn an Hals und Ohr, bis er schließlich reagierte und mit der Faust auf sie einschlug.

Sie duckte sich und hob schützend die Arme über den Kopf. „Laufen Sie, Thalia. Sofort. Laufen Sie aus dem Haus!"

Sie hätte sich denken könnten, dass Thalia wieder nicht tat, was man ihr sagte, aber diesmal war Eloise dankbar für ihren Ungehorsam. Thalia sprang vom Bett, bückte sich nach dem Nachttopf aus Steingut, kniff die Augen zusammen, hievte ihn mit gestreckten Armen hoch und ließ ihn mit voller Wucht auf Ralphs Hinterkopf niedersausen.

„Eloise musste nie Nachttöpfe leeren!", schrie sie empört und voller Inbrunst.

Ralph glitt das Messer aus der Hand und fuhr taumelnd herum. Scherben hingen in seinem Haar. Blut tropfte ihm vom Ohr auf das Hemd. Eloise stach erneut zu und erwischte ihn an der Schulter.

„Wagen Sie es nicht noch einmal", kreischte Thalia in hellem Zorn, eine Rachegöttin im Hochzeitskleid. „Wagen Sie es bloß nicht, Miss Goodwin noch einmal anzufassen!"

Er stürzte sich zähnefletschend auf sie. „Dir werde ich es zeigen, du kleines Miststück. Ich zeige euch beiden …

Die Tür. Jemand war an der Haustür. Eloise wagte nicht, sich umzudrehen, flehte inständig, dass es nicht der Kutscher war, der ungeduldig an die Tür klopfte; er würde nicht wagen, das Haus ohne Aufforderung zu betreten. Und als das Klopfen verstummte, flehte sie, dass der etwaige Retter nicht wieder fortgegangen war.

31. KAPITEL

Drake hegte keinen Verdacht, dass irgendetwas im Haus nicht stimmte. Der bis auf die Haut durchnässte Kutscher murrte über das Wetter, die Weiber und Hochzeiten im Allgemeinen. Drake hatte auch keine Ahnung, wann die Trauung stattfinden sollte, hatte nicht zugehört, als Eloise davon sprach, war nur in Gedanken damit beschäftigt gewesen, wie er es anstellen sollte, sie von den Thorntons wegzulocken. Es war auch keineswegs ungewöhnlich, dass die Feier nicht pünktlich beginnen würde. Thalia wäre nicht die erste Braut, die sich zu ihrer eigenen Hochzeit verspätete.

Und jetzt ging es um seine eigene Hochzeit. Die Sondergenehmigung, die er unterwegs beim Magistrat besorgt hatte, steckte in seiner Westentasche.

Die Tür von Thorntons Haus war nicht verschlossen, und niemand antwortete auf sein Rufen. Er befahl Freddie, er solle in der Kutsche warten. Wenn Eloise immer noch darauf bestand, bei Thalias Hochzeit anwesend zu sein, würde er sie in Gottes Namen dorthin begleiten. Auf diese Weise konnte er sie auch leichter dazu überreden, der Hochzeitsgesellschaft den Rücken zu kehren, sobald das Gelöbnis gesprochen war.

„Eloise?“, rief er abermals durch das stille Haus.

Der Sturm hatte nachgelassen, aber das leise Plätschern des Regens gegen die Fensterscheiben schien die befremdliche Stille nur zu verstärken. Er legte seinen nassen Mantel ab und näherte sich dem Wohnzimmer. „Wo sind denn nur alle?“, murmelte er.

Ein Geräusch von oben, das dumpfe Klirren zerbrechenden Geschirrs, ließ ihn jäh innehalten. Gut möglich, dass Thalia in einem ihrer gefürchteten Tobsuchtsanfälle mit Gegenständen um sich warf. Dennoch war er alarmiert.

Er stürmte, zwei Stufen auf einmal nehmend, die Treppe hinauf und riss die Tür zu Eloises Zimmer auf. Es war leer und ordentlich aufgeräumt. Ein weiterer dumpfer Schlag ließ ihn weiter eilen bis zu einer verschlossenen Tür. In seiner Eile achtete er nicht auf die vertraute Stimme, die unten in der Diele seinen Namen rief, auch nicht auf die Schritte auf der Treppe.

„Eloise?", brüllte er. „Thalia? Verdammt noch mal, antwortet mir! Seid ihr da drin?" Er glaubte, einen erstickten Schrei zu hören. In aufsteigender Panik drehte er den Türknauf mehrmals.

Die Tür blieb verschlossen. Er warf sich mit der Schulter dagegen, die Scharniere quietschten, der Hilfeschrei einer Frau drang an sein Ohr. Dann nahm er eine Person neben sich wahr. Er wandte den Kopf und war unendlich erleichtert, seinen jüngeren Bruder neben sich zu sehen.

Devon starrte ihn finster an. „Ich scheine ja grade noch rechtzeitig zu sein."

„Hoffentlich", stieß Drake zähneknirschend hervor. „Bist du bereit?"

Devon nickte.

„Ein, zwei ..."

Drei. Das Holz der Türfüllung zersplitterte krachend. Drake zwängte sich durch die Öffnung und stieg über den Schwellbalken ins Zimmer. Sein Herzschlag dröhnte ihm in den Ohren. Wenn Eloise etwas zugestoßen war, schoss es ihm wirr durch den Kopf, konnte sein Herz ebenso gut aufhören zu schlagen, denn ohne sie hatte sein Leben keinen Sinn mehr. Wenn er sie verloren hätte – wenn er zu spät käme ... Er verdrängte die grauenerregenden Ängste.

Wo war sie? Wo war Eloise? Da, neben dem Bett mit Thalia. Beide waren anscheinend unversehrt, wenn auch deutlich verstört.

Drakes Blick erfasste den schäbig gekleideten Mann, der zum Fenster zurückwich. Einen Moment gab ihm die flackernde Furcht in den Augen des Fremden Genugtuung. Ralph Hawkins. Der Betrüger und Erpresser. Ein Feigling schlimmster Sorte.

Und die Angst des widerlichen Kerls war begründet. Drake bemühte sich nicht, seine Mordlust zu verbergen. Aus den Augenwinkeln nahm er wahr, wie Eloise mit fliegenden Fingern eine Schmetterlingsbrosche an ihrem Kleid befestigte. Sie war kreidebleich, nur auf ihrem Jochbein zeichnete sich ein roter Fleck ab. Hawkins hatte sie geschlagen. Der Halunke hatte ihr ins Gesicht geschlagen.

Drake verlor vollends die Beherrschung. Er stürzte sich auf den Übeltäter und zwang ihn in die Knie, bevor Devon die beiden Frauen aus dem Zimmer gebracht hatte. Drake war ein fairer Kämpfer, der seinen Gegnern stets eine Chance zur Gegenwehr gab, aber diesmal kannte er kein Erbarmen. Er schlug Ralphs Kopf in rasendem Rachedurst auf die Dielenbretter, die Hände im Würgegriff um seinen Hals.

Ralph versuchte zu schreien, brachte aber nur ein Röcheln zustande und ruderte hilflos mit Armen und Beinen. Wie durch dichten Nebel hörte Drake Eloise nach ihm rufen, aber er wollte erst von dem Kerl ablassen, auf dem er kniete, wenn er tot war oder sich wenigstens nicht mehr bewegte. Im Blutrausch seines Rachedurstes hätte er Hawkins zur Hölle geschickt, hätte sich nicht eine schwere Hand auf seine Schulter gelegt.

„Lord Drake!“, gebot Evan Walton ihm mit strenger Stimme Einhalt.

Er wollte nicht aufhören, wollte nicht beruhigt werden, wollte sich nicht zusammenreißen, er wollte den wilden Aufruhr in seinem Innern austoben. Er wollte …

„Lord Drake“, wiederholte Evan Walton lauter und rüttelte Drake an der Schulter. „Ich übernehme den Fall. Sie werden zu einer Hochzeit erwartet, nicht wahr?“

Drake fürchtete, Eloise und Thalia in völlig aufgelöstem Zustand vorzufinden, als er in den Flur trat. Aber Devon schien es mit seinem entwaffnenden Charme gelungen zu sein, die Frauen zu beschwichtigen. Drake sah Eloise forschend an, scheute sich beinahe, sie zu fragen, ob Ralph seine Rache zu weit getrieben und ihr etwas angetan hatte. Eloise aber war bereits damit beschäftigt, Thalias Haar zu einem Lockenkranz hochzustecken und den Schleier wieder zu befestigen. Seine vernünftige, praktisch veranlagte Geliebte. Offenbar ging sie gelassener mit der Situation um als er.

Als sie ihn bemerkte, eilte sie zu ihm und sank ihm in die Arme. Ihr Zittern verriet ihm, dass ihre Gefasstheit nur gespielt war. Er zog sie an sich und schloss die Augen. „Hat er dir weh getan?“, fragte er heiser.

„Nein“, flüsterte sie und barg ihr Gesicht an seiner Hemdbrust.

Er atmete den Duft ihres Haars ein, seine Gedanken waren immer noch in tumultartigem Aufruhr. Gottlob, er war noch rechtzeitig gekommen. Gottlob, dass Thalia bei ihr gewesen war. Hoffentlich war er nicht mit Hawkins Blut bespritzt und würde damit Eloises Kleid beflecken. Es blieb ihr keine Zeit, sich umzuziehen. Er wollte nicht länger als nötig warten. „Bist du sicher, dass er dir nichts angetan hat?“, wollte er drängend wissen.

Eloise nickte stumm, fürchtete, die Stimme würde ihr versagen. Drake spürte, welche Kraft es sie kostete, Ruhe zu bewahren, und sein Zorn drohte wieder aufzuflammen. „Er hat uns nur einen Schrecken eingejagt, weiter nichts“, brachte sie schließlich bebend hervor. „Aber wir verspäten uns …“

Er lehnte sich ein wenig zurück, um sie anzulächeln. „Ich weiß, zu einer Hochzeit.“

Sie schaute verwundert zu ihm auf. Er sah ihr besorgt ins Gesicht. An ihrer Wange begann ein Bluterguss zu schwellen und sich bläulich zu verfärben. „Hast du deine Meinung geändert und willst an der Hochzeit teilnehmen?“, fragte sie skeptisch.

„Ja. An unserer Hochzeit.“ Und während er die Worte aussprach, wusste er, dass dies die beste Entscheidung war, die er je in seinem Leben getroffen hatte und die er nie bereuen würde.

„Unsere Hochzeit?“ Sie blickte ihn an, als sei er verrückt geworden. Vielleicht stimmte das ja auch, aber es war eine beschwingte, willkommene Verrücktheit, die seiner bedrückenden Schwermut den Garaus gemacht hatte.

Auch Thalia und Devon musterten ihn ungläubig. Drake lächelte beinahe schüchtern und strich sich fahrig durch das zerzauste Haar. Dieses Gefühl der Befangenheit war ihm gleichfalls völlig neu. „Wieso starrt ihr mich alle an? Sehe ich so grässlich aus?“

Eloise biss sich auf die Unterlippe, in ihren Augen glitzerten Tränen. „Du siehst umwerfend gut aus, wenn ich mir diese Bemerkung erlauben darf“, erklärte sie ein wenig zittrig, und Drake hätte ihr am liebsten die Tränen weggeküsst, wären nicht die zwei völlig entgeisterten Zuschauer gewesen.

Devon hüstelte hinter vorgehaltener Hand. „Dem kann ich mich nur anschließen, du siehst irgendwie glücklich aus.“

Drake lachte verlegen. Allerdings würde er sich eher die Zunge abbeißen, als gegenüber seinem Bruder zuzugeben, wie dankbar er für seinen Beistand und seinen Zuspruch war, wobei er den Verdacht hatte, der Gauner wusste längst Bescheid. „Was hast du eigentlich hier verloren? Du tauchst immer dann auf, wenn du nicht eingeladen bist.“

„Der Familienrat schickt mich, um auf dich aufzupassen“, entgegnete Devon zögernd. „Ich hätte mir beinahe den Hals gebrochen auf der mörderischen Fahrt hierher.“

„Die Familie schickt dich schon wieder, um hinter mir her zu schnüffeln?“ Drake schaute zu Eloise, die sich von ihm löste, um Thalia nach unten zu bringen. Familienangelegenheiten mussten aufgeschoben werden, das musste auch Grayson begreifen. „Was wollen sie denn ständig von mir?“, fragte Drake eher neugierig als erbost.

„Man befürchtet, du könntest dich zu einer Dummheit hinreißen lassen“, gab Devon zaudernd zu. „Stimmt das?“

Drake begegnete entschlossen dem unsteten Blick seines jüngeren Bruders. „Eloise und ich werden heiraten.“

Devon taumelte in gespieltem Entsetzen nach hinten und suchte Halt an der Wand des schmalen Flurs. „Oh mein Gott, dann hatten sie also recht.“

„Keine brüderliche Umarmung? Kein Glückwunsch?“, fragte Drake trocken.

„Soll das ein Witz sein?“ Devon hob abwehrend die Hände,

als wolle er sich gegen das Böse wehren. „Bleib mir bloß vom Leib. Ich lasse mich nicht von dieser grassierenden Seuche anstecken."

Drake schüttelte belustigt den Kopf und wandte sich zur Treppe. „Vermutlich bist du der Nächste, mein Guter. Wenn es mir passiert, kann es jedem anderen auch passieren."

Devon folgte ihm. „Pah! Ich muss dich enttäuschen. Mich zwingt niemand zur Ehe, nicht einmal unter Androhung der Todesstrafe."

„Das wäre eine Möglichkeit", erklärte Drake mitleidlos.

„Ich lasse mich lieber lebendig begraben."

„Genau das habe ich bis vor Kurzem auch behauptet."

Devon lehnte sich gegen das Treppengeländer. „Es ist noch nicht zu spät. Wir könnten fliehen und ein Schiff nach Übersee besteigen."

„Das habe ich gehört", ertönte Eloises strenge Stimme von unten herauf.

„Oh Gott", rief Devon verzweifelt. „Kannst du dir vorstellen, mit ihr und Emma unter einem Dach zu wohnen? Das Leben wird eine unerträgliche Folter für dich."

Am Fuße der Treppe verharrte Drake einen Moment. „Tu mir einen Gefallen, Devon. Verrate der Familie noch nichts von unseren Plänen."

„Wieso nicht? Du kannst deine Ehe schließlich nicht ewig verheimlichen."

„Nur ein paar Stunden, vorausgesetzt, du schaffst es, so lange deinen Mund zu halten." Verliebt betrachtete Drake Eloise, die Thalia zur Haustür begleitete.

„Was ist mit einem Trauzeugen?", überlegte Devon laut.

Drake gab Eloise ein Zeichen, auf ihn zu warten. Der arme Devon machte ein so unglückliches Gesicht, dass er ihm beinahe leidtat. Aber wie er seinen unbekümmerten Bruder kannte, hatte er seinen Kummer bis zum Abend vergessen. Das Leben ging schließlich weiter. „Der Diener Freddie kann dich vertreten."

„Aber Drake, die Familie wird mich umbringen, wenn ich ihr

deine Hochzeit verschweige. Du bringst mich in eine überaus peinliche Lage."

Zu Eloises Verwunderung und gewiss auch zum Erstaunen des besorgten, wenn auch gefassten Bräutigams verlief Thalias Trauung nach der anfänglichen Verzögerung ohne weitere Zwischenfälle. Keiner der wenigen Hochzeitsgäste machte eine abfällige Bemerkung über den verrutschten Schleier der Braut, auch nicht darüber, dass sie erst mit zweistündiger Verspätung wie ein Wirbelwind in den festlich geschmückten Salon im Haus von Lady Heaton gestürmt war.

Und niemand hätte vermutet, dass die scheu errötende junge Braut, die ihr Jawort hauchte, kurz zuvor einem Bösewicht ein Nachtgeschirr über den Schädel geschlagen hatte, um ihre geliebte Gouvernante zu retten.

Und die Gouvernante würde niemals ein Wort darüber verlieren, genauso wenig wie über die vorangegangenen Eskapaden ihrer Schutzbefohlenen. Und Sir Thomas, der glückliche Bräutigam, konnte sich offenbar nicht satt sehen an seiner strahlenden Braut und betonte immer und immer wieder, wie hübsch Thalia sei. Auch Lord Thornton überschüttete seine Schwester mit Komplimenten, der kurz nach Thalias Ankunft in Begleitung einer attraktiven, wenn auch leicht verblühten Dame eingetroffen war, die er als seine Verlobte vorstellte. Später vertraute er Eloise an, er habe sie am Abend zuvor im Vergnügungspark Vauxhall Gardens kennengelernt und ihr auf der Stelle einen Heiratsantrag gemacht.

Eloise fand kaum Zeit, dem Paar zur Verlobung zu gratulieren und an einem Glas Champagner zu nippen, bevor Drake sie entführte. Sie erhaschte einen letzten Blick auf Thalia neben ihrem frisch angetrauten Gemahl. Die strahlende Braut lächelte ihr zu, und Eloise erwiderte ihr Lächeln.

„Alle Pflichten erledigt", flüsterte Eloise erleichtert. „Gott segne das glückliche Paar."

Es hatte aufgehört zu regnen. Gelegentlich zeigte sich sogar die Sonne hinter den rasch dahinziehenden Wolken und ließ das nasse Kopfsteinpflaster silbern glänzen. Eloise betupfte sich die Augen. Drake betrachtete sie besorgt. Die Schwellung an ihrer Wange hatte sich dunkel verfärbt. „Der Kerl wird nie wieder in deine Nähe kommen, Eloise“, tröstete er sie liebevoll. „Nie wieder wird dir etwas zustoßen, dafür sorge ich.“

Sie seufzte auf. „Das ist es nicht. Ich bin nur glücklich für Thalia. Sir Thomas liebt sie so sehr, dass er über all ihre Fehler hinwegsehen wird. Ich glaube, sie werden eine gute Ehe führen.“

„Glaubst du, auch wir werden glücklich?“

Sie studierte sein markant geschnittenes Gesicht und die Ernsthaftigkeit in seinen Augen; eine innige Zärtlichkeit wallte in ihr auf. Er wollte sie also tatsächlich heiraten, das hatte sie sich natürlich im Stillen sehnlichst gewünscht, aber nicht wirklich gewagt, darauf zu hoffen. „Ich war mir nicht sicher, ob es dir ernst damit ist. Ich dachte, du hättest dich nur zu diesem Versprechen hinreißen lassen, weil du mich gerettet hast.“

„Ich war vom ersten Moment, als ich dich sah, von dir hingerissen.“ Drake blickte die Straße entlang, seine Stimme war weich und unendlich zärtlich. „Ich hätte dir nicht leichtfertig, einen Antrag gemacht, wenn es mir nicht ernst damit wäre. Und es hat auch nichts damit zu tun, dass du in Gefahr warst. Ich hatte mich bereits vorher entschlossen, dir einen Antrag zu machen.“

„Eigentlich hast du mir gar keinen Antrag gemacht, wenn ich es mir genau überlege. Du hast lediglich erklärt, dass wir heiraten, und das war alles.“

Er trat auf die Straße und schaute nachdenklich einem Heuwagen nach, der von zwei Ochsen gezogen wurde. Eloise wusste nicht recht, ob es ihm peinlich war, über seine Gefühle zu sprechen, oder ob er durch irgendetwas abgelenkt wurde. Wie dem auch sei, er schenkte ihr keine Aufmerksamkeit mehr. Wieso war seine Stimmung so plötzlich umgeschlagen?

„Wo ist meine Kutsche geblieben?“, murmelte er.

Eloise spähte seitlich an ihm vorbei. „Da vorne biegt eine Kutsche in die Straße ein.“

„Das ist keine Kutsche“, widersprach Drake grollend und zog sie auf den Gehsteig zurück, als eine elegante schwarz glänzende Karosse mit einem goldenen Wappen auf dem Wagenschlag, gezogen von sechs weißen Pferden, sich näherte. Das Gefährt nahm fast die ganze Breite der Straße ein. „Das ist ein Wanderzirkus.“

„Ein was?“ Ihre Stimme ging beinahe im Hufeklappern und Klirren der glänzend polierten Pferdegeschirre unter. Sie bestaunte den livrierten Kutscher mit Lockenperücke und den majestätischen, gleichfalls livrierten Lakaien neben ihm, spürte aber Drakes Missbilligung beim Anblick dieser Zurschaustellung aristokratischen Prunks. „Ist das jemand, den du kennst?“, erkundigte sie sich neugierig.

Mit einem ausweichenden Achselzucken umfasste er ihren Ellbogen und wollte wieder zurück in Lady Heatons Haus. „Ich glaube, wir sollten doch wenigstens ein Stück von der Hochzeitstorte essen. Es war eigentlich ziemlich unhöflich, dass wir uns weggeschlichen haben wie zwei Diebe.“

Sie warf einen Blick über die Schulter auf die noble Karosse. „Was redest du? Du konntest es doch kaum erwarten, dass der Priester die Trauungsformel endlich sprechen würde.“

„Zugegeben.“ Er rieb sich den flachen Bauch. „Aber irgendwie verspüre ich Gelüste.“

„Nach einer Hochzeitstorte?“, fragte sie skeptisch.

Er festigte seinen Griff. „Ja, mir läuft bereits das Wasser im Mund zusammen.“ In diesem Moment stieg der hoheitsvolle Diener vom Kutschbock der prunkvollen Karosse und näherte sich dem Paar, dabei wich er geziert einer Regenpfütze aus. Welche Katastrophe, dachte Eloise belustigt, wenn ein Lehmspritzer die weißen Seidenstrümpfe beschmutzen würde.

Sie empfand erwartungsvolle Spannung. Nicht dass der blasierte Diener, so eindrucksvoll seine goldbetresste Livree auch sein mochte, sie eingeschüchtert hätte, aber irgendwie hatte sie den Eindruck, als fürchte Drake eine Begegnung mit ihm. Wer war dieser Mann? Was wollte er von ihm? Mittlerweile hatten sich ein paar Passanten auf dem Gehsteig versammelt.

Der distinguierte Diener verneigte sich vor Eloise und schnipste mit dem Finger nach hinten über seine Schulter. Ein zweiter Diener öffnete den Wagenschlag und zog das Treppchen heraus.

„Der Wagen seiner Lordschaft steht bereit, Mylady", verkündete der blasierte Diener an die Zuschauerschar gerichtet.

Eloise seufzte beglückt. Sie liebte Überraschungen. War das der Grund für Drakes Zerstreutheit? „Wie aufmerksam von Seiner Lordschaft." Sie lächelte Drake strahlend an, dessen mürrische Miene allerdings nicht zu diesem romantischen Moment passen wollte. „Das wäre aber nicht nötig gewesen, Drake", flüsterte sie ein wenig scheu.

Er starrte den Diener finster an. „Das war keineswegs meine Idee."

„Aber …" Sie stockte, als der Diener sie einfach in das geräumige Wageninnere hob. Die Brokatvorhänge waren geschlossen, um die Passagiere vor neugierigen Blicken zu schützen. Drake folgte ihr schweigend mit unbewegter Miene.

Die seltsame Szene wirkte auf Eloise wie die Entführung einer Prinzessin im Märchen.

„Werde ich etwa entführt?", fragte sie.

„Anscheinend werden wir beide entführt", entgegnete Drake und ließ sich auf den Samtpolstern ihr gegenüber nieder. Er schien keineswegs begeistert von der Idee zu sein, war offenbar ebenso überrumpelt wie sie.

Die Karosse fuhr an. Eloise schob den Vorhang ein wenig beiseite. Passanten und kleinere Fahrzeuge wichen an den Straßenrand, um dem prächtigen Sechsergespann ehrerbietig Platz zu machen.

„Gehe ich recht in der Annahme, dass wir in der Karosse des Marquess entführt werden?", flüsterte sie im verschwörerischen Tonfall.

Drake nickte übellaunig. „Ja. Der Marquess der Arroganz ruft uns zu sich."

Eloise blickte in Drakes finsteres Gesicht. „Was bedeutet das?"

„Es bedeutet, dass Devon den Mund nicht halten konnte und ich ihm dafür den Hals umdrehen werde."

Eloise zupfte ihre Handschuhe zurecht. Dieser Tag war voller Überraschungen – vorwiegend unerfreulicher Natur. Sie seufzte. „Eine Einberufung zu einer Familienkonferenz, also. Hoffentlich bin nicht ich der Grund für Unstimmigkeiten?"

Drake wechselte unvermutet die Seite, setzte sich neben sie und lächelte ihr aufmunternd zu. „Meine Geschwister und ich haben Differenzen, seit ich denken kann. Grayson ist der geborene Schauspieler und neigt zu dramatischen Übertreibungen."

„Es wäre mir unangenehm, wenn ich zwischen dir und deiner Familie stünde", sagte sie zögernd.

„Überlass es getrost mir, mit dem Clan umzugehen." Sanft strich er mit dem Finger über den Bluterguss an ihrer Wange. „Tut es weh?"

„Nur ein bisschen."

„Ich will, dass du an unserem Hochzeitstag glücklich bist."

„Aber wir sind noch nicht …"

Er brachte sie mit einem innigen Kuss zum Schweigen. Sie hätte ihm Einhalt gebieten müssen, aber es war einfach zu verlockend, sich an seine starke Brust zu lehnen und all die unschönen Zwischenfälle zu vergessen, die vor diesem Moment geschehen waren. Natürlich durfte sie sich nicht bedingungslos hingeben, nicht in der fürstlichen Karosse des Marquess, argwöhnisch beäugt von einem hochnäsigen Diener, der seinem Herrn vermutlich einen exakten Bericht erstatten würde.

Sie holte tief Atem und legte den Kopf in den Nacken. „Ist es dir wirklich ernst mit dem Heiraten?"

„Ja."

Ein prickelnder Schauer durchrieselte sie, als er seine Finger über ihre Kehle gleiten ließ und weiter zu ihren Brüsten. Dieser Mann bot ihr Geborgenheit und sündiges Vergnügen zugleich. „Meinst du nicht, wir sollten eine angemessene Verlobungszeit einhalten?", meinte sie leise.

Er musterte sie eindringlich mit seinen blauen Augen. „Warum?"
„Das gäbe dir Bedenkzeit", erklärte sie. „Ich bin erst seit einer knappen Woche deine Mätresse."
Er legte seine Hand auf ihren Bauch. „Lange genug, um mein Kind empfangen zu haben."
Wieder durchströmte sie ein süßer Schauer. Damit hatte er natürlich recht. Sie waren unvorsichtig gewesen und hatten in ihrer Leidenschaft keine Verhütungsmaßnahmen getroffen. „Du bist der Sohn eines Marquess, Drake. Ich bin nur die Tochter eines kleinen Dorfrichters, die noch dazu von ihrer Familie verstoßen wurde."
Er zog die breiten Schultern hoch. „Habe ich dir eigentlich schon von meinem Interesse an der Wissenschaft der Rechte berichtet? Und von meinem Hang zu verstoßenen Frauen?"
„Ich habe nur ein gesundes Rechtsempfinden", gab sie zu bedenken und versuchte, sich ein Lächeln zu verkneifen. „Und ich weiß, wie die Leute reden. Außerdem besteht ein erheblicher Unterschied darin, eine geächtete Frau zur Mätresse zu nehmen als zur Gemahlin. Noch dazu eine nicht standesgemäße, geächtete Frau. Eine Heirat macht für dich doch alles nur komplizierter."
„Mag sein. Aber es geschieht ständig, dass Aristokraten ihre Geliebten heiraten. Herzöge heiraten Schauspielerinnen; Prinzen verzichten auf den Thron und heiraten Opernsängerinnen. Und mir ist die Kritik der Gesellschaft nichts Neues. Im Übrigen bin ich erwachsen genug, um zu wissen, was ich tue. Ja, ich bin mir über meine Entscheidung sehr wohl im Klaren."
Sie wollte ihm glauben, und wenn er seine Worte aufrichtig meinte, durfte sie das auch tun. „Was werden deine Freunde sagen?"
Unter dem verwegenen Funkeln seines Blickes schmolzen ihre Bedenken vollends. „Sie werden vor Neid und Missgunst platzen und dich fragen, ob du eine Schwester hast. Und ver-

mutlich werde ich gezwungen sein, ihnen den Umgang mit dir zu verbieten."

Eloise biss sich auf die Unterlippe, um nicht loszulachen. „Das halte ich für höchst unwahrscheinlich – die meisten Kreise werden mich meiden."

„Dann verlassen wir eben das Haus nicht mehr."

Sie schloss die Augen. Er schlang den Arm um ihre Mitte. Seine Stimme bekam einen verführerischen Klang. „Ich gebe nicht auf. Und wenn ich morgens, mittags und nachts bei Wind und Wetter unter deinem Fenster verweilen und dich so lange anflehen müsste, bis du mich endlich erhörst."

„Man wird dich einsperren, wenn du das tust", flüsterte sie schwach.

„Könntest du so grausam sein und zulassen, dass man mich in ein dunkles Verlies steckt, nur weil ich dich liebe?"

„Nein", antwortete sie nach langem Schweigen.

„Dann lautet deine Antwort also Ja?"

Als hätte der Schurke je daran gezweifelt, dachte sie. „Ja. Meine Antwort ist Ja. Aber wie wird deine Familie reagieren, wenn du mich als deine Verlobte vorstellst?"

Er zog die Brauen in der Stirnmitte zusammen. „Ehrlich gestanden hatte ich gehofft, diesen Teil unserer Verlobung vermeiden zu können."

Ihr Herz sank, sie spürte, wie ihr aus Verlegenheit die Röte ins Gesicht stieg. Natürlich würde seine Familie seine Wahl missbilligen. Er heiratete unter seinem Stand, an dieser Tatsache war nun mal nicht zu rütteln. Selbst seine liberal gesinnten Geschwister würden versuchen, diese Verbindung zu hintertreiben. „Wäre es dir lieber, wenn sie mich nicht kennenlernen? Soll ich deine heimliche Ehefrau sein?"

Er hob ihr sanft das Kinn. „Ich muss dich korrigieren. Mir wäre lieber, du würdest meine Familie nicht kennenlernen." Er begann zu lachen. „Ich fürchte, du hast meine Worte falsch aufgefasst, Eloise. Ich habe keinerlei Bedenken, dass die Boscastles dich ablehnen könnten. Ich befürchte vielmehr, sie versuchen, deine Meinung über mich zu ändern."

Eloise schürzte lächelnd die Lippen. „Das wird ihnen nicht gelingen. Aber wieso? Was könnten sie für Einwände haben?"

Drake räusperte sich. Seine Geschwister wüssten weiß Gott ein paar unrühmliche Geschichten über seine Schandtaten preiszugeben. „Hör einfach nicht hin, wenn sie etwas über meine anrüchige Vergangenheit erzählen."

„Deine anrüchige Vergangenheit?", fragte sie in gespieltem Erschrecken. „Und wie lautet ihr Urteil über deine gegenwärtigen Schandtaten?"

„Daran haben sie sich mittlerweile gewöhnt." Er blickte ihr tief in die Augen, wusste nicht genau, wie er ihr seine Gefühle erklären sollte, bis er erkannte, dass sie auch ohne viele Worte begriff. Die liebevolle Zärtlichkeit, die in ihren warmen braunen Augen leuchtete, sprach für sich selbst. Sie hatte in ihm die Fähigkeit zu lieben zum Vorschein gebracht. War diese Fähigkeit immer schon in ihm vorhanden gewesen? Ein Knoten schnürte ihm die Kehle zu, ihm wurde eng um die Brust. „Du hast ein Wunder an mir vollbracht, Eloise. Vor mir liegen die glücklichsten Jahre meines Lebens. Mit dir."

Sie strahlte über das ganze Gesicht. „Ich liebe dich", flüsterte sie innig.

32. KAPITEL

Drake überlegte hin und her, wie es ihm gelingen könnte, Eloise auf das Treffen mit seiner Familie vorzubereiten, ohne sie zu erschrecken oder einzuschüchtern. Römische Gladiatoren hatten vermutlich ähnliche Bedenken gehabt, als sie ihre Kampfbereitschaft stählten, ehe sie gegen die Löwen in der Arena antreten mussten. Jedenfalls wäre er bereit, seine Liebste bis zum letzten Blutstropfen zu verteidigen und sich das Fleisch von den Knochen reißen zu lassen, um sie zu beschützen. Eloise hatte weiß Gott genug für einen Tag durchmachen müssen. Immer, wenn er den Bluterguss an ihrer Wange sah, zog sich sein Herz zusammen, und der glühende Zorn stieg wieder in ihm hoch. Vor ihm lag ein ähnlicher Kampf, den sie gemeinsam bestehen würden.

Die Karosse kam vor dem eleganten Herrenhaus in der Park Lane zum Halten. Hier wohnte Grayson Boscastle, der fünfte Marquess of Sedgecroft. Grayson war einst ein leichtlebiger, vergnügungssüchtiger Lebemann gewesen, der sich nicht um Konventionen geschert und die feine Gesellschaft Londons mit seinen unzähligen Indiskretionen und Skandalen brüskiert und in Empörung versetzt hatte. Ein treuer Verbündeter seiner lebenshungrigen Brüder, der sich an all ihren Streichen und gefährlichen Abenteuern mit großer Begeisterung beteiligt hatte.

Mittlerweile war ein treuer Ehemann und fürsorglicher Vater aus ihm geworden, der seine Rolle als Familienoberhaupt und Patriarch für Drakes Geschmack erheblich zu ernst nahm.

Beim Betreten der weitläufigen, mit hohen Säulen bestückten Eingangshalle warf er Eloise einen entschuldigenden Blick zu. Weeds Absätze hallten auf den Marmorfliesen wider. Wenn es irgendeine Möglichkeit gegeben hätte, Eloise das Treffen mit seiner Familie, deren kriegerische Vorfahren vor Jahrhunderten das halbe Land mit Angst und Schrecken überzogen hatten, zu ersparen, er hätte sie genutzt. „Bitte vergiss nicht, dass ich keine

Verantwortung für das Treiben meiner Ahnen trage. Und glaube um Himmels willen nicht alles, was die Boscastles dir über mich einreden wollen."

Eloise wirkte so versunken in ihrer Bewunderung der vornehmen, klassizistischen Architektur, dass sie kein Ohr für seine Warnung hatte. „Ich habe bereits deinen Bruder Devon kennengelernt, Lady Stratfield und auch Lady Lyons", flüsterte sie andächtig. „Ich glaube, du übertreibst ein wenig."

„Ich übertreibe!" Drake holte tief Atem, als die Doppeltüren am Ende eines endlos langen Korridors aufschwangen. „Ein wenig", murmelte er.

Eine feierliche Stimme kündigte die Besucher an. „Lord Sedgecroft lässt bitten."

Drake hielt Eloise am Arm zurück. „Das ist deine letzte Chance, Eloise. Noch können wir die Flucht ergreifen."

Sie blickte mit leichtem Vorwurf zu ihm auf. „Ich fasse es nicht, wie du so reden kannst. Dein Bruder ist auch nur ein Mensch, Marquess hin oder her. Wie Furcht einflößend kann er wohl sein?"

Drake lachte trocken. „Ich weiß nicht, ob er Furcht einflößend wirkt, jedenfalls nicht auf mich. Aber er ist eine ... nun ja ... einnehmende Persönlichkeit. Wie dem auch sei, früher oder später musst du der Sippe der Boscastles ja begegnen. Also gut, wir wollen das Grauen hinter uns bringen."

Furcht einflößend.

Das Wort traf auf jeden Fall den Eindruck, den Eloise hatte, als sie Grayson Boscastle, dem fünften Marquess of Sedgecroft, gegenübertrat. Einnehmende Persönlichkeit? Oh ja, zweifellos. Aber er wirkte auch irgendwie Vertrauen erweckend.

Die Ähnlichkeit mit Drake war unverkennbar. Der zwingende Blick seiner auffallend blauen Augen; seine männlich vitale Ausstrahlung; die hochgewachsene stattliche Erscheinung. Aber damit endete die Ähnlichkeit. Drake mit seinem schwarzen Haar und den dunkelblauen Augen wirkte eher zurückhaltend und verschlossen. Der Marquess mit seiner blonden Mähne glich einem stattlichen Löwen, majestätisch in seinem charismatischen Auftreten und dennoch erstaunlich warmherzig.

„Sie also sind meine zukünftige Schwägerin“, begann er mit sonorer Stimme und einem gewinnenden Lächeln, das jeder anderen Frau den Atem verschlagen hätte.

„Das Vergnügen ist ganz meinerseits, Lord Sedgecroft“, erwiderte sie in höflicher Unbefangenheit und blickte ihm standhaft in die Augen. Er schien sich bereits in den ersten Minuten ihrer Begegnung ein Bild von ihrem Charakter machen zu wollen. Eloise wunderte sich selbst, dass sie unter seinen taxierenden Blicken nicht in Verlegenheit geriet. Die vielen Vorstellungsgespräche der verflossenen Jahre in vornehmen Herrschaftshäusern hatten ihr Gelassenheit und ein gesundes Maß an Selbstvertrauen verliehen.

Er entfernte sich gemessenen Schrittes vom Fenster, an dem er gestanden hatte. Eloise drehte den Kopf seitlich und entdeckte weitere Familienmitglieder in dem eleganten Salon. Sie erkannte Lady Lyons und Chloe an der Seite ihres Gemahls Viscount Stratfield. Devon schlenderte herein, nahm auf dem seidenen Sofa Platz und streckte lässig die langen Beine von sich.

„Gib mir bloß nicht die Schuld an dieser Sache, Drake“, setzte er umgehend zu einer Verteidigungsrede an. „Man drohte mir mit Daumenschrauben und anderen bei den Boscastles üblichen Foltergeräten. Ich musste ein Geständnis ablegen.“

Drake ging zur Anrichte und schenkte sich ein Glas Sherry ein. „Ich habe nichts anderes von dir erwartet, du Memme.“

„Aber Drake, wir konnten doch nicht zulassen, dass du uns deine Braut vorenthältst“, bemerkte Grayson mit einem nachsichtigen, leicht überheblichen Lächeln.

Eine weitere Dame betrat den Salon und stellte sich Eloise als Graysons Gemahlin Jane vor. Die schöne Frau strahlte eine natürliche Selbstsicherheit aus, ein ruhiger Gegenpol zur überwältigen Präsenz des Marquess.

Jane umarmte Eloise freundschaftlich. „Sie scheinen eine bewundernswert tapfere Frau zu sein, wenn Sie gewillt sind, das schwarze Schaf der Familie zu heiraten. Ich heiße Sie herzlich willkommen."

Die bildschöne Chloe mit ihrem blauschwarzen Haar zwinkerte Eloise vertraulich zu. „Es sei denn, Sie machen in letzter Sekunde noch einen Rückzieher vor der Hochzeitsfeier, weil Sie begreifen, dass Sie einen schrecklichen Fehler gemacht haben, nachdem Sie uns alle kennengelernt haben. Und ich warne Sie, in dieser Familie ist Privatsphäre so gut wie ausgeschlossen."

Drake stellte das Glas klirrend ab. Sein Lächeln wirkte verkrampft. „Feier? Hast du etwas von Hochzeitsfeier gesagt, Chloe?"

Es entstand ein betretenes Schweigen. Grayson suchte Drakes Blick. „Ich war mir sicher, Ihr habt den Wunsch, in unserer Hauskapelle getraut zu werden. Wir warten nur noch auf Heath und Julia. Der Priester ist bereits eingetroffen. Ich gehe doch recht in der Annahme, dass du nichts dagegen einzuwenden hast, wie? Oder sollte ich mich irren?"

Eloises Herz schlug schneller in der knisternden Spannung, die sich im Zimmer auszubreiten schien. Lag das an ihr? Nicht um alles in der Welt wünschte sie, sich zwischen Drake und seine Familie zu drängen oder gar ein Zerwürfnis heraufzubeschwören. Es wäre nur zu verständlich, wenn der Marquess Bedenken an dieser überstürzten Eheschließung anmelden würde.

Drakes Mundwinkel verzogen sich zu einem dünnen Lächeln. Er nahm das Glas wieder zur Hand, ohne zu trinken. „Wieso in der Hauskapelle?", fragte er verdrießlich.

Grayson warf seiner Frau einen fragenden, beinahe ratlosen Blick zu. Jane rettete die Situation mit einem liebenswürdigen Lächeln. „Aber wieso denn nicht?", meinte sie arglos. „Du willst Eloise doch nicht gleich an die Öffentlichkeit zerren, oder? Die Zeitungsreporter würden euch auf Schritt und Tritt verfolgen und mit indiskreten Fragen bestürmen. Das wäre doch geschmacklos."

Drake starrte düster in sein Sherryglas. „Ich habe mir eine

Sondergenehmigung besorgt und will keine große Sache daraus machen. Ich will eine Trauung im kleinen Kreis.“

Seine Worte konnten auf verschiedene Weise gedeutet werden, wobei Eloise ausschloss, dass er sich scheute, seine Liebe zu ihr, der einfachen Gouvernante, vor der Öffentlichkeit zu bekennen. Zu eindrucksvoll hatte er ihr das Gegenteil bewiesen. Dennoch hielt sie den Atem an in der Hoffnung, er habe mit seinem Einwand nicht der Familie den Fehdehandschuh vor die Füße geworfen. Es wäre ein unheilvolles Zeichen, wenn ihre Ehe mit einem Familienzwist beginnen würde. Ihre Ehe mit Drake. Der Gedanke machte sie schwindlig, war immer noch so neu, dass sie es kaum wagte, daran zu glauben. Sollte sie tatsächlich seine Frau und damit in den Kreis dieser geachteten alteingesessenen Adelsfamilie aufgenommen werden?

„Ich habe Verständnis für deinen Wunsch nach einer Trauung im kleinen Kreis“, erklärte Grayson gemessen. „Deshalb halte ich es auch für angebracht, dass die Feier nur mit den nächsten Verwandten stattfindet. Ich würde mich aufrichtig freuen, wenn du dich damit einverstanden erklärst.“

Damit reichte Grayson ihm den Olivenzweig der Versöhnung, machte seinem Bruder ein Friedensangebot, das diesem stolzen, von sich eingenommenen Marquess gewiss nicht leichtfiel, wie Eloise vermutete. Würde Drake die Geste annehmen und sich einsichtig zeigen?

Wieder senkte sich ein lastendes Schweigen über die Anwesenden. Drake drehte das Glas fahrig zwischen den Fingern. Doch dann räusperte er sich. „Wie könnte ich dieses Angebot ablehnen?“ Er lachte befreit auf. „Was meinst du, Liebste?“

Eloise atmete erleichtert aus. „Nein, Liebster, das kannst du nicht ablehnen.“

Jane sah ihren Gemahl mit liebevoller Bewunderung an, und Chloe klatschte begeistert in die Hände.

Emma, die die Szene schweigend verfolgt hatte, stand auf. Ihr lag selbstverständlich vor allem daran, die Etikette zu wahren. „Nun, da diese Frage zur Zufriedenheit aller gelöst zu sein scheint“, erklärte sie in ihrer kühlen Art, „ist es an der Zeit, ein passendes Kleid für die Braut zu suchen.“ Und mit einem vielsagenden Blick zu Drake fügte sie hinzu: „Wie ich meinen Bruder einschätze, wurde dieser nicht unwesentliche Punkt völlig vernachlässigt, hab ich recht?“

„Nun ja“, versuchte Drake sich zu verteidigen. „Ich hatte ja keine ...“

„Das wundert mich nicht“, unterbrach Emma ihn resigniert.

„Aber, Emma, wieso regst du dich auf?“, meldete Devon sich zu Wort und räkelte sich auf dem Sofa. „Ein Boscastle befasst sich naturgemäß damit, wie er eine Frau dazu bringt, sich auszuziehen. Wie sollte er daran denken, was sie zu ihrer Hochzeit anziehen soll?“

Seufzend verdrehte Emma die Augen. „Mein lieber Devon, ich wäre dir dankbar, wenn du diese Art von Bemerkung zur Abwechslung einmal für dich behältst.“

Jane eilte bereits zur Tür. „In meinem Kleiderschrank müsste sich etwas Passendes für die Braut finden.“

„Tja, wenn ich an deine Schneiderrechungen denke, Liebste“, brummte Grayson hinter ihr her, „solltest du Emmas gesamtes Mädchenpensionat mit neuer Garderobe ausstaffieren können.“

Nach all den Jahren, die sie vornehmen Herrschaften gedient hatte, fühlte Eloise sich befangen, so viel Aufmerksamkeit zu erhalten. Die Marchioness führte ihr praktisch ihre gesamte Garderobe vor. Zwei Zofen hasteten eifrig in der luxuriös ausgestatteten Suite hin und her mit den Armen voller Kleider, die Jane noch nicht einmal getragen hatte.

Eine Schneiderin nebst zwei Gehilfinnen wurde herbeigerufen und musste einen heiligen Eid schwören, Schweigen über die Hochzeitsvorbereitungen zu bewahren. Irgendwann holte Chloe eine Flasche Brandy und bot Eloise ein Glas zur Stärkung ihrer Nerven an.

Emma verbrachte eine Stunde damit, ein Paar weiße ellbogenlange Glacéhandschuhe zu suchen. Dabei fand sie auch zierliche weiße Brokatschuhe, die wie gemacht schienen zu dem cremefarbenen Seidenkleid mit gold schimmerndem Gazeüberwurf, das nach langem Hin und Her endlich als Hochzeitskleid für Eloise gewählt wurde. Die Marchioness hatte nach der Geburt ihres Kindes ihre gertenschlanke Figur wiedererlangt, dennoch passte es zu Eloises Erstaunen ihrer deutlich üppigeren Figur.

„Es wurde mir in den ersten Monaten meiner Schwangerschaft genäht", vertraute Jane ihr an, „und ich habe es nie getragen. Es ist wunderschön an Ihnen."

Eloise trat an den hohen Standspiegel. Die raffiniert geschnittene, fließende Seidenrobe, deren spitz zulaufende Puffärmel ihr bis zu den Handgelenken reichten, ließ sie aussehen wie eine Renaissanceprinzessin.

„Haben wir denn auch einen Schleier?", fragte die ziemlich erschöpfte Schneiderin und betrachtete ihr Werk prüfend.

Auf diese Frage eilten die Frauen aus dem Zimmer und machten sich auf die Suche nach dem wichtigen Accessoire, nur Emma und Eloise blieben zurück. Ihre Blicke begegneten sich im Spiegel. Die besonnene Emma hatte sich kaum an dem Tumult der Kleiderfrage beteiligt, was allerdings nicht bedeutete, dass sie sich keine Gedanken über diese überstürzte Hochzeit machte.

„Lady Lyons, ich weiß nicht, was ich sagen soll", ergriff Eloise schließlich das Wort. „Ich habe Sie gewiss sehr enttäuscht."

Zu ihrem Erstaunen antwortete Emma mit einem herzhaften Lachen. „Zugegeben, es ist eine Enttäuschung, dass meine Schule auf Ihre Dienste als Erzieherin verzichten muss."

„Der peinliche Zwischenfall am Fischteich neulich tut mir unendlich leid."

„Dieser Percy hat mit Sicherheit eine kalte Dusche verdient", erwiderte Emma und steckte Eloise eine vorwitzige Locke hinters Ohr. „Ich war zu voreilig in meinem Urteil über Sie. Ihnen war daran gelegen, Ihrer Schutzbefohlenen beizustehen, auch auf die Gefahr hin, Ihrem eigenen Ruf zu schaden. Diese Art von Loyalität ist nicht mit Gold aufzuwiegen und wertvoller als ein vornehmer Familienstammbaum."

Eloise seufzte. Nie zuvor war sie für ihre Opferbereitschaft in ihrem Beruf gelobt worden, nie hatte jemand zu schätzen gewusst, worauf es im Leben wirklich ankam. „Ich fühle mich sehr geschmeichelt und …"

„Und mir ist es ein Anliegen", unterbrach Emma sie, „und eine große Erleichterung, nicht zuletzt für die Eltern der jungen Damen in meiner Obhut, dass Herzensbrecher wie mein Bruder sozusagen aus dem gesellschaftlichen Verkehr gezogen werden."

Eloise lachte ein wenig beklommen. „Ich weiß nicht recht, wie ich Ihre Bemerkung verstehen darf."

„Ich will es Ihnen gern erklären." Emma trat vom Spiegel zurück. Ihre zierliche Figur ließ nicht erahnen, mit welch eiserner Disziplin und Entschlossenheit sie ihre Prinzipien vertrat. „Aber wenn der Draufgänger schon heiraten muss, bin ich heilfroh, dass er sich eine Frau mit Ihrer Charakterfestigkeit gewählt hat."

Eloise wurde warm ums Herz. „Vielen Dank, Lady Lyons, das ist ein großes Kompliment für mich."

„Nichts zu danken, meine Liebe", entgegnete Emma lächelnd. „Wie ich höre, haben Sie erst vor wenigen Stunden Schreckliches durchgemacht, ohne sich etwas davon anmerken zu lassen. Sie wirken gefasst und gelassen. Ausgezeichnete Haltung, meine Liebe. Respekt."

„Nun ja, ich durfte schließlich nicht bei der Hochzeit meines Schützlings fehlen."

„Eine Hochzeit hat Vorrang vor den meisten Dingen. Sie ist das wichtigste Ereignis im Leben zweier Menschen – abgesehen von der Geburt eines Kindes", entgegnete Emma in einer ihrer höchst seltenen Gefühlsaufwallungen. „Eine Hochzeit ist der magische Beginn eines neuen Lebens. Ich hoffe, Sie messen den schrecklichen Vorfällen an diesem Tag keine große Bedeutung bei und können sie bald vergessen."

Eloise nickte stumm, weil sie fürchtete, die Stimme würde ihr vor Rührung über Lady Lyons gefühlvollen Worte versagen.

„Und", fügte Emma herzlich hinzu, „ich hoffe sehr, dass Sie und Drake eine glückliche Ehe führen werden."

Zwei Hochzeiten an einem Tag, dachte Eloise in stiller Verwunderung. Die erste Hochzeit war ein Akt der Pflichterfüllung, um deren Zustandekommen sie sich redlich bemüht hatte. Diese andere aber war ein wunderbarer Traum, der in Erfüllung ging. Der entwaffnend gut aussehende Mann, der vor dem Altar auf sie wartete, schien einem Märchen entstiegen zu sein. Die ganze Szenerie drohte Eloise zu überwältigen. Die Lakaien in gepuderten Perücken und goldbetressten Livreen am Portal der Privatkapelle des Herrenhauses in der Park Lane: Alles war wunderschön. Und Freddie. Ihr lieber, guter Freund mit seinem roten Haarschopf machte ein so andächtiges Gesicht, dass sie lächeln musste.

Grayson geleitete die Braut gemessenen Schrittes den Mittelgang entlang zum Altar. Sein starker Arm gab ihr Mut. Eloise erinnerte sich mit leiser Wehmut an ihren Vater, der sie so herzlos aus seinem Leben verbannt hatte. Vielleicht würden sie sich eines Tages versöhnen. Seine letzten Worte klangen ihr im Ohr: „Du wirst dich mit deinem Eigensinn noch ins Verderben stürzen, wenn du nicht endlich zur Vernunft kommst und dich änderst."

Offenbar sollte ihr Herr Papa recht behalten.

Dort vor dem Altar wartete das Verderben auf sie. Ihr dunkler, sündhafter Boscastle. Der einzige Mann, dem sie nicht widerstehen konnte. Welch ein Glück, dass sie sich nicht verändert hatte und nicht zur Vernunft gekommen war. Welch ein Glück, dass sie immer daran geglaubt hatte, dass Märchen wahr werden können.

Das Herz klopfte ihr bis zum Hals, als sie an die Seite ihres geliebten rebellischen Helden trat. Er trug einen schwarzen Gehrock aus schimmerndem Samt, dazu graue Hosen aus feinem Tuch, wie damals bei ihrer ersten Begegnung. Der Blick seiner indigoblauen Augen traf sich mit ihrem, und die Welt um sie herum begann zu versinken.

Mit ernster Miene nahm er ihre Hand und hob sie an seine Lippen. Diese innige Geste wärmte nicht nur Eloises Herz, sondern auch die Herzen der wenigen Hochzeitsgäste. Drake war nie ein Mann gewesen, der seine Gefühle offen zur Schau stellte. Nur jene, die ihn wirklich gut kannten und liebten, wussten um die Bedeutung dieses Augenblicks. Er hatte es immer vorgezogen, Risiken zu wagen und unsichere Wege zu beschreiten, doch nun würde er nicht mehr allein sein. Ihm war es bislang eigentlich nur ums Überleben gegangen, und dabei hatte er eine überzeugende Fassade um sich herum errichtet. Aber seine Familie hatte sich stets Sorgen um seine Zukunft gemacht.

Hinten in der Kirche war das zufriedene Glucksen eines Babys zu hören. Drakes kleinem Neffen Rowan schien die Märchenhochzeit zu gefallen. Der Junge, der einst das Vermächtnis der Boscastles weitertragen würde, war der ganze Stolz seines überfürsorglichen Vaters, der wegen einer harmlosen Magenverstimmung Todesängste um seinen Sohn ausgestanden hatte. Drake lächelte in sich hinein. Bald würde auch er ein paar dieser übermütigen Erdenbürger in die Welt setzen. Seine Kinder würden von einer liebevollen Mutter aufgezogen werden, die bereits reichlich Erfahrung mit ihren Schützlingen gesammelt hatte.

Eloise war atemberaubend schön. Ihr Gesicht leuchtete vor Glück. Nicht einmal der Bluterguss an ihrer Wange vermochte ihre Schönheit zu trüben, ein Makel, der ihn daran erinnerte, wie gefährlich nah daran er gewesen war, sie zu verlieren. Er schluckte schwer beim Gedanken an ihr vor Entsetzen starres Gesicht.

Er hatte versprochen, sie zu beschützen, und er nahm sich fest vor, dieses Gelöbnis einzuhalten. Niemals wieder durfte ihr ein Leid geschehen. Und Drake fragte sich verwundert, wieso es ihm noch vor kurzer Zeit völlig gleichgültig gewesen war, ob er lebte oder sterben müsste.

„Liebes Brautpaar, liebe Hochzeitsgäste“, begann der Priester mit feierlicher Stimme, und Drake sah aus den Augenwinkeln, wie sein Cousin Gabriel sich in eine der hinteren Kirchenbänke zwängte. An seiner Seite befand sich eine entfernte Cousine, die aschblonde Charlotte, eine von Emmas Zöglingen in ihrer Privatschule. Drake wandte seine Aufmerksamkeit wieder dem Priester zu.

Wer hatte die beiden eingeladen? Er wusste es nicht. Immerhin gehörten sie zur Familie. War das Freddie in Livree und weißen Seidenstrümpfen neben dem Eingang zum Allerheiligsten? Es fehlte eigentlich nur noch Maribella St. Ives, um das Bild einer traditionellen Boscastle-Hochzeit zu vervollständigen.

Sein Herzschlag geriet ins Stolpern, als er hörte, wie Eloise mit leiser Stimme ihr Gelöbnis sprach. Und dann war er an der Reihe, und er sagte die Worte mit fester, wenn auch leicht belegter Stimme. Und als er den Kopf neigte, um die Braut zu küssen, erhaschte er einen Blick auf Devon, der in der Kirchenbank zusammensank und sich die Hand vor die Augen hielt, als könne er nicht glauben, was er gezwungen war anzusehen. Aber nun gab es Wichtigeres für Drake.

„Eloise", raunte er ihr verstohlen ins Ohr. „Lass uns fliehen, bevor sich die Meute auf uns stürzt."

„Das wird uns nicht gelingen", flüsterte sie.

Es sollte tatsächlich noch mehrere Stunden dauern, bevor sie nach endlosen Glückwünschen und Trinksprüchen, wohlmeinenden Ratschlägen und Lebensweisheiten die Gelegenheit fanden, heimlich zu verschwinden und in sein Stadthaus zu fahren, wo sie endlich allein waren.

Dunkelheit hatte sich über London gesenkt, eine milde dunstige Nacht in einer Stadt, in der Vergnügen und Laster zum Leben erwachten. Eloise lag wie hingegossen auf einem seidenen Sessel und seufzte wohlig, während sie an dem Champagnerkelch nippte, den ihr Gemahl ihr gereicht hatte. „Ich glaube, ich bin ein wenig beschwipst", gurrte sie selig lächelnd und löste die Haken ihres Hochzeitskleides mit bedächtiger Gelassenheit.

Drake drehte den Schlüssel um und lehnte sich gegen die Tür, während sie sich aus ihren Kleidern schälte. Was für ein Anblick. Seine Gemahlin räkelte sich nackt vor ihm. Der flackernde Schein der Kerzen tauchte ihre Rundungen in ein warmes Licht. Die rosigen Brustknospen, der verlockende Schwung ihrer Hüften, die leicht gespreizten Schenkel. Er betrachtete ihren verführerischen Körper triumphierend wie ein Eroberer. Auch wenn die Klatschpresse sie als Göttin bezeichnete, für ihn war sie eine verführerische, unendlich begehrenswerte Frau, und sie gehörte ihm, nur ihm allein.

„Nun haben wir endlich Zeit, unsere Hochzeit zu feiern", schmunzelte er und streifte den Gehrock ab.

Seine nackte Gemahlin erhob sich anmutig und löste seine Krawatte. „Ich bin bei dir und zu allem bereit", lächelte sie.

„Für immer?", fragte er, schlang den Arm um ihre Mitte und küsste sie tief und innig.

„Für immer und ewig und noch länger." Sie seufzte glücklich. „Liebe mich, Boscastle", wisperte sie. „Die Ewigkeit beginnt in diesem Augenblick."

Drake ließ sich nicht zweimal bitten, seiner Gemahlin diesen Wunsch zu erfüllen. Hatte nicht einer seiner Brüder einmal gesagt, praktisch veranlagte Frauen hätten ein besonders feuriges Temperament? Er hob sie in seine Arme, trug sie zur Liegestatt und bettete sie auf den grünen Seidenüberwurf. Lachend streckte sie die Arme nach ihm aus und spreizte die Beine. Wieder einmal war er überwältigt von ihrer Schönheit.

Seine Frau.

Ihr verheißungsvolles Lächeln ließ ihm den Atem stocken.

Würde sie es schaffen, die Dunkelheit, die sich so häufig wie die schweren Schwingen eines schwarzen Vogels über ihn legte, für immer zu vertreiben? Vielleicht nicht. Aber sie würde es ihm erleichtern, die Zeiten der Schwermut zu ertragen. Sie würde das Licht sein, das ihm die Richtung wies, die Kraft, die er brauchte, um unbeirrt seinen Weg zu beschreiten, bis zum Tag, an dem er seinen letzten Atemzug machte.

Er hätte nie gedacht, dass er eine so tiefe Liebe empfinden könnte, hatte nie geglaubt, dass er überhaupt zur Liebe fähig wäre, doch dann hatte er mit Eloise getanzt, aus einer schieren Laune heraus. Dabei hatte er nur die Absicht gehabt, ein paar Minuten mit einer hübschen Frau zu verbringen, die den Anschein erweckte, etwas Abwechslung und Aufmunterung zu brauchen.

Wäre es wie im Märchen gewesen, hätte er ihr Herz im Sturm erobert, doch das Gegenteil war eingetroffen.

Liebe ist etwas Grässliches, ein Fluch. Hüte dich davor.

Aber es war geschehen. Er hätte es nicht verhindern können, selbst wenn er es versucht hätte. Die Angst und die Liebe, die in jener Nacht im Kinderzimmer in Graysons Gesicht zu entdecken gewesen war, hatten ihm einen Schrecken eingejagt, ihn aber auch gezwungen, die Wahrheit zu erkennen. Ein verliebter Boscastle war ein schauerlicher Anblick, ein wildes Tier, das sich erbittert bis zum letzten Moment gegen seine Läuterung zur Wehr setzte.

Liebe ist etwas Wunderbares.

Grässlich. Wunderbar. Und was immer die Liebe auch war, sie gehörte zum Leben und weckte in Drake den Wunsch, das Leben anzunehmen.

Als lese sie seine Gedanken, richtete Eloise sich auf und löste die Knöpfe an seinem Hosenbund. Er stöhnte auf, als sie seine pralle Männlichkeit mit einem beherzten Griff befreite. In jeder seiner Adern pulsierte die köstliche Wonne seiner Erregung. Es war das erste Mal, dass er sie lieben durfte, ohne befürchten zu müssen, dabei gestört zu werden. Und es war höchste Zeit, seiner frischgebackenen Braut zu beweisen, wie gewissenhaft er seinen ehelichen Pflichten nachzukommen gedachte.

Hastig entledigte er sich seiner hinderlichen Hose. Sie ließ ihre Hand unter seine Weste und sein Hemd gleiten, löste die Knöpfe und streifte ihm beides über die Schultern. Der Ausdruck in ihren Augen lud ihn ein, sie zu lieben. Und als Gentleman nahm er ihre Einladung mit Freuden an.

Er beugte sich über sie, spreizte erneut ihre Schenkel und begann sie in atemloser Verzückung mit der Zungenspitze zu liebkosen.

„Mein Herz“, raunte er, „ich liebe dich mehr als alles andere auf der Welt.“

„Ich liebe dich auch“, entgegnete sie flüsternd und nahm sein Gesicht in beide Hände.

Er küsste sie leidenschaftlich, und dann spürte er, wie sie mit ihrer Hand nach seinem pochenden Schaft tastete, und plötzlich konnte er nicht länger warten. Ihre zärtliche Berührung war der Schlüssel zu seinem Herzen und zu allem, wonach er sich sehnte. Er umfing ihr göttliches herzförmiges Hinterteil und hob sie hoch.

„Auf die Knie, Weib", befahl er heiser und legte den Arm um ihre Mitte, um sie zu stützen. Nach kurzem Zögern nahm sie willig die unterwürfige Position ein. Und als sie ihm einen Blick über die Schulter zuwarf, loderte in ihren Augen ein Feuer, das dem seinen in nichts nachstand.

„Gefällt dir das?", fragte sie leise stöhnend.

Besitzergreifend streichelte er über ihren geschmeidigen Rücken, fühlte sich wie magisch angezogen von ihrem hochgereckten köstlichen Po. Die feucht glänzende rosige Blüte zwischen ihren Beinen schlug ihn in ihren Bann.

„Was für ein herrlicher Anblick", schwärmte er heiser. „Welch ein Genuss! Es gibt nichts Schöneres auf der Welt, als in dir zu sein", flüsterte er voller Liebe. „Du bist für mich geschaffen." Und er meinte es genau so, wie er es sagte.

Und dann drang er in sie ein, den Kopf in den Nacken geworfen, und sie geriet in einen Taumel der Verzückung, passte sich seinem Rhythmus an, bog den Rücken durch, um ihn noch tiefer in sich aufzunehmen. Er umschlang ihre Taille, fand die geheime Perle ihrer Lust und liebkoste sie, bis sie die höchste Wonne erreichte. Während er sich immer schneller in ihr bewegte, genoss er ihre kehligen Lustschreie.

„Eloise", stöhnte er, als er den Schwindel erregenden Gipfel seiner Erlösung erreichte und sich voller Hingabe in ihr verströmte.

Ermattet sank sie unter ihm zusammen, er schmiegte sich wohlig an ihre Rundungen. Irgendwo in der Ferne läuteten Kirchenglocken, ein Pferdefuhrwerk rumpelte über das Kopfsteinpflaster. Drake atmete mehrmals tief durch, um seinen rasenden Herzschlag zu beruhigen, lächelte in die Dunkelheit und rollte sich auf die Seite, um Eloises Gesicht zu berühren.

„Ich habe nie geahnt, dass ich so glücklich sein könnte", flüsterte er und zog sie an sich.

Eloise küsste seine nach Salz schmeckende Brust und seufzte zufrieden.

Nach einem langen Schweigen, in dem beide in den Nachbeben ihrer seligen Benommenheit schwelgten, hob Eloise den Kopf.

„Du hast schrecklich übertrieben mit den Geschichten über deine Familie", stellte sie zärtlich fest. „Sie sind ganz anders, als du sie mir geschildert hast. Ich finde sie alle wunderbar."

Sein melodisches Lachen erfüllte das Zimmer. „Sie haben dich nur an der Nase herumgeführt. Alle zeigten sich heute von ihrer besten Seite. Aber warte nur bis Weihnachten oder bis zum nächsten Familientreffen." Sanft strich er mit der Hand über ihren Bauch. „Vielleicht können wir ihnen ja bis zum Ende des Jahres einen weiteren Boscastle präsentieren. Hättest du etwas dagegen?"

„Nichts könnte mich mehr erfreuen."

„Aber sage bitte nicht, ich hätte dich nicht gewarnt, wenn unser Baby sich als kleiner Teufelsbraten erweist. Als Boscastle geboren zu werden, ist eine Strafe auf Lebenszeit."

„Bist du wirklich das schwarze Schaf der Familie?"

„Wer weiß?" Mit dem Finger zeichnete er den Schwung ihrer Hüfte nach. Sie war Wärme und Weichheit, seine Liebe und sein Licht. „Selbst wenn es so wäre, bald wird ein anderer die Fackel übernehmen. Ich könnte wetten, dass genau in diesem Augenblick irgendwo ein Boscastle einen üblen Streich ausheckt."

„Und du?", fragte sie und zog mit der Fingerkuppe den Schwung seiner Lippen nach.

Das Prickeln, das ihre zärtliche Berührung in ihm auslöste, drang ihm bis in die Tiefen seiner Seele. „Ich bin mehr als glücklich und zufrieden, die Torheiten meiner Jugendjahre endgültig hinter mir zu lassen."

– ENDE –

Jillian Hunter
Geliebt von einem
sündhaften Lord
Band-Nr. 25660
7,99 € (D)
ISBN: 978-3-86278-710-4
336 Seiten

Jillian Hunter
Sündige Geheimnisse
eines Lords
Band-Nr. 25596
7,99 € (D)
ISBN: 978-3-86278-323-6
368 Seiten

Loretta Chase
Eine sündhaft
raffinierte Verführerin
Band-Nr. 25690
7,99 € (D)
ISBN: 978-3-86278-753-1
352 Seiten

Courtney Milan
Im Visier des Verlangens
Band-Nr. 25677
7,99 € (D)
ISBN: 978-3-86278-738-8
eBook: 978-3-86278-783-8
316 Seiten

Elizabeth Hoyt
Das Geheimnis des Viscounts
Band-Nr. 25684
7,99 € (D)
ISBN: 978-3-86278-746-3
364 Seiten

Christine Feehan
Im Palazzo der Leidenschaft
Band-Nr. 25672
7,99 € (D)
ISBN: 978-3-86278-728-9
412 Seiten